DIE ZWILLINGSSCHWESTERN

Das Buch

Joanna Trollope ist die derzeit erfolgreichste englische Schriftstellerin neben Rosamunde Pilcher. Beide beherrschen gleichermaßen die große Kunst, glänzende Unterhaltung auf hohem erzählerischen Niveau anzubieten. »Meine Bücher sind ein Zeichen für die Wiederbelebung des traditionellen Romans, in dem die tagtäglichen Erfahrungen und Gefühle normaler Menschen skizziert werden«, sagt Joanna Trollope. In ihren Romanen stehen immer wieder aktive Frauen in unterschiedlichen Lebenssituationen im Vordergrund. Humorvoll und einfühlsam schildert sie das Leben auf dem Lande, die Segnungen und die Probleme des Familienalltags aus der Perspektive ihrer Heldinnen, die schwierige Situationen zu überstehen haben. So wie die Zwillingsschwestern Lizzie und Francis, die außer ihrem Äußeren kaum etwas gemeinsam haben. Lizzie ist diejenige, die nach konventionellen Mustern alles »richtig« gemacht hat: Mit ihrem Mann und vier Kindern lebt sie auf dem Land, führt eine erfolgreiche Galerie und obendrein noch den Haushalt. Sie macht sich Sorgen um Francis, die schon über dreißig ist, immer noch alleine lebt und gerade ein Reisebüro für Individualisten eröffnet hat. Doch plötzlich muß Lizzie erleben, wie die Verhältnisse sich umkehren. Kunst verkauft sich nicht mehr, in ihrer Ehe kriselt es, ihre Idylle wird brüchig. Francis hingegen erlebt eine heftige Liebe mit einem Spanier, den sie auf einer Geschäftsreise kennengelernt hat ...

Die Autorin

Joanna Trollope, als Pfarrerstochter in einem Dorf im englischen Gloucester aufgewachsen, ging nach dem Studium in den auswärtigen Dienst. Sie arbeitete als Lehrerin, verfaßte eine Studie über Frauen im britischen Empire und eine Reihe historischer Romane. Mit ihrem Roman *Affäre im Sommer* (Heyne-Taschenbuch Nr. 01/9064) schaffte sie den Sprung in die Bestsellerlisten. Joanna Trollope lebt mit ihrem Mann, dem Dramatiker Ian Curteis, in einer Mühle in den Cotswolds.

JOANNA TROLLOPE

# DIE ZWILLINGS-SCHWESTERN

*Roman*

Aus dem Englischen
von Karin Kersten

WILHELM HEYNE VERLAG
MÜNCHEN

HEYNE ALLGEMEINE REIHE
Nr. 01/9327

Titel der Originalausgabe
A SPANISH LOVER
erschienen 1993 bei Bloomsbury, London


Wilhelm Heyne Verlag GmbH & Co. KG, München
Printed in Germany 1995
Umschlaggestaltung: Atelier Ingrid Schütz, München
Gesamtherstellung: Presse-Druck, Augsburg

ISBN 3-453-08636-8

Für L. C.

# 1. Teil

# DEZEMBER

# 1. Kapitel

Irgendwer – wahrscheinlich eins von den Kindern, Robert hätte es nie gewagt – hatte ein Plakat am Pinnbrett in der Küche aufgehängt. Es war ein sehr kleines Plakat in Schwarz, Pink und Gelb, die unbeholfene Zeichnung einer Frau mit zerrauftem Haar, Hand in Flügel mit einem glotzäugigen Truthahn, und unter der Zeichnung stand in eigenwilligen Lettern: »Frauen und Truthähne – gemeinsam gegen Weihnachten.«

»Ich würde sagen, er sollte so seine elf Kilo wiegen«, sagte Lizzie in den Telefonhörer. »Nein, ohne Innereien. Ist es denn auch ein freilaufender Truthahn?«

Sie blickte auf das Plakat und berührte unwillkürlich ihr Haar. Es schien in Ordnung zu sein.

»Himmel«, sagte sie zum Fleischer, »gleich soviel mehr!« Sie runzelte angestrengt die Stirn. War sie nun aufgefordert, etwas für die Befreiung der Truthähne zu tun, oder sollte sie nur weitere zehn Pfund in den unersättlichen Schlund namens Weihnachten werfen? »Also gut«, sagte sie, »freilaufend.« Sie stellte sich eine ganze Schar glücklich kollernder Truthähne in einem Obstgarten vor, wie sie in Kinderbüchern abgebildet waren. »Freilaufend, elf Kilo, und entweder ich selbst oder mein Mann holen ihn am Montag ab. Ja«, sagte sie, »ja, ich weiß, daß es reichlich spät für eine Bestellung ist, Mr. Moaby, aber wenn Sie das Haus hier hätten und vier Kinder und Weihnachten vor sich, ein Geschäft und über die Feiertage drei Gäste, dann wären Sie vermutlich auch reichlich spät dran.«

Sie legte den Hörer auf. Sie hätte nicht so mit ihm reden sollen. Mr. Moaby stand jetzt seit einem Vierteljahrhundert in dem Fleischerladen, wie vor ihm sein Vater, und er hatte ein geistig behindertes Kind und schwer mit der immer bedrohlicheren Konkurrenz der Supermärkte zu kämpfen. Insgeheim hielt Mr. Moaby von Weihnachten zweifellos ebensowenig wie Frauen und Truthähne.

Lizzie durchquerte die Küche und musterte das Plakat. Es war nicht von Hand gezeichnet, sondern gedruckt. Garantiert hatte Harriet es gekauft, die dürre, schlaue, spottlustige Dreizehnjährige, die längst dahintergekommen sein mußte, daß das Weihnachtsfest für ihre Mutter zu einer Bedrohung geworden war, die ihr jede Vorfreude verdarb. Lizzie und Harriet hatten sich beim Frühstück gestritten. Sie stritten sich fast immer beim Frühstück, und ihre Streitigkeiten endeten gewöhnlich damit, daß Harriet mit diesem aufreizenden, wissenden Lächeln zur Schule davonhüpfte, mit dem sie ihren drei jüngeren Brüdern zu verstehen gab, wie leid sie ihr taten, weil sie nur Jungen waren, die armen Trottel.

Harriet hatte Lizzie gefragt, ob sie heute in die Galerie ginge, die Galerie, die sie und Robert eröffnet hatten, als sie vor sechzehn Jahren nach Langworth gekommen waren. Lizzie hatte verneint.

»Und warum nicht?«

»Wegen Weihnachten.«

»Ach, du *liebe Güte* ...« Harriet hatte sich zurückgelehnt und die Augen darüber verdreht, daß jemand wegen so einer Lappalie wie Weihnachten seine eigentliche Arbeit vernachlässigen konnte.

Lizzie war der Kragen geplatzt. Sie hatte sich, entsetzt über sich selbst, loszetern hören, was sie alles für Pflichten am Hals habe und wie wahnsinnig undankbar Harriet sei.

Harriet hatte sie ungerührt beobachtet. Davy, der erst fünf war, hatte zu weinen begonnen, und große runde Tränen waren sein unglückliches Gesicht hinabgekullert und hatten die Milch in seinem Napf mit Cocopops verwässert.

»Siehst du«, sagte Harriet zutiefst befriedigt, »jetzt hast du's geschafft, daß Davy weint.«

Lizzie hörte zu schreien auf und beugte sich über Davy, um die Arme um ihn zu legen.

»Mein Liebling ...«

»Weihnachten kommt gar nicht zu uns«, heulte Davy, »wenn du so bist!«

Harriet glitt von ihrem Stuhl.

»Ich gehe zu Heather«, sagte sie, »und schaue in der Galerie vorbei und sage Daddy, daß du nicht kommst.«

Lizzie biß sich auf die Lippen. »Bitte, bleib zu Hause, Harriet. Ich brauche dich. Es gibt soviel zu tun ...«

Harriet ließ einen endlosen, abgrundtiefen Seufzer hören, schleppte sich bühnenreif aus der Küche und knallte die Tür hinter sich zu.

Anschließend hatte Lizzie Davy zum Trost gefüttert, als wäre er noch ein Baby, dann hatte sie ihm und Sam aufgetragen, das Treppengeländer mit festlichen roten Bändern zu schmücken. Sam, der Achtjährige, fand es jedoch lustiger, die Bänder um sich selbst und Davy zu schlingen und das gleiche mit dem sich sträubenden Kater zu probieren. Lizzie hatte sie sich selbst überlassen und war hinaufgegangen, um die Betten zu machen, den Stöpsel aus dem Waschbecken zu ziehen und für sich selbst eine Haarbürste und Ohrringe zu holen sowie die Liste, die sie am Abend zuvor für heute gemacht und irgendwo liegengelassen hatte. Dann war sie wieder hinuntergegangen, um den Fleischer anzurufen, und jetzt hatte sie das Plakat entdeckt. Harriet mußte es in der Viertelstunde aufgehängt haben, als Lizzie oben gewesen war. War das ein Zeichen des Bedauerns? Eine Geste der Solidarität? Lizzie sehnte sich nach solidarischer Verbundenheit mit Harriet, nach der verschwörerischen Vertraulichkeit zwischen Geschlechtsgenossinnen. Das hatte man nun davon, daß man die Hälfte eines Zwillingspaars war, dachte Lizzie, als sie zum Tisch mit seinem Frühstücksdurcheinander zurückkehrte: Es trieb einen dazu, sich an irgendeinen Menschen zu hängen, wenn die andere Hälfte nicht da war. Und Frances würde vor Heiligabend nicht kommen.

Robert und Lizzie hatten die Middleton Gallery anfangs in einem winzigen Laden in einer der winkligen Nebenstraßen von Langworth betrieben. Sie hatten einander auf der Kunsthochschule kennengelernt – Lizzie war Bildhauerin, Robert Grafiker – und waren unzertrennlich geworden. Im Büro der Galerie hing ein Foto von beiden aus jenen fernen Tagen: Robert mit einem ernsthaften Stirnrunzeln und Hosen mit

Schlag, und Lizzie – eine ganz andere, fast dürre Lizzie – in einem engen Pullover und Schuhen mit Plateausohlen, das Haar unter eine schlaffe Samtschirmmütze gestopft. Als sie die Galerie aufmachten, den Laden mieteten und die feuchte, baufällige Wohnung darüber, die mit dem Sammelsurium von Möbeln ausgestattet wurde, die ihre Eltern ihnen geschenkt hatten, waren sie nicht viel älter als auf dem Foto gewesen. Frances hatte damals ihre erste Stelle in London angetreten. Dreimal wöchentlich rief sie Lizzie an und kam mit exotischen großstädtischen Schätzen wie silbergewirkten Strumpfhosen oder einer Papiertüte mit einer Avocado zu ihnen nach Langworth raus.

Robert besuchte die Abendschule in Bath und erlernte das Bilder-Rahmen. Lizzie gab widerstrebend ihren Bildhauerton zugunsten von Patchwork, Trockenblumen und nicht weiter aufregenden, aber gerade sehr gefragten Fichtenholzmöbeln auf, die sie, eine langwierige Prozedur, mit Bienenwachs bearbeitete. Sie entdeckten, daß sie beide eine geschäftliche Ader hatten. Als Harriet geboren wurde, das war 1978, lief der ursprüngliche Laden, der mittlerweile aussah wie die perfekte Siebzigerjahrephantasie eines ländlichen angelsächsischen Idylls – geblümte Baumwollstoffe, naive Aquarelle, Steinguttöpfe und Holzlöffel, wohin das Auge blickte – ungeheuer gut und platzte bereits aus allen Nähten. Mit Hilfe eines Darlehens von Lizzies Vater William und eines weiteren von der Bank zog die Middleton Gallery in ein ehemaliges Blumengeschäft in der High Street von Langworth um, dessen Schaufenster von einem hübschen Säulenportal aus weißlackiertem viktorianischen Schmiedeeisen überdacht war.

Frances hatte den neuen Laden auf der Stelle sehen wollen. Lizzie war zum Bahnhof von Bath getuckert, um sie mit ihrem smaragdgrünen Citroën 2 CV abzuholen, der zu einem vertrauten Anblick in den Straßen von Langworth geworden war, und hatte sie mit einer Mischung aus stolzer Freude und banger Erwartung zur Galerie gefahren. Während sie Frances' Gesicht beobachtete, als die sich die Galerie anschaute, die bleichen, frisch abgezogenen und gewachsten Dielenböden, die romantischen Lichtinseln der Punktstrahler, die frisch gebeizten und lackierten Regalbretter, die auf Kasserolen und Kissen und Kerzenhalter und Keramikkrüge warteten, fühlte Lizzie, angesichts dessen, was sie und Robert da vorhatten, eine unbezähmbare Freude in sich aufsteigen. Doch gleichzeitig empfand sie aufgrund ihrer tiefen seelischen Verbundenheit mit Frances eine Aufwallung von Schmerz, Schmerz um Frances, die den lieben langen Tag in irgendeinem mittelmäßigen Reisebüro schuften mußte, um abends in eine schäbige Wohnung in Battersea zurückzukehren, die sie mit einem Mädchen teilte, das sie zwar ganz nett fand, aber mehr auch nicht. Und dann war da noch Nicholas, der ruhige, zurückhaltende, unauffällige Nicholas, der so ganz anders war als Robert und, fand Lizzie, so überhaupt nicht der passende Mann für Frances.

»Wir wollen Kelims importieren«, sagte Lizzie, »und sie hier auf Holzstäben an die Wand hängen. Rob hat einen Freund, der uns mit herrlichen getrockeneten Sachen aus Afrika versorgen kann, Samenkapseln und Schoten und so was.«

»Was sind denn Kelims?« fragte Frances. Sie starrte die weißgetünchte Ziegelwand an, an der die Brücken hängen sollten.

»Teppiche«, sagte Lizzie. Sie beobachtete Frances. Ob sie ihr wohl angesichts dieser ganzen Pracht und der verheißungsvollen Aussichten, die sich ihr und Robert boten, auch das andere noch sagen konnte?

Frances wandte sich ihr zu.

»Teppiche«, sagte sie, »als Wandbehang. Wie hübsch. Du bist wieder schwanger, stimmt's?«

»Ja«, sagte Lizzie und hatte das Gefühl, gleich weinen zu müssen. »Ja, das stimmt.«

Frances umarmte sie.

»Ich freue mich«, sagte sie. »Ich freue mich sehr.«

Sie war mit Alistair schwanger gewesen. Er hätte ein Zwilling sein sollen – Lizzie wünschte sich sehnlichst Zwillinge –, doch sein Bruder starb bei der Geburt. Frances war sofort gekommen, fast schon, ehe sie überhaupt wußte, daß dazu irgendeine Veranlassung bestand, und drei Wochen geblieben; ihren ganzen restlichen Urlaub hatte sie aufgebraucht. Frances war zwar ein hoffnungsloser Fall gewesen, was den Umgang mit Alistair betraf, erinnerte sich Lizzie, linkisch und gehemmt, als wäre ein Baby etwas ihr völlig Fremdes, doch was alles andere anging, das Haus und die unerbittliche kleine Harriet – »*Warum* muß denn ein Baby da sein?« –, Rob, die Galerie, hatte sie sich einfach großartig verhalten. Lizzie war zusammengeklappt, als Frances nach London zurückkehrte, so unfähig und unvollständig hatte sie sich gefühlt.

»Vielleicht hätte ich euch ja beide heiraten sollen«, hatte Robert gemeint, als er an ihrem Bett auf sie niederblickte, während sie einen unersättlichen Alistair stillte. »Mal abgesehen davon, daß ich mich auch in tausend Jahren nicht in Frances verlieben könnte. Ist das nicht seltsam? Bei aller Ähnlichkeit mit dir, da fehlt der entscheidende Funke.«

Schon bald darauf war der ruhige Nicholas ebenfalls zu dem Schluß gelangt, daß der entscheidende Funke fehlte, und hatte sich zurückgezogen.

»Selbstverständlich bin ich traurig«, hatte Frances gesagt, »vor allem aber enttäuscht. Von mir selbst, meine ich.«

Lizzie flehte, ohne sich an eine konkrete Instanz zu richten, zum Himmel, daß der richtige Mann für Frances auftauchen möge. Er würde groß sein müssen (wie Rob) und attraktiv (wie Rob), doch nicht so sanftmütig oder künstlerisch begabt wie er, weil Lizzie sonst womöglich anfing, Vergleiche zwischen Frances' Mann und ihrem eigenen anzustellen, und eine Ahnung sagte ihr, daß das keinem guttäte. Frances löste das Problem, indem sie sich erst in einen Architekten, dann in einen Schauspieler und schließlich, katastrophalerweise, in den Freund des Mädchens verliebte, mit dem sie die Wohnung teilte. Unterdessen blühte und gedieh die Middleton Gallery, veranstaltete jährlich drei Ausstellungen, eröffnete im oberen Stockwerk ein Naturkostcafé, zahlte beide Darlehen zurück und machte Gewinn. Lizzie kümmerte sich, zwischen der Niederkunft erst mit Sam und dann mit Davy, um die Warenbeschaffung für die Galerie und um ihre Umzüge. Sie zogen in sechzehn Jahren viermal um, von der anfänglichen Wohnung in ein Cottage aus dem 18. Jahrhundert – eine ehemalige Teestube, die den Duft von warmem Teegebäck niemals wieder losgeworden war –, von dort in eine viktorianische Villa und schließlich nach The Grange.

The Grange war im späten 18. Jahrhundert eines von Langworths besten Häusern gewesen und hatte eine klar gegliederte, schmucke Backsteinfassade und ein Giebelportal. Es hatte zur damaligen Zeit inmitten einer entsprechend großzügigen Gartenanlage gestanden: von der Straße zur Haustür hatte ein Kiesweg geführt, und dahinter hatten sich die sanft gewellten Rasenflächen bis hin zum von einer Mauer umgebenen Gemüsegarten erstreckt. Mittlerweile wirkte das Haus, nachdem zunächst die Viktorianer es um einen ganzen Rattenschwanz von hinteren Anbauten erweitert hatten und ihm dann, der modernen Wohnraumnot zufolge, von allen Seiten die Neubauten auf den Pelz gerückt waren, wie ein ramponierter alter Ozeandampfer, der in einem sehr kleinen Hafen gestrandet war. Die Häuser von wohlhabenden Geschäftsleuten mit malerischen Namensschildern und bizarrer Architektur füllten den Gemüsegarten aus, und die Hälfte der Rasenfläche war längst unter einer Straße namens Tannery Lane verschwunden, zur Erinnerung an die Gerberei, die im 19. Jahrhundert fünfzig Jahre lang die Straßen von Langworth mit beißendem Geruch erfüllt hatte. Was vom Garten übriggeblieben war, war jedoch, so fanden Lizzie und Rob, mehr als groß genug für Cricket, Fahrräder, Zeltplätze und Balgereien. Das Innere des Hauses selbst bot genügend Platz für alles und jedes. Als sie die hellen, schön proportionierten Zimmer besichtigten, die in ihrer usprünglichen Form erhalten waren, die geschwungene Treppe, das viktorianische Gestoppel hintendran, das sich mit Hilfe eines Durchbruchs in eine großartige Wohnküche verwandeln ließ, und sich das Ganze in terrakottafarbenem und dunkelblauem und chinesischgelbem Anstrich vorstellten, hatten Robert und Lizzie den Eindruck, daß The Grange ihrem Erfolg die Krone aufsetzen würde. Ein expandierendes Geschäft, ein angemessenes Haus (groß, aber nicht protzig), vier pfiffige, eigenwillige Kinder, ein wachsendes Ansehen am Ort – welch überaus wohltuende Perspektive! Da er, in einer Mischung aus Stolz und Erstaunen, recht häufig darüber nachdachte, hängte Robert in seinem frischrenovierten Büro in der

Galerie das Foto von sich und Lizzie als Studenten an die Wand, nur um sich vor Augen zu halten, wie weit sie es doch gebracht hatten.

Es war kurz vor Davys Taufe, als Frances sie zum erstenmal überrascht hatte. Sie wohnten mittlerweile seit einem Jahr in The Grange, und das halbe Haus war in den üppigen, starken Farben gestrichen, die Lizzie so liebte. Das Treppenhaus gelb und weiß, das Wohnzimmer dunkelgrün, die vergrößerte Küche blau, rostrot und cremefarben.

»Warum wird Davy denn getauft?« hatte Frances gefragt. »Die anderen sind doch alle nicht getauft.«

»Ich habe einfach das Bedürfnis, ihn taufen zu lassen. Rob auch. Wir bedauern jetzt, daß wir die anderen nicht auch haben taufen lassen. Es scheint irgendwie – irgendwie mehr Tradition zu vermitteln ...«

Frances schaute ihre Schwester an. Dann betrachtete sie die Küche: die zum sonnigen Garten geöffnete Türe, die Fensterbänke mit den üppigen Duftgeranien und den Mini-Amphoren mit Petersilie, den flachen Korb mit Salatköpfen auf dem Tisch, die Flickenteppiche auf dem Dielenboden, den nagelneuen Kohleherd und den rustikalen, grün patinierten spanischen Kerzenhalter. Sie zwinkerte Lizzie zu.

»Paß nur auf, Liz. Du wirst allmählich eine furchtbar solide Bürgerin.«

»Wirklich?«

Frances wedelte mit dem Arm.

»Sieh dir das doch alles an!«

Lizzie sagte, eine Spur defensiv: »So möchten wir es aber haben.«

»Ich weiß. Und nun möchtet ihr auch Davy taufen lassen.«

»Die Menschen ändern sich nun mal«, sagte Lizzie tapfer. »Das muß doch so sein. Es wäre doch Krampf, genauso sein zu wollen wie mit fünfundzwanzig.«

Frances ging zu dem Spiegel, der neben der offenen Tür hing, und öffnete den Mund.

»Was machst du denn da?«

»Ich sehe meine Zähne an.«

»Und warum?«

»Weil sie genauso aussehen wie immer. Die Sache ist die, daß ich mich nicht sehr anders fühle, ich habe nicht das Gefühl, mich verändert zu haben.«

»Nein. Na ja ...«

»Aber schließlich«, sagte Frances friedfertig und trat vom Spiegel zurück, »habe ich ja auch keinen Mann und vier Kinder, nicht?«

»Das wollte ich gar nicht sagen ...«

»Wollen wir nach oben gehen und Davy ansehen?«

Davy lag in seinem Kinderkörbchen mitten in Lizzies und Roberts Bett, verhüllt von Gittertüll wie ein Rollschinken im Speiseschrank. Die beiden Frauen spähten auf ihn hinab. Er schlief tief und fest, leise schnaufend, die rosigen Fingerchen zu winzigen Fäusten geballt. Lizzie hauchte ihn durch das Netz hindurch in sprachlosem Verlangen an. Frances fragte sich, wie er wohl reagieren würde, falls er die Augen aufmachte und sie sähe. Ob er schreien würde?

»Lizzie«, sagte sie.

»Ja«, sagte Lizzie, in die Anbetung Davys versunken.

Frances richtete sich auf und ging zu dem riesigen Kleiderschrank hinüber, der Lizzies Garderobe enthielt. In die Tür war ein ovaler Standspiegel eingelassen, ein Spiegel, der den milchigweichen Schimmer von altem Glas hatte.

»Ich möchte dir etwas erzählen.«

Lizzie kam und stellte sich neben ihre Schwester. Sie standen Seite an Seite und starrten ihr Spiegelbild an, zwei große englische Mädchen mit kräftigen Knochen, breitschultrig, langbeinig, mit dickem, fahlbraunem Haar, das halblang geschnitten war. Lizzie hatte einen Pony, Frances' Haar war so geschnitten, daß es, wenn sie den Kopf niederbeugte, in einer schweren Mähne zu einer Seite fiel, wie der Flügel eines Vogels.

»Wir sind nicht gerade strahlende Erscheinungen, wie?«

»Nein, aber ich finde, wir sind recht attraktiv. Ich finde, wir sehen interessant aus.«

»Für wen?«

Lizzie schaute sie an.

»Was wolltest du mir denn erzählen?«

Frances neigte sich ihrem Spiegelbild zu. Sie leckte an ihrem Zeigefinger und fuhr damit erst über die eine und dann über die andere dunkle Augenbraue.

»Ich mache mich selbständig.«

Lizzie starrte sie sprachlos an.

»Aber das geht doch nicht!«

»Wieso soll das nicht gehen?«

»Frances«, sagte Lizzie und packte ihre Schwester beim Arm, »Frances, bitte denk doch mal vernünftig nach. Was weißt du denn davon, wie man ein Geschäft führt? Du warst doch immer angestellt, immer nur Angestellte ...«

»Genau«, sagte Frances, »und jetzt bin ich es leid.« Sanft entzog sie Lizzie ihren Arm.

»Und woher soll das Geld kommen?«

»Wo es immer herkommt«, sagte Frances. Sie zupfte an ihrem Hemdkragen, schob die Ärmel ihrer Strickjacke hoch, drehte sich um und betrachtete sich über die Schulter im Spiegel. »Ein Teil von der Bank und ein Teil von Dad.«

»Von Dad!«

»Ja. Er hat dir und Rob doch auch welches geliehen, nicht?«

»Ja, aber das war ...«

»Nein«, fiel Frances ihr ins Wort, »das war nichts anderes. Es ist genau dasselbe, nur daß ich es später und ganz allein mache.«

Lizzie schluckte. »Ja, natürlich.«

»Was gefällt dir denn daran nicht?«

Lizzie ging zu ihrem Bett zurück und setzte sich neben Davys Körbchen auf die Patchworkdecke, die eine Bäuerin aus der Gegend gemacht hatte, eine aus einer ganzen Reihe, die sich als Bestseller erwiesen hatte. Frances blieb, wo sie war, am Kleiderschrank, und lehnte den Rücken gegen das glatte, kalte Spiegelglas.

»Wir sind doch Zwillinge«, sagte Lizzie.

Frances senkte den Kopf und musterte ihre Füße, ihre zu großen Füße, die in guten, langweiligen, dunkelblauen Lederslippern steckten. Sie wußte genau, was Lizzie meinte. Wir sind doch Zwillinge, hatte Lizzie gesagt, also sind wir aus einem Stück, wir sind so etwas wie ein Ganzes, gemeinsam sind wir ein abgerundetes Wesen, doch wir sind wie zwei Teile eines Puzzles, wir müssen zusammenpassen, und damit das der Fall ist, können wir nicht die gleiche Gestalt haben.

»Du hast deine Familie«, sagte Frances. »Das ist schön. Ich finde es herrlich hier, dieses Haus ist auch ein Zuhause für mich, und ich mag deine Kinder sehr. Ich mißgönne dir nichts, das gehört zu unserer Abmachung. Doch es muß auch mir erlaubt sein, mich meinerseits ein wenig auszudehnen, wenn ich das brauche. Und ich brauche es. Es wird dein Geschäft nicht beeinträchtigen, wenn auch ich eins habe, es wird uns nichts wegnehmen, unserer Gemeinsamkeit.«

»Warum willst du das denn machen?« fragte Lizzie.

»Weil ich zweiunddreißig bin und mich inzwischen gut genug im Reisegeschäft auskenne, um zu wissen, daß ich besser bin als viele der Leute, für die ich arbeite. Du möchtest Davy taufen lassen, weil du an einem bestimmten Punkt angelangt bist. Ich bin eben an einem anderen angelangt.«

Lizzie sah sie an. Sie erinnerte sich an ihren ersten gemeinsamen Tag in Moira Cresswells Vorschule, beide in grünen Baumwolloveralls für den Malunterricht mit auf die Brust gesticktem »E. Shore« und »F. Shore«, und das Haar straff zurückgebunden mit einem Haarband aus grünem Rips und Gummizug. »Wir müssen ja nicht hierbleiben, wenn wir nicht wollen«, hatte Frances zu Lizzie gesagt, doch Lizzie hatte geahnt, daß das nicht stimmte. Schulen, selbst Vorschulen, hatten nun einmal diese Ausstrahlung der Unentrinnbarkeit. Sie hatte damals für Frances gelitten, als ihr das klarwurde.

»Welche Art von Geschäft soll es denn werden?«

Frances lächelte. Sie schob die Hände unter ihr Haar, hob es aus dem Nacken und ließ es wieder fallen.

»Urlaub einmal anders. Aufenthalte in winzigen Städten und versteckten Hotels und selbst in Privathäusern. Ich werde mit Italien anfangen, weil die Engländer nun mal diese Italienleidenschaft haben.«

»Und wie willst du es nennen?«

Frances begann zu lachen. Sie machte ein, zwei Tanzschritte und breitete dabei ihren Rock aus.

»*Shore to Shore* natürlich!«

Wie Davy, so war auch *Shore to Shore* binnen fünf Jahren unvorstellbar gewachsen. Es begann im Wohnzimmer der Wohnung in Battersea, und die ersten Schritte waren noch sehr unsicher: zuwenig Kunden und zu viele Fehler. Dann erkannte Frances, daß sie jedes einzelne Bett, das ihre Kunden erwartete, inspizieren mußte, und so ging sie für vier Monate nach Italien und schlängelte sich in einem gemieteten Fiat, den sie als Büro, als Kleiderschrank und, manchmal, als Schlafzimmer benutzte, die Nebenstraßen der Toskana und Umbriens entlang. Ehe sie aufbrach, befürchtete sie, daß sich das Ganze nur wieder als das Klischee erweisen würde, das der gnadenlose englische Drang, vorübergehend die Fesseln eines kühlen Puritanismus abzustreifen und sich ein zivilisiertes Fest der Sinne zu genehmigen, längst zu Tode geritten hatte. Sie hätte sich jedoch keine Sorgen zu machen brauchen. Man mochte in tausend Romanen und Zeitungsartikeln darüber gelesen haben, man mochte es als üppigen romantischen Hintergrund in tausend Filmen gesehen haben, doch noch immer, so fand Frances, mußte der Anblick jener Landschaft dem empfänglichen Gemüt einfach ein überschwengliches Vergnügen bereiten – der Anblick jener olivgrün und traubenblau gefärbten Hänge, die von safrangelben Mauern und rostroten Dächern gesprenkelt waren und von denen hier und dort, genau an den richtigen Stellen, die kohlschwarzen Spindeln der Zypressen aufragten.

Sie arbeitete kleine Reisen für ihre Kunden aus. Die eine führte durch die Weinberge, eine andere war für Maler oder Fotografen gedacht, wieder andere waren kleine Forschungsreisen auf den Spuren der Etrusker oder Piero della Francescas oder einer einst mächtigen, nunmehr erloschenen Familie wie der Medici. Sie verkaufte ihren Anteil an der Wohnung in Battersea an ein aufgewecktes Mädchen, einer Spezialistin für Warentermingeschäfte, und zog nach Norden, auf die andere Seite des Flusses in ein schmales Haus nur ein paar Schritte von der Fulham Road entfernt. Sie konnte sich nicht leisten, es zu kaufen, also mietete sie es, nutzte das Erdgeschoß als Geschäftshaus und wohnte im ersten Stock mit Aussicht auf den Kirschbaum des Nachbarn. Sie stellte eine Assistentin ein, dazu ein Mädchen, das das Telefon bediente und Botengänge machte, und investierte den letzten Rest ihrer Darlehen in die Anschaffung von Computern. Die Firma war noch keine vier Jahre alt, da hatten schon drei größere, guteingeführte und bekanntere Unternehmen versucht, sie aufzukaufen.

Lizzie war stolz auf ihre Schwester. Auf Frances' Bitte hin kam sie nach London und übernahm die Dekoration des Geschäfts im Erdgeschoß. Den Boden bedeckte sie mit Seegrasmatten und die Wände mit riesigen, verführerischen Fotos von Italien – Brot und Wein auf einem Eisentischchen in einer Loggia, im fernen Hintergrund eine Hügelstadt mit vielen Türmen, Pieros unendlich anrührende schwangere Madonna aus der Friedhofskapelle von Monterchi, und ein schmuckes modernes Mädchen, das sorglos eine zeitlose, winklige Gasse heruntergeschlendert kam. Sie stellten eine italienische Kaffeemaschine auf und einen Minikühlschrank, in dem die blaßgrünen Flaschen mit Frascati standen, der den Kunden offeriert werden sollte.

»Siehst du«, sagte Frances, »siehst du? Ich habe dir gesagt, es würde für uns beide nichts ändern. Ich hab's dir doch *gesagt.*«

»Ich hatte Angst«, sagte Lizzie.

»Ich weiß.«

»Ich schäme mich jetzt deshalb sehr, es sieht so selbstsüchtig aus, aber ich konnte gegen das Gefühl nicht an.«

»Ich weiß.«

»Und jetzt bin ich einfach nur stolz. Es ist großartig. Wie steht's mit den Buchungen?«

Frances streckte mit gekreuzten Fingern die Hände weg.

»Ganz ordentlich.«

Das, so dachte Lizzie jetzt, war die einzige Mißstimmung zwischen ihnen gewesen, das einzige Mal, daß es auf ihrem gemeinsamen Weg durchs Leben immerhin so etwas wie eine kurze Stockung gegeben hatte. Als sie jetzt daran zurückdachte, empfand Lizzie nicht nur immer noch so etwas wie einen Rest von Scham über ihren Mangel an Großzügigkeit, sondern auch Verwunderung. Wovor hatte sie nur Angst gehabt? Sie kannte Frances so gut, was hatte sie denn von einem Menschen zu befürchten gehabt, der fast sie selbst war, mit ihr aufs innigste verbunden? Frances war schließlich von allen Menschen, die sie kannte, der am wenigsten neidische. Lizzie hoffte, und sie empfand dabei einen schmerzhaften kleinen Stich, daß sie nicht etwa neidisch gewesen war. Hatte sie, so befragte sie sich streng, Frances jemals jene Italienreisen geneidet, während sie selbst in Langworth blieb und sich um Sams Masern oder Alistairs Celloübungen kümmerte oder in ermüdenden Nachtsitzungen mit Robert über den Abrechnungen der Galerie saß? Nur für eine Sekunde, gestand sie sich ein, nur jene flüchtige Sekunde lang, wenn sie vor Erschöpfung unter so vielen Ansprüchen fast zusammenbrach, hätte sie ihr erfülltes häusliches Leben und ihre Tüchtigkeit gern gegen Frances' ungebundenes, doch einsames Leben eingetauscht. Denn daran bestand kein Zweifel, dachte Lizzie seufzend, während sie sich an den Küchentisch setzte und einen ihrer ewigen Blöcke heranholte, um den Essensplan für Weihnachten zu machen, Frances war einsam.

Jemand – eine betuchte Kundin der Galerie, die nichts unversucht ließ, um Lizzies Freundschaft zu erringen – hatte ihr ein amerikanisches Kochbuch geschenkt. Es hieß »Gut essen in schlechten Zeiten« und war von einer gewissen Enid R. Starbird verfaßt. Lizzie schlug es aufs Geratewohl auf, weil sie sich davon ein paar preiswerte Ideen erhoffte, wie man einen Haushalt von neun Personen – den sechs Middletons, Frances und den Shore-Eltern – vier Tage lang durchfüttern sollte. Robert hatte gestern abend, in diesem schonungsvollen Ton, den er für schlechte Nachrichten reserviert hatte, erklärt, bislang sehe es so aus, als würden die Umsätze der Galerie in der Weihnachtszeit, statt wie gewöhnlich um zwanzig Prozent zu steigen, um zehn Prozent niedriger liegen. Sie hatten das allerdings schon vermutet und im Verlauf des letzten Jahres mehrfach über die Möglichkeit einer wirtschaftlichen Rezession gesprochen. Gestern abend hatten sie es ein weiteres Mal getan.

»Das heißt also«, hatte Lizzie gesagt, »keine großen Sprünge zu Weihnachten.«

»Fürchte, ja.«

Lizzie blickte auf die aufgeschlagene Seite von Mrs. Starbirds Buch nieder. »Nicht zu vergessen«, meinte Mrs. Starbird guten Mutes, »die Kohlsuppen aus Südwestfrankreich. Ein Schweinskopf, ihr unerläßlicher Bestandteil, ist, wie Sie feststellen werden, gar nicht mal so schwer zu bekommen.«

Lizzie knallte das Buch zu, um das Bild eines vorwurfsvoll blickenden Schweinskopfs zu verscheuchen. Sie nahm sich ihren Block vor. »Würstchen«, schrieb sie rasch, »Goldbronze zum Sprühen, getrocknete Eßkastanien, Süßigkeiten für die Strümpfe, Katzenfutter, Heftpflaster, großes Glas Pastetenfüllung, Briefmarken für Postkarten, Kleid von Reinigung abholen, Walnüsse.« Sie hörte auf, riß das Blatt ab und begann auf einem anderen von neuem. »Gästebetten zurechtmachen, Weinvorräte prüfen, Geschenke zu Ende einwickeln, Kuchen dekorieren, Füllung vorbereiten, Hackfleischpasteten kontrollieren (genug?), Rob an Wein erinnern, Silber putzen (Alistair), Staubsaugen im Wohnzimmer (Sam), Stechpalme und Efeu schneiden (Davy und Harriet), Baum schmücken (alle), Girlande für Haustür machen (ich), Quiches für Weihnachtsfeier in Galerie (ich), Brandybutter (ich), das ganze Haus von oben bis unten putzen, ehe Mum es sieht (ich, ich, ich).«

»Hilfe«, schrieb Lizzie ans Ende der Liste, »Hilfe, Hilfe, Hilfe.«

Die Küchentür öffnete sich. Davy, der beim Frühstück vollständig und adrett angezogen war und nun nur noch Socken, Unterhose und einen Polizeihelm aus Plastrik trug, schob sich herein. Er sah schuldbewußt aus. Er kam zu Lizzie und lehnte sich an ihr Knie. Lizzie berührte ihn.

»Du bist ja eiskalt!« sagte Lizzie. »Was hast du denn bloß gemacht?«

»Nichts«, sagte Davy, wie sein Umgang mit Sam es ihn gelehrt hatte.

»Und wo sind deine Sachen?«

»Im Bad.«

»Im *Bad*?«

»Die mußten gewaschen werden, weißt du«, sagte Davy im Ton einer vertraulichen Mitteilung.

»Sie waren doch heute morgen noch sauber.«

Davy sagte fast träumerisch: »Die sind ein bißchen vollgeschrieben ...«

»Vollgeschrieben – vollgeschrieben womit?«

»Mit weißer Schrift«, sagte Davy, »Zahnpastaschrift.«

Lizzie stand auf.

»Wo ist Sam?«

»Pimlott ist da«, sagte Davy. »Pimlott und Sam machen ein Superman-Camp.«

»Pimlott?«

Pimlott war Sams liebster Freund, ein zarter, bläulichblasser Junge mit wachen hellen Augen und dem Hang, sich zu verdrücken, wenn es brenzlig wurde.

»Hast du denn keinen Vornamen?« hatte Lizzie ihn bei seinem ersten Besuch gefragt. Er hatte sie nur angestarrt.

»Hat er nicht«, hatte Sam gesagt, »sie sagen einfach Pimmers zu ihm.«

»Wo bauen sie denn das Camp?«

»Das ist nicht schlimm«, sagte Davy und rückte seinen Helm zurecht, so daß nur noch sein Kinn darunter hervorsah. »Es ist nicht in deinem Zimmer, es ist nur im Gästezimmer.«

Lizzie schoß aus der Küche und die Treppe hinauf, an deren Fuß ein Spaghettigewirr von roten Bändern hing, das Geländer selbst war nackt.

»Sam!« schrie Lizzie.

Aus der Ferne kam ein dumpfes Geräusch, wie von einer Nähmaschine hinter geschlossenem Fenster.

»Sam!« brüllte Lizzie. Sie riß die Tür des Gästezimmers auf. Der Fußboden war übersät von Bettzeug, und auf den Betten, Lizzies gehätschelten edwardianischen Messingbetten, für die sie mit soviel Liebe Bettwäsche aus derselben Zeit gesammelt hatte, sprangen Sam und Pimlott Trampolin und grunzten dabei vor Anstrengung.

»Sam!« bellte Lizzie.

Sam erstarrte mitten in seinem letzten Sprung und schwebte wie festgenagelt auf halber Höhe in der Luft, ehe er steif und aufrecht auf der Matratze landete. Pimlott machte sich einfach unsichtbar, indem er schlangengleich vom Bett herunterglitt und darunter verschwand.

»Was machst du hier?« schrie Lizzie. »Ich habe dir einen Auftrag erteilt, und den hast du nicht erfüllt, und ich habe dir gesagt, daß Pimlott heute nicht herkommen kann, oder jedenfalls erst, wenn du alles erledigt hast, was ich von dir will, und dieses Zimmer ist für dich tabu, wie du sehr wohl weißt, ich muß es für Granny und Grandpa hübsch zurechtmachen, und ich habe tausend Sachen zu erledigen, und du bist ein ungezogener, ungehorsamer, widerlicher kleiner Bengel ...«

Sam sank zu einem verdrießlichen Häufchen zusammen.

»'tschuldigung ...«

»Mum«, sagte eine Stimme.

Atemlos wandte Lizzie sich um. Alistair stand vor ihr, eine Tube Klebstoff in der einen und ein winziges graues Plastikteil von einem Modellflugzeug in der anderen Hand. Das eine Glas seiner Brille war mit etwas Kalkweißem verschmiert.

»Dad ist am Telefon«, sagte Alistair, »und kannst du danach mal kommen und mir dies Teil halten, weil meine Pinzette nicht klein genug ist, damit ich das letzte Stück vom Rumpf ankleben kann?«

Lizzie hastete über den Treppenabsatz zum Telefon neben ihrem und Robs Bett.

»Rob?«

»Lizzie, ich weiß, du steckst bis zum Hals in Arbeit, aber könntest du nicht doch kommen? Jenny ist nach Hause gegangen, weil sie sich scheußlich fühlte und scheußlich aussah, das arme Ding, und im Laden ist plötzlich schrecklich viel los ...«

»Nein.«

»Aber Liz ...«

»Nein, tut mir leid, wollte ich sagen, aber hier herrscht das komplette Chaos, und ich muß noch soviel machen ...«

»Ich weiß, ich weiß. Ich helfe dir heute abend. Laß einfach alles, wie es ist.«

»Vor einer halben Stunde kann ich aber nicht da sein. Und ich werde Sam und Davy mitbringen müssen.«

»Okay«, sagte Robert. »Sobald du kannst.«

Lizzie legte auf und kehrte auf den Treppenabsatz zurück. Durch die offene Tür des Gästezimmers konnte sie Sam und Pimlott sehen, die das Bettzeug wieder auf die Betten häuften und dabei von Davy beobachtet wurden. Alistair wartete immer noch.

»Könntest du ...«

»Nein, könnte ich nicht«, sagte Lizzie. »Ich habe soviel zu tun, daß ich dem Wahnsinn nahe bin. Ich möchte, daß du das Silber putzt.«

»Das *Silber putzen*?«

»Ja«, sagte Lizzie. Sie ging ins Gästezimmer, trieb die drei Kinder hinaus und knallte die Tür zu. »Männer putzen Silber. Sie kochen auch und wechseln Windeln und gehen einkaufen. Was hingegen Frauen nicht tun, ist ihre Zeit mit etwas derart Sinnlosem wie Modellflugzeugen zu vergeuden.«

»Mann, bist du sauer«, sagte Alistair.

»Geh nach Hause«, sagte Lizzie zu Pimlott, »geh bitte nach Hause und bleib dort bis nach Weihnachten.«

Er sah sie mit seinem hellen, unsteten Blick an, ohne die geringste Absicht, ihr zu gehorchen. Er hatte – außer, wenn es ihm gerade paßte – noch nie im Leben irgendeinem Erwachsenen gehorcht.

»Und du«, sagte sie zu Sam, »du gehst und saugst Staub im Wohnzimmer, und Davy, geh jetzt und zieh dir was an, und dann holst du Harriet. Ich brauche sie.«

»Ich bin hungrig«, sagte Sam.

»Das ist mir herzlich gleichgültig ...«

»Telefon!« sagte Davy aufgeregt. »Telefon! Telefon!«

Alistair schlüpfte an seiner Mutter vorbei in ihr Schlafzimmer, um abzunehmen. Er sagte »Hallo?« statt »Langworth 4004«, wie sie und Robert es ihm aufgetragen hatten, und dann in herzlicherem Ton: »Tag, Frances!«

Frances! Ihre Rettung! Lizzie eilte in ihr Schlafzimmer und streckte die Hand nach dem Hörer aus.

»Frances? Oh, Frances, Gott sei Dank bist du's, es ist heute morgen einfach fürchterlich hier, das kannst du dir nicht vorstellen, das reinste Tollhaus. Ich würde liebend gern Prinz Albert und Charles Dickens und was weiß ich wen noch alles ermorden, weil sie einen solchen Alptraum aus Weihnachten gemacht haben ...«

»Ach du Arme«, sagte Frances. Ihre Stimme klang, wie üblich, gutgelaunt und herzlich.

»... und jetzt will Rob auch noch, daß ich in der Galerie helfe, und ich habe erst heute morgen diesen elenden Truthahn bestellt ...«

»Ist das schlimm?«

»Nicht wirklich, außer daß ich nicht nachkomme mit allem. Ich hab die Lage nicht wirklich im Griff, was doch wahnsinnig ist bei den endlosen Weihnachtsfesten, die ich hinter mir habe ...«

»Ich weiß. Zu viele wahrscheinlich. Nächstes Jahr werde ich für dich ein Anti-Weihnachten veranstalten.«

»Als ob das möglich wäre! Was wird denn dann aus meinen gräßlichen Kindern?«

»Ich übernehme sie.«

»Ach, Frances«, sagte Lizzie strahlend in den Hörer. »Ich kann gar nicht erwarten, dich zu sehen.«

»Lizzie ...«

»Wann kommst du? Ich weiß, du hast gesagt, erst Heiligabend, aber könntest du nicht schon morgen zumachen, am Wochenende, und bereits Sonntag herkommen?«

»Ja«, sagte Frances, »deswegen rufe ich an. Ich *komme* am Sonntag. Um euch eure Geschenke zu bringen.«

»Was?«

Am anderen Ende der Leitung trat eine kleine Pause ein, und dann sagte Frances ganz locker: »Lizzie, ich rufe außerdem an, um dir zu sagen, daß ich dies Jahr Weihnachten nicht in Langworth sein werde. Deshalb komme ich schon am Sonntag. Ich bringe euch eure Geschenke, doch dann fahre ich wieder. Ich fahre ... ich fahre über Weihnachten weg.«

## 2. Kapitel

Als Barbara Shore erfahren hatte, daß sie Zwillinge bekommen würde, hatte sie kein Wort gesagt. Ihr Arzt, ein altmodischer, gemütlicher Landarzt, der seine Runden noch in einem ausgebeulten Anzug machte, dessen Innentaschen auf sinnreiche Weise so geschneidert waren, daß das gesamte Handwerkszeug seiner Zunft darin Platz hatte, glaubte, die Freude hätte ihr die Sprache verschlagen. Das wäre schließlich die angemessene Reaktion gewesen. Barbara hatte jedoch nach einer Weile lediglich gesagt: »Was für eine ungeheure Anmaßung«, und war dann nach Hause und dorthin gegangen, wohin sie sich in Krisenzeiten bevorzugt zurückzog: ins Bett.

Ihr Mann William kam nach seinem Arbeitstag als Geschichtslehrer an einer unbedeutenden Public School nach Hause und fand sie auf dem Bett vor.

»Es werden Zwillinge«, sagte sie. Es hörte sich anklagend an.

Er setzte sich mit einiger Schwierigkeit auf die schlüpfrige, satinbezogene Steppdecke.

»Das ist ja großartig!«

»Für wen?«

»Für uns beide.« Er überlegte kurz und sagte dann strahlend zu ihr: »Shakespeare hatte Zwillinge. Hamnet und Judith.«

»Ich will keine Zwillinge«, sagte Barbara überdeutlich, als spräche sie zu einem Schwerhörigen. »Ich möchte nur ein einziges Baby, auf keinen Fall zwei. Es ist furchtbar, ein Zwilling zu sein.«

»Ach ja?«

»Furchtbar«, sagte Barbara.

»Woher weißt du das denn?«

»Soviel Phantasie habe ich«, sagte Barbara. »Ein Zwilling kann nie völlig er selbst sein, kann nie eine normale Beziehung zu anderen Menschen haben, kann nie völlig unabhängig sein.«

William stand auf, trat ans Fenster und schaute hinaus auf die herbstlichen Felder. Die Aussicht auf Zwillinge und die Fülle, die ein ganzer Armvoll Babys bedeutete, erfüllte ihn mit unsäglicher Freude.

»Die Amerikaner lieben Zwillinge«, sagte er, weil es ihm gerade einfiel. »Da gibt's irgendwo sogar einen Ort namens Twinsburgh, in Ohio, wo man ...«

»Halt bloß die Klappe«, sagte Barbara.

»Wir nehmen ein Kindermädchen. Ich kaufe eine Waschmaschine.« Seine Augen füllten sich plötzlich mit Tränen, als ihn die Vorstellung überkam, daß sein Paar Babys bereits existierte, in Barbaras Körper, nur ein paar Schritte von ihm entfernt, vielleicht haselnußgroß. »Ich ... ich freue mich so.«

»Ja, du kannst dich freuen«, sagte Barbara.

William wandte sich vom Fenster ab und kehrte zum Bett zurück. Er sah Barbara an. Sie war die Tochter seines Rektors gewesen, und nun war sie seine Frau. Er war sich nicht recht darüber im klaren, wie dieser Übergang zustande gekommen war, und auch darüber nicht, wie er sich auf sein Gemüt ausgewirkt hatte, doch er wußte jetzt, als er auf Barbara hinabstarrte, die unbeschuht und von Bitterkeit erfüllt in Rock und herbstlichem Pullover auf der Satinbettdecke lag, daß er tiefe Liebe und Dankbarkeit empfand, weil sie schwanger war. Er hätte die Hand gern auf den gesprenkelten Tweedstoff gelegt, dorthin, wo er ihren bislang noch flachen Bauch bedeckte, hielt sich jedoch zurück. Man schrieb schließlich 1952, und der Neue Mann, der an der Schwangerschaft ebenso teilnimmt wie an der Ankunft seines Kindes, war noch Zukunftsmusik. Statt dessen küßte William Barbara auf die Stirn.

»Du sollst alles haben, was du willst«, sagte William, »alles zu deiner Erleichterung. Ich mache dir eine Tasse Tee.«

Er ging in die Küche hinunter und putzte sich die Nase, weil seine Augen erneut voller Tränen zu sein schienen. Die Küche, cremefarben und ordentlich, war der schlagende Beweis für Barbaras furchterregende hausfrauliche Tüchtigkeit, nichts unaufgeräumt, nichts fettbeschmiert oder klebrig, nicht einmal eine einzige Fliege summte gegen die makellosen Fenster. Er trug den Teekessel zum Spülbecken und füllte ihn, zündete das

Gas an und setzte den Kessel zum Kochen auf den zischenden Ring blauer und orangefarbener Flammen.

»Zwillinge«, sagte er zu sich selbst. Das Glück, der schiere gesegnete Umstand, daß es Zwillinge sein würden, erfüllte ihn mit ehrfürchtiger Scheu. Womit hatte er das bloß verdient? Was hatte er eigentlich überhaupt je getan, um irgend etwas zu verdienen, als auf seine freundliche Art und Weise durchs Leben zu tappen, von einem Ereignis zum anderen und aus einer Situation in die nächste, als leitete ihn eine unsichtbare Hand? Selbst um den Krieg war er herumgekommen, da er zu jung gewesen war. Er war in der Sicherheit der Schule zurückgeblieben und hatte von der wahren, schrecklichen Natur des Krieges erst durch Männer erfahren, mit denen er studiert hatte, Männer, deren Ausbildung durch sechs Jahre Kampf unterbrochen worden war. William hatte sich damals beschämt gefühlt, wie er sich jetzt beschämt fühlte.

»Ich bin fünfundzwanzig«, sagte er in die leere Küche hinein, »und kurz nach meinem sechsundzwanzigsten Geburtstag werde ich Vater von Zwillingen sein.« Er verstummte und straffte die Schultern wie für die Nationalhymne. »Vater von Zwillingen.«

Barbara wollte in der Entbindungsklinik in Bath, in die sie zur Geburt der Zwillinge gegangen war, ihr Alter nicht verraten. Die Schwestern sollten nicht wissen, daß sie älter war als William, und außerdem war sie zu der Ansicht gelangt, daß dreißig ein peinliches Alter für eine Erstgebärende sei. So starrte sie einfach alle nur an, als man sie fragte, wie alt sie sei, und am Ende mußte sie es ihnen aufschreiben, und ihr wütender Blick hielt die Leute davon ab, das Datum laut vorzulesen.

Die Zwillinge wurden stetig, langsam und schmerzhaft geboren. William, der danach mit einem Strauß Narzissen auf Zehenspitzen hereinkam, war erschrocken über Barbaras erschöpftes, graues Gesicht und den Ausdruck völliger Verausgabung.

»Ich freue mich so, daß es Mädchen sind«, flüsterte William. Er küßte Barbaras Hand. Sie packte ihn mit der anderen.

»Zwing mich nie wieder dazu.«

»Aber ...«

»Nie wieder«, sagte Barbara. »Du hast ja keine Ahnung. Ich dachte, es würde niemals mehr aufhören.«

»Ja, gut«, sagte William. Er brannte darauf, an die unfreundlich wirkenden Krankenhausbettchen an Barbaras Fußende zu treten und hineinzuschauen, doch Barbara hielt ihn immer noch fest. Wenn sie nie wieder ein Kind haben wollte, bedeutete das, daß sie nie wieder ...? Hilfe, dachte William und schluckte. Ich darf doch jetzt nicht dran denken, das ist wirklich nicht der geeignete Augenblick, schrecklich egoistisch von mir, arme Barbara, völlig erschöpft, sie hat ja ganz recht, wenn sie sagt: Ja, du kannst dich freuen ...

»Ja, du kannst dich freuen«, sagte Barbara, »doch für mich kommt das überhaupt nicht in Frage ...«

»Nein«, sagte William, »natürlich nicht. Ganz wie du möchtest.«

Sie lockerte ihren Griff ein wenig.

»Schöne Blumen«, sagte sie und hörte sich schon normaler an. »Mutter hat grauenhafte Dinger geschickt. Sieh mal da drüben. Lila Chrysanthemen, genau das Richtige für eine Beerdigung. Wo hat sie die im Mai bloß aufgetrieben?«

»Ich gucke mir jetzt die Mädchen an«, sagte William.

»Sie sehen halbwegs intelligent aus«, sagte Barbara.

»Gott sei Dank.«

Auf William wirkten sie verletzlich und schön, und das Gefühl, daß sie ihm gehörten, ließ ihm das Herz bis zum Hals schlagen. Er konnte nicht glauben, daß es sie wirklich gab. Er konnte nicht glauben, daß sie so winzig waren, so vollständig, daß sie überhaupt auf der Welt waren und nicht, kopfunter, Teil eines verworrenen, nur dunkel erahnten Arrangements in Barbaras Innerem.

»Oh«, sagte William. Hingerissen berührte er jede Wange mit dem Zeigefinger. »Oh, ich danke dir!«

Barbara lächelte beinah.

»Sie heißen Helena und Charlotte.«

William berührte seine Töchter erneut. Eine bewegte sich und sog mit einem winzigkleinen Mund die Luft ein.

»Nein, heißen sie nicht.«

Barbara, die durch die postnatalen Nähte daran gehindert wurde, sich aufzusetzen, hob gebieterisch den Kopf.

»Doch, so heißen sie. Das habe ich beschlossen. Charlotte und Helena.«

»Nein«, sagte William. Er richtete sich auf und schaute Barbara an, die ihn aus ihren blütenweißen Kissen anfunkelte. »An dem Tag, als du mir mitgeteilt hast, daß du Zwillinge bekommst, habe ich sie insgeheim Frances und Elizabeth genannt. Ich wußte, daß es keine Jungen werden würden – frag mich nicht, woher, ich wußte es eben. Seit Monaten sind sie nun schon Elizabeth und Frances.«

»Aber ich mag den Namen Frances nicht.«

»Ich mag Barbara auch nicht besonders«, sagte William und setzte, ohne großen Nachdruck, nach einer Pause hinzu: »Als Namen, meine ich.«

Barbara öffnete den Mund und schloß ihn wieder. William wartete. Langsam ließ sie den Kopf wieder aufs Kissen zurücksinken und schloß die Augen.

»Meinetwegen.«

»Die hier ist Frances«, sagte William. »Die mit der größeren Nase.«

»Keine von beiden hat etwas vorzuweisen, das den Namen Nase verdient. Elizabeth ist die ältere. Frances hat mir weitaus mehr Ärger gemacht, ich dachte, ich ...«

Die Tür öffnete sich. Eine Schwester steckte den Kopf herein.

»Zeit fürs Fläschchen!« sagte sie.

William kam unsinnigerweise der Gedanke an schwarze Bierflaschen, goldgelbe Apfelweinflaschen, grüne Ginflaschen ...

»Ich ernähre sie nämlich nicht«, sagte Barbara. »Ich meine ...« Sie zeigte auf die blauen Rüschen ihres Nylonnachthemds. »Ich meine, ich ernähre sie nicht selbst. Da weigere ich mich.«

»Ach so«, sagte William, der bis dahin noch keinen Gedanken an die Frage verschwendet hatte, wie Babys am Leben erhalten wurden.

»Und noch was ...«

»Ja?«

»Sowie ich das Bett verlassen kann, fahre ich nach London, in die Marie Stopes Klinik«, sagte Barbara laut, »damit für eine wirklich verläßliche Empfängnisverhütung gesorgt ist.«

Die Zwillinge waren anstrengende Babys, zu Koliken neigend und quengelig. William und Barbara standen nachts abwechselnd auf, um sie zu versorgen, und nachmittags kam die Tochter des Platzwarts der Schule, die auf einen Ausbildungsplatz als Kinderschwester wartete, so daß Barbara ein paar Stunden schlafen konnte.

Ein Jahr lang führten sie ein seltsames Dasein, und William vergaß ganz, wie das gewöhnliche Leben aussah – das Leben, in dem die Bedürfnisse Erwachsener an erster Stelle kamen, in dem man nicht aus Schlafmangel konfus und benommen war und die Gespräche mit Barbara sich nicht ausschließlich darum drehten, wieviel Gramm Frances zugenommen und wie oft Elizabeth sich übergeben hatte. Die Tyrannei der Zwillinge über ihr Leben störte ihn jedoch nicht im geringsten, er nahm sie einfach hin, wie er schon so viele Veränderungen hingenommen hatte, etwa den frühen Tod seiner Eltern oder seine Heirat, nur manchmal dachte er insgeheim, wie gut es doch war, daß die meisten künftigen Eltern keine wirkliche Ahnung hatten, was es bedeutete, Kinder zu haben, weil es sonst bestimmt kaum jemand – und schon gar niemand mit ein bißchen Vorstellungskraft – auch nur in Erwägung ziehen würde.

Nach fünfzehn Monaten änderte sich alles. Die Zwillinge verwandelten sich aus unterentwickelten, bläßlichen Heulsusen in bewundernswürdige, gesunde Kleinkinder, rosig und unternehmungslustig. Die beiden liefen schon früh, sprachen früh und zeigten eine erfreuliche Begeisterung für Bücher. Barbara, die sich mit der gleichen verbissenen Gewissenhaftigkeit um sie gekümmert hatte, die sie dem Küchenanstrich und der Haushaltskasse zuteil werden ließ, war beinahe stolz auf die beiden. Sie versuchte zudem, William die intime Teilnahme am Leben ihrer Töchter abzugewöhnen, die sie während des ersten schrecklichen Jahres sehr wohl von ihm verlangt hatte. Aber da widersetzte sich William ihr, wie schon im Fall der Namensgebung.

»Ich bade sie, seit sie geboren sind, und ich werde sie auch weiter baden. Ich werde sie außerdem weiter füttern und mit ihnen spazierengehen und ihnen vorlesen und sie davon abbringen, Hunden mit Stöcken in die Augen zu pieken und frech zu deiner Mutter zu sein.«

»Du solltest dich vielleicht mehr für deine Karriere interessieren«, sagte Barbara.

»Du meinst, es ist an der Zeit, daß ich befördert werde?«

»Du bist achtundzwanzig, weißt du. Selbst Rektor wird man heute schon in jungen Jahren ...«

»Ich will aber nicht Rektor werden«, sagte William. »Ich will nicht verwalten, ich will unterrichten. Und ich will mit meinen Töchtern zusammensein.«

Als die Zwillinge vier waren, hatten Barbara und William einen ernsthaften Streit. Barbara, die ausschließlich in der Welt der Privatschulen großgeworden war, wollte ihre Töchter in eine Vorschule in Langworth schicken, die von der Frau eines Lehrers an der Schule ihres Vaters geleitet wurde. William nahm den Kampf mit ihr und seinen Schwiegereltern auf. Er war instinktiv davon überzeugt, daß der konventionelle Rahmen eines Lebens, wie er und Barbara es führten, sich in vielem hemmend auswirkte und verkündete, seine Töchter würden auf die staatliche Dorfschule gehen. Es gab einen gewaltigen Krach, der mehrere Tage und Abende dauerte, und Frances und Lizzie – deren Meinung dabei nicht die geringste Rolle spielte – lauschten verständnislos und daumenlutschend vom Treppenabsatz vor ihrem Zimmer und klammerten sich dabei jede an einen Zipfel der tröstlichen Wolldecke zwischen ihnen.

Schließlich einigte man sich auf einen Handel. Die Zwillinge würden zwar zunächst in Moira Cresswells Schule in Langworth gehen, dann würden sie jedoch die Dorfschule besuchen, bis es Zeit für die Aufnahmeprüfung zur höheren Schule wäre. Dann, erklärte William, würden sie die staatliche Mädchenoberschule in Bath besuchen. Nur über ihre Leiche, schrie Barbara. Entweder sie gingen auf das Cheltenham Ladies' College, die Wycome Abbey School oder nirgendwohin. Die Zwillinge lutschten am Daumen und lauschten. Die einzige Schule, die sie kannten, war die, wo Daddy unterrichtete, da gab es lauter kalte Flure, ruppige Jungen und schrillende Glocken. Mädchen waren da nicht.

Als es endlich soweit war, bekam William fast uneingeschränkt seinen Willen, weil etwas Ungewöhnliches passierte. Als die Zwillinge zehn waren und – besonders Frances auf ihre träumerische, ausweichende Art, die sich der Bestrafung entzog – widerspenstiger zu werden begannen, ging Barbara plötzlich weg. Eben noch, so schien es, hatte sie die Sesselbezüge zurechtgezupft, irgendwelche Dinge am Telefon in die Wege geleitet und einen mit Adleraugen beobachtet, um sicherzugehen, daß man seinen Spinat nicht wieder in die Vase auf dem Küchentisch kippte, wie man es listigerweise bereits einmal getan hatte, und im nächsten Augenblick war sie weg. Es war sehr sonderbar. Sie ging, wie sie alles andere auch getan hatte, ohne irgendwelche Spuren ihres Aufbruchs zu hinterlassen und ohne daß im Haus etwas zu fehlen schien. Lizzie und Frances waren zu sehr vor den Kopf geschlagen, um zu weinen.

William sagte, sie sei nach Marokko gefahren.

»Und wo ist Marokko?«

Er holte einen Atlas, legte ihn auf den Boden, und sie knieten sich alle um ihn herum.

»Da. Das ist Marokko. Und dort ist Marrakesch. Mummy ist nach Marrakesch gefahren. Wohl um mal richtig Urlaub zu machen.«

»Und warum?«

»Ich breche aus«, hatte Barbara zu William gesagt. »Wir leben hier doch wie in einer Zwangsjacke. Ich bin vierzig. Wenn ich jetzt nicht ausbreche, werde ich es nie tun und statt dessen zusammenbrechen.«

»Willst du mir allen Ernstes erzählen«, sagte William, »daß du dich einer Hippiekolonie anschließt?« Er schaute Barbara an. Es war zu Beginn des Herbstes, und sie trug einen Cordrock, eine Flanellbluse und eine absolut biedere, grüne Karostrickjacke. »Einer *Hippie*kolonie? Im Ernst? Kaftans und Liebesperlen?«

»Ja«, sagte Barbara.

»Ich glaube«, sagte William zu seinen Töchtern, »sie ist deshalb weg, weil sie sich zu lange zu gut benommen hat. Vielleicht kommt das daher, weil sie die Tochter eines Schulrektors ist. Sie ist weggefahren, um sich mal ein Weilchen schlecht benehmen zu können, um anders sein zu können als normlerweise.«

»Macht dir das was aus?« fragte Frances.

William sah sie an. »Eigentlich nicht. Euch?«

Die Zwillinge tauschten Blicke. »Ich finde, sie hätte sich ruhig verabschieden können«, sagte Lizzie streng.

Sie war zehn Monate weg. In jenen zehn Monaten machten die Zwillinge ihre Aufnahmeprüfung für die Oberschule, die sie bestanden. William warf die Broschüren des Cheltenham Ladies' College und der Wycombe Abbey School in den Mülleimer. Außerdem begann er in der Annahme, daß Barbara Marihuana rauchen und ihm untreu sein würde, abends sein Glas Whisky zu trinken und mit einer Frau aus dem Ort zu schlafen. Juliet Jones lebte in einem abgelegenen Cottage und war eine ebenso hervorragende wie erfolgreiche Töpferin. Die Zwillinge absolvierten ihr letztes Grundschuljahr, legten sich, da Barbara ihre Aussprache nicht mehr korrigieren konnte, einen leichten Somerset-Akzent zu, gewöhnten sich an Juliets Gegenwart (sie war eine bessere Köchin als Barbara) und schrieben gemeinsam lange Briefe nach Marrakesch, worin sie ihre Erlebnisse schilderten, und baten Barbara, ihnen Sandalen mit Goldriemen, Holzperlen und, in einem Marmeladenglas, etwas Wüste mitzubringen.

Barbara kehrte nach Hause zurück und war nicht wiederzuerkennen. Sie war sehr dünn, hatte kohlschwarz geschminkte Augen und hennagefärbtes Haar sowie Handrücken und Spann mit indigoblauen Mustern bemalt. Sie gab jedem der Zwillinge eine kleine silberne Hand von Fatima, die den bösen Blick abwenden sollte, und erklärte William vor den Kindern, sie liebe ihn und sei froh darüber, wieder da zu sein.

»Ich bin jedoch«, so erklärte sie entschieden, »ebenso froh darüber, daß ich mal weg war.«

William war sich über seine Gefühle für sie nicht im klaren, doch das war er schließlich nie gewesen. Während ihrer Abwesenheit hatte er zwar erwogen, sie Juliets wegen zu verlassen, doch das überlegte er sich nun noch einmal. Barbara ging ins Bad und schloß sich eine Weile darin ein. Als sie wieder herunterkam, waren ihre Hände zwar noch bemalt und ihr Haar immer noch brandrot, aber sie trug konventionelle Kleidung und ihre Augen sahen – langweiligerweise, fanden die Zwillinge – wieder normal aus.

»Ich glaube, ich mache einen Kartoffelkuchen«, sagte Barbara.

»Ach, bitte nicht«, sagte Frances. Sie hielt ihre Fatima-Hand fest umschlossen. »Den von Juliet essen wir viel lieber.«

»Wer ist denn Juliet?« fragte Barbara. Sie schaute William an. Er erwiderte ihren Blick. Selbst Frances mit ihren elf Jahren fiel auf, wie munter er wirkte, völlig angstfrei.

»Darauf wollte ich gerade zu sprechen kommen«, sagte William.

Danach war das Leben völlig verändert. Die Zwillinge durften sich auf einmal frei bewegen, fuhren allein mit dem Bus nach Bath zur Schule und wieder zurück, gingen ins Kino, fuhren Rad, und es stand ihnen frei, sich selbst etwas zum Essen aus dem Kühlschrank zu nehmen. Barbara lebte weiter mit William zusammen, und William traf sich, mit unverkrampfter Diskretion, weiter mit Juliet. Bücher kamen ins Haus, Bücher von der Sorte, von deren Existenz William nicht die geringste Ahnung gehabt, geschweige denn je etwas gehört hatte, Bücher von Betty Friedan, Germaine Greer und Gloria Steinem, und eine Zeitschrift namens *Die Adamsrippe*. Barbara hatte sich nun, da sie ihr Abenteuer hinter sich und – aus freiem Entschluß – weitere Ehejahre vor sich hatte, auf den Feminismus verlegt.

Barbaras Version des Feminismus prägte die Jugend der Zwillinge. Lizzie wurde von den häuslichen Pflichten ferngehalten, zu denen sie sichtlich einen Hang hatte, und Frances wurde daran gehindert, ihrer Neigung zum ungezügelten Phantasieren nachzugeben, die ihrem Wesen entsprach und in Barbaras Augen nicht positiv genug war. Barbara fuhr nach London, um an Frauengruppen teilzunehmen, und brachte Mitglieder dieser Gruppen ins Haus, das nun nicht mehr nach Möbelpolitur und Bohnerwachs roch. Lizzie ging dazu über, Juliet in ihrem Cottage zu besuchen, wo sie erste Bekanntschaft mit der Töpferei und den Grundprinzipien der Bildhauerei machte. Frances verschwand, ein Exemplar von Doris Lessings *Goldenem Notizbuch* schwenkend, zu ebenso frustrierenden wie aufregenden Begegnungen mit dem Schulsprecher von Williams Schule. William selbst, der gelassen seinen Jongleurpart zwischen vier Frauen wahrnahm, fragte sich immer wieder, wie die Dinge sich nur in diese Richtung hatten entwickeln können.

Er war einerseits erfreut, als Lizzie heiratete, andererseits fand er es schade. Er mochte Robert zwar, von dem er zu Recht annahm, daß er sich um sie kümmern und sie mit dem schuldigen Respekt behandeln würde, fand jedoch, daß sie zu jung zum Heiraten war. Ihr Entschluß, die Kunsthochschule zu besuchen, hatte ihn entzückt, und er hatte sich schon darauf gefreut, ihr mit Hilfe eines Teils des Kapitals, das seine Eltern ihm vor dreißig Jahren hinterlassen hatten, ein eigenes Atelier einzurichten und ihr bei der Beschaffung von Aufträgen für Porträts behilflich sein zu können, für die sie eine Begabung zu haben schien. Lizzie zog es jedoch vor zu heiraten. Barbara war entschieden dagegen.

»Ich sehe, du paßt dich einfach der Norm an«, sagte Barbara.

»Jetzt hör mal«, Frances verteidigte empört ihre Schwester, »laß Lizzie in Ruhe, ja? Du hast es gerade nötig – fünfundzwanzig Jahre eisern verheiratet, das ist doch die reine Heuchelei ...«

»Ihr seid nun mal die erste Generation, der alle Möglichkeiten offenstehen«, fiel Barbara ihr ins Wort. Sie blickte Frances finster an. Frances war auf der Universität von Reading gewesen und hatte dort irgend etwas völlig Nutzloses belegt wie englische Literatur, statt etwas, das sich sinnvoll anwenden ließ, wie etwa Soziologie. Sie schien nicht gerade auf eine Karriere versessen zu sein, sondern meinte auf ihre ärgerlich unbestimmte Art lediglich, sie werde sich wohl einen Job suchen. Barbara raufte sich zuweilen die Haare darüber, daß Frances, verglichen mit Lizzie, so wenig Charakter zu haben schien, so abhängig von ihrer Schwester war, nur allzu froh, wenn Lizzie ihr sämtliche Entscheidungen abnahm. Nach Lizzies Heirat zählte Barbara die Wochenenden, an denen Frances gar nicht schnell genug nach Langworth kommen konnte, wie ein Kaninchen in seinen Bau. Es schienen ihr viel zu viele zu sein, und sie schrieb Frances lange, wohldurchdachte, tadelnde Briefe, in denen sie ihr vorhielt, wie unfair das Lizzie und Robert gegenüber sei und daß sie, Frances, niemals erwachsen werden würde, wenn sie so weitermache.

»Ich habe dir ja gleich gesagt«, sagte Barbara zu William. »Ich habe dir ja gleich gesagt, wie das werden würde mit Zwillingen. Frances wird nie auf einen grünen Zweig kommen.«

William, mittlerweile geübt darin, einfach zu schweigen, schwieg. Als Frances *Shore to Shore* aufmachte, war Barbara entzückt. Sie vergaß, daß sie Frances schon abgeschrieben hatte, und drängte William sogar, ihr Geld zu leihen.

»Du mußt! Du mußt!«

»Ich hatte es sowieso vor«, sagte William.

»Natürlich«, sagte Barbara während der Vorträge, die sie jetzt vor Frauengruppen auf dem Lande hielt, »sind meine Töchter nur frühe Beispiele solcher Frauen, die von dem profitieren können, was wir in den sechziger Jahren erkämpft haben. Sie kommen gar nicht mehr auf die Idee, ihre beruflichen Fähigkeiten und Möglichkeiten für weniger wichtig zu halten als die der Männer.«

Als das Telefon am Sonntag vor Weihnachten läutete, war Barbara auf dem Dachboden und suchte nach einem ihrer alten Kaftans, den sie Harriet mitbringen wollte. Sie hoffte, daß ihre Enkelin darin so etwas wie einen Talisman sehen würde. Sie hatte den Koffer, worin sie ihn vermutete, bereits gefunden – es war ein alter von ihrem Vater, an dem noch Reste von Aufklebern der Vorkriegszeit waren –, als in der Diele zwei Stockwerke tiefer das Telefon zu läuten begann. Barbara ging zu der rechteckigen Luke über dem Treppenabsatz.

»William!«

William haßte es, ans Telefon zu gehen, hatte es immer schon gehaßt. Wenn er wußte, daß Barbara in Hörweite war, ließ er es zehn- oder zwanzigmal läuten, als fürchtete er sich davor.

»William!«

Unten öffnete sich vorsichtig eine Tür.

»William!« schrie Barbara gellend. »Nun geh doch ran, um Himmels willen! Ich bin auf dem Boden!«

Sein zögernder Schritt durchquerte die Diele – deren Parkett wieder schimmerte wie einst, seit Barbaras anfängliche antihausfrauliche Protestphase abgeklungen war –, und seine zaudernde Hand griff nach dem Hörer.

»Hallo?« sagte er vorsichtig.

Verächtlich schnaubend kroch Barbara durch die Luke.

»Lizzie!« sagte William erfreut. »Wie schön, mein Schatz. Morgen sehen wir uns ja – was? Was ist mit Frances ...?« Er verstummte. Barbara hielt sich an den Enden der gummibelegten Klappleiter fest und setzte erst einen und dann den zweiten Fuß auf die oberste Sprosse. »Ach, du lieber Gott«, sagte William. »Ihr fehlt doch nichts? Ich meine, hat sie ...« Wieder verstummte er und lauschte. Barbara ließ sich überhastet die Leiter hinab und landete schwer auf dem Treppenabsatz. »Ja, natürlich«, sagte William, »natürlich regt dich das schrecklich auf. Völlig unverständlich. Es scheint wirklich gar keinen Grund dafür ...« Er blickte auf. Barbara kam im Eiltempo die Treppe herunter, eine Hand nach dem Hörer ausgestreckt. »Hör mal, Schatz«, sagte William rasch, »hör mal, ich erzähle es Mum, und dann rufen wir dich zurück. Nein, nein, es geht ihr bestens, aber ich erzähle es ihr selbst, es ist wirklich nicht nötig, daß du ... bis gleich, Schatz.« Er knallte gerade in dem Augenblick den Hörer auf, als Barbaras Finger sich darum schlossen.

»Was ist?« wollte sie wissen.

»Etwas Merkwürdiges«, sagte William, »etwas sehr Merkwürdiges ...«

»Nun *sag* doch ...«

»Frances verbringt Weihnachten nicht mit uns. Frances fährt weg.«

»Was? Wohin denn?«

William sah Barbara an.

»Sie fährt nach Spanien.«

»Spanien!« schrie Barbara auf, als hätte William gesagt, Frances fahre nach Sibirien. »Aber warum?«

»Anscheinend, um irgendwelche Hotels zu besichtigen.«

»Weihnachten? Ist sie verrückt geworden? Die spanischen Hotels schließen Weihnachten doch!«

»Diese offenbar nicht. Es ist eine winzige Hotelkette in Privatbesitz, sagt Lizzie, die Posadas de Andalucia heißen. Der Sohn des Besitzers soll sie Frances zeigen.«

Barbara packte William beim Arm.

»Das ist es! Darum fährt sie dahin – es ist ein Mann, ein Spanier!«

»Lizzie meint, nein. Sie sagt, sie habe Frances gefragt, und Frances behaupte, ihn noch nie gesehen zu haben. Sie fährt einfach nur so. Arme Lizzie, sie ist wie vor den Kopf geschlagen ...«

Barbara ließ Williams Arm wieder los. Sie wirkte plötzlich nachdenklich.

»Ja. Natürlich.«

»Meinst du«, sagte William langsam, »Frances läuft davon?«

»Läuft davon? Wovor denn?«

»Vor uns. Davor, so zu sein wie ich – alles nur zu nehmen, wie es kommt ...«

»Unsinn«, sagte Barbara. »Sie leitet eine äußerst erfolgreiche kleine Firma. Man kann nicht alles nehmen, wie es kommt, und gleichzeitig ein *Geschäft* leiten.«

»Ich hab gesagt, du würdest gleich zurückrufen ...«

»Ja, das habe ich gehört.«

»Es wird so ganz anders sein, ohne Frances, findest du nicht auch, ich meine, wir haben doch in siebenunddreißig Jahren noch nie ohne Frances Weihnachten gefeiert.«

»Ich schon, einmal«, sagte Barbara, »in Marokko. Aber in dem Jahr *gab* es auch gar kein Weihnachten für mich.«

»Du bist damals abgehauen ...«

»Nun mal keine voreiligen Schlüsse«, sagte Barbara energisch, »wir wissen doch noch gar nicht, ob Frances so etwas vorhat. Ich rufe erst mal sie an, ehe ich Lizzie anrufe.«

»Sie ist weg«, sagte William.

»Weg?«

»Ja. Sie ist vor einer Stunde geflogen. Sie ist von Lizzie direkt zum Flughafen gefahren. Sie hat uns einen Brief dagelassen.«

»Wie melodramatisch.«

»Nicht melodramatischer«, sagte William mit einigem Nachdruck, »als nach Marrakesch durchzubrennen.«

»Weshalb fängst du bloß dauernd wieder davon an?«

»Um dich daran zu erinnern, daß die Menschen nun einmal unvorhergesehene Dinge tun, Menschen, die keineswegs den Verstand verloren haben.«

Barbara griff nach dem Hörer und begann mit grimmiger Entschlossenheit Lizzies Nummer zu wählen. William kehrte langsam ins Wohnzimmer zurück, wo er gemütlich unter einem Wust von Sonntagszeitungen vergraben gesessen hatte. Er erwog, in den Pub zu gehen, sich einen Scotch zu bestellen und sein Glas dann, wie er es so oft tat, mit zum Münztelefon hinüberzunehmen und Juliet anzurufen. Er wußte zwar, was Juliet sagen würde, doch er wollte es gern aus ihrem Mund hören. Er sah sich schon dort stehen, in der Ecke des Schankraums, den Hörer in der einen, den Whisky in der anderen Hand, und Juliets Stimme lauschen.

»Ach ja«, würde Juliet sagen. »Ach ja, William. Darauf habe ich schon lange gewartet ...«

## 3. Kapitel

Frances saß mit geschlossenen Augen zurückgelehnt auf ihrem Platz im Flugzeug. Die Frau neben ihr flog zu Weihnachten nach Spanien, um ihren Sohn zu besuchen, der ein Mädchen aus Sevilla geheiratet hatte, und war sehr erpicht auf Unterhaltung, so daß Frances ebenso freundlich wie unaufrichtig hatte Kopfschmerzen vortäuschen müssen.

»Ach, Sie Ärmste«, hatte die Frau gesagt und versucht, Frances zwei Tabletten zu schenken und dann ein in grünweißes Wachspapier gewickeltes Pfefferminzbonbon. Lächelnd hatte Frances den Kopf geschüttelt, sich zurückgelehnt und die Augen geschlossen, um sich die Frau vom Leib zu halten. Sie hörte, wie sie sich an ihren Nachbarn an der anderen Seite wandte, einen spindeldürren Jungen in schwarzer Lederjacke und einem weißen T-Shirt, auf dem unter dem Wort »España« das Emblem einer schwarzrotgelben Sonne zu sehen war.

»Ich bin nämlich bis jetzt noch nie nach Sevilla geflogen, weil mein Sohn und seine Frau früher bei Malaga gewohnt haben, sie hatten eine Bar, die hieß The Robin Hood, so eine, wo alles mit einem bestimmten Thema zu tun hat, die Dekoration und so weiter, und mein Sohn war immer kostümiert, ja, doch jetzt, wo meine Schwiegertochter das Kind erwartet, im März kommt es, da wollte sie näher bei ihrer Mutter sein, völlig verständlich, finde ich, also deswegen bin ich diesmal ...«

»Sorry«, hörte Frances den Jungen mit starkem Akzent sagen, »Sorry, madam, not spik English, not understand ...«

»Ach ja?« sagte die Frau eingeschnappt. Sie zerrte das Bordmagazin aus dem Netz an der Lehne des Vordersitzes. Frances hörte sie empört durch die Hochglanzseiten rascheln. »Also wirklich«, sagte die Frau, nur halb zu sich selbst, »hier herrscht echte Weihnachtsstimmung, das muß ich schon sagen.«

Weihnachten. Frances dachte darüber nach. Sie dachte an ihr Zimmer in The Grange, Harriets Zimmer mit seinen blaugestreiften Vorhängen, die Lizzie ausgesucht hatte, und den Wänden voller düsterblickender, verdrießlicher Popstars, die von Harriet stammten. Wenn Frances zu Besuch kam, zog Harriet aus und schlief bei Alistair, jedenfalls war das so gedacht, doch in Wirklichkeit blieb sie in ihrem Zimmer und lümmelte auf dem Bett herum, beobachtete Frances beim An- und Ausziehen und stellte ihr Fragen. Am Weihnachtsmorgen wartete Harriet dann darauf, daß Frances sagte: »Bitte, *bitte* nun iß doch nicht schon vor dem Frühstück soviel Schokolade, mir wird gleich schlecht«, und dann zog Harriet die Folie von einem Weihnachtsmann ab, sperrte den Mund auf, soweit sie nur konnte, und sagte: »Guck mal. *Guck doch mal!*« Frances hatte Harriet sehr gern; es versetzte ihr einen leisen Stich, als sie jetzt im Flugzeug saß, daß sie Harriet enttäuschte, weil sie Weihnachten nicht in Langworth war.

Aber schließlich enttäuschte sie ja alle anderen auch, und zwar mächtig, und Lizzie am allermeisten. Lizzie war so gekränkt und wütend gewesen, daß Frances am Ende so tun mußte, als ginge ihr Flugzeug schon eine Stunde früher, nur um vorzeitig aus Langworth wegzukommen.

»Ich kann dir nicht mehr dazu sagen«, hatte Frances gesagt. »Ich habe vor einer Woche diese Einladung von Mr. Gomez-Moreno bekommen. Ich habe gemeint, ob Weihnachten nicht ein etwas seltsamer Zeitpunkt wäre, und er hat gesagt, nein, es sei ein ganz hervorragender Zeitpunkt, weil die Hotels seines Vaters zwar geöffnet hätten, aber nicht voll wären, so daß ich alles richtig sehen könnte, das Personal richtig kennenlernen würde. Er hat gesagt, er und sein Vater arbeiteten über die Weihnachtsfeiertage normalerweise, weil sein Vater Weihnachten nicht leiden könne.«

»Aber du hättest doch am zweiten Feiertag fahren können.« Lizzie ließ nicht locker. Sie hatte die Berge von Geschenken, die Frances mitgebracht hatte, entgegengenommen und sie einfach neben dem Weihnachtsbaum auf den Boden fallen lassen, als hätte sie daran nicht das geringste Interesse.

»Ich wollte aber nicht«, sagte Frances. »Ich wollte lieber *jetzt* fahren.«

»Wollte lieber!« schrie Lizzie. »Wollte lieber! Wann kann ich denn jemals das tun, was ich lieber will!«

»Lizzie«, sagte Frances und versuchte, die Hand ihrer Schwester zu nehmen, doch die entzog sie ihr mit einem Ruck. »Ich bin deine Schwester, aber ich bin nicht *du.* Ich kann dein Leben nicht bei allen Schritten in meinem Leben berücksichtigen, ebensowenig wie du das kannst.«

»*Bitte* fahr nicht«, hatte Lizzie dann gefleht, »Bitte tu's nicht. Ich brauche dich hier, du weißt doch, wie das immer ist ...«

»Es ist doch nur ein Tag«, sagte Frances, »Weihnachten ist doch nur ein Tag.«

Lizzie brach in Tränen aus.

»Aber warum willst du mir denn nicht die Wahrheit sagen? Warum willst du mir denn nicht verraten, warum du wegwillst, warum du nicht hier sein willst?«

»Weil ich es auch nicht so genau weiß«, sagte Frances.

Zurückgelehnt auf ihrem Platz im Flugzeug wußte sie, daß das eine Ausflucht gewesen war. Es gab Dinge in Lizzie, Aspekte ihres Wesens, denen Frances immer ausgewichen war, denen sie tatsächlich auszuweichen gelernt hatte. Seit den allerersten Anfängen ihres gemeinsamen Lebens hatte Frances etwas zurückgehalten. Es war nichts Großes, doch es war privat, ein Winkel ihrer Seele, der nur ihr gehörte und folglich geheimgehalten werden mußte. Als kleines Mädchen hatte sie zwar die körperliche Nähe zu Lizzie sehr gern gehabt, doch sie hatte nicht die ganze Zeit reden wollen, sie hatte gern an Lizzie gekuschelt gesessen oder gelegen, war jedoch ihren eigenen, verschwiegenen Gedanken nachgegangen. Das waren keine sonderlich tiefsinnigen Gedanken gewesen, befand Frances, da es sich meist um versponnene Geschichten gehandelt hatte, die an geheimnisumwitterten Orten spielten, doch sie waren sehr befriedigend und sehr wichtig für sie gewesen. Wichtig auch in dem Sinne, daß sie sie niemandem erzählen durfte. Lizzie hatte sie nicht gefragt, was in ihrem Kopf vorging; vielleicht war ihr der Gedanke gar nicht gekommen, vielleicht war sie davon ausgegangen, daß sie beide dasselbe dachten.

Frances liebte Lizzie. Sie liebte ihre Kraft und ihre Tüchtigkeit und die Energie, die sich in der Galerie und im Haus und ihrer Kinderschar und ihrer Liebe zur Farbe zeigten. Sie hatte auch die seltenen Gelegenheiten geliebt, als Lizzie mit ihrer Tüchtigkeit am Ende war, wie damals, als Alistairs Zwillingsbruder gestorben war und sie sich in einer Art kindlich vertrauensvoller Anhänglichkeit an Frances gewandt hatte, die um so rührender war, als sie so selten zum Vorschein kam, und so aufrichtig. Es war grauenhaft, Lizzie zu verletzen, grauenhaft, erkennen zu müssen, daß Lizzie nicht einmal ansatzweise einzusehen vermochte, einsehen wollte, daß sie zur Zeit durch jeweils eigene Bedürfnisse und Sorgen voneinander getrennt waren. Frances hatte eine schlechtes Gewissen, weil Lizzie so erschöpft war, während sie selbst nach Spanien flog. Doch warum sollte sie eigentlich ein schlechtes Gewissen haben? Nicht sie hatte Lizzie ihr Leben ausgesucht, Lizzie hatte es sich selbst ausgesucht. Warum sollte sie also ein schlechtes Gewissen haben? Weil Lizzie sie dazu gebracht hatte, genau wie die Frau neben ihr, die ihr unbedingt von ihrem als Robin Hood verkleideten Sohn erzählen wollte, der für englische Touristen in einer spanischen Bar Bier zapfte, ihr ein schlechtes Gewissen gemacht hatte.

»Hab kein schlechtes Gewissen«, redete Frances sich selbst zu. »Schluß damit. Du hast keine Schuld.«

»Wie bitte?« sagte die Frau.

»Warum haben Frauen bloß diesen Hang zu Schuldgefühlen?« Frances gab es auf und öffnete die Augen. »Warum wollen Frauen es bloß immer allen anderen *recht machen*?«

Die Frau sah Frances einen Augenblick durchdringend an, dann nahm sie ihr Bordmagazin wieder hoch und musterte angelegentlich eine Seite mit zollfreiem Parfüm.

»Das weiß ich nun auch nicht«, sagte sie und setzte dann im Ton der Erleichterung hinzu: »Noch eine Stunde und zehn Minuten bis Sevilla.«

Am Flughafen von Sevilla – heruntergekommen und verlassen wie alle unbedeutenden Flughäfen – wartete ein kleiner Mann im blauen Anzug. Er trug ein Plakat mit der Aufschrift: »Miss

F. Shore to Shore«, das er sich vor das Gesicht hielt, so daß er aussah wie eins dieser Bilder in einem Zusammensetzspiel mit Köpfen, Rümpfen und Beinen.

»Mr. Gomez-Moreno?« sagte Frances. Sie sagte es ohne rechte Überzeugung, weil sie sich nicht sicher war, ob sich ihr 1000-Redewendungen-Spanisch nicht in ihr mittlerweile besseres Italienisch hinüberretten würde. Der Mann senkte das Plakat und enthüllte ein breites, strahlendes Gesicht.

»Señora Jore to Jore?«

»Nur Shore«, sagte Frances.

»Señor Moreno schickt mich«, sagte der kleine Mann. »Ich fahre Sie. Hotel Toro. Señor Moreno treffen Sie Hotel Toro.« Er bückte sich nach Frances' Gepäck. »Kommen, Señora Jore to Jore.«

Er setzte sich in Trab, und Frances folgte ihm mit ihrem Bordcase und ihrem Regenmantel.

»Tasche Sie mußt festhalten!« rief der kleine Mann über die Schulter zurück. »Ist *tirón* in Sevilla!«

»Tiron?«

»Jungen reißen Tasche weg, schnell, schnell von Moped ...« Er drehte sich gekonnt gegen die gläserne Flügeltüre des Flughafeneingangs und hielt sie auf, so daß Frances vorbeikonnte.

»Ist es weit? Bis Sevilla?«

*»Qué?«*

»Ist – *está lejos a Sevilla*?

»Nein«, sagte der Mann. »In Auto, geht schnell.«

Es herrschte Dunkelheit, beißende Winterdunkelheit, und es wehte ein kalter Wind, der Himmel jedoch funkelte von übertrieben hellen, fremden Sternen. Der Mann verstaute Frances im Fond des Wagens, knallte ihr Gepäck in den Kofferraum und sprang auf den Fahrersitz, als hätten sie keinen Augenblick zu verlieren, ließ den Motor an und brauste den Zubringer des Flughafens entlang wie ein flüchtiger Bankräuber.

Ich frage mich langsam, dachte Frances ohne große Beunruhigung, ob ich womöglich gerade entführt werde?

Es war zwar höchst unwahrscheinlich, aber unmöglich war es nicht. Nichts schien im Augenblick gänzlich unmöglich, und ebensowenig konnte sie sich darauf verlassen, daß der kleine Ausbruch, den sie gewagt hatte, am Ende nicht größer ausfallen würde als beabsichtigt. Sie schaute aus dem Fenster. Häuser, vielleicht Fabriken, und hohe Maschendrahtzäune rasten im orangegelben Licht der Bogenlampen vorbei, ein ebenso nüchterner wie langweiliger Anblick.

»Wo ist denn das Hotel Toro?« fragte Frances. »Ich meine, *donde* ...«

Der kleine Mann saß vorgebeugt und beschleunigte den Wagen, um einen Bus zu überholen.

»Barrio de Santa Cruz! Bei Giralda! Bei Alcazar!«

Frances hatte es für völlig selbstverständlich gehalten, daß sie im Hotel der Gomez-Morenos in Sevilla wohnen würde, der ursprünglichen Posada de Andalucia, die jetzt La Posada de los Naranjos hieß. Frances hatte einen Prospekt davon gesehen. Auf dem Umschlagblatt war ein Traumfoto von einem gefliesten Innenhof, durch ein schmiedeeisernes Gitter aufgenommen, mit einem Springbrunnen und fein säuberlich in Zubern aufgetürmten Orangen. Der Prospekt besagte, daß sämtliche Zimmer auf diesen Innenhof hinausgingen, der eine typisch spanische Atmosphäre ausstrahle. Die Zimmer seien, so wurde versprochen, heiter und modern, und ein Aufenthalt darin werde lange in angenehmer Erinnerung bleiben. Es gebe Zentralheizung, Telefon, und jedes Zimmer habe ein eigenes Bad.

Der Wagen bog plötzlich links ab und raste über eine lange, eindrucksvolle Steinbrücke. Darunter blitzten und blinkten die Lichter des gegenüberliegenden Ufers im Wasser des Guadalquivir. Frances sagte sich den Namen vor: Guadalquivir. Dem einzigen seriösen Führer, den sie noch hatte lesen können, hatte Frances entnommen, daß George Borrow Sevilla für die interessanteste Stadt ganz Spaniens hielt.

»Plaza de Toros!« schrie der Fahrer und wies auf die hohen, ausdruckslosen, geschwungenen Mauern der Stierkampfarena.

»Grauenhaft«, sagte Frances entschieden. »Grausam und grauenhaft.« Keiner ihrer Kunden würde einen Spanienurlaub gutheißen, zu dem auch nur ein Hauch von Stierkampf gehörte. Vielleicht würde sie das Mr. Gomez-Moreno, junior wie senior, in aller Deutlichkeit sagen müssen. »Ich fürchte, die Engländer finden ein derartiges Spektakel barbarisch«, oder taktvoller: »Ich fürchte, für die Angehörigen einer tierlieben Nation bleibt es ein unerträglicher Anblick ...« Wie sie wohl sein würden, die Gomez-Morenos? Klein, stämmig und temperamentvoll wie der Fahrer, beide in blaue Anzüge gekleidet, mit Goldzähnen und unerschütterlich davon überzeugt, daß Engländer, die nach Spanien kamen, grundsätzlich nichts anderes wollten als Sonne, Sangria und Golfplätze? Ob es wohl sehr schwierig werden würde, ihnen begreiflich zu machen, daß die Kunden von Shore to Shore schon von Lorca und Leopoldo Alas und der geistigen Umnachtung Philipps II. gehört und die große Murillo-Ausstellung in der Royal Academy in London gesehen hatten? Hatte sie überstürzt gehandelt? War es in Wahrheit nichts als der helle Wahnsinn, wegen eines hübschen Hotelprospekts, einer Kette vielversprechender kleiner Hotels und ein, zwei freundlicher Telefonate mit einem jungen Mann in Sevilla, der erpicht darauf war, ein Geschäft anzuleiern, Weihnachten die ganze Familie in Aufruhr zu versetzen?

Himmel! dachte Frances, und einen Augenblick später mahnte sie sich: Reiß dich zusammen. Es handelt sich hier um ein Abenteuer ...

Der Wagen war durch ein verwirrendes Straßenlabyrinth gefahren und hielt nun abrupt vor einer hohen, weißen Mauer. Die Straße war, so schien es, hier einfach zu Ende.

»Hier Stop«, sagte der Fahrer. »Ende. Is Barrio. Keine Autos.«

Er sprang aus dem Wagen und begann, Türen und Kofferraum zu öffnen. Frances stieg aus. Sie befand sich auf einem kleinen, abschüssigen Platz, auf dem es, bis auf das Türenschlagen ihres Begleiters und sein Geächze, was das Gepäck betraf, ganz still war. Am hinteren Ende war ein kleines Restaurant, an dessen Vorderfront raschelndes Laub hinabhing und dessen Fenster von gelben Lampen erleuchtet waren.

»Mit mir kommen, Señora«, sagte der Fahrer und eilte eine Gasse am Fuß der hohen, kahlen Mauer hinunter.

Die Gasse war schmal und nur von einer hübschen, schmiedeeisernen Lampe erleuchtet, die drei Meter über Frances' Kopf an einem Wandarm hing. Am Ende der Gasse verschwand der kleine Mann nach rechts und dann wieder nach links und führte Frances, die ihm leicht außer Atem folgte, in eine breitere Gasse, deren eine Seite aus einem hohen, cremefarben gestrichenen Gebäude bestand. Seine dunklen Fenster waren mit furchteinflößenden Eisenstangen vergittert.

»Is Hotel Toro«, rief der Mann. »Sehr luxy!«

Auf Frances wirkte es wie ein Kerker.

»Sind Sie sicher?«

Er vollführte sein Wendemanöver an der Tür zum Foyer.

»Kommen Sie!«

»Warum wohne ich nicht in der Posada de los Naranjos?«

»Señor Moreno kommt«, sagte der Fahrer. »Kommt mehr später. Is gutes Hotel, Hotel Toro.«

Es war auf den ersten Blick das bizarrste Hotel, das Frances in fünf Jahren intensiver Hotelsuche untergekommen war. Das langgezogene Foyer, das einen grünen Fußboden aus Marmorsplittern und eine üppig ausgestattete, dunkelgetönte Kassettendecke hatte, war wie eine unbeabsichtigte Parodie des altspanischen Stils möbliert: wohin man auch blickte, geschnitzte Eiche und geprägtes Leder mit walnußgroßen Messingnägeln. Jeweils zwischen zwei Möbelstücken stand entweder eine Rüstung oder eine altmodische Schaufensterpuppe in voller Flamencoberüschung, und die Wände, deren Putz wie mit der Mistgabel aufgerauht war, waren mit den Capes und Klingen von Stierkämpfern und der düsteren Parade der gehörnten Köpfe ihrer Opfer verziert, wobei letztere an lackierten Schilden befestigt waren. Der Eindruck war insgesamt der einer makabren Festveranstaltung, die durch einen plötzlich verhängten Bann zum Erliegen gekommen war.

»*Ambiente típicamente español*«, sagte der Fahrer ehrfürchtig. Er setzte Frances' Koffer auf dem spiegelblanken Boden ab. »Sehr, sehr schön.«

Hinter dem Tresen der Rezeption stand ein hagerer junger Mann in dunklem Anzug. Er bedachte Frances erst mit einem langen Blick und dann mit einer langsamen Verbeugung.

»Miss Shore.«

»Ja. Ich glaube ...«

»Señor Gomez-Moreno hat für Sie ein Zimmer bei uns reservieren lassen. Er hat diesen Brief für Sie hinterlegt.«

Frances blickte auf den Brief, den er ihr entgegenstreckte. Sie hätte gern gesagt, daß sie aus geschäftlichen Gründen hier war, daß sie keine Lust hatte, in der ganzen falschen Opernpracht des Hotels Toro zu bleiben, und sie sich mittlerweile ziemlich sicher war, daß in Bezug auf ihre Unterbringung wohl einiges durcheinander geraten war. Da es jedoch nicht von der Hand zu weisen war, daß sie Gast der Gomez-Morenos war, hatte sie zugleich das Gefühl, sich wohl kaum beschweren zu können, noch ehe sie einen von ihnen zu Gesicht bekommen hatte. Sie nahm den Brief und öffnete ihn.

»Liebe Miss Shore!

Willkommen in Sevilla. Wir hoffen, Sie finden das Hotel Toro komfortabel und das Personal entgegenkommend.

Ich werde Sie, wenn es Ihnen recht ist, heute abend um 21 Uhr im Hotel abholen.

Mit freundlichen Grüßen
Ihr José Gomez-Moreno«

Frances wandte sich dem Fahrer zu.

»Danke, daß Sie mich hergefahren haben.«

Er verbeugte sich.

»Is kein Problem.« Er schenkte ihr erneut ein goldblitzendes Lächeln. »Ich hoffe, Sie haben schönen Aufenthalt in Sevilla.«

Sie beobachtete, wie er eilig durch das Foyer trabte, sich gegen die Tür und hinaus in die Dunkelheit drehte. Der junge Mann hinter dem Tresen reichte ihr einen Zimmerschlüssel an einer riesigen Bronzeplakette mit Stierkopfrelief.

»Ihr Zimmer ist im dritten Stock, Miss Shore. Zimmer 309.«

Zimmer 309 hatte gelbe Wände, einen gelben Fliesenboden, braune Holzmöbel und braungelbe, handgewebte Bettüberwürfe. Eine einzige winzige Lampe zwischen den Betten spendete ungefähr soviel Licht wie ein krankes Glühwürmchen, und hoch oben von der Decke hing eine zweite freudlose Birne in einer gelben Glaskugel. Die Wände waren völlig nackt bis auf einen Spiegel, der in Zwergenhöhe angebracht war, und ein kleines, dunkles Bild, das sich als verquälte Kreuzesabnahme Christi mit vielen verzerrten Gesichtern und viel Blut erwies. Der winzige Plastikschrank in der einen Ecke des Zimmers war als Badezimmer gedacht, und über der Toilette war ein Schild mit der Aufschrift »Hinweis der Direktion: Bitte vorsichtig bedienen!« angeklebt. Neben den beiden Einzelbetten – jedes so schmal wie ein Jugendherbergsbett – standen ein gemaserter Kleiderschrank, ein Tisch mit einem Aschenbecher und zwei roten Plastikgardenien in einer Keramikvase, zwei Stühle mit steifer Rückenlehne und ein winziger Fernseher auf einem schmiedeeisernen Tischchen mit Rollen. Abgesehen davon, daß das Zimmer häßlich war, war es auch noch kalt.

Frances ließ ihren Koffer auf das eine Bett fallen.

»Wenn ich für dich zahlen müßte«, sagte sie zu dem Zimmer, »würde ich mich keine Sekunde länger in dir aufhalten.«

Sie marschierte zum Fenster hinüber und riß die hohen Fensterflügel auf, die sich nach innen öffneten und vor denen eine schmuddlige Gardine hing. Hinter ihnen waren braune Fensterläden fest gegen die Winternacht verriegelt. Frances öffnete sie mit einiger Mühe und lehnte sich hinaus. Sie atmete durch, eine Nase voll Sevilla. Es roch nach gar nichts, nur nach Kälte. Vielleicht war es ja ungerecht, in einer Dezembernacht zu erwarten, daß es nach Orangenblüten, Holzkohle, Grill und Eselsmist roch, doch, so fand Frances, ein bißchen mehr hätte es schon sein dürfen. Dies hier konnte überall in Europa sein, überlegte sie ärgerlich, irgendwo in Europa in einem schäbigen Hotelzimmer, das weder charmant noch bequem noch warm genug war, um zu rechtfertigen, daß sich überhaupt irgendein Mensch, dem noch nicht alles egal war, länger als fünf Minuten darin aufhalten sollte.

Sie blickte in die Gasse hinunter, die vom Lichtschimmer der Hotelfenster erleuchtet wurde. Ein Paar ging gerade vorbei, ein älteres Paar in dunkler, förmlicher Kleidung, und ein Winzling von einem Hund schoß an einer leuchtend roten Leine um sie herum. Langsam schritten sie vorbei, unter Frances' Blick, die Krallen der Hundepfoten klickten auf dem Kopfsteinpflaster, und verschwanden dann um eine Ecke, wo ein hilfreicher Pfeil mit einem blauen Neonschriftzug auf die Bar El Nido hinwies. Dann war die Gasse wieder menschenleer.

»Leben und Treiben von Sevilla«, sagte Frances und knallte die Fensterläden zu. Sie mußte an eine Regennacht in Cortona denken, die sie dort in einem Hotel verbracht hatte, das sich verheißungsvoll angehört, ein ehemaliges Kloster, dann aber als trostlos und unbequem herausgestellt hatte: keine Bar, keine zusätzliche Wolldecke und ein Speisesaal, der abends bereits um halb neun zumachte. Sie war an jenem Abend zu müde gewesen, um sich wieder auf den Weg zu machen und sich ein anderes Hotel zu suchen. Heute abend war sie zwar nicht müde, doch schien sie zur Dankbarkeit verpflichtet, und das war schlimmer.

Sie setzte sich auf eins der ungemütlichen Betten und zog sich die Stiefel aus. Was wäre es für eine Erleichterung gewesen, jetzt Lizzie anrufen zu können. Unter normalen Umständen hätte sie – zumal die knickrigen Gomez-Morenos zahlen mußten – Lizzie sofort angerufen und ihr erzählt, wie scheußlich das Zimmer war und über diesen Eierkarton von einem Bad, die finsteren Stierköpfe und die künstlichen spanischen Damen, die auf alle Zeiten mitten im temperamentvollen Flamenco erstarrt waren, ihre Witze gemacht. Doch in der jetzigen Situation konnte sie es nicht, es sei denn – es sei denn, um zu sagen: Hör mal, ich habe wirklich eine große Dummheit gemacht, ich bin hier auf dem völlig falschen Dampfer und komme nun Weihnachten doch nach Hause.

»Und das«, sagte Frances laut, »kann ich nicht. Jedenfalls«, sie blickte auf die Uhr, es war Viertel vor neun, »jedenfalls jetzt noch nicht.«

Um neun, sie hatte sich zwar das Haar gebürstet und noch etwas Lippenstift aufgelegt, aber auf das lauwarme Getröpfel verzichtet, das aus dem Duschkopf kam, ging Frances ins Foyer hinunter und setzte sich zwischen eine Dame mit Fächer in königsblauen Rüschen, deren Kastagnetten mit körbetragenden

Eseln bemalt waren, und einen Stier, der das ihr zugewandte Glasauge eingebüßt hatte. Sie beobachtete die Tür. Zehn Minuten vergingen, ohne daß jemand hereinkam oder hinausging. Ein stämmiges Paar tauchte aus dem Lift auf und setzte sich so weit von Frances weg wie möglich; sie sprachen irgendeine skandinavische Sprache und studierten einen Reiseführer. Frances stand auf und bat den ernsten jungen Mann an der Rezeption um etwas Wein. Er sagte, die Bar sei leider geschlossen. Frances sagte, dann müsse wohl leider jemand für sie den langen Weg bis zur Bar El Nido machen und welchen holen. Der junge Mann blickte sie lange, sehr lange an und sagte dann, er werde nachfragen.

»Tun Sie das«, sagte Frances. »Und zwar schnell.«

Der junge Mann griff zum nächstbesten Telefonhörer und sagte eine Menge in einem raschen, halblauten, leichtfüßigen Spanisch. Dann legte er den Hörer auf und sagte zu Frances, als wäre er ein Arzt, der es mit der besorgten Angehörigen eines sterbenskranken Patienten zu tun hat: »Wir werden tun, was wir können.«

»Na fein«, sagte Frances. Sie kehrte zu ihrem Sessel zurück. »Was für ein trostloser Schuppen«, sagte sie zu dem einäugigen Stier. Das skandinavische Paar starrte sie an.

»Guten Abend«, sagte sie. »Halten Sie dies Hotel für komfortabel?«

»Nein«, sagte der Mann laut und deutlich, »aber es ist billig.« Dann kehrte er zu seinem Reiseführer und seinem nordländischen Gemurmel zurück.

Frances wartete weiter. Das Telefon läutete ein-, zweimal, ein Junge in Bikerkluft kam mit einem Päckchen herein, eine Handvoll bedrückt wirkender Gäste durchquerte das Foyer auf dem Weg in ein Restaurant, doch es kamen weder der Wein noch der junge Señor Gomez-Moreno.

»Wo bleibt mein Wein, bitte?« rief Frances.

»Einen Augenblick, Miss Shore«, sagte der junge Mann.

Ein betagter Telexapparat hinter dem Tresen fing an eine Botschaft zu plappern und beanspruchte seine Aufmerksamkeit. Frances betrachtete ihre Nägel – sauber, aber unlackiert –, ihre Stiefelabsätze, das strahlende, starre, geschminkte Gesicht der spanischen Dame, ihre Armbanduhr. Um halb zehn marschierte sie wieder zur Rezeption. Der junge Mann sah sie kommen und zog sich ohne Eile in einen Würfel zurück, dessen Inneres durch einen Vorhang verborgen war. Auf dem Empfangstresen stand eine Glocke in Gestalt – mein Gott, ich halte das nicht mehr aus, dachte Frances – eines Flamencotänzers. Sie nahm sie und läutete wild.

»Wo bleibt mein Wein?«

Ein kalter Wind wirbelte ins Foyer, als die Türen aufgestoßen wurden. Ein junger Mann kam herein, ein großer, attraktiver junger Mann in einem englisch wirkenden Kamelhaarmantel und einem langen, karierten Schal.

»Miss Shore?«

Frances wandte sich um, die Glocke immer noch in der Hand.

»Ich bin José Gomez-Moreno.« Er streckte ihr die Hand hin und lächelte ihr ungeheuer herzlich zu. »Willkommen in Sevilla.«

Frances schaute ihn an.

»Sie haben sich verspätet«, sagte sie.

»Wirklich?« Er wirkte erstaunt.

»In Ihrem Brief stand, sie würden um neun Uhr hier sein. Es ist jetzt fast fünfundzwanzig Minuten vor zehn.«

Er lächelte wieder und machte eine beschwichtigende Geste.

»So ein kleines halbes Stündchen! In Spanien ...«

Die Tür des Foyers öffnete sich erneut. Ein junger Mann in schwarzer Hose und schwarzer Lederjacke erschien mit einem Blechtablett, worauf ein einziges Glas Rotwein stand. Der Empfangschef tauchte aus seiner Zuflucht auf.

»Ihr Wein, Miss Shore«, sagte er mit stiller Genugtuung.

Der junge Mann stellte das Tablett auf den Tresen der Rezeption. Frances und José Gomez-Moreno schauten es beide an.

»Bitte«, sagte Frances. »Bringen Sie es doch dem Paar dort drüben. Mit einem schönen Gruß von mir. Sie können es sich teilen.«

»*Qué?*« sagte der junge Mann.

»Erklären Sie's ihm«, sagte Frances zum Empfangschef und

wandte sich dann José Gomez-Moreno zu, der sie mit dem Ausdruck höchster Verblüffung ansah. »Und nun zu *Ihnen.*«

Er führte sie in ein Restaurant in der Pasaje de Andreu. Es war ein Kellergewölbe, in dem früher, so erklärte er ihr, gewaltige Eichenweinfässer gelagert gewesen waren.

»Weißwein«, sagte er und lächelte wieder, »Moriles und Montilla. Die besten Weinberge für diese Weine sind in der Nähe von Cordoba.«

Frances interessierte sich jedoch nicht für Cordoba. Sie hielt die Speisekarte – *entremeses*, hieß es dort in Schreibschrift, *sopas, huevos, aves y caza* – weit von sich weg, um José Gomez-Moreno klarzumachen, daß sie sich nicht würde beirren lassen, und sagte: »Ich glaube, es hat hier einige Mißverständnisse gegeben.«

Er lächelte. Er war wirklich sehr schön mit seinem markant geschnittenen Gesicht, den klaren, dunklen Augen und dem glatten, gefügigen, dunklen Haar, das englische Männer so selten haben.

»Mißverständnisse? Aber keineswegs ...«

Frances legte die Speisekarte auf den Tisch und faltete die Hände darüber.

»Als wir miteinander gesprochen haben, Señor Gomez-Moreno ...«

»José, bitte.«

»José, da sagten Sie, Ihre Hotels wären Weihnachten geöffnet, aber nicht sehr voll, und Sie und Ihr Vater würden arbeiten, so daß Sie sie mir in aller Ruhe zeigen könnten ...«

»Aber das stimmt ja auch! Das werden wir tun! Bitte schauen Sie sich doch die Speisekarte an. Hier gibt es ganz ausgezeichnete *sopa de ajo*, Knoblauchsuppe, Paprika ...«

»Ich will aber die Speisekarte nicht anschauen, José. Ich möchte wissen, weshalb ich in so einem dürftigen Hotel wohne, wo Sie mich doch eigentlich davon überzeugen wollen, wie geeignet Ihre Posadas für meine Kunden sind.«

José Gomez-Moreno stieß einen tiefen, sorgenvollen Seufzer aus. Er goß Frances Wein ein.

»Jetzt kommt etwas Überraschendes.«

»Wie bitte?«

Er seufzte erneut und breitete die eleganten Hände aus.

»Mein Vater fährt für zwei Nächte nach Madrid. Alles ist wie sonst auch. Ihr Zimmer ist bereit. Dann kommt der Anruf, völlig unerwartet, völlig unvorhergesehen. Es ist eine Reisegruppe aus Oviedo, aus dem Norden, die vier Nächte bleiben will, eine sehr gute Reservierung, sehr lohnend in einer Zeit, wo sonst nicht viel los ist.«

»So kriegt also jemand aus Oviedo, der vielleicht niemals wieder in Ihr Hotel kommen wird, das Zimmer, das ich haben sollte, und ich ... ich werde mit dem Hotel Toro abgespeist?«

»Abgespeist – das Wort verstehe ich nicht.«

»José«, sagte Frances, »halten Sie das für das richtige Geschäftsgebaren?«

Sie beugte sich vor und musterte ihn. Abgesehen davon, daß er schön war, war er, so erkannte sie, auch noch sehr jung, vielleicht nicht älter als vierundzwanzig, fünfundzwanzig.

»Weiß Ihr Vater, wie die Dinge hier stehen? Weiß er, daß ich rausgeworfen worden bin – zugunsten einer Last-minute-Buchung aus ... woher auch immer?«

»Oviedo.«

Frances sagte bissig: »Woher, ist völlig nebensächlich. Ich habe das Gefühl, daß ich allmählich viel zu wütend werde, um Hunger zu haben.«

»Bitte ...« Er legte seine Hand auf ihre. »Ich habe das falsch gemacht. Es tut mir wirklich leid. Das Hotel Toro ist ...«

»Gräßlich.«

»Sie mögen wohl die spanische Atmosphäre nicht?«

»Ich mag weder kaltes Wasser im Bad noch Häßlichkeit, Mangel an Service oder die spanische Atmosphäre.«

Er starrte sie an.

»Ich habe Sie gekränkt.«

Sie nahm die Speisekarte wieder in die Hand und schaute zornfunkelnd hinein.

»Ich muß das Gefühl haben, daß ich für nichts und wieder nichts eine lange Reise gemacht habe, statt das Weihnachtsfest bei meiner Familie in England zu verbringen.«

Schweigen trat ein. Frances las die Speisekarte. Sie wollte

nicht in ihren Sprachführer schauen, solange José Gomez-Moreno sie wie ein geprügelter Hund ansah, also starrte sie verständnislos auf Worte wie *chorizo* und *anguila* und versuchte, nicht an das Abendessen im Familienkreis in der Küche von The Grange zu denken, bei dem ein schläfriger Davy im Schlafanzug bis nach dem ersten Gang aufbleiben durfte.

»Morgen«, sagte José sachlich, »wird alles anders.«

Frances sagte nichts.

»Morgen verlege ich jemanden von der Reisegruppe aus Oviedo ins Hotel Toro, und Sie werden das Zimmer bekommen, das mein Vater für Sie vorgesehen hatte.«

»Wann morgen?«

»Bis Mittag.«

»Ihr Mittag oder mein Mittag?«

»Bitte?«

»Englisch pünktlich oder spanisch unpünktlich?«

Er straffte die Schultern.

»Ich komme zum Hotel Toro, wenn die Domglocke Mittag läutet, und bringe Sie zu unserer Posada.«

Sie sah ihn an. Er versuchte es mit einem Lächeln, einem hoffnungsvollen, jungenhaften, bittenden Lächeln.

»Sie versprechen es?«

Er nickte. Sein Lächeln wurde zuversichtlicher. Er verstieg sich sogar zu einem kleinen Zwinkern.

»Sonst bringt mein Vater mich um.«

# 4. Kapitel

Frances schlief schlecht. Ihr Bett war ebenso hart wie schmal, und ihr wurde einfach nicht warm. Bald nachdem sie schlafen gegangen war, begannen die Bewohner des Nebenzimmers, ausgiebig Wasser laufen zu lassen und die Spülung zu betätigen, so daß die Leitungsrohre in der gemeinsamen Wand knackten und gurgelten. Um drei Uhr morgens ging jemand mit eisenbeschlagenden Absätzen den gefliesten Flur entlang und sang dazu, nicht mehr ganz taktfest, auf deutsch ein Lied, und kurz nach fünf warf unten in der Gasse eine Gruppe Arbeiter von der städtischen Straßenreinigung ein paar Mülltonnen durch die Gegend und fegte das Kopfsteinpflaster mit Reisigbesen, die sich wie zischende Schlangen anhörten. Um zwanzig vor sieben gingen die Leute nebenan erneut ins Bad und nahmen ihre Wasserspiele wieder auf, und Frances kroch ächzend aus dem Bett und stieg in ihren behelfsmäßigen Plastikduschwürfel, um das lauwarme Wasser mit geschlossenen Augen auf sich hinabtröpfeln zu lassen.

Am Empfang war jemand Neues – ein vollbusiges Mädchen mit üppigem dunklen Haar und einem Lippenstift, der die Farbe von schwarzer Kirschkonfitüre hatte. Das Mädchen erklärte, Frühstück werde nicht vor acht serviert.

»Dann lassen Sie mir bitte nur etwas Kaffee bringen.«

»Das geht nicht vor acht, Madam.«

Frances umklammerte die Kante des Empfangstresens.

»Wo kann ich denn wohl«, sagte sie und machte nach jedem Wort eine Pause, denn sie kämpfte mit dem Wunsch, dem kirschlippigen Mädchen eine zu langen, »vor sieben Uhr morgens in Sevilla eine Tasse Kaffee bekommen?«

Das Mädchen sah sie an.

»In der Bar in der nächsten *pasaje.*«

»Der El Nido?«

»Ja«, sagte das Mädchen.

Frances trat in die Gasse hinaus. Hoch über ihr strahlte ein blauer Himmel, wie man ihn aus Anzeigen für Skiurlaube kennt, ein klarer, leuchtender, ritterspornblauer Himmel ohne auch nur eine einzige Wolke. Zudem wehte ein schneidender Wind, und die Luft hatte einen merklichen Biß. Frances schlug den Kragen ihres Regenmantels hoch und sehnte sich nach dem blauen Wollmantel, den sie in London im Schrank hatte hängen lassen, weil er ihr, selbst wenn Winter war, übertrieben schwer für Spanien vorkam; so unoriginell, wie er war, war er doch ein wärmender, zuverlässiger Freund.

Die Bar El Nido schlief noch halb. Ein dürrer Kellner mit hageren Zügen fegte die Zigarettenstummel vom letzten Abend vom Boden, und ein zweiter gähnte hinter einer Kaffeemaschine. Zwei Männer in Arbeitskleidung lehnten mit Zeitungen und Schnapsgläsern an der Bar, und die Wände waren von Stierkampf- und Fußballplakaten bedeckt. Frances schien die einzige Frau zu sein.

Sie trat an die Bar und verlangte in vorsichtig tastendem, mit englischen Wörtern durchsetztem Spanisch Kaffee, Brot und Orangensaft. Sie erhielt genau das. Sie verlangte Butter. Sie bekam ein winziges, in Goldpapier gewickeltes Rechteck.

»Und Jam? *Mermelada?*«

Der Kellner stellte ihr ein winziges Portionsbecherchen aus Folie hin: Aprikose, schweizerischen Ursprungs.

*»Mermelada de Sevilla?«* sagte Frances. *»De naranja?«*

*»No«*, sagte der Kellner und kehrte zu seiner Kaffeemaschine zurück.

Frances trug ihr Frühstück zu einem Tischchen mit Glasplatte am Fenster. Sie war eher müde als hungrig, und es ging ihr mehr um den tröstlichen Aspekt der Nahrungsaufnahme als darum, ihren Hunger zu stillen. Sie nahm ihre Kaffeetasse in beide Hände, um sich daran zu wärmen.

Sie trank einen Schluck. Der Kaffee war bitter und schmeckte nach Zichorie. Ihre Augen brannten, und trotz der Dusche fühlte sie sich so mitgenommen, wie sie sich in Italien jeweils gefühlt hatte, wenn sie nachts kein Zimmer gefunden hatte und im Auto übernachten mußte. Hatte sie eigentlich die geringste

Lust, Sevilla eine zweite Chance zu geben, auch wenn die Aussicht bestand, daß sie bis Mittag bequemer untergebracht sein würde? Sie starrte aus dem Fenster. Eine stämmige junge Frau in Lackschuhen und einem dicken, blauen Mantel ging vorbei und hielt an jeder Hand ein ernsthaftes kleines Kind, das wie die Miniaturausgabe eines Erwachsenen gekleidet war. Ob sie zur Kirche gingen? Oder die Großmutter besuchen? Oder gar zum Zahnarzt? Einmal, und dabei war es geblieben, hatte Frances Sam zum Zahnarzt gebracht, und Sam hatte ihn gebissen und zwar fest genug, daß es blutete.

»Du kleine Wanze«, hatte der fassungslose Zahnarzt gesagt und für einen Augenblick seine berufsbedingte Höflichkeit vergessen.

Diese braven kleinen Kinder Sevillas würden niemals jemanden beißen, dachte Frances, diese braven, katholischen Kinder. Sie versuchte, sich an die Stelle der stämmigen Mutter zu versetzen, die jene adrett behandschuhten Händchen angefaßt hielt.

»Komm weiter, Maria, komm schon, Carlos, nicht trödeln ...«

Es klappte nicht. Jene Kinder waren nun einmal spanisch, ihr ganz und gar fremd. Frances fragte sich, was sie wohl für einen Vater haben mochten: vielleicht einen Rechtsanwalt oder einen Arzt, einen eher kleinen, kräftigen Mann, der zu seiner Frau paßte, ängstlich darum bemüht, seine Kinder vor dem besorgniserregenden Liberalismus zu bewahren, der über Spanien hinwegfegte.

»Drogen, Sex«, hatte José Gomez-Moreno am Abend zuvor über zähen, gebratenen Rebhühnern gesagt. »Spanien ist jetzt voll davon. Sevilla ist, was Drogen angeht, ganz übel. Die Eltern haben dauernd Angst um ihre Kinder. Die Sexshows im Fernsehen«, sagte er mit glänzenden Augen, »sind *schrecklich*.«

Er hatte ziemlich ausführlich über seinen Vater gesprochen. Er sagte, sein Vater sei Geschäftsmann, und die Hotels seien nur eins von vielen Interessen, und er lebe seit fünfzehn Jahren von seiner, Josés, Mutter getrennt, und seine beiden Großmütter mißbilligten dies und seien darüber sehr wütend.

»Sie sind strenge Katholikinnen, verstehen Sie. Ich ... ich

kann zur Not auch ohne Religion auskommen. Meine Generation hat ihre eigenen Maßstäbe.«

»Und Ihr Vater?«

»Er spricht nie über Religion. Er führt nicht gern ernsthafte Gespräche. Haben Sie einen Freund?«

»Nein«, sagte Frances, »falls Sie das etwas angeht.«

Er hatte gelacht. Er hatte sein Gleichgewicht gerade erst wiedergefunden und wollte es so schnell nicht wieder verlieren, also hütete er sich davor, Frances mit vollmundigen Komplimenten – wie kann eine so schöne Frau wie Sie denn etc. etc. – zu bedenken. Nur gut, dachte Frances jetzt, als sie Butter und Marmelade auf ihr wattiges Brötchen strich, sonst hätte ich wohl wirklich einen Anfall gekriegt. Die Menschen haben nicht die geringste Vorstellungskraft, wenn sie es mit Leuten zu tun bekommen, die nicht Teil eines Paars sind, sie wenden nicht mal ein Viertel des Einfühlungsvermögens auf, das sie selbst von einem einfach *verlangen.* Irgendwie gewöhnt man sich zwar daran, so wie man sich an die angenehmen wie die schmerzlichen Aspekte der Tatsache gewöhnt, alleinstehend zu sein und auf niemanden Rücksicht nehmen zu müssen – man gewöhnt sich zwar daran, aber es ist einem doch immer noch zuwider, danach gefragt zu werden. Denn dann fängt man wieder an darüber nachzudenken, die ganze Leier noch einmal von vorn, man beginnt sich zu fragen ... Sie biß in ihr Brötchen. Barbaras Theorie war natürlich, daß Frances sich nicht mit Leib und Seele auf eine Beziehung einlassen konnte, weil sie der schwächere Teil eines Zwillingspaars war, doch Frances war seit langem an die Theorien ihrer Mutter gewöhnt und zu der Meinung gelangt, daß sie nicht besonders stichhaltig waren. Aber sie hatte ja nun wirklich nie eine erfüllte Beziehung zu einem Mann gehabt, oder? Sie hatte sich zwar etliche Male schrecklich verliebt, auf eine verzweifelte, fast schon halsbrecherische Weise, doch sowie der erste Rausch verflogen war, hatte keiner ihr je genügt. Jedesmal, so schien es, hatte sie sich enttäuscht und wie betrogen zurückgezogen, wenn der betreffende Mann gerade anfing zu überlegen, ob nicht womöglich doch mehr als ein oberflächlicher Flirt zwischen ihm und diesem großen, konventionell gekleideten Mädchen mit dem ulkigen kleinen Reisebüro und der seltsam unpersönlichen Wohnung sein könnte. Dann war es jedoch jedesmal zu spät gewesen, der Mann hatte sein Interesse zu spät gefunden, den emotionalen Zug verpaßt, und Frances hatte sich verabschiedet, war wieder in ihr Alleinsein zurückgedriftet, traurig zwar, aber endgültig. Sonderbar, sagte sich Frances, wo ich doch genau weiß, daß ich ein der Liebe fähiger Mensch bin, imstande, zu lieben und geliebt zu werden. Oder etwa nicht? Oder hapert es bloß mit meiner Selbsteinschätzung, und neige ich zur Selbsttäuschung? Könnte Mum sogar teilweise recht haben? Könnte es nicht vielleicht doch so sein, und zwar im handfest physiologischen Sinne, daß Lizzie sämtliche emotionalen, sinnlichen und mütterlichen Regungen abbekommen hat, die von rechts wegen zwischen den Schwestern hätten aufgeteilt sein müssen?

Frances aß das restliche Brötchen auf, trank ihren Kaffee aus und wischte sich mit einer winzigen, schlüpfrigen Papierserviette die Lippen. Dann stand sie auf. Sie würde das tun, dachte sie, was sie immer auf Auslandsreisen tat, nämlich mit der Kirche oder dem Dom der jeweiligen Klein- oder Großstadt anfangen und sich von dort nach außen vorarbeiten. Sie ging zur Theke, um ihr Frühstück zu bezahlen. Der Kellner trocknete Gläser ab, die Augen halb gegen den Rauch geschlossen, der von der Zigarette in seinem Mund aufstieg. Er sah sie nicht einmal an. Sie zählte betont exakt die geforderte Anzahl Peseten auf die Theke. »Kein Trinkgeld«, sagte sie, »es gab ja auch keine Bedienung ...«, und ging hinaus in die schneidend kalte Luft des frühen Morgens.

Es war, so erinnerte sie sich, Heiligabend. Irgendwie war es ihr trotz der Kälte nicht möglich, das gefühlsmäßig nachzuvollziehen. In der vertrackten Lage, in der sie sich infolge ihres albernen Fehlers entwürdigenderweise befand, sagte dieser Tag ihr überhaupt nichts, er wirkte auf sie einfach wie ein fremd anmutender Tag im Ausland und in dieser Fremdheit zugleich vertraut. Sie dachte an Langworth. In Kürze würde es dort drunter und drüber gehen. In der Küche würden überall Schüsseln mit Truthahnfüllung stehen, und Berge von Gemüseschalen würden sich auf dem Tisch türmen. Das ganze Haus würde übersät sein mit irgendwelchen Abfällen der Weihnachtsdekoration, derer die Kinder sich auf ihre chaotische Weise angenommen hatten. Und mittendrin, im Auge des Orkans, säße einmal mehr William, die Pfeife im Mund und friedlich vertieft in ein Kreuzworträtsel oder eins von Alistairs ewigen Modellen. Frances kam plötzlich in den Sinn, wie schön es sein müßte, William jetzt dabei zu haben: englisch bis in die Knochen und milde erstaunt über die Andersartigkeit des Ganzen.

»Ungewöhnliches Bauwerk«, hörte sie ihn über den Dom sagen, »höchst ungewöhnlich. Meinst du, daß sich das irgendwelcher Bewunderung erfreut?«

Frances hätte nicht sagen können, ob sie es bewunderte oder nicht, dazu war es auf den ersten Blick zu eigenartig. Sie blieb an einem Zeitungskiosk stehen – dessen obere Regalfächer mit Pornographie vollgestopft waren – und kaufte sich einen Führer über den Dom, ein kleines, dickes Buch aus Glanzpapier: »Alles über den Dom von Sevilla und das Kloster Sankt Isidoro del Campo«.

Frances schlang sich den Riemen ihrer Tasche über die Schulter und wagte einen zweiten Blick auf ihr Ziel. Sie stand auf der anderen Straßenseite gegenüber der westlichen Fassade und starrte den Dom über den brodelnden Verkehr hinweg an. Er war einfach riesenhaft und sehr kompliziert, in einem bombastischen gotischen Stil erbaut. Dahinter schien sich – konnte das sein? – ein Minarett zu erheben. Frances schlug ihren Führer auf.

»In diesem Dom befinden sich eine Menge schöner Türen, die Markttür, die St. Christophus Tür, die Glockentür, die Tür der Vergebung, die Tür ...«

Frances schloß das Buch wieder und steckte es in die Tasche ihres Regenmantels. Vielleicht wurde ja, wie bei manchen italienischen Domen, ein abweisendes oder gar häßliches Äußeres durch die Schätze im Innern wettgemacht. Dieser hier war nicht häßlich, aber doch verblüffend: so riesig, so komplex, so grandios – so protzig, dachte Frances, daß er den Betrachter einschüchterte. Doch es hatte nicht viel Sinn, daß sie hier schaudernd auf dem gegenüberliegenden Bürgersteig stand und sich entmutigt fühlte, noch ehe sie überhaupt angefangen hatte. Sie erinnerte sich, daß ihr genau dasselbe schon einmal vor dem Dom von Parma passiert war. Häßlich wie ein Fabrik, hatte sie gedacht und wäre um ein Haar weitergegangen, um in der nächsten Bar einen Campari Soda zu trinken. Dann hatte sie sich aber doch von ihrem kulturbeflissenen Gewissen dazu verleiten lassen, widerstrebend hineinzugehen, und sie war hingerissen gewesen. Im Dom von Parma gab es einen Correggio, eine Auffahrt, voller Cherubim, die Blumen streuten. Es sah allerdings zumindest von außen, nicht danach aus, als wäre der Dom von Sevilla die Art Gebäude, wo irgend jemand, und sei es auch nur ein mutwilliger Cherub, wagen würde, mit Blumen um sich zu werfen.

Beim südeuropäischen Straßenverkehr, das hatte Frances längst gelernt, kam es darauf an, ihm die Stirn zu bieten. Die Befolgung nördlicher Grundsätze wie die Beachtung roter und grüner Ampeln war sinnlos, weil sich südlich von Paris kein Mensch mehr darum scherte. Statt dessen galt es, sich als selbstbewußter Fußgänger in Szene zu setzen, sprich, so groß wie möglich zu sein, energisch auszuschreiten und wenn nötig sogar gebieterisch die Hand zu heben, als Stoppzeichen, während die übrigen Verkehrsteilnehmer auf einen losrasten wie eine wildgewordene Hundemeute. Italienische Verkehrspolizisten brachte man mit solchem Gebaren zwar auf die Palme, doch regten die sich, Frances' Meinung nach, sowieso über alles und jedes auf. Das kam zweifellos daher, daß sie in albernen kleinen Operettenschlößchen isoliert waren, aus denen sie mit weißbehandschuhten Händen herauswedelten und sich mit ihren ohnmächtigen Trillerpfeifen gegen ungerührt weiterrasende Fiat-Fluten durchzusetzen versuchten. Gleich würde sie wissen, ob die spanischen Polizisten genauso waren. Sie schlug entschlossen den Kragen ihre Regenmantels hoch, reckte das Kinn empor und marschierte über die Avenida de la Constitución.

Auf der anderen Seite hielt ein alter Mann sie fest. Er brabbelte rasend schnell in unverständlichem Spanisch auf sie ein, wies auf den Verkehr, auf Frances, auf die artig auf dem Bürgersteig wartende Menschentraube auf der anderen Seite der Plaza del Triunfo, verdrehte die Augen himmelwärts und bekreuzigte sich.

»Danke«, sagte Frances lächelnd und entwand ihm ihren Arm. »Danke für ihre Anteilnahme, doch ich bin völlig heil und unversehrt.«

Er drohte ihr mit dem Zeigefinger. Nein, schien er sagen zu wollen, nein, so benimmt man sich in Sevilla nicht.

»Nächstes Mal«, versprach Frances, »zockele ich brav mit den anderen mit. Frohe Weihnachten.« Sie entfernte sich. Er rief ihr etwas nach. Lächelnd wandte sie sich nach ihm um, doch seine Miene war finster. Was für eine Welt, dachte sie, was für eine Stadt, was für Leute! Kein Wunder, daß die Engländer scharenweise nach Italien drängten, als wäre der Rest Europas gar nicht vorhanden. Ein Italiener verwünschte einen vielleicht oder beschimpfte einen sogar, doch er würde einen nicht in dieser Weise *belehren*. Puh, dachte Frances, während sie auf dem Weg ins Innere des Doms eine winzige Pforte innerhalb einer riesenhaft großen Tür aufstieß, puh, doch wenigstens hat der Ärger bewirkt, daß mir jetzt wärmer ist.

Von innen wirkte der Dom von Sevilla noch größer als von außen. Seine Fluchten waren ehrfurchtgebietend, weitläufige Landschaften aus schimmernden Fußböden, himmelwärts strebenden Säulen und Deckengewölbe, dunkel, gedämpft, bedrohlich und heilig. Frances ging ein paar Schritte weiter hinein und blieb dann unmittelbar vor einer riesenhaften, düsteren Königin stehen, die, so schien es, aus vergoldetem Holz war. Sie spähte eindringlich in die Düsternis. Es gab insgesamt vier solcher Königinnen, die sich, paarweise arrangiert, gemessenen Schrittes über eine behauene steinerne Plattform bewegten und so etwas wie Tabernakel an Stangen über der Schulter trugen. Frances umrundete sie. Ihr Ausdruck war zugleich majestätisch und entrückt, ihre Königsmäntel waren mit Schlössern und Wappentieren verziert. Frances holte ihre Taschenlampe aus der Handtasche und ließ ihren Strahl auf die Steinmetzarbeit fallen. Sie besichtigte, so stellte sie fest, gerade das Grab von Christoph Kolumbus. Armer Christoph Kolumbus, hatte man ihn doch aus dem modernen Zwang heraus, allen bewunderten Größen der Vergangenheit am Zeuge zu flicken, vom Sockel eines Helden der Geschichte heruntergeholt. Nun war er kein großer Abenteurer mehr, sondern bloß noch ein habgieriger Pirat. Frances legte die Hand anerkennend auf den hölzernen Fuß der nächststehenden, gewaltigen, ungerührten Königin. Mochte Christoph Kolumbus auch in die niederen Ränge jener verbannt worden sein, die sich lediglich die Taschen hatten füllen wollen, so hatte er doch immerhin noch sein Grabmal.

Sie schlenderte durch die dämmrigen, weitläufigen Fluchten des Doms. Tausend Wachsstöcke funkelten in hundert Kapellen, gewaltige Wandschirme aus Holz und Schmiedeeisen verloren sich hoch oben in den schattigen Höhen des Daches, heilige Antlitze, geschnitzt und bemalt, den Blick fromm gesenkt oder in Qualen erhoben, zogen langsam in einer nicht enden wollenden Prozession vorbei. Sie gelangte in eine Art Hauptschiff, dessen Chorgestühl von schwarzen, geschnitzten Wandschirmen verschlossen war und an dessen einem Ende sich riesige vergoldete Eisentore, ähnlich den Toren einer Burgfeste, erhoben.

Du liebe Güte, dachte Frances, wie grimmig das alles ist, wie zornerfüllt diese Spanier zu sein scheinen ...

Sie wandte sich um. Hinter ihr erhob sich etwas ganz Ungewöhnliches, etwas Schimmerndes, allem Anschein nach eine Wand aus Gold, eine phantastische Steilwand aus schierem Gold, die wie eine breite, strahlende Fontäne zwischen dunklen Steinwänden höher und höher stieg. Auch sie war von einem Gittertor versperrt. Frances umklammerte die Gitterstäbe und starrte hindurch. Die ganze Wand war mit Reliefs geschmückt, mit Figuren und Szenen, Fächern und Säulen, und oben, in schwindelnder Höhe über Frances und dem klein erscheinenden Altar, hing Christus mit gesenktem Kopf an seinem Kreuz, auch er vergoldet wie ein prächtiger, gebrochener Vogel.

Frances konnte sich nicht losreißen. Sie hatte so etwas noch nie gesehen, nie hatte sie auf all ihren Reisen etwas gesehen, daß zugleich so christlich und so unvertraut war. Sie ließ die Gitterstäbe los, setzte sich auf einen Holzstuhl in der Nähe und holte ihren kleinen Führer aus der Tasche.

»Das große Retabel des Hauptaltars«, las sie, »wurde von dem flämischen Meister Dankart entworfen und zwischen 1482 und 1526 ausgeführt.«

Er stammte also aus der Zeit, als die Armada unterwegs gewesen war. Als jene kleinen Schiffe dichtgedrängt den Ärmelkanal hinaufgefahren kamen und die Wächter auf den Klippen ihre trotzigen Scheiterhaufen entzündeten, da entstand diese riesige goldene Wand, die Spaniens Ehrgeiz und Machtfülle atmete, hier in Sevilla. Es kam nicht häufig vor, dachte Frances und hob den Blick erneut, daß man glaubte, die Geschichte greifen zu können, daß man spüren konnte, wie das Vergehen der Zeit alles und nichts zugleich war. Sie hatte es zuweilen in England gespürt, in Italien dagegen, bei all ihrer Liebe zu diesem Land, nur selten, und es war wirklich höchst sonderbar, daß sie es nun mit einer solchen Intensität in diesem fast feindseligen Gebäude mit seiner großspurigen, bedrohlichen Strenge empfand, in einer Stadt, die ihr doch gänzlich fremd war.

Sie stand auf und ging langsam in Richtung des südlichen Seitenschiffs davon. Es waren nicht viele Menschen im Dom, vielleicht, weil Weihnachten war, und die Wintersonne fiel durch die hohen Fenster des oberen Schiffs in langen, staubigen Schäften auf die leeren, schimmernden Rechtecke und Dreiecke des Fußbodens. Das Bauwerk kam ihr immer zeitenthobener vor, schien sich immer weiter vom Zeitungskiosk draußen zu entfernen, dem schimpfenden alten Mann, den Kellnern in der Bar und den Autos auf der breiten Straße, deren Lärm durch die Wände hindurch nicht stärker zu hören war als fernes Meeresrauschen. Frances hob den Kopf zum altehrwürdigen Rumpf des Bauwerks empor. Wenn sie die Augen schließen würde – wenn sie halb die Augen schließen würde und durch die Wimpern in jenes bizarr anmutende Seitenschiff emporstarrte auf das herrliche Wechselspiel von Licht und Schatten, von glänzendem Marmor und emporstrebendem Stein, schimmernden Oberflächen und unauslotbaren Tiefen der Dunkelheit – vielleicht würde sie ja, nur einen flüchtigen Augenblick lang, eine Prozession über die Marmorfläche heranwogen sehen, eine Prozession des fünfzehnten Jahrhunderts, lauter samtene und damastene Gewänder, von Priestern mit goldenen Kreuzen prunkvoll angeführt, und mittendrin die katholischen Monarchen Ferdinand und Isabella auf ihrem Weg zu Christoph Kolumbus, um ihm den Auftrag zu erteilen, die westliche Welt zu erforschen und deren Schätze nach Spanien heimzubringen.

Sie öffnete die Augen. Jemand pfiff auf einer Trillerpfeife, einer häßlichen, stimmungstötenden Trillerpfeife, und Kirchendiener und Sakristane begannen, durch den Dom zu eilen und die Besucher vor sich her zu treiben wie aufgescheuchte Hühner. Es war Zeit für die erste Messe des Tages. Der Dom, der Mauren und Christen gleichermaßen überlebt hatte, machte sich bereit für seine hauptsächliche Aufgabe. Frances stand auf, versetzte einer Säule im Weggehen bedauernd einen wohlwollenden Klaps und folgte der Menge aus der Vergangenheit in die Gegenwart hinaus.

Der Rest des Vormittags verlief unbefriedigend. Die Stimmung, in die der Dom Frances vesetzt hatte, hing ihr an wie ein Traum und machte sie ungeduldig gegenüber solchen Notwendigkeiten wie auf den Stadtplan zu schauen, Kaffee zu bestellen und sich die Tatsache zu Gemüte zu führen, daß Sevilla die viertgrößte Stadt Spaniens war, die den Bürgerkrieg zwar auf seiten der Republikaner begonnen hatte, sich dann aber von den Nationalisten hatte einnehmen lassen, daß es die Lieblingsstadt Pedros des Grausamen war (der 1350 den Thron bestiegen hatte) und daß es heute unter einem traurigen Anstieg der Kleinkriminalität zu leiden hatte. Aber etwas an Spanien und Sevilla, das Frances im Innern des Domes mit Händen greifbar erschienen war, auch wenn sie es nicht hätte benennen können, entzog sich ihr nun wieder gänzlich. Sie schien nur mehr, ziemlich übellaunig, in einer modernen Stadt im Ausland zu sein, und zwar zu dem einzigen Zeitpunkt des Jahres, wo sie sich mit allen Fasern dorthin gezogen fühlte, wo ihr alles vertraut war und sie von Menschen umgeben war, die sie als ihresgleichen empfand.

Frances lief und lief. Sie sah den Fluß und die Brücke wieder, die sie am Abend zuvor überquert hatte, sie sah die langen, baumbestandenen französischen Gärten und Gebäude mit überladenen Barockfassaden, sah Straßen, die von Wohnhäusern gesäumt waren und andere voller Lädchen, die Elektroartikel oder Lebensmittel, Plastikeimer, Lederkleidung, Souvenirkastagnetten verkauften oder auch Heiligenfiguren aus Keramik. Sie ging an Kirchen und Tankstellen vorbei und an hohen weißen Mauern, hinter denen sich wer weiß was verbarg, sie kam an trübseligen Zeitungshändlern vorbei, an zahllosen Wäschegeschäften und einem schönen Gebäude, auf dessen Balkon im ersten Stock fünf Skelette standen, in hochmoderne Jacken und Hüte gekleidet und zu einer greulichen Parade erstarrt. Sie kam auch an Menschen vorbei, Unmassen eilender Menschen, die die bewundernswerte südeuropäische Angewohnheit zu haben schienen, die Weihnachtsvorbereitungen bis zum Heiligen Abend aufzuschieben, statt sich im Sog eines monatelangen, gnadenlosen prostestantischen Reklamerummels schon vorher zu verausgaben. Alle trugen etwas: Blumen, Schachteln mit Kuchen und Pralinen, Weinflaschen, Weihnachtsbäume, Körbe voll Clementinen, an denen noch die dunkelglänzenden Blätter hingen, Netze mit Nüssen, Arme voller Dinge, die in buntes Papier verpackt und mit sich ringelnden Bändern verschnürt waren. Nur Frances, so schien es, trug lediglich eine gewöhnliche Handtasche und einen Stadtführer. Um halb zwölf umrundete sie den nördlichen Vorplatz des Doms – sie bedachte ihn diesmal mit respektvollem und zugleich dankbarem Blick – und schlängelte sich zurück zum Hotel Toro, durch das Barrio de Santa Cruz. Es war einst das jüdische Viertel gewesen, labyrinthisch und verschwiegen zwischen weißen Mauern, die Häuser nur nach der Garten- und Hofseite hin geöffnet. Auch hier Menschengewimmel und lebhafte Stimmen. Ein Mann ging an ihr vorbei, der einen riesigen hölzernen Engel mit rosa bemaltem Gesicht trug, und ein anderer hatte sich keck eine Klobrille über die Schulter gehängt. Das alles hatte nichts Weihnachtliches – hatte Weihnachten im Süden für einen Menschen aus dem Norden je etwas Weihnachtliches – und umgekehrt? –, doch auf einmal begann sich eine festliche Stimmung bemerkbar zu machen. Beinah beschwingt stieß Frances die Glastür zum Hotel Toro auf. Es war fünf nach zwölf.

José Gomez-Moreno war nicht da und nicht dagewesen. Er hatte auch keine telefonische Nachricht hinterlassen. Frances ging hinüber zur Telefonkabine in einer Ecke der Hotelhalle, die als mittelalterliches Wachhäuschen verkleidet war und tatsächlich von zwei riesigen Rüstungen bewacht wurde. Sie rief die Posada de los Naranjos an und fragte nach José.

Eine unsichere Stimme in zögerndem Englisch erklärte, er sei nicht zu sprechen.

»Was heißt, nicht zu sprechen? Ist er denn im Hotel?«

»Ja, er ist im Hotel – hat Sitzung.«

»Mit wem?« schrie Frances.

»Ist private Sitzung«, sagte die Stimme. »Über Hotelgeschäfte.«

»Wollen Sie Señor Gomez-Moreno bitte etwas ausrichten?«

»Wenn Sie möchten . . .«

»Ja, ich möchte. Sagen Sie ihm, Miss Shore wünsche keinerlei weitere Kontakte mit ihm.«

*»Qué?«*

»Sagen Sie ihm . . .«, fing Frances an, verstummte dann jedoch. Sie holte Luft. »Sagen Sie ihm, er soll zum Kuckuck gehen«, sagte sie und knallte den Hörer auf, ehe die Stimme wieder *»Qué?«* sagen konnte.

Sie kehrte zum Empfangstresen zurück. Das kirschlippige Mädchen riß gerade ein Telexformular in lange, unentzifferbare Streifen.

»Gibt es heute irgendwelche direkten Flüge von Sevilla nach London?«

Das Mädchen griff nach dem erstbesten Telefonhörer.

»Ich frage nach.«

»Das *wissen* Sie also nicht?«

»Ich frage nach«, sagte das Mädchen.

Frances begann, auf und ab zu gehen. Das Bedürfnis, von hier wegzukommen, war auf einmal so stark, daß sie nicht einmal für Geld hätte stillsitzen können. Sie wußte genau, was sich in der Posada des los Naranjos abspielte. José Gomez-Moreno hatte ein Mitglied der Reisegesellschaft aus Oviedo gebeten, ins Hotel Toro umzuziehen, und sie oder er hatte sich rundheraus geweigert.

Natürlich hatten sie das getan, dachte Frances, sie hätte es an ihrer Stelle genauso gemacht. Und so wußte José denn nicht ein noch aus, bettelte und flehte und rang die Hände und traute sich nicht, ins Hotel Toro zu kommen und ihr unter die Augen zu treten.

»Madam«, rief das Mädchen.

Frances trat wieder an den Empfangstresen.

»Es gibt heute keine direkten Flüge. Sie müssen heute nachmittag nach Madrid fliegen und danach weiter nach London. Aber alle Flüge sind ausgebucht, Sie können es nur über die Warteliste versuchen.«

Frances funkelte sie wütend an. In ihrer Stimmung war sie blind für die cremehäutige, schwarzäugige Schönheit.

»Bitte rufen Sie mir ein Taxi. Ich bin in zehn Minuten fertig.«

»Ist viel los jetzt«, sagte das Mädchen abwinkend, »wird fünfzehn, zwanzig Minuten dauern.«

»Nun *rufen* Sie mir schon eins.«

Der Anzeiger am Lift besagte, daß der Lift sich gegenwärtig im obersten Stockwerk befand. Frances drückte heftig auf den Knopf, aber der Lift rührte sich nicht. Sie wandte sich ab, rannte statt dessen die Treppe hinauf, drei Stockwerke grüner Marmorstufen mit geschnitztem, schwarzem Holzgeländer und dazu auf jedem Treppenabsatz ein funkelnder Schrein, der eine aufgetakelte Madonna enthielt und von einem Paar Stierhörner gekrönt wurde. Frances erreichte atemlos ihr Zimmer und riß die Tür auf. Das Zimmermädchen hatte das Zimmer in makellosen Zustand versetzt, im übrigen war es wieder häßlich und finster wie ein Brunnenloch, da sie sämtliche Fenster und Fensterläden fest verschlossen hatte, als wollte sie Sonnenschein und Luft zeigen, was sie von ihnen hielt.

Das Telefon schrillte.

»Ja?« schrie Frances in den Hörer.

»Miss Shore?«

»Ja ...«

»Miss Shore, mein Name ist Gomez-Moreno ...«

»Lassen Sie mich in Ruhe!« Frances' Stimme war schrill.

Sie legte den Hörer auf und stürzte ins Bad, um ihr Necessaire zu holen. Das Telefon läutete erneut. Sie schoß durchs Zimmer, griff nach dem Hörer und rief: »Hören Sie, ich will nichts mehr mit Ihnen zu tun haben, *ein für allemal.* Ist das klar?«

»Madam, Taxi ist da«, sagte das Mädchen von der Rezeption. »Ist Eiltaxi.«

Frances schluckte.

»Danke.«

»Fahrer wartet.«

»Bin sofort unten.«

Sie schmiß ihre Sachen in den Koffer, ihr Nachthemd, ihre zusätzlichen Pullover, ihr ungetragenes Kleid, ihre Schuhe, ihre Haarbürste, Unterwäsche, Föhn, Taschentücher. Es erschien ihr jetzt nicht nur höchste Zeit, aus Sevilla zu verschwinden, ehe sie explodierte, sondern sie mußte das außerdem schaffen, ehe die Gomez-Morenos sie zu fassen bekamen. Diesmal war der Vater am Telefon gewesen – eine tiefere Stimme, ein geläufigeres Englisch. José hatte gesagt, sein Vater habe in den sechziger Jahren an der London School of Economics Englisch gelernt und darauf bestanden, daß seine Kinder es ebenfalls lernten.

»Für Europa, verstehen Sie. Es ist wichtig, daß wir in Europa alle Brüder und Schwestern werden.«

Frances schlug ihren Koffer zu und schloß ihn ab, warf sich den Schulterriemen ihrer Tasche über und nahm den Koffer hoch. Was für ein Theater, welche Zeitverschwendung, was für ein albernes, amateurhaftes, zermürbendes Schlamassel das Ganze gewesen war, und sie war fast ganz allein schuld daran, weil sie einer Augenblickslaune nachgegeben hatte.

»Damit du Bescheid weißt«, sagte sie zu Zimmer 309, »dich werde ich garantiert niemals wiedersehen und Sevilla und Spanien ebensowenig.«

Damit stampfte sie auf den Flur hinaus und schlug die Tür hinter sich zu.

Unten flirtete der Taxifahrer lässig mit dem Mädchen am Empfang. Sie achtete nicht sonderlich darauf, weil sie damit beschäftigt war, mit Hilfe ihres dunkelroten Zeigefingers auf einem Taschenrechner unendlich langsam Frances' Rechnung fertig zu machen.

»Meine Rechnung wird von Señor Gomez-Moreno beglichen.«

»Ich habe keine Anweisung ...«

Der Taxifahrer betrachtete Frances ohne Enthusiasmus – zu wenig Make-up, keine sichtbaren Kurven, kaum Schmuck – und lehnte sich über den Tresen, um dem Mädchen etwas zuzuflüstern. Sie bedachte als Antwort den Taschenrechner mit einem kleinen Lächeln.

»Ich werde diese Rechnung nicht unterzeichnen«, sagte Frances. »Ich bezahle sie nicht.«

Das Mädchen achtete nicht auf sie.

»Wann geht der nächste Flug nach Madrid?«

Der Taxifahrer wandte den Kopf. »Zwei Stunden«, sagte er. »Keine Eile.«

»Ich will hier raus.«

Die Glastür öffnete sich, und ein Mann kam eilends herein, ein kräftiger Mann mittleren Alters. Das Mädchen hörte auf, auf dem Taschenrechner herumzutippen, und entblößte die weißen Zähne zu einem breiten, charmanten Lächeln.

»Miss Shore?«

Frances wich zurück.

»Miss Shore, ich bin Luis Gomez-Moreno. Ich weiß gar nicht, wie ich mich entschuldigen soll, ich bin einfach entsetzt.«

Er hatte ein kantiges, offenes Gesicht, nicht die Art von langem, ernstem spanischen Gesicht, das Frances am Vormittag in den Kirchen und auf den Straßen Sevillas entgegengestarrt hatte, sondern ein freundlicheres, aufgeschlossenes.

»Ich fürchte, dafür ist es zu spät«, sagte Frances. »Ich bin hier für nichts und wieder nichts hergeschleppt worden, ich habe gefroren, unbequem gewohnt und bin vernachlässigt worden, und ich möchte jetzt nichts weiter als nach Hause zurückkehren.«

»Selbstverständlich«, sagte Luis Gomes-Moreno. Er wandte sich zu dem Mädchen am Empfang und gab ihr rasch eine Anweisung. Sie nahm die Rechnung, die sie gerade hatte fertig machen wollen, und begann sie wie zuvor das Telexformular sorgfältig in Streifen zu reißen. Dann sagte sie etwas zu dem Taxifahrer.

»Schicken Sie ihn ja nicht weg«, sagte Frances in scharfem Ton. »Er bringt mich jetzt zum Flughafen.«

»Darf ich das nicht tun?«

»Nein«, sagte Frances. »Meine Geduld mit den Gomez-Morenos ist zu Ende.«

Ärgerlicherweise lächelte er. Er lächelte, als hätte sie wirklich einen guten Witz gemacht.

»Ihr Temperament gefällt mir.«

Sie sagte nichts. Sie wandte sich an den Taxifahrer und wies auf ihren Koffer.

»Bringen Sie den bitte zu Ihrer Taxe.«

»Gibt es denn gar nichts«, sagte Luis Gomez-Moreno, »das ich tun oder sagen kann, um Sie zum Bleiben zu bewegen? Ich hatte bis vor einer halben Stunde keine Ahnung von diesem gräßlichen Tohuwabohu. Ich möchte jetzt nur, daß Sie die letzten vierundzwanzig Stunden zu vergessen versuchen und mir erlauben, Ihnen in jeder erdenklichen Weise in der Angelegenheit behilflich zu sein, deretwegen Sie gekommen sind.«

Frances lachte höhnisch.

»Sie haben vielleicht Nerven ...«

»Ich habe aber auch ein Herz und ein Gewissen. Es tut mir aufrichtig leid. Sie werden eine Suite im Hotel Alfonso XIII. bekommen ...«

»Ich will keine Suite im Hotel Alfonso XIII. Ich will mit Ihnen, Ihrem Sohn oder Ihren Hotels nichts mehr zu schaffen haben. Ich will Spanien niemals wiedersehen.«

»Nicht mal Spanien ...«

»Niemals«, sagte Frances.

»Wie traurig«, sagte er. »Wo es doch so viel zu sehen gibt, Dinge, die kein Europäer kennt außer den Spaniern selbst.«

Sie sah ihn an. Aus seinem Gesicht, das von seinem hochgestellten Mantelkragen eingerahmt war, sprachen Herzlichkeit, Hoffnung und Humor. Er streckte ihr die Handflächen entgegen.

»Bitte, Miss Shore«, sagte Luis Gomez-Moreno, »bitte geben Sie Spanien, und damit auch mir, noch eine Chance.«

## 5. KAPITEL

Am Weihnachtsmorgen wachte Lizzie völlig überflüssigerweise um fünf Uhr auf und wartete darauf, daß Davy ungeduldig hereinkäme, um sich die Erlaubnis zu holen, seinen Strumpf aufzumachen. Er kam jedoch nicht. Sie lauschte in die kühle Dunkelheit, das Haus war völlig still. Neben ihr atmete Robert mit einer höchst selbstsüchtig anmutenden Regelmäßigkeit, tief, gleichmäßig, behaglich. Niemand außer ihr, so stellte Lizzie empört fest, war schon wach.

Sie fragte sich, ob sie liegenbleiben und versuchen sollte weiterzuschlafen. Sie drehte sich auf die andere Seite, weg von Robert, und schloß die Augen. Sofort erschien auf der Innenseite ihrer Lider eine Liste, die begann: »Geschirr von gestern abend aus Spülmaschine räumen, Frühstückstisch decken, nachsehen, wann Truthahn in den Herd muß, Feuer im Wohnzimmer anzünden.« Sie versuchte, die Liste durch farbig konturierte Bilder zu ersetzen, ihr übliches Einschlafmittel, und sah statt dessen ein deutliches Bild von Frances, die an einem von Kerzen erleuchteten Restauranttisch saß, ein Glas Wein in der Hand, und sich gerade unter Gitarrenklängen eine feuchtschimmernde Paella servieren ließ. Lizzie stöhnte. Sie wartete ab, ob Robert sie gehört hatte. Offenbar nicht. Sie stöhnte erneut. Er schlief weiter. Lizzie setzte sich auf, schwang die Füße unter der schützenden Wärme der Steppdecke hervor und stand auf.

Sie tappte ins Bad und betrachtete schlechtgelaunt ihr Weihnachtsgesicht im Spiegel über dem Waschbecken.

»Du benimmst dich äußerst kindisch«, sagte sie laut zu sich. Sie putzte sich die Zähne, bürstete sich das Haar, zog ihren Morgenrock an – einen hübschen, langen mit Kapuze, den sie in der Galerie verkauften und der von Frances sehr bewundert wurde, die immer noch den alten Kimono trug, den Lizzie ihr vor mindestens zehn Jahren zu Weihnachten geschenkt hatte –

und ging dann entschlossen nach unten. Sämtliche Schlafzimmertüren, sogar Davys, waren geschlossen. Niemand schien das geringste Interesse an Weihnachten zu haben.

In der Küche, in der noch der nelkenparfümierte Nachduft des gepökelten Schinkens vom letzten Abend hing, war es wenigstens warm. Alle waren zu müde – oder zu wenig hilfsbereit – gewesen, um richtig aufzuräumen, und es standen noch unabgewaschene Töpfe im Spülbecken, auf den Stühlen lagen Zeitungen, und auf dem Tisch waren schwarzer Pfeffer und Brotkrumen verstreut. Rob war schrecklich müde gewesen, in der Galerie hatte bis nach sieben Gedränge von Kunden, überwiegend Männern, geherrscht, die noch in letzter Minute Geschenke suchten, und als er nach Hause kam, war es fast neun gewesen, so daß Davy bereits schlief und Sam, der sich heimlich zwei Gläser Wein zu Gemüte geführt hatte, lautstark herumalberte. Harriet hatte, viel zu laut und viel zu oft, niemand bestimmten gefragt, ob Frances wohl aus Sevilla anrufen würde, William hatte allzusehr danach ausgesehen, als hätte er nur den Wunsch, sich davonzustehlen und Juliet anzurufen, und Alistair hatte seine Großmutter durch die beiläufige Äußerung in Rage gebracht, er sehe nicht ein, warum Mädchen an der Universität studierten, wenn sie danach doch nur einkaufen gingen und kochten und Kinder bekämen. Zwischendurch hatte Lizzie immerhin gebackenen Schinken, Kartoffeln, überbackenen Blumenkohl und Rotkohl auf den Tisch gebracht, danach Rosinentörtchen und Mandarinen und sich gerade noch davon abhalten können, Harriet jedesmal eine runterzuhauen, wenn diese sagt: »Ehrlich, es ist überhaupt nicht weihnachtlich, stimmt's? Es ist genau wie sonst am Wochenende, stimmt's? Stinklangweilig. Wenn bloß Frances hier wäre!«

Lizzie füllte den Wasserkessel und stellte ihn auf die noch warme Platte des Kohleherds. Der Kater, den Davy Cornflakes getauft hatte, tauchte aus der Anrichtenschublade auf, in der er schlief und die aus diesem Grund nachts halb geöffnet bleiben mußte, und begann, mit seinem unaufhörlichen Gemaunze um Lizzies Fesseln zu streichen, weil er Aufmerksamkeit und Milch wollte. Er war, fand Lizzie, wie eine Spinne, er hatte den lieben langen Tag nichts zu tun, als sie zu belagern, wie Spinnen nichts anderes zu tun hatten, als in jedem Winkel von The Grange mit nimmermüder Geduld ihre Spinnweben zu spinnen. Die Natur außerhalb des Hauses war nicht besser, sie hatte alle Zeit der Welt, um methodisch ihre Winden um die Rosenbäumchen zu schlingen und den Rasen unter kriechendem Moos zu erstikken. Lizzie gähnte und tat einen Teebeutel in die Kanne.

Die Tür zur Diele öffnete sich mit einem Knall, und Davy tappte herein, schluchzend, seinen Strumpf im Schlepptau wie eine tote, klumpige Schlange. Lizzie setzte den Wasserkessel ab.

»Schatz! Was ist denn los, Davy? Weshalb weinst du?«

»Sam!« heulte Davy. Er ließ seinen Strumpf fallen und begann an der Jacke seines primelgelben Pyjamas zu zerren.

»Sam?«

»Ja! Ja! Ich hasse meinen Schlafanzug!«

Lizzie kniete sich neben Davy und versuchte, ihn in den Arm zu nehmen.

»Warum? Warum haßt du ihn denn? Er ist doch ganz neu und du siehst so süß darin aus?«

»Tu ich gar nicht, tu ich gar nicht! Ich hasse ihn.« Davy weinte und sträubte sich immer noch gegen Lizzies Umarmung. »Sam hat gesagt, ich sehe *sexy* aus.«

»Sam ist ganz dumm«, sagte Lizzie. »Er weiß ja gar nicht, was sexy bedeutet.«

Davy sah sie wütend an.

»Weiß er wohl! Es bedeutet, daß man seinen Hintern zeigt und sein ...«

»Davy«, sagte Lizzie. »Es ist doch Weihnachten. Hast du das vergessen?«

»Sam hat gesagt ...«

Lizzie stand auf, hob Davy hoch und setzte ihn auf die Tischkante.

»Ich will gar nicht wissen, was Sam gesagt hat.«

»Er wollte meinen Strumpf aufmachen. Er hat gesagt, er darf das.«

Lizzie hob Davys Strumpf vom Boden auf.

»Wie wär's denn, wenn du ihn jetzt aufmachen würdest, hier bei mir?«

Davys Miene war zweifelnd.

»Man muß den Strumpf aber in einem *Bett* aufmachen, weißt du.«

»Nicht unbedingt. Du hast doch mich und Cornflakes zur Gesellschaft. Reicht dir das nicht?«

Davy wälzte sich herum und ließ sich zappelnd vom Tisch auf den Boden hinab. Er ließ seinen Strumpf neben sich auf die Platten knallen.

»Nein«, sagte er und tappte wieder aus der Küche. Lizzie hörte ihn die Treppe hinaufsteigen, Stufe für Stufe, dorthin zurück, wo er vor weiterer Verfolgung sicher sein konnte. Sam war ein Scheusal, aber wenigstens brauchte man aus Sorge um sein schwaches Selbstgefühl und seine Aussichten auf ein erfülltes Seelenleben keine schlaflosen Nächte zu verbringen. Er war wie ein Terrier, fröhlich, unersättlich neugierig, rauflustig und nicht kleinzukriegen. Lizzie betete Sam an. Es würde nicht lange dauern, und auch die Mädchen würden anfangen, Sam anzubeten, und die Küche würde voll von seinen schluchzenden Abgelegten sein, die von Alistair getröstet werden würden, der schon immer gern Dinge geflickt hatte und den Übergang vom Modellflugzeug zum gebrochenen Herzen nicht weiter beschwerlich finden würde. Lizzie lächelte trübselig. Gräßlich, welche Genugtuung es einem bereitete, sich Sam als künftigen Herzensbrecher vorzustellen und dabei doch zu wissen, daß man jeder, die ihm Gleiches mit Gleichem vergolt, vermutlich an die Kehle fahren würde.

»Guten Morgen«, sagte Barbara, die in einem blauen Chenillemorgenrock hereinkam, »frohe Weihnachten.«

»O Mum«, sagte Lizzie und ging auf sie zu, um ihr einen Kuß zu geben. »Haben die Jungen dich geweckt? Das tut mir leid.«

»Davy ist reingekommen, um zu fragen, ob sein Schlafanzug sexy ist. Ich habe ihm gesagt, meiner Meinung und der Meinung von neunundneunzig Prozent aller geistig gesunden Frauen nach sei der Schlafanzug das Kleidungsstück, das am wenigsten sexy ist, gleich nach Überschuhen und Netzhemden.«

»Das war mal wieder Sam«, sagte Lizzie. Sie goß Tee in Becher. »Typisch Sam, daß er den anderen unbedingt den Weihnachtsmorgen verderben muß, ehe er überhaupt angefangen hat.« Sie hielt Barbara einen Becher hin.

»Ich war sowieso wach«, sagte Barbara und nahm den Becher.

»Ach ...«

»William hat geschnarcht.«

»Warum steckst du dir denn nichts in die Ohren?«

»Das habe ich schon erwogen«, sagte Barbara, »doch dann dachte ich, vielleicht höre ich nicht, wenn ein Feuer ausbricht, also habe ich mich wieder darauf verlegt, ihn zu treten.«

»Dann getrennte Schlafzimmer.«

»O nein«, sagte Barbara entschieden.

Lizzie trank einen Schluck Tee. Keiner von all den bevorstehenden Genüssen des Tages, nicht der Champagner, den Robert, nachdem er behauptet hatte, sie könnten ihn sich nicht leisten, schließlich doch gekauft hatte, nicht die Truthahnfüllung aus Backpflaumen und Kastanien, mit der sie sich solche Mühe gegeben hatte, nicht die Brandybutter, nicht der Räucherlachs, den es abends geben sollte, nicht die belgischen Schokoladentrüffel würden auch nur halb so gut schmecken wie dieser erste, heiße, starke Schluck Tee.

»Warum denn nicht? Ich meine, wenn man so lange verheiratet ist, dann gibt es doch wohl nicht mehr so viel ...«

»Da ist immerhin noch Juliet«, sagte Barbara knapp.

Lizzy stöhnte innerlich. Erst Davys Sorgen über den Sex-Appeal seines Schlafanzugs und nun Barbara, die über Juliet sprechen wollte – das schien mehr, als sie vor sechs Uhr am Weihnachtsmorgen ertragen konnte.

»Er hat sie gestern abend angerufen«, sagte Barbara. Sie ging zum Kohleherd hinüber und lehnte sich gegen seinen warmen Leib, den Becher in beiden Händen.

»Mum«, sagte Lizzie, »das mit Dad und Juliet weißt du doch nun schon seit siebenundzwanzig Jahren. Du hättest ihn im Lauf dieser siebenundzwanzig Jahre jederzeit verlassen können, wenn dir die Situation unerträglich geworden wäre. Hast du aber nicht. Du hast es vorgezogen, bei ihm zu bleiben. Das scheint sich zwar überhaupt nicht mit dem zu vertragen, was du angeblich von Frauen denkst, doch egal, das hast du nun mal gewählt. Dad ruft Juliet doch immer Weihnachten an, manchmal sprichst du sogar selbst mit ihr. Juliet ist eine nette Frau, Mum. Erinnerst du dich?«

»Gestern abend hat mir das gar nicht gefallen«, sagte Barbara. »Ich weiß auch nicht warum, es war eben so. Er wirkte so ...«

»Hör auf, Mum«, sagte Lizzie, stellte ihren Becher ab und begann, die Schranktüren zu öffnen, um Teller, Marmeladengläser und Cornflakes zum Frühstück herauszuholen. »Heute ist Weihnachten.«

Von oben waren eine Reihe dumpfer Schläge, ein Krachen und ein Quieken zu hören, dann herrschte Stille.

»Ich geh mal nachsehen«, sagte Barbara.

»Bemüh dich nicht. Ich habe es längst aufgegeben, jedesmal loszurennen, wenn eine Katastrophe passiert zu sein scheint, sonst käme ich den ganzen Tag zu nichts.«

Über ihnen wurden Türen geöffnet und geschlossen. Roberts schlaftrunkene Stimme rief: »Wollt ihr wohl still sein!«, und Alistairs Stimme rief zurück: »Ganz recht und frohe Weihnachten!«

»Denk nur an Frances«, sagte Barbara. »Die wacht jetzt allein in einem Hotelzimmer in Sevilla auf und verbringt den Tag mit einem ihr unbekannten, ausländischen Geschäftsmann, der nicht an Weihnachten glaubt.«

»Ich bemühe mich«, sagte Lizzie, die dabei war, das Papier von einem neuen Stück Butter abzuziehen, »nicht an Frances zu denken. Und zwar überhaupt nicht.«

»Ich wüßte doch gern, was mit William los ist, ich frage mich, ob das was mit Frances zu tun hat, daß er so erpicht darauf war, Juliet anzurufen ...«

Die Tür ging auf. Robert kam gähnend mit zerwühltem Haar herein, zog den Gürtel seines Bademantels fest und sagte, an Harriets Tür hinge ein Zettel, auf dem stünde, daß sie auf keinen Fall geweckt werden wolle. Er beugte sich hinab, um Barbara flüchtig und Lizzie liebevoll auf die Wange zu küssen.

»Warum seid ihr denn alle bloß so fürchterlich unweihnachtlich gestimmt?« wollte Lizzie wissen.

»Die Jungen sind alle in einem Bett«, sagte Robert und goß sich Tee ein. »Ich wage nicht, mir vorzustellen, was da los ist. Sie stecken unter Alistairs Steppdecke.«

»Davy hat sich vorhin schon Sorgen gemacht, daß er sexy aussehen könnte.«

»Alistair ist viel zu etepetete für Sex. Gott, ist es wirklich erst fünf nach sechs? Ich geh eben und hole ein bißchen Holz.«

»War William schon wach?«

Robert überlegte.

»Auf dem Klo hat irgendwer gesungen ...«

»Er singt immer auf dem Klo«, sagte Barbara. »Das ist das Markenzeichen der Internatsschüler seiner Generation, weil die keine Schlösser an den Klotüren und manchmal nicht mal Türen haben durften.«

Lizzie begann, ein klebriges Marmeladenglas kräftig mit einem feuchten Tuch abzureiben.

»Und warum nicht?«

»Wegen der Sodomie.«

»Ehrlich«, sagte Lizzie, »was für ein ekelhaftes Gespräch. Ist euch eigentlich klar«, fuhr sie mit lauterer Stimme fort, »ist euch klar, daß *Weihnachten* ist?«

»Ist jetzt Weihnachten?« fragte Davy seinen Großvater.

»Ja.«

»Aber alle sind doch so sauer, das darf man doch Weihnachten nicht sein.«

»Ja«, sagte Wiliam, »da hast du recht.«

Das Frühstück hatte, ohne Harriet, schon kurz nach sieben stattgefunden, weil alle anderen bereits aufgestanden waren. Die Stimmung war gereizt gewesen. Alistair hatte bemerkt, daß es ja heute viel, viel früher sei als an Schultagen. Robert war als einziger bereits angezogen gewesen, weil er im Bademantel nach draußen gegangen war, um Holz für das Kaminfeuer im Wohnzimmer zu holen, und man ihn versehentlich ausgesperrt hatte, so daß er gezwungen war, draußen in stockfinsterer

Nacht herumzulaufen und abwechselnd wütend zu bellen und kläglich um Einlaß zu bitten. William war es gewesen, der ihn schließlich gehört hatte und heruntergekommen war, um ihn hereinzulassen.

»Mein lieber Junge, ich hoffe nur, du hast nicht die ganze Nacht draußen verbracht.«

Robert widerstand der Versuchung zu antworten, er solle nicht solchen Quatsch reden und ging hinauf, um zu baden. Er hatte William gern, er war ihm dankbar, doch er ärgerte sich auch über ihn. Entweder verbarg sich hinter Williams vertrotteltem Wohlwollen ein eiserner Wille, oder sein Schwiegervater hatte wirklich ein sagenhaftes Glück. Robert fand seine Beziehung zu Juliet ebenso unbegreiflich wie altmodisch, eine Art tröstlicher Kleinkindergeschichte, an der er klebengeblieben war wie ein naiver Junge. Robert war Lizzie in siebzehn Jahren niemals untreu gewesen. Er hatte kein Bedürfnis danach, und es war ihm schleierhaft, wie jemand wie Lizzie aus einer solchen Familie von halben Schwachköpfen hatte hervorgehen können. Da war William, da war Barbara mit ihrer Herrschsucht und ihrem aufgesetzten, halbgaren Feminismus, da war Frances, die durchs Leben trieb wie ein Schiff ohne Steuermann – und dann Lizzie. Während er sich das Badewasser einlaufen ließ und seinen durchnäßten Bademantel zum Trocknen über dem Heizkörper ausbreitete, beschloß Robert, Lizzie, solange sie soviel um die Ohren hatte, nicht zu sagen, wie schlecht die Galerie in diesem Jahr bis Weihnachten gelaufen war. Er sehnte sich danach, es ihr zu erzählen, die Sorge und die Last mit ihr zu teilen, doch rücksichtsvoller war es, sie vorerst noch im unklaren zu lassen, denn das gehörte schließlich zur Liebe: daß man jemanden schonte, wo man konnte.

Nach dem Bad fühlte er sich vorübergehend wacher und besser gestimmt. Das Frühstück sorgte jedoch dafür, daß das nicht lange vorhielt. Davy, der sich mit Schokolade aus seinem Strumpf vollgestopft hatte, wollte nicht essen, sondern kauerte fröstelnd in seinem verachteten Schlafanzug auf seinem Stuhl und weigerte sich, seinen Bademantel anzuziehen, weil Sam gesagt hatte, das sei ein Mädchenmorgenrock, der hätte ja keine

Kordel. Sam langte tüchtig zu und kicherte vor sich hin, als amüsierte er sich insgeheim über eine endlose Kette von schmutzigen Witzen, und Alistair äugte durch verschmierte Brillengläser, atmete übertrieben mühsam und las dabei das Preisausschreiben auf der Rückseite der nächststehenden Cornflakesschachtel, als wäre es die spannendste Lektüre der Welt. Lizzie wirkte erschöpft, Barbara empört und William geistesabwesend. Harriets leerer Stuhl war der Vorbote eines drohenden Unwetters – sie hatte in einem Nervenkrieg den ersten Schuß abgefeuert und würde nicht eher Ruhe geben, bis er voll entbrannt wäre.

Wenn Lizzie und ich doch in Sevilla wären, dachte Robert, nur wir beide, keine Kinder, keine Schwiegereltern, kein Weihnachten, kein Druck, weil man dafür verantwortlich ist, daß alle auf ihre Kosten kommen.

Er versuchte, ihren Blick einzufangen. Sie goß William gerade Kaffee ein, und ihr schweres Haar schwang ihr vor den Wangen hin und her. Sie holte tief Luft, als müsse sie Kraft für etwas sammeln, und sagte dann: »Jetzt gehen wir *alle* zusammen zur Kirche. Zehn Uhr dreißig, Weihnachtssingen.«

Sam heulte auf und ließ sich unter den Tisch gleiten.

»Nun sei aber nicht albern«, sagte Barbara, »ich gehe doch nie zur Kirche.«

»Mum...«

Alistair blickte seine Großmutter bewundernd an.

»Wirklich?«

»Das weißt du doch ganz genau. Das ist alles nur Hokuspokus.«

»Mum«, sagte Lizzie. »Wir haben Weihnachten. Sonst hast du immer ...«

»Ich komme mit«, schaltete William sich ein. »Und Davy auch. Davy und ich müssen dringend ein bißchen singen.«

»Ich nicht«, sagte Alistair.

Lizzie legte die Hände flach auf den Tisch.

»Am Weihnachtsmorgen sind wir die letzten Jahre alle gemeinsam, als Familie, in die Pfarrkirche von Langworth gegangen und haben Weihnachtslieder gesungen. Und das werden wir auch heute tun.»

»Tut mir leid«, sagte Barbara.

Robert beugte sich vor. »Ich komme mit.«

»Ich nicht!« schrie Sam unter dem Tisch hervor.

William stand auf und ging um den Tisch zu Davys Platz. Er nahm ihn auf den Arm.

»Davy und ich ziehen uns jetzt für die Kirche an.«

Davy befand sich offenbar in einem tiefen Zwiespalt. Wenn Sam doch bloß auch...

»Ich schlage vor«, sagte Alistair, »daß diejenigen, die Lust auf ein bißchen Hokuspokus haben, eben gehen und für mich mitsingen.«

»Nun hab dich mal nicht so wichtig«, sagte Robert.

»Mein lieber Vater...«

»Das Schöne an Weihnachtsliedern ist«, sagte William, während er Davy aus der Küche trug, »daß die alle auswendig kennen, so daß es gar nicht wichtig ist, ob man schon lesen kann oder nicht.«

Sie gingen nach oben. Harriets Tür war zwar offen, doch die Badezimmertür war geschlossen, und dahinter stampfte Rockmusik. William setzte Davy in sein Bett und hüllte ihn in die Bettdecke, damit ihm wieder warm wurde. Er hatte das vor langer, langer Zeit am Sonntagmorgen immer mit den Zwillingen gemacht, wenn sie in seiner Obhut waren, während Barbara, die damals genauso heftig für die Kirche gewesen war, wie sie heute dagegen war, zur Frühmesse ging. William hatte seit eh und je die Abendmesse vorgezogen; sie hatte sich immer schon besser mit der Besonnenheit vertragen, mit der er für die alten christlichen Tugenden der Toleranz und des Mitleids eintrat und die mit einer Abneigung gegen jegliche Streitbarkeit oder Sektiererei einhergingen. In einer großen Familie waren Reibereien offenbar unvermeidlich – schließlich kämpfte dort jeder für sich um seinen Platz, und dies nicht nur deshalb, weil es der einzig vorhandene Platz war, sondern weil auch alle entschieden der Meinung waren, daß das so sein mußte. War es das, wovor Frances davongelaufen war? Machte ihr Leben, das ja aufgrund seiner Andersartigkeit viel privater sein mußte als das von Lizzie, es schwer, ja fast unerträglich für sie, sich unter die anderen zu mischen? Oder wollte sie dadurch, daß sie wegblieb, zu verstehen geben – und William hatte dafür volles Verständnis –, daß die Unterstellung, sie ließe sich dankbar vom weihnachtlichen Familienzirkus in The Grange vereinnahmen, von wenig Einfühlung zeugte? Fühlte sie sich bevormundet? Ihr Brief, den sie im Gästezimmer für sie zurückgelassen hatte, hatte so wenig besagt, lediglich, daß es ihr leid täte, alle verärgert zu haben, daß sie jedoch eine vielversprechende geschäftliche Chance wahrnehmen wolle. Es war eigentlich ein alberner Brief, ausweichend, ja unaufrichtig. Doch vielleicht konnte sie die Wahrheit ja nicht nur nicht sagen, sondern *wollte* nicht?

»Die halbe Menschheit«, hatte Juliet einmal zu ihm gesagt, »verbringt ihr Leben damit, die andere Hälfte zu beneiden, und die wiederum kann nicht begreifen, weshalb die erste Hälfte sich nicht aufrafft und genauso lebt wie sie selbst. Habe ich mich verständlich ausgedrückt?«

»Nein«, hatte William gesagt.

»Ich will damit eigentlich nur sagen, daß die eine Hälfte der Menschheit das Sagen hat und die andere sich nach ihr richtet.«

William setzte sich auf die Kante seines Bettes und blickte auf Davy hinab, den die Geborgenheit des Erwachsenenbetts schläfrig gemacht hatte. War Davy einer von denen, die sich nach den anderen richteten, so wie er selbst? Und war Frances auch eine von ihnen, und Lizzie hatte das Sagen? Und wenn das so war, hatte Frances das endlich erkannt und sich gerade noch rechtzeitig abzuseilen begonnen?

Davy öffnete die Augen. Er sah seinen Großvater an.

»Ist das jetzt Weihnachten?«

Am Ende gingen Lizzie, Robert, William, Sam und Davy zur Kirche, und etliche Mitglieder der versammelten Gemeinde, die die Galerie-Familie gut kannten, zählten nach und fragten sich, wo wohl Barbara, Harriet und Alistair abgeblieben waren. Lizzie mochte, danach gefragt, nicht eingestehen, daß Barbara beim Frühstück eine revolutionäre Bewegung gegen die Kirche ins Leben gerufen hatte, und murmelte darum unaufrichtigerweise nur, sie wüßten doch, wie solche Weihnachtsmorgen seien, sie hätten es einfach nicht alle geschafft. Seltsamerweise heiterte die Kirche sie alle ein bißchen auf – Robert, weil sie eine Stunde dieses endlosen Tages rascher vergehen ließ, Lizzie, weil sie mal aus dem Haus kam, William, weil er das vertraute Ritual genoß, Sam, weil er sich in jeder Art von Menschenmenge wohl fühlte, und Davy, weil er abgelegte Kleidungsstücke von Sam trug, die automatisch dagegen gefeit waren, als sexy oder mädchenhaft bezeichnet zu werden.

Als sie nach Haus kamen, Weihnachtslieder summend und von leiser Vorfreude auf das gute Essen und Trinken erfüllt, trafen sie Barbara dabei an, wie sie Alistair mit viel Gehabe in der Küche im Beschöpfen eines Truthahns unterwies – »Was stellt ihr euch denn vor, wie er je als Mann für irgendeine Frau in Frage kommen soll, wenn ihr ihm auf diese himmelschreiende Weise seinen hemmungslosen Chauvinismus durchgehen laßt?« Harriet war in Leggings, Lurexstiefeletten, einem von Roberts Pullovern, dick geschminkt und gähnend mit der Anfertigung kunstvoll verschnörkelter Platzkarten für die Mittagstafel beschäftigt.

»Wo kommen diese Stiefel her?«

»Die gehören Sarah.«

»Die sind ja vielleicht nuttig...«

Harriet musterte ihren Vater, »Und wie willst du das wissen?«

»Kann ich«, fragte Davy, wand sich aus seinem halbgeöffneten Anorak und lies ihn auf den Küchenboden fallen, »jetzt meine Geschenke auspacken?«

»Nicht, ehe ich nicht etwas zum Schreiben gefunden habe, ich muß eine Liste machen.«

»Und jetzt«, sagte Barbara laut, »wollen wir die Kartoffeln umdrehen.«

Alistair sackte gegen den Kohleherd.

»Ich bin echt erschöpft. Am Boden zerstört, sage ich euch. Und ich muß sagen, daß Frauen sich auf solche Sachen doch sehr viel besser verstehen...«

»Spar dir das«, sagte seine Großmutter säuerlich.

Sam erschien, noch im Anorak, mit einer silbernen Plastiklaserkanone in der Küchentür.

»Guckt mal!« schrie er. »Guckt mal, was ich gekriegt habe!«

Er drückte den Abzug, und eine ohrenbetäubende Explosion von Knattergeräuschen traf sie wie Ohrfeigen.

»Hör auf damit!«

»Wo hat er die her? Ich hab *gesagt*, Sam, ich hab *gesagt*, ihr sollt warten, bis ich ein Stück Papier gefunden habe ...«

»Darf ich auch mal? Darf ich auch mal, darf ich auch mal ...«

»Ich werde einfach fuchsteufelswild, wenn ich mitansehe, wie den Jungen diese albernen Verhaltensmuster eingeimpft werden ...«

»Hör sofort *auf*, Sam!«

Er war jedoch völlig außer Rand und Band vor Aufregung. Das Gewehr umklammernd, an dem Lichter aufblitzten wie kleine, wildgewordene Augen, wirbelte er durch die Küche und pustete sie alle weg, völlig hysterisch in seinem Machtrausch. Als er sich rückwärts auf die Tür zubewegte, die nach draußen ging, auf den hinteren Gartenweg hinaus, öffnete sich diese und warf ihn fast zu Boden, so daß ihm das Gewehr aus den Händen flog. Für eine Augenblick herrschte Stille, ehe sein Geschrei begann und Frances hereinkam, eine Stechpalmenzweig am Aufschlag ihres Regenmantels.

»Hallo«, sagte Frances ein wenig unsicher, »fröhliche Weihnachten.«

## 6. Kapitel

Juliet Jones genoß die dem Weihnachtstag eigene, ganz besondere Einsamkeit. Weil der Rest der Welt so völlig von Weihnachten in Anspruch genommen war, hing für sie dieser Tag, losgelöst von Zeit und Ort, in der Luft, ein Tag, der eigentlich gar nicht existierte und der folglich auch nicht all die hausfraulichen Verpflichtungen mit sich brachte wie andere Tage. Es war ein Tag zum Genießen, zum Vergeuden, je nach Lust und Laune, ein Tag, den man feiern konnte oder völlig ignorieren, den man im Bett verbringen konnte oder mit Spaziergängen, mit Schlemmen oder Fasten. Die einzige Regel, die Juliet im Hinblick auf Weihnachten im Lauf der Jahre für sich aufgestellt hatte, war, daß sie diesen Tag niemals mit anderen verbrachte.

Sie hielt sich nicht für von Natur aus menschenfeindlich. Wenn man sie fragte – und die Menschen fragten sie ständig, da sie nun mal überzeugt davon waren, daß jemand, der das Alleinsein wählte, irgendwie unnatürlich und verschroben sein mußte –, wenn man sie also fragte, sagte sie meist, sie habe aus der Not eine Tugend gemacht und Geschmack daran gefunden, sich selbst Gesellschaft zu leisten. Sie wußte außerdem, daß sie in der Hinsicht leicht pervers war, daß sie sich immer schon, von Kindheit an, Dinge gewünscht hatte, die sie nicht haben konnte, sie sich zum großen Teil gerade deshalb wünschte, weil sie sie nicht haben konnte. Das traf doch wohl anfangs auch auf William zu? Schließlich war William Shore alles andere als der Typ Mann, den eine Frau wie Juliet Jones wählen würde. Jedenfalls war er das vor siebenundzwanzig Jahren nicht gewesen. Mittlerweile war er ihr so vertraut, daß er ein Teil von ihr war, eine Erweiterung, die sich, wie sie mit einer gewissen Erleichterung feststellte, nach jeder Begegnung wieder davonmachte, um sich von Barbara weitergängeln zu lassen. Vor langer Zeit hatte Juliet sich von William ein Kind gewünscht. Eigentlich, wenn sie ganz ehrlich sein wollte, hatte sie sich in erster Linie ein Kind gewünscht, und William, der ein so zärtlicher Vater war, schien ihr dafür die ideale Unterstützung. Sie hatte ihm das nie gesagt, sie hatte einfach nur keine Verhütungsmaßnahmen getroffen und gehofft. Die Hoffnung zerschlug sich, William blieb.

Juliet wurde von ihrer eigenen Generation schon immer als sehr bohemienhaft angesehen. Groß, mit markanten Zügen und langem, kräftigem Haar, hatte sie sich in den fünfziger Jahren als junge Frau auffällig von ihren handschuhtragenden Zeitgenossinnen mit der schmalen Taille abgehoben. Sie war erst auf der Kunstschule und dann in Paris und Florenz gewesen, wo sie, wie von ihren einstigen Schulfreunden in Bath gemutmaßt wurde, ein derart ausschweifendes Liebesleben geführt hatte, daß man sich darüber nur in Andeutungen ergehen konnte. Dann kehrte sie nach Hause zurück, erklärte, sie wolle nicht Malerin, sondern Töpferin werden, und richtete sich Wohnung und Werkstatt in einem abgelegenen Cottage an einem Feldweg zwei Meilen außerhalb von Langworth ein.

Das Cottage war nicht besonders schön. Viktorianisch und klobig gebaut, bestach es im Zeitalter gelber Klinker jedoch durch seine unanfechtbaren Backsteinmauern. Rings herum breitete sich das wellige Hügelland aus, so daß Lizzie, wenn sie als Teenager auf dem Fahrrad zu ihr hinaufstrampelte, das Gefühl hatte, so etwas wie das Dach der Welt zu erklimmen. Für jemanden wie Lizzie, die aus einem Haus kam, das grün und cremefarben gestrichen und mehr als sparsam möbliert und mit Bildern bestückt war, war Juliets Cottage eine Schatztruhe, die von Farben und Stoffen förmlich überquoll. Die Wände, Fenster, Tische und Stühle waren unter einer wilden Anhäufung von Stoffen versteckt, Läufer, Schultertücher und Kissen, Bahnen von paisleygemusterten Baumwollstoffen und von schimmerndem Brokat, Pannesamtstücke und besticktes Leinen lagen schichtweise wie exotische Blätter, wohin man auch blickte. Und inmitten dieses üppigen Durcheinanders Juliet selbst und ihre Keramiktöpfe; Juliet so selbstbeherrscht und entschieden, ihre Töpfe cremig, rauchig und wolkig von den Holzaschelasuren, die ihre Spezialität waren, kühl wie klassische Säulen. Lizzie hatte sich Hals über Kopf in das alles verliebt, in Juliet, ihr Cottage, ihre Kleidung, die scharfgewürzten Speisen, bei denen sie reichlich Gebrauch von Kumin, Chilischoten und dem Olivenöl machte, das Barbara argwöhnisch nur in kleinen Fläschchen beim Drogisten kaufte, als handelte es sich um eine Medizin. Lizzie hätte zu gern Frances mit zu Juliet genommen. Sie erzählte ihr alles über ihr Haus, sie schilderte es schwärmerisch und verhieß Frances das Paradies auf Erden, doch ihre Schwester wollte einfach nicht mitkommen.

»Betätigt sie sich gerade als Sexforscherin?« hatte Juliet Lizzie einmal gefragt.

Lizzie dachte an den Schulsprecher von Williams Schule.

»Ich glaube, sie *versucht* es...«

Juliet hatte mit Frances niemals einen so engen Kontakt gehabt wie mit Lizzie. Lizzie machte es einem so leicht, sie suchte Kontakt, genau wie William. Selbst Barbara, zwischen der und Juliet von rechts wegen doch ein gespanntes Verhältnis hätte herrschen sollen, ließ sich in mancher Hinsicht leichter gewinnen als Frances. Barbara und Juliet hatten nur ein einziges Mal mächtig Krach miteinander gehabt, und Juliet hatte bei dieser Gelegenheit klipp und klar gesagt, daß sie das Feld nicht räumen werde und daß Barbara, wenn sie William ganz haben wolle, dafür schon selbst sorgen müsse, und dann hatte es, von kleineren Ausbrüchen abgesehen, keinen weiteren Streit mehr gegeben. Es entwickelte sich sorgar eine Art seltsame Freundschaft, weil Barbara nämlich stillschweigend eingestand – und Juliet das mit dankbarem Respekt zur Kenntnis nahm –, daß Juliet ihr eigentlich gar nichts wegnahm, wonach Barbara sich verzehrte. Barbara schien nicht einmal recht zu wissen, warum sie William auch weiterhin in ihrem Leben haben wollte, doch sie wollte es nun einmal. Juliet erkannte das, wie sie auch erkannte, daß sie William nicht ständig und ununterbrochen um sich haben wollte und daß Frances, allem Anschein nach doch Lizzies Ebenbild, sehr schwer zu packen war.

Aus ihrer Perspektive als Außenstehende vermochte Juliet ein klares Bild der Familie gewinnen. Sie erkannte, daß William, auch wenn er Barbaras Charakter nur wenig abgewinnen konnte, sie dennoch liebte, weil sie die Mutter seiner Kinder war und ihm zudem die meisten Entscheidungen abnahm. Sie erkannte, daß Barbara unablässig zwischen dem starken, natürlichen Drang nach Selbstverwirklichung und dem unerbittlich fortbestehenden Korsett ihrer Erziehung hin- und hergerissen wurde, gehörte sie doch zu einer Generation von Frauen aus dem Mittelstand, die nach der Heirat in aller Regel nicht mehr arbeiteten, es sei denn im sozialen Bereich. Sie erkannte, daß Lizzie, wahrscheinlich unbewußt, ihrer Mutter beweisen wollte, daß Frauen tatsächlich imstande waren, das gesamte Spektrum der Möglichkeiten auszufüllen, das sich ihnen bot: Ehefrau, Mutter und berufstätig zu sein und somit lebender Beweis für die praktische Einlösbarkeit feministischer Forderungen. Frances jedoch ... Was Frances betraf, sah Juliet nicht so klar. Frances hatte etwas Eindeutiges und etwas Undurchsichtiges zugleich, etwas Offenes und etwas Halbverborgenes, etwas Verspieltes, ein wenig Mutwilliges, etwas, das lieber für sich und unerkannt bleiben wollte. Eine Zeitlang hatte Juliet angenommen, Frances mißbillige ihr Verhältnis mit William, doch Lizzie hatte ihr versichert, daß dem nicht so sei.

»Frances mißbilligt eigentlich kaum mal irgend etwas, verstehst du, und sie meint, wenn Dad dich nicht hätte, würde Mum ihn verlassen.«

»Wirklich?«

»Ja«, sagte Lizzie, die Frances diese Theorie erst am Abend zuvor unterbreitet hatte und dabei nicht auf Widerspruch gestoßen war. »Ja, wirklich.«

Als William Juliet erzählt hatte, daß Frances auf einmal beschlossen habe, über Weihnachten wegzufahren, hatte Juliet sich spontan gefreut. Es ist immer spannend, mitzuerleben, wie jemand zur Hauptfigur wird, und besonders bei einem Menschen, dessen Leben immer ein wenig verschwommen und schwer zu durchschauen schien. Gut für Francis, hatte Juliet am Telefon zu William gesagt und auf die Wirtshausgeräusche im Hintergrund gelauscht, das Gläsergeklirr und das Stimmengemurmel, darauf habe ich schon lange gewartet, mich freut es jedesmal, wenn jemand sein Leben in die Hand nimmt.

»Ich glaube nicht, daß ich je an so etwas gedacht habe«, sagte William traurig.

»Ach ja, das möchtest du wohl«, sagte Juliet beinah bissig. »Du bist manchmal ein elender alter Poseur.«

Niemand schien sich im geringsten darüber im klaren zu sein, warum Frances weggefahren war, und niemand schien ihrer Begründung Glauben zu schenken. Lizzie war zutiefst gekränkt gewesen. Sie war am späten Sonntagabend zu Juliets Cottage hinaufgekommen und hatte sich an ihren Kamin gesetzt.

»Ich verüble ihr ja nicht, daß sie eigene Wege geht, wirklich nicht, sondern daß sie nichts erzählt hat, daß sie mir ihre Neuigkeit um die Ohren gehauen hat, als der ganze Plan bereits feststand, als ob ich sonst irgendwie versucht hätte, sie daran zu hindern, als ob ... ach, Juliet, als ob sie mir nicht vertrauen würde.«

So war im allgemeinen die menschliche Vorstellung von Vertrauen, dachte Juliet. Man sprach davon, als wäre es der heilige Gral, und sowie er den ersten Schlag abbekam und vielleicht einen haarfeinen Riß davontrug, war das ganze Ding gleich zum Wegwerfen, taugte die ganze Beziehung nichts mehr.

»Niemandem kann man hundertprozentig vertrauen«, sagte sie munter zu Lizzie, »mir nicht, dir nicht, Frances nicht, niemandem. Es liegt nicht in der menschlichen Natur, hundertprozentig vertrauenswürdig zu sein, wir sind dazu einfach nicht geschaffen.«

Lizzie war ebenso aufgewühlt wie ungetröstet nach Hause gegangen und hatte eine Juliet zurückgelassen, die keinen Schlaf finden konnte. Mit zunehmendem Alter hatte sie herausgefunden, daß man den Schlaf hätscheln, ihn mit allen Mitteln der Verführung anlocken mußte und daß Aufregung am späten Abend in Form verstörender Nachrichten oder Streitereien von Übel waren. An jenem Abend hatte nun Lizzie, die wirklich verletzt war und sich vor den Kopf gestoßen fühlte, alle möglichen Erinnerungen wiederbelebt, von denen Juliet auf alle Zeiten verschont zu bleiben gehofft hatte, Erinnerungen an die Schmerzen und Zurückweisungen und die unerwünschte Einsamkeit früherer Tage, von denen sie sich so mühevoll auf einem langen, steinigen Weg entfernt hatte, um ihren derzeitigen Zustand einer abgeklärten Zufriedenheit zu erreichen.

Sie schlief also schlecht und verbrachte den Heiligen Abend mit Kopfschmerzen. Sie hatte, wie sie es immer tat, die anderen einsamen Herzen des nächsten Dorfes – eine pensionierte Krankenschwester, einen Bibliotheksleiter, einen schweigsamen Mann, der Wetterfahnen herstellte und einen verwitweten Arzt, einen Journalisten von der Lokalzeitung – zu Hackfleischpasteten und Glühwein ins Cottage eingeladen und sah wie jedes Jahr das tapfere Bemühen in ihren Gesichtern, als es wieder einmal hieß, das Beste aus Weihnachten zu machen. Als sie aufgebrochen waren, eine unregelmäßige Prozession von roten Rücklichtern, die wie eine Kette auf- und abtanzender hellroter Sterne ihren Feldweg hinunterpolterten, löschte sie das Feuer, stellte Gläser und Teller auf das Abtropfbrett neben ihrem Spülbecken in der Küche und ging nach oben, um in die Art von Tiefschlaf zu fallen, der gewöhnlich nur Säuglingen und Heranwachsenden vergönnt ist.

Gegen drei Uhr wachte sie auf. Draußen heulte der Wind, und sie hörte das Geprassel von heftigem Regen oder Graupel. Sie stand auf und ging hinunter, um sich einen Tee zu machen, und als sie unten ankam, fühlte sie sich wach genug, um abzuwaschen, den Kamin auszuräumen und die Kissen aufzuschütteln. Sie nahm den Tee mit nach oben, machte ihr Bett neu und war bereit zu einem zweiten Anlauf, wobei sie nicht vergaß, sich selbst »Frohe Weihnachten« zu wünschen, mit einer Befriedigung, fand sie, die schon fast selbstgefällig war.

Sie wachte ein zweites Mal von Rufen auf. Sie dachte zuerst, es sei bloß der Wind, dessen vielfältige Stimmen sie hier oben auf dem Hügel nur zu gut kannte, doch dann ging ihr auf, daß der Wind, und mochte er noch so erfindungsreich sein, ihren Namen nicht kannte. Sie stieg aus dem Bett, zog sich den Patchworkhausmantel an, den sie sich vor Jahren selbst aus Samt- und Brokatschnipseln genäht hatte, und trat ans Fenster. Von dort hatte man den besten Blick. Sie zog die Vorhänge auf, öffnete das Fenster und lehnte sich hinaus. Und im grauen Dämmerlicht stand Frances Shore mit einem Koffer.

»Ich mußte mich erst mal beruhigen«, sagte Frances. »Ich bin zuerst zu dir gekommen, weil du auf halbem Weg liegst. Ich hoffe, es macht dir nichts aus. Ich konnte den Gedanken nicht ertragen, in meine Wohnung zurückzukehren und sie zum Leben erwecken zu müssen, also bin ich direkt hergefahren. Ich bin mit einem lateinamerikanischen Flugzeug gekommen, das mitten in der Nacht von Madrid gestartet und nach Rio weitergeflogen ist. Ich habe Stunden auf einer Bank im Flughafen von Madrid verbracht und mich gefragt, was ich da bloß machte, und vor allem, was ich eigentlich gewollt hatte. Ich weiß es eigentlich immer noch nicht recht. Ich fahre natürlich nachher nach The Grange, doch ich hoffe, du hast nichts dagegen, daß ich mich hier erst mal ein bißchen sammle.«

Juliet lächelte, sagte jedoch nichts. Sie fuhr fort, um Frances herum alle möglichen Dinge auf dem Tisch aufzubauen – Brot, Butter, eine Kanne Kaffee, einen Teller mit Mandarinen, ein Glas Honig.

»Auf dem Flughafen von Sevilla mußte ich ebenfalls lange hocken«, sagte Frances, »und Mr. Gomez-Moreno kam mit und setzte sich dazu und ließ nichts unversucht, um mich doch noch zum Bleiben zu bewegen. Er war schrecklich nett, wirklich, überhaupt kein Schönredner.«

»Warum bist du denn dann nicht geblieben?«

»Wegen des Schlamassels, den sie angerichtet hatten. Wenn etwas gründlich danebengeht, dann ruiniert das nicht nur die Zukunft, sondern auch die Vergangenheit. Ich war nach Sevilla gefahren, um ein kleines Abenteuer zu erleben, und landete in einer jener nicht enden wollenden, öden, deprimierenden Situationen, die man nur im Ausland durchmachen kann. Statt fremd und faszinierend zu sein, war es nur fremd und trostlos. Ich hatte bisher dies Gefühl im Ausland kaum, aber in Sevilla fast die ganze Zeit.«

Juliet schnitt Brot und spießte mit einer altmodischen Röstgabel eine Scheibe auf.

»Und da bist du also wieder nach Hause gekommen.«

»Juliet«, sagte Frances, »ich konnte ja wohl nicht gut in meine Wohnung zurückkehren und mich dort hinsetzen und so tun, als wäre ich in Spanien, oder?«

»Nein, vermutlich nicht«, sagte Juliet. Sie beugte sich zum Feuer und hielt die Gabel darüber. Der dicke, ergrauende Zopf, zu dem sie ihr Haar vor dem Schlafengehen flocht, hing ihr über die Schulter. »Alle sind, wenn auch in unterschiedlichem Maße, ziemlich empört über dich.«

»O Gott«, sagte Frances.

»Was hast du denn erwartet? Du kennst doch deine Familie, du kennst Weihnachten ...«

»Ja«, sagte Frances. Sie goß sich Kaffee ein.

Juliet drehte den Toast um.

»William glaubt, daß du deshalb weggefahren bist. Um sie alle mal loszusein.«

»Nur zum Teil«, sagte Frances. Sie beugte sich vor. »Juliet ...«

»Ja?«

»Ich möchte – ich möchte etwas mehr Üppigkeit, ich möchte mal etwas anderes sehen ...«

»Etwas anderes sehen? Andere Orte?«

»Ach nein, das nicht«, sagte Frances. »Nicht im Sinne einer Auslandsreise. In meinem Innern, mich selbst anders sehen können.«

Juliet schaute sie an und goß sich Kaffee ein.

»Warum bist du denn dann aus Sevilla weggelaufen?«

»Ich hab dir doch gesagt, das Ganze war ein totaler Reinfall.«

»Aber es hört sich ganz so an, als wärst du zurückgeflogen, als es gerade *kein* Reinfall mehr zu sein schien. Du hast doch gesagt, Mr. Gomez-Moreno sei ein netter Kerl.«

»Ist er auch«, sagte Frances. Sie begann, sich Butter auf den Toast zu streichen. »Er hat da etwas zu mir gesagt ...«

»Was denn?«

»Ich weiß nicht mehr genau, wie es dazu kam, doch ich erzählte ihm gerade, wie ich mir als Kind Geschichten ausgedacht hätte, und wie ich mich manchmal auch heute noch dabei ertappte, und daß ich das fast auch am Vormittag im Dom von

Sevilla getan hätte, als ich mir ausmalte, ich sähe die Gespenster von Ferdinand und Isabella, und da sagte er ...«, sie griff nach dem Honig, »er sagte: ›Aber Miss Shore, das tun wir Menschen doch alle. Wenn wir eine innere Leere verspüren, füllen wir diese Leere mit Geschichten aus.‹ Das war mir noch niemals in den Sinn gekommen.«

Sie schwiegen. Juliet trank ihren Kaffee, Frances fuhr mit der Messerklinge wieder und wieder über den Honig auf ihrem Toast.

»Er hat völlig recht«, sagte Juliet.

»Ich weiß. Was mich nachdenklich gemacht hat, ist diese Sache mit ...«

»Was?«

»Diese Sache mit der inneren Leere. Hast *du* so was?«

»Alle haben das, auf die eine oder andere Weise. Meine hat mit dem Alter abgenommen. Was hat Mr. Gomez-Moreno denn zu dir gesagt, als du ins Flugzeug gestiegen bist und dich verabschiedet hast?«

»Er hat gesagt: ›Ich bin froh, daß Sie wenigstens die katholischen Herrscher gesehen haben.‹ Das war vermutlich scherzhaft gemeint.«

»Und was hat er dir für den Fall vorgeschlagen, daß du geblieben wärst?«

»Er wollte mir seine Hotels zeigen, das in Sevilla, das in der Nähe von Granada und das, das er am liebsten hat, in den Bergen südlich von Granada.«

»Und statt dessen«, sagte Juliet und setzte ihren Kaffeebecher ab, »fährst du nun wieder nach The Grange?«

Frances blickte zu ihr auf, und das herabfallende Haar verbarg das eine Auge zum Teil.

»Ich möchte gern nach The Grange«, sagte Frances.

»Ich muß schon sagen«, sagte Robert, »so froh war ich wohl noch nie, jemanden zu sehen.«

Er streckte die Hand nach Frances' Glas aus, um ihr Wein nachzugießen. Sie waren für den Augenblick die einzigen, die im Wachzustand am Schlachtfeld der mittäglichen Weihnachtsorgie ausharrten. Die drei älteren Kinder waren mit der Unauffälligkeit langer praktischer Erfahrung verschwunden, als es ans Ab- und Aufräumen zu gehen drohte, Barbara war oben und versuchte zu schlafen, Lizzie versuchte, Davy dazu zu überreden, es ihr gleichzutun, und William, der selig schlummernd unter einem lila Papierhut am unteren Ende der Tafel saß, war es bereits gelungen.

»Was für ein herrliches Durcheinander«, sagte Frances. Sie blickte auf den Tisch, auf dem ein Chaos von Tellern und Gläsern, zerknittertem Crackerpapier, geleerten Nuß- und Obstschüsseln, Flaschen und Kerzenhaltern mit üppig aufs Tischtuch tropfendem Kerzenwachs herrschte. »Wie nach einer Massenflucht.«

»Ich fürchte, ich kann Weihnachten nicht ausstehen«, sagte Robert, »ich bin einfach zu müde, um darin mehr als eine Plage zu sehen. Und ständig wird gestritten. Wenn du nicht gerade noch rechtzeitig gekommen wärst, hätte es ein Blutbad gegeben.«

Frances trank einen Schluck Wein. Sie hatte schon ziemlich viel getrunken und fühlte sich nach zwei Nächten ohne ausreichenden Schlaf schwer und träumerisch.

»Ich war zuerst bei Juliet.«

»Ach ja? Warum?«

»Ich ... ich dachte, es wäre wohl besser, nicht schon zum Frühstück dazusein.«

»Wärst du bloß schon dagewesen. Das Frühstück war die Hölle. Arme Lizzie.«

»Sie sieht tatsächlich müde aus.«

»Sie ist auch müde. Muß sie ja sein.«

Frances sah ihren Schwager an. Sein markantes Gesicht mit den hohen Backenknochen sah zwar nach wie vor gut aus, doch das störrische, dicke, rötliche Haar, das ihm schon immer einen romantischen, fast irischen Touch verliehen hatte, fing an den Schläfen ein wenig an zurückzuweichen, so daß sein Haaransatz etwas Eckigeres bekam.

»Könntet ihr beiden, du und Lizzie, nicht mal ausspannen? Du weißt ja, ich könnte euch so ziemlich alles arrangieren ...«

»Dummerweise«, sagte Robert und stützte sich auf die Ellbogen, »dummerweise werden wir im nächsten Jahr arg klamm mit Bargeld sein. Die letzten sechs Monate waren schrecklich, so schlimm wie noch nie. Lizzie weiß zwar, daß es schlecht gelaufen ist, aber ich habe ihr noch nicht gesagt, wie schlecht, und ich werde es auch erst nach Weihnachten tun.« Er sah Frances an. »Du mußt das doch auch zu spüren kriegen.«

»Ein bißchen schon, aber bei mir buchen so viele pensionierte Leute, die ganzen Blumen- und Vogelfreunde und die Leute, die malen und fotografieren wollen, und die merken die schlechten Zeiten nicht so wie die Berufstätigen ...«

»Was denn für schlechte Zeiten?« sagte Lizzie, die gerade hereinkam. Sie trug getreulich die Ohrringe, die Sam ihr geschenkt hatte, riesige, unregelmäßig geformte Stechpalmenblätter, die er aus Plastilin gemacht hatte, smaragdgrün und besetzt mit leuchtenden Beeren in der Größe von Erbsen. »Davy hat sich endlich schlafen gelegt, unter der Bedingung, daß ich seinen gelben Schlafanzug in den Second-hand-Shop bringe und nie wieder sage, daß er süß aussieht. Das wird nicht ganz einfach werden.«

Sie setzte sich neben Frances und nahm deren Glas, um einen Schluck zu trinken.

»Nun sieh sie dir an«, sagte sie liebevoll zu Frances. »Sieh sie dir bloß an. Es tut mir zwar aufrichtig leid, daß die Sache schiefgegangen ist, doch dann auch wieder nicht.«

»Ich glaube, wir reden besser gar nicht davon«, sagte Frances und sah William an, der in einer anderen Welt war und unter seiner Papierkrone vor sich hinlächelte.

Robert und Lizzie tauschten einen vielsagenden Blick.

»Nein, da hast du ganz recht.«

»Ich habe Robert gerade erzählt«, sagte Frances, »daß ich heute morgen zuerst zu Juliet gefahren bin.«

»Warum bist du denn nicht direkt hergekommen?«

»Es war doch erst sieben.«

»Ehrlich gesagt«, sagte Lizzie, »um sieben waren wir schon zwei Stunden auf und haben uns wegen der Kirche angeschrien.«

Frances sagte, als hätte sie nichts gehört: »Ich weiß gar nicht, warum ich nie zu Juliet gegangen bin, als ich so fünfzehn, sechzehn war ...«

»Du wolltest nie mitkommen.«

»Ich weiß. Ich erinnere mich daran.«

»Mum hat heute morgen um sechs von ihr angefangen ...«

»Das kommt von Weihnachten«, sagte Robert. »Es hat auf alle Leute diese Wirkung. Wenn sich von selbst nichts anbietet, das sich zum Streiten eignet, dann saugt man sich's eben aus den Fingern.« Er blickte seinen Schwiegervater am anderen Tischende an. »Manchmal kann ich einfach nicht glauben, daß er tatsächlich ein Vierteljahrhundert gleichzeitig mit einer Ehefrau und einer Geliebten klargekommen ist. Ausgerechnet *William.*«

»Das hat er nur deshalb geschafft, weil die Frauen ihm sämtliche Entscheidungen abgenommen haben«, sagte Lizzie.

Frances blickte sie an. »Bist du sicher?«

»O ja.«

Robert erhob sich langsam, als wollte er jeden einzelnen Körperteil einem Test unterziehen, ehe er ihm eine Belastung zutraute.

»Ich fürchte, ich muß mich auch schlafen legen.«

Lizzie warf Frances einen flüchtigen Blick zu. »Du auch?«

Frances überlegte. So schwer, wie sie sich vom Essen, dem Wein und der anstrengenden Heimkehr fühlte, hätte sie gerne geschlafen, bis ein neues Zeitalter angebrochen wäre.

»Nein. Ich glaube nicht. Räumen wir lieber auf.«

Lizzie betrachtete den Tisch.

»Das nenne ich tapfer. Und dann überreden wir die ganze Mannschaft zu einem Spaziergang.«

Frances stand auf.

»Ich hole ein Tablett.«

In der Küche hatte Cornflakes es sich vor dem Truthahngerippe gemütlich gemacht.

»Verdammter Kater!« schrie Frances.

Er flog in einer einzigen pfeilschnellen Bewegung vom Tisch und durch das Katzentürchen nach draußen, wie er es in langen Jahren des Stibitzens gelernt hatte. Frances beäugte den Truthahn.

»Kann man sehen, wo er schon dran war?«

»Egal wo, ich schmeiße ihn jedenfalls nicht weg, Katzenerreger hin oder her, das steht fest. Das ist ein freilaufender Truthahn, und er hat ein Vermögen gekostet. Frances ...«

»Ja?« sagte Frances und richtet sich auf.

»Es tut mir wirklich schrecklich leid, glaub mir. Wegen Spanien.«

Frances machte eine kleine, wegwerfende Handbewegung.

»Das weiß ich doch.«

»Laß dich dadurch bloß nicht unterkriegen. Manchmal geht eben etwas schief, das genauso gut klappen könnte, ohne jeden ersichtlichen Grund. Du mußt dir nicht blöd vorkommen deswegen.«

Frances warf ihr einen scharfen Blick zu, nahm eine Plastikschürze vom Haken an der Tür und band sie sich um die Taille.

»Wer sagt dir denn, daß das der Fall ist?«

Lizzie lächelte bloß ein wenig und sagte nichts.

»Ich finde nicht, daß du irgendwelche Mutmaßungen anstellen sollst«, sagte Frances.

»Wie waren denn die Gomez-Morenos?«

»Der Junior war sehr attraktiv und eine ziemliche Niete, der Senior kräftig, dunkelhaarig und europäisch.«

»Nett?«

»Ja.«

»Charmant?«

»Eigentlich nicht. Einfach nett.«

»Ich wünsche mir so, daß du glücklich bist«, sagte Lizzie mit unerwarteter Heftigkeit.

»Aber was *ist* denn glücklich?«

»Ausgefüllt«, sagte Lizzie, »daß man seine sämtlichen Fähigkeiten nutzen kann, emotional, physisch, geistig. Daß man rundum auf seine Kosten kommt.«

»Willst du damit sagen: Mann und Kinder und Zuhause und eine Galerie? Weil ich nämlich ...«

»Weil was?«

»Weil ich glaube, daß wir alle unterschiedliche innere Landschaften haben. Sogar als Zwillinge.«

»Nur weißt du«, sagte Lizzie in ernstem Ton und legte das

Messer und die Gabel hin, mit denen sie den restlichen Truthahn entbeint hatte, »selbst wenn wir eine solche Landschaft haben, dann gehören doch auch Menschen hinein. Ich meine, du hast zwar uns, und wir alle lieben dich heiß und innig ...«

»Sprich bitte nicht in diesem gönnerhaften Ton mit mir«, sagte Frances.

»Tu ich doch gar nicht ...«

»Doch«, sagte Frances, »tust du. Du findest, ich bin ein halbleeres Gefäß, und deshalb komme ich nicht zurecht.«

»Ach nein«, sagte Lizzie und ihr Gesicht, aus dem nur Zuneigung sprach, neigte sich ihrer Schwester zu. »Nein, das glaube ich nicht. Ich denke nur, du hast so viele Möglichkeiten, und die liegen einfach brach ...«

»Hör auf, in diesem mitleidigen Ton von mir zu sprechen ...«

Lizzie nahm Messer und Gabel wieder in die Hand.

»Ich sage das nicht aus Mitleid. Ich weiß, was du denkst. Du denkst, du bist diejenige von uns beiden, die die Karriere und die Ungebundenheit gewählt hat, und ich, ich habe – eben etwas anderes gewählt. Ich will ja nur nicht, daß dein Leben in unpersönlichen Bahnen verläuft. Weiter nichts. Das ist einer der Punkte, der mich an dieser Spanienreise wirklich getroffen hat, daß du es vorgezogen hast, gerade jetzt zu Weihnachten zu fahren und uns damit vor den Kopf zu stoßen, absichtlich, wo wir doch zu den wichtigsten Menschen in deinem Leben gehören. Das ist so etwas, was ich mit unpersönlich meine. Verstehst du das nicht?«

»Aber ich bin doch wiedergekommen.«

»Ich weiß, und ich habe mich irrsinnig darüber gefreut. Das war für mich das Schönste an ganz Weihnachten, und das Essen war auch wunderbar, weil alle auf einmal so nett gewesen sind, nachdem sie vorher so scheußlich waren.«

»Ich gehe und hole eine Ladung Geschirr«, sagte Frances.

Sie kehrte ins Eßzimmer zurück, den Raum, der dreihundertvierundsechzig Tage im Jahr als Spielzimmer diente. William war aufgestanden, zweifellos auf der schlaftrunkenen Suche nach einem Lehnstuhl. Sie begann, die Teller zu stapeln, kratzte die schwarzen Klumpen Weihnachtspudding und die schmierigen

Reste der Brandybutter herunter und sammelte händeweise klebrige Löffel und Gabeln ein. Ob Lizzie, so fragte sie sich, die leeren Stellen in ihrem Innern wohl mit Geschichten ausfüllte? Ja, ob es in Lizzies innerer Landschaft überhaupt noch einen Fleck gab, der mittlerweile nicht hochkultiviert, produktiv und fruchtbar war? Gab es vielleicht gar keine unerschlossenen Winkel mehr, ober kümmerte sie sich einfach nicht um sie?

Frances ordnete die Gläser zu einem kleinen Regiment. Ob Lizzie ihr sagen wollte, daß die menschlichen Beziehungen in ihrem Leben, wenn sie diese nicht hegte und pflegte wie ein begeisterter Gärtner seine Setzlinge im Gewächshaus, einfach dahinwelken würden? Ich habe doch viele solcher Beziehungen, dachte Frances, ich habe die Familie und Nicky, die meine rechte Hand bei Shore to Shore ist, und ich habe die Londoner Freunde, von denen Lizzie nur wenig weiß. Warum will sie bloß, daß wir verschieden und doch ein und dieselbe Person sein sollen, einander ergänzen, wo sie doch nicht einsehen kann oder will, daß es außer ihrem Leben noch andere gibt?

Sie trug ihr schwerbeladenes Tablett in die Küche. Der eben erst aufgeschnittene Truthahn lag unter Frischhaltefolie auf einer großen Platte, und Lizzie war dabei, die Knochen in einen Suppentopf zu stapeln.

»Hab ich dich jetzt wütend gemacht?« fragte Lizzie und wandte sich um.

»Nein«, sagte Frances, »du machst mich fast nie wütend.«

»Ich habe mich so geängstigt, weißt du«, sagte Lizzie und konnte nicht weitersprechen. Sie legte den Arm vors Gesicht und hielt die vom Truthahn beschmierte Hand abgewinkelt.

»Geängstigt?«

»Ich hatte das Gefühl«, sagte Lizzie und ihre Stimme zitterte, »ich hatte das Gefühl, daß du mich irgendwie verlassen wolltest.«

»Lizzie!« rief Frances. Sie setzte das Tablett auf dem Tisch ab und lief quer durch die Küche. »Lizzie! Wie konntest du nur so etwas Dummes denken?« Sie umarmte ihre Schwester.

Lizzie flüsterte: »Weil wir doch im Paket gehandelt werden, nicht? Eine Art Doppelnummer?«

»Ja.«

»Ich werde immer für dich da sein, hörst du, immer, dein Zuhause ...«

»Das weiß ich.«

»Irgendwie bin ich doch für dich gemacht, und du für mich.«

»Ja. Das liegt uns im Blut.« Sanft löste Frances ihre Umarmung.

Lizzie griff nach einer Rolle Küchenkrepp, riß mehrere Blätter ab und schneuzte sich kräftig die Nase.

»Entschuldige. Tut mir wirklich leid. Was für ein Theater.«

»War es doch gar nicht.«

»Vielleicht mußte es ja mal gesagt werden.«

Frances nickte langsam. Die Küchentür ging auf, und Harriet stand dort in einem langen, grellfarbigen Gewand in Lila, Hellrot, Gelb und Rostrot und krümmte sich vor Lachen.

»Was ist denn das?«

»Das ist Grannys«, sagte Harriet. Sie richtete sich keuchend wieder auf. »Sie hat gesagt, das wäre psychedelisch gewesen ...«

»Das ist doch einer ihrer Kaftans!« sagte Lizzie und ging auf sie zu. »Einer von den Marrakesch-Kaftans! Zum Schreien!«

»Ist er nicht scheußlich?« fragte Harriet.

Frances sagte: »Es war als Kompliment gemeint, daß sie dir den geschenkt hat. Sie möchte, daß du ihn ernst nimmst.«

Alle Heiterkeit war schlagartig aus Harriets Gesicht verschwunden. Sie zupfte an dem Kaftan.

»Verstehe ich nicht ...«, sagte sie mürrisch.

»Frances«, sagte Lizzie, »bist du jetzt nicht ein klein bißchen pedantisch?«

Frances zuckte die Achseln. »Mum war drei Jahre älter als wir, als sie nach Marrakesch fuhr.«

»Was ist denn Marrakesch?«

»Ein Ort in Nordafrika. Es war eine Pilgerstätte der Hippies.«

Harriet riß in übertriebener Verblüffung die Augen auf.

»Granny war *Hippie*?«

»Ja, eine Weile.«

»Mann!« sagte Harriet und sackte am Türrahmen in sich zusammen.

»Harriet!«

»Ich weiß, daß der Kaftan häßlich ist«, sagte Frances. »Doch er ist wichtig. Oder jedenfalls bedeutungsvoll.«

Lizzie blickte aus ihrer knienden Position zu Frances auf. Frances' Augen waren auf den Kaftan geheftet, aber nicht, als nähmen sie den Anblick des billigen, grellen Kattuns in sich auf, sondern als sähen sie etwas ganz anderes. Ihr Ausdruck war nachdenklich und mitfühlend zugleich. Doch warum sollte Frances Barbara verteidigen? Barbara hatte sie, als sie zehn waren, für fast ein Jahr verlassen. Lizzie hätte sich lieber die Hände abhacken lassen, als etwas derart Egoistisches und Rabenmütterliches zu tun. Und dann hatte Barbara Frances heute auch noch vor allen verspottet, als sie in der Küche erschienen war. »Mein Gott«, hatte sie gesagt, den Schöpflöffel noch in der Hand, »die scheinen Weihnachten in Spanien ja in einem ganz schönen Tempo hinter sich zu bringen.«

»Frances?« sagte Lizzie.

Frances regte sich, als kehrte sie aus einem kurzen Traum zurück. »Meinst du nicht, daß alle Menschen irgendwann im Leben einmal etwas tun, was sie vielleicht zehn Jahre früher oder später nicht tun würden, was ihnen jedoch, wenn sie es tun, ganz selbstverständlich und unaufschiebbar erscheint? Wird man dadurch ein schlechter Mensch?«

»Wenn es sich nachteilig auf Menschen auswirkt, die einem nahestehen ...«, fing Lizzie an.

»Nein«, platzte Harriet mit lauter Stimme dazwischen.

»Was wird man denn dann dadurch?«

Harriet strich den Kaftan über ihren schmalen Hüften glatt. Ihr schlaues Gesichtchen blickte ausnahmsweise einmal völlig ungekünstelt.

»Dadurch wird man ein richtiger Mensch.«

Am Abend des 26. Dezember fuhr Frances nach London zurück. Sie hatte in der Nacht zuvor zwölf Stunden geschlafen, und das war ihr überhaupt nicht bekommen. Sie wollte nur noch dorthin zurückkehren, wo sie am ehesten darauf rechnen konnte, Trost und Zufriedenheit zu finden – in das Haus, in dem sich ihre kleine Firma befand.

Die Straßen waren fast völlig leer, die meisten Leute dehnten den Weihnachtsurlaub bis mindestens auf das nächste Wochenende aus. Auf dem Rücksitz ihres Wagens standen neben ihrem Koffer ein Pappkarton mit Geschenken und ein weiterer mit Lebensmitteln. Lizzy hatte schrecklichen Wert darauf gelegt, daß Frances das alles mitnahm, wie eine Mutter, die ihr Kind mit einer prallvollen Naschkiste ins Internat schickt. Ehe Frances aufbrach, hatten sie sich noch ein weiteres Mal unterhalten, und bei dieser Gelegenheit hatte Lizzie – völlig zu recht, so meinte Frances – die Ansicht vertreten, sie seien eine Art Martha und Maria, und sie, Lizzie, die ja wohl nur die Marthaähnliche sein könne, würde sich freuen, wenn man anerkannte, daß das Hausfrauenleben ihr einen unerbittlich hohen Preis abverlangte, und daß das künftig, nach dieser Trübung in ihrem Verhältnis, mitberücksichtigt werden sollte. Frances hatte an ihre Überlegungen auf dem Flug nach Sevilla denken müssen, als sie zu dem Schluß gelangt war, daß Lizzie ihr Leben schließlich selbst gewählt hatte, und wollte ihr das schon behutsam zu bedenken geben, als sie plötzlich in Lizzies Blick einen eigenartigen Schimmer entdeckt hatte, den Ausdruck einer Verzweiflung, wie sie aus der Erschöpfung entsteht, die viele Ursachen – seelische, physische, nervliche – haben kann und die durchaus nicht den Müttern großer Familien vorbehalten ist. So hatte sie schließlich doch nichts gesagt. Bei Frances' Aufbruch hatten sie sich mit großer Wärme umarmt, so wie es auch Frances und William, Frances und Robert und Frances und alle Kinder getan hatten, bis auf Sam, der so tat, als sei es ihm ein Greuel, geküßt zu werden, während er in Wirklichkeit das körperlich anschmiegsamste der vier Kinder war. Barbara hatte Frances zwar durchaus liebevoll geküßt, dabei jedoch die Miene eines Menschen zur Schau getragen, der gern weitaus mehr gesagt hätte, als er das im Augenblick tun konnte. Als Frances losfuhr, hatten sie alle auf den Treppenstufen vor The Grange gestanden und gewunken.

Frances schloß den Nebeneingang des schmalen Gebäudes auf, der sich direkt auf die steile Treppe zu ihrer Wohnung öffnete.

Sie war nur drei Tage weggewesen, und schon lag am Boden eine ganze Schneewehe von Post, überwiegend Reklamezeug, und eine halbaufgegessene gebackene Kartoffel. An deren Anblick war Frances gewöhnt. Zwei Häuser weiter war ein Schnellimbiß, und die Leute vergaßen offenbar immer wieder, daß die Kartoffel mit der Mixed-Pepper-Füllung einfach widerlich schmeckte.

Sie knipste das Licht an. An einem Wochenende hatten Nicky und sie den tunnelartigen Treppenaufgang terrakottafarben gestrichen, in der Hoffnung, ihm durch den warmen Erdton eine interessante Note zu verleihen, doch das Ergebnis war, daß man das Gefühl hatte, irgendein langgezogenes inneres Organ hinaufzusteigen. Es war unsäglich häßlich, und sie war nie dazu gekommen, erneut etwas daran zu machen, außer Plakate von Siena und Florenz und der vieltürmigen Silhouette von San Gimignano an die Wände zu tackern.

Oben am Ende der Treppe betrat man durch eine schmale Tür ein überraschend geräumiges, helles Zimmer, das auf die Straße hinausging. Nicky hatte immer wieder alle möglichen Ideen, was sich mit diesem Raum alles anfangen ließe – sie hätte ihren letzten Penny für ihn gegeben –, doch Frances schien darauf verzichten zu können, und dasselbe galt für den dahinterliegenden Raum, der ihr als Schlafzimmer diente und auf den Kirschbaum blickte, der sich zwei Höfe und ein winziges Gärtchen weiter weg emporreckte. Sie hatte die beiden Zimmer magnolienfarben gestrichen, als sie eingezogen war, sie mit dem Notwendigen möbliert und seither nichts mehr daran geändert. Wenn ihr jemand irgendwelche Gegenstände schenkte – Keramikteller von einer Reise, Kissen, lackierte Kästchen, Topfpflanzen –, dann hängte sie sie zwar auf oder stellte sie irgendwohin, doch nicht so, als gehörten sie wirklich dazu. Es war alles absolut bequem und unbestreitbar langweilig. »Im Grunde wie meine Kleidung«, sagte Frances, als Nicky ihr das einmal vorhielt. »Der Haken ist nur, es stört mich nicht wirklich. Was soll ich denn tun, daß es mich mehr stört?«

Sie trug den Koffer und die Post nach oben, ließ ersteren auf ihr Bett und letztere auf den niedrigen Tisch im Wohnzimmer fallen. Dann ging sie erneut nach unten, um die Kartons heraufzuholen, beförderte die halbe Kartoffel mit dem Fuß auf die Straße hinaus und drückte die Tür dann mit der Schulter zu. Sie trug die Kiste mit den Vorräten in ihre winzige Küche, packte aus Dankbarkeit Lizzie gegenüber alles gewissenhaft aus und griff dann erleichtert nach ihrer Aktenmappe und dem Stapel Post, öffnete die zweite Tür ihres Wohnzimmers und stieg die Innentreppe in ihr Reisebüro hinunter.

Allein schon das Lichtanmachen bereitete ihr Vergnügen. Es war, als beträte man nach ungemütlichen Tagen in einem sehr kleinen Boot wieder festen Boden. Nicky, die unschätzbar wertvolle, gewissenhafte Nicky, die mit ihrem langen, glatten, straff zurückgebundenen Haar wie die perfekte Bürovorsteherin wirkte, hatte alles makellos hinterlassen: die Maschinen mit ihren Hauben abgedeckt, den Anrufbeantworter eingeschaltet, die Jalousien heruntergelassen, die Stühle parallel zu den Schreibtischen ausgerichtet, die Pflanzen gegossen, die Papierkörbe geleert. Frances stellte die Aktenmappe auf ihren eigenen Schreibtisch, las Nickys kurze getippte Notiz – »Keine Probleme mehr offen um achtzehn Uhr Heiligabend, außer Anfrage von Mr. und Mrs. Newby, ob das Hotel in Ravenna in der Fußgängerzone liegt – sind lärmempfindlich. Dann noch Mr. Pritchard: Warum kostet der Einzelzimmerzuschlag für Lucca im September zwanzig Pfund mehr als im Mai? Hoffe, Sevilla war hinreißend? Bis Montag also? Ich werde jedenfalls dasein – wahrscheinlich ehe Du das hier liest! Liebe Grüße, Nicky.« – und machte dann einen Rundgang durch den Raum, wobei sie mit der Hand leicht über diesen oder jenen Gegenstand fuhr. Die Gelegenheiten, in dem zu schwelgen, was ihr Befriedigung gab, was sie geschaffen hatte, gehörten zu den großen Höhepunkten ihres Singledaseins. Vier Jahre war das jetzt her, vier Jahre, in denen es langsam, aber sicher weiter aufwärtsgegangen war. Ein Fehltritt wie Sevilla in vier Jahren war doch wohl nicht so arg schlimm?

Sie machte ihre Aktenmappe auf und kippte die Unterlagen und Tickets darin auf ihren Schreibtisch. Dann begann sie alles auf Stapeln zu ordnen – einer für die Buchhaltung, einer für den

Papierkorb, einer für das Fach, das Nicky unter der Bezeichnung »Möglichkeiten?« eingerichtet hatte. Dahinein würden die Reiseführer von Sevilla gestellt werden, auf den Buchhaltungsstapel gehörten die Tickets und alle Quittungen, selbst noch jene winzigen Fetzchen, die sie für ihre Tasse Kaffee bekommen hatte, und in den Papierkorb würde alles wandern, was mit den Gomez-Morenos zu tun hatte, Luis' Karte inbegriffen, auf der seine Anschriften und Telefonnummern sowohl in Sevilla als auch in Madrid standen.

Frances betrachtete die Visitenkarte. Nichts Besonderes, einfach nur eine Geschäftskarte.

»Ich muß Ihnen die geben«, hatte Luis gesagt, »weil das Überreichen von Visitenkarten eine Reflexhandlung jedes Geschäftsmannes ist. Sie dürfen sie in nächsten Abfalleimer werfen, wenn Sie möchten.«

Frances schnippte sie mit dem Daumennagel weg und warf sie dann zusammen mit ein paar anderen Sachen in den Papierkorb. Dann beugte sie sich, von irgendeinem Impuls getrieben, den sie nicht zu bezeichnen gewußt hätte, blitzschnell nieder und fischte sie wieder heraus.

# II. Teil

# MAI

## 7. Kapitel

Luis Gomez-Moreno wartete auf dem Flughafen von Malaga. Bekleidet mit der lässigen Sommeruniform des südeuropäischen Mannes – Leinenhose, Leinenjackett und makellose Slipper –, stand er in der Ankunftshalle, die Aktentasche zwischen den Füßen, und las einen Zeitungsartikel über die wachsende Unzufriedenheit der riesigen Zahl von Spaniern, die im Baskenland lebten. Ein spanischer Stadtrat in einer baskischen Stadt erklärte, das baskische Verhalten bei den Ratsversammlungen sei eine Lektion in Sachen Rassismus. »Bei Ratsversammlungen ist nur ihre eigene Sprache zugelassen. Sie gestatten nicht einmal Simultanübersetzungen!« Das Baskische, erläuterte der Verfasser des Artikels, sei älter als die lateinische Sprache und habe mit dem Spanischen nichts gemein. Das Baskenland sei ein ländliches Paradies, und seine Einverleibung durch die Spanier erfülle die Basken bis heute mit großer Bitterkeit. »Sie sind«, so schrieb der Reporter wohlgefällig, »eben ein äußerst zähes Volk.«

Als Luis ein kleiner Junge gewesen war, hatte ihm sein Onkel, ein jüngerer Bruder seiner Mutter, heimlich von der Bombardierung Guernicas durch Hitlers Legion Kondor erzählt – heimlich deshalb, weil General Franco sich während Luis' Kindheit noch ungebrochener Verehrung erfreute. »Deine Mutter«, hatte der junge Onkel mißbilligend gesagt, »deine Mutter, also meine Schwester, ist zum Gehorsam gegenüber Franco, Gott und deinem Vater erzogen worden, und zwar in dieser Reihenfolge!« Dies war Luis' erste Berührung mit dem Geist der Auflehnung gewesen, dieser Onkel hatte Luis zum erstenmal ahnen lassen, daß seine herrschsüchtige Mutter womöglich doch nicht über jeden Tadel erhaben war. Als Luis zwölf war, trug der Onkel seine radikalen politischen Vorstellungen nach Amerika; die offizielle Variante der Familiengeschichte lautete zwar, daß er aus freien Stücken gegangen sei, doch Luis nahm eher das

Gegenteil an, und in einem Zornesausbruch bestätigte seine Mutter später diesen Verdacht.

»Dein Onkel Francisco«, hatte sie geschrien, »war ein Vaterlandsverräter!«

In Luis' Kindheit war ziemlich viel geschrien worden. Zwar war wie in den meisten spanischen Haushalten nach dem Krieg die Autorität des Vaters völlig unumstritten gewesen, doch war Luis' Vater bei seiner Frau auf ernsthaften Widerstand gestoßen. Sie kannte ihre Pflichten und rebellierte zugleich ununterbrochen dagegen, ermutigt durch den tiefverwurzelten spanischen Glauben, daß Stärke nur aus Leiden erwächst. Jede Entbehrung, das wußte sie, würde am Ende belohnt werden. Luis und seine Schwester Ana lebten, statt sich des von Franco propagierten geordneten und disziplinierten Familienlebens zu erfreuen, in einem Haushalt, in dem Streitereien an der Tagesordnung waren. Als er vierzehn war, wagte Luis sich einzugestehen, daß er seine Mutter nicht leiden konnte, und als er dann selbst Vater wurde und erlebte, wie seine Beziehung zur Mutter des kleinen José in die Brüche ging, begann er sich zu fragen, ob er Mütter vielleicht grundsätzlich nicht leiden konnte, vielleicht war ja die Mutterschaft dazu angetan, jegliche Frau in ein besitzergreifendes, unberechenbares Monster zu verwandeln. Erst hatte seine Mutter ihn angeschrien, und nun tat es seine Frau. Seine Mutter hatte von ihm vor allem im Hinblick auf die religiösen Pflichten unbedingten Gehorsam gefordert, seine Frau wollte etwas anderes, etwas, das mit Freiheit und Achtung zu tun hatte.

»Es ist nicht leicht«, hatte sie einmal in vernichtendem Ton zu ihm gesagt, »in diesem Land des Machismo Feministin sein zu wollen.«

Das Ergebnis war, daß Luis die Lust verging, sich enger an Frauen zu binden. Zwar war ihm klar, daß manche Frauen der Generation seiner Mutter sich begreiflicherweise betrogen fühlten, nachdem sie endlose Zeiten letztlich als Sklavinnen im Haus gehalten worden waren, und er konnte verstehen, daß die nachfolgenden Generationen den Wunsch hatten, zu arbeiten und unter Menschen zu gehen, doch der Umgang mit den

Frauen sowohl der ersten als auch der zweiten Kategorie war ungeheuer schwierig, ihr Groll und ihr spöttisches Gehabe, hinter denen sie sich verschanzt hatten, schien jedes wechselseitige Verständnis auszuschließen. Es gefiel ihm zwar überhaupt nicht, seinen Vater – was häufig der Fall war – verkünden zu hören: »Gib einer Frau Freiheit, und du kriegst dafür Anarchie«, doch ebensowenig gefiel ihm die Heftigkeit, mit der die gegenteilige Ansicht vorgebracht wurde.

Ungeachtet jener frühen verführerischen Einflüsterungen seines politisch engagierten Onkels wußte Luis, daß er kein Radikaler war. Tatsächlich schien ihm manchmal das Konzept eines geregelten, disziplinierten und geordneten Lebens eher dazu geeignet, der Allgemeinheit ein gewisses Maß an Zufriedenheit zu sichern, als das anscheinend doch fortschrittlichere Streben nach Selbstverwirklichung. Als Bewohner einer der von den Sozialisten regierten Städte Spaniens konnte er zuweilen über die Entwicklung nur den Kopf schütteln, während er sich gleichzeitig doch nicht uneingeschränkt auf die Seite derer zu schlagen vermochte, die der Ansicht waren, Franco sei letztlich nicht das Schlechteste für Spanien gewesen. Ein Ausländer, ein amerikanischer Geschäftsmann, mit dem er zu tun hatte, hatte einmal nach einer strapaziösen Sitzung zu ihm gesagt: »Luis, was sind die Spanier bloß für ein maßloses Volk!« Vielleicht, hatte Luis hinterher gedacht, ist es ja die Maßlosigkeit der spanischen Frauen, die das Zusammenleben mit ihnen zu einer so großartigen Sache macht. Einer allzu großartigen. Fünfzehn Jahre hatte Luis, von seinen Gästen abgesehen, allein gelebt.

Über seinem Kopf verkündete eine deutliche weibliche Stimme über Lautsprecher, die Maschine aus London Gatwick sei soeben gelandet. Luis blickte auf die Uhr. Der Flughafen war ziemlich voll, so daß das Gepäck frühestens in zwanzig Minuten da sein konnte. Er erwog, einen Kaffee trinken zu gehen, verzichtete dann jedoch lieber darauf. Selbst wenn sie erst in dreißig Minuten auftauchen würde – Luis wollte auf keinen Fall riskieren, nicht dazusein, wenn Frances Shore durch die Zollkontrolle käme.

Als er sich am Heiligen Abend auf dem Flughafen von Sevilla von ihr verabschiedet hatte, hatte Luis nicht erwartet, je wieder etwas von ihr zu hören. Einen Augenblick lang hatte er das bedauert, zum Teil deshalb, weil er so wütend über Josés Unfähigkeit war – die unversiegbare Quelle vieler Streitereien zwischen Luis und Josés Mutter –, zum Teil deshalb, weil Frances Shore anders war als sämtliche Frauen, mit denen er während der letzten zwanzig Jahre geschäftlich zu tun gehabt hatte. Er hatte zwar während seiner Zeit an der London School of Economics viele Engländerinnen kennengelernt, aber die waren doch eher von der politischen Sorte gewesen und hatten sich für einen jungen Mann, der in ihren Augen aus dem Land der Stierkämpfe, der Frömmelei und des Faschismus kam, nicht sonderlich interessiert. Seit den sechziger Jahren hatte er dann nicht mehr geschäftlich mit einer Engländerin zu tun gehabt und überhaupt nur sehr wenige kennengelernt. Es hatte seinen Sinn für Abenteuer und seinen Hang zum Neuen geweckt, als er sich vorstellte, wie er Weihnachten ein Schnippchen schlagen und Miss Shore seine drei Posadas zeigen würde. Dann hatte José das ganze Vorhaben gründlich vermurkst, und als Frances sich am Flughafen verabschiedete – höflich zwar, aber nicht gerade herzlich – war er überzeugt, daß die Sache damit beendet war. Miss Shore in ihrem unverkennbar englischen Regenmantel würde sich wohl andere Reisejagdgründe zu suchen wissen.

Sie hatte ihn jedoch angerufen. Er war in Brüssel gewesen, um dort die EG-Richtlinien für die Einrichtung organisch-biologischer Landwirtschaftsbetriebe zu erörtern – er trug sich mit dem Plan, zusammen mit einem andalusischen Konsortium einen solchen Betrieb aufzubauen –, und fand bei seiner Rückkehr nach Sevilla eine Nachricht von Frances vor. Das war im Februar gewesen. Er hatte sie umgehend angerufen, und sie erklärte, sie wolle die Verhandlungen über die Posadas in Andalusien wiederaufnehmen. Er antwortete, sie mache ihm damit eine große Freude.

Sie erwiderte bissig: »Es geht mir weniger darum, Ihnen eine Freude zu bereiten, als darum, Sie am vereinbarten Termin dann auch wirklich anzutreffen.«

»Im Mai werde ich hiersein.«

»Mai ist ausgeschlossen, im Mai habe ich viel zuviel zu tun.«

»Nur fünf Tage. Andalusien ist im Mai am schönsten. Oder im September. Sie fliegen nach Malaga, und ich hole Sie ab.«

»Nicht im Mai.«

»Dann im September.«

»Im September ist es noch schlimmer.«

»Dann . . .«

»Na schön«, sagte Frances. »Ich biege das irgendwie hin. Ich komme im Mai.«

Und hier war sie nun, in der Ankunftshalle des Flughafens von Malaga. Er freute sich. Eigentlich war es sogar mehr als Freude, er empfand eine lebhafte Vorfreude, als erwartete ihn etwas Unbekanntes, sehr Reizvolles.

Er faltete seine Zeitung zusammen – wenn die Spanier maßlos waren, was waren dann erst die Basken? –, steckte sie in seine Aktenmappe und ging zu den Türen der Zollabfertigung hinüber. Sie öffneten sich unaufhörlich und entließen Passagiere mit Gepäckwagen und dem leicht desorientierten Ausdruck, den Flugreisen unweigerlich zur Folge haben. Luis betrachtete sie eindringlich; ein paar Spanier kamen heraus, doch die meisten waren Engländer – viele davon jene lautstarken, selbstbewußten englischen Geschäftsleute, die dafür verantwortlich waren, daß Südspanien mit Appartementhochhäusern und falschen maurischen Dörfern überschwemmt wurde, was dem Wohlstand ebenso förderlich wie dem Geist abträglich war. Dann war Frances plötzlich da. Sie trug einen blauen Leinenrock, ein weißes T-Shirt und eine vor der Brust verknotete Strickjacke über den Schultern. Sie kam geradenwegs auf ihn zu und reichte ihm lächelnd die Hand.

»Mr. Gomez-Moreno«, sagte sie, »ich hoffe doch, Sie sind sich darüber im klaren, daß ich nie wieder nach Spanien kommen wollte.«

Nachdem sie eingestiegen war und er selbst hinter dem Steuer Platz genommen hatte, fragte er sie, ob sie etwas dagegen hätte, wenn er die Krawatte ablegte.

»Ich kann aus irgendeinem Grund nicht mit Krawatte Auto fahren. Ich habe das Gefühl, ersticken zu müssen.«

»Aber bitte«, sagte Frances, verblüfft über soviel Höflichkeit. Sie zog sich den blauen Rock enger um die Beine. »Wie herrlich, daß es so warm ist.«

»Zweiundzwanzig Grad«, sagte Luis befriedigt, als hätte er das speziell für sie arrangiert. Er ließ den Motor an und wandte sich ihr flüchtig mit einem breiten Lächeln zu. »Tja, da sind Sie nun wieder in Spanien, Miss Shore.«

»Frances.«

»Danke«, sagte er, »Frances. Dann bin ich Luis.«

Er fuhr langsam aus dem eingezäunten Bereich des Flughafenparkplatzes hinaus. Über Frances wölbte sich derselbe leuchtendblaue Himmel, den sie auch am Heiligen Abend gesehen hatte, nur daß er diesmal auch Wärme ausstrahlte und nicht nur Helligkeit.

»Ich möchte um keinen Preis irgendwelche neuen Mißverständnisse zwischen uns heraufbeschwören«, sagte Luis, »aber ich wüßte doch zu gern, weshalb Sie es sich anders überlegt und sich entschlossen haben, mich anzurufen. Ich freue mich natürlich darüber ...«

»Es hat genagt«, sagte Frances und schaute dabei aus dem Fenster. »Es hat nicht aufgehört zu nagen.«

»Genagt?« fragte er verständnislos.

»Ja. Es hat mich geärgert, daß es nicht geklappt hat. Denn an sich war es ja eine gute Idee. Und viele von meinen Kunden, diejenigen, die schon von Anfang an bei mir sind, fingen an, durchblicken zu lassen, daß es sie zu neuen Ufern drängte. Wohin fahren wir denn?«

»Nach Mojas«, sagte er. »Diesmal gehe ich keinerlei Risiko ein.« Er lachte.

»Mojas? Davon habe ich noch nie gehört ...«

»Können Sie auch nicht. Es ist ein Dorf, ein winziges Dorf in den Bergen zwischen Granada und dem Meer. Dort liegt meine beste Posada, die, die ich am liebsten habe. Es ist nur schade, daß die Mandelblüte schon vorbei ist.«

»Mandeln ...«

»Das Dorf hat lange von Mandeln gelebt. Selbst heute noch herrscht dort zur Zeit der Mandelernte Hochbetrieb, die Dorfstraßen sind voll von Eseln mit Körben, und aus jedem Haus hört man das Geklopfe der Frauen und Kinder beim Mandelknacken. Wir können das Auto eigentlich gar nicht ins Dorf mitnehmen, so eng, wie die Straßen sind. Esel passen dorthin, Autos nicht.«

»Meinen Kunden«, meinte Frances nachdenklich, »würde das gefallen.« Sie hatte ein genaues Bild von ihnen: Sie waren gebildet und reisetauglich, brachten den Orten, die sie besichtigten, den nötigen Respekt entgegen und fühlten sich abgestoßen vom Massentourismus. »Das sind ganz ruhige Leute«, sagte sie zu Luis, »die Sorte Touristen, die viel über Spanien lesen, bevor sie hinfahren, und die niemals Puppen im Flamencokostüm kaufen würden.«

Er lachte wieder. Er fuhr sehr schnell durch die Vororte von Malaga, bewegte sich so sicher im Verkehr, als würde er keinen Gedanken an ihn verschwenden. Ab und zu blitzte zwischen den Häusern zur Rechten das Meer auf. Frances stellte mit einer unverhofften kleinen Aufwallung von Freude fest, daß es ihr hier gefiel.

Es hatte der Wahrheit entsprochen, als sie behauptete, die Episode in Sevilla habe ihr keine Ruhe gelassen. Eigentlich hatte sie nicht mehr daran denken wollen, doch spukte sie ihr immer wieder im Kopf herum: Es war etwas, das nicht nur schiefgegangen, sondern auch nicht wirklich erledigt war. Die Zeitungen schienen plötzlich unnatürlich viele Artikel über Spanien zu enthalten – das war doch bislang nicht der Fall gewesen? –, und das Fernsehen schien von dem Land auf einmal wie besessen: Da gab es Sendungen über die spanische Frau, über das Verbrechen und über den Katholizismus, über die spanische Küche und über das spanische Militär. Frances hatte eines Tages, bald nach Weihnachten, zufällig das Fernsehen eingeschaltet, während sie mit einem Becher Kaffee und einer Scheibe Toast durchs Zimmer wanderte, und anstelle einer Talkshow, eines Krimis oder eines Politikers war da ein sehr junger spanischer Rekrut zu sehen gewesen, der sich ehrfürchtig niederbeugte, um die spanische Flagge zu küssen. Die übertriebene Inbrunst und die Ernsthaftigkeit dieser Szene waren verblüffend. Wenn man sich vorstellte, man würde einen englischen Wehrpflichtigen auffordern, den Union Jack zu küssen!

Schließlich hatte Frances klein beigegeben. Spanien rührte sichtlich die Werbetrommel für sich, und das gleiche, wenn auch auf stillere Weise, tat Mr. Gomez-Moreno senior, dessen Visitenkarte, wo immer sie sie auch hinlegen mochte, sich doch jedesmal durch Schubladeninhalte und Papierstöße zur Oberfläche hinaufmogelte, wie eine Porzellanscherbe an die Oberfläche eines Blumenbeets.

»Ich bin verhext«, sagte Frances zu Nicky. »Verdammtes Spanien.«

»Dann ruf ihn doch an«, sagte Nicky. »Fahr hin und schau dir seine Hotels an. Wenn sie phantastisch sind, hurra, wenn es dumpfe Löcher sind, hast du wenigstens diesen endlosen Hexenzauber gebrochen.«

»Sie liegen an herrlichen Orten ...«

»Ich weiß. Ich hab den Artikel über den Dom von Cordoba gelesen, der im Innern eine Moschee ist.«

»Und das Klima ist im Frühjahr und im Herbst weitaus besser als in Italien ...«

»Ruf ihn an«, sagte Nicky.

»Und nach Malaga gibt's genügend Flüge zu erschwinglichen Preisen ...«

»Dann ruf ihn doch an.«

»Und das Hotel, das in den Bergen liegt, klingt ganz danach, als wäre es genau das Richtige für die Flora-und-Fauna-Leute ...«

»Frances«, sagte Nicky, und ihre Stimme drohte überzuschnappen, »ruf ihn an!«

Das tat sie dann, und er sagte, es würde ihn riesig freuen, sie zu sehen. Dann schrieb er und erklärte, er würde sie persönlich zu sämtlichen drei Posadas begleiten, ihr das Umland und die Glanzlichter Granadas, Cordobas und Sevillas zeigen. Er werde sich, hieß es weiter in seinem Brief, ihr gänzlich widmen.

»Donnerwetter!« sagte Nicky.

»Nun sei aber nicht albern ...«

»Paß nur auf. Diese südländischen Männer ...«

»Er ist ein Mann im mittleren Alter, ein verheirateter Katholik, und ich kenne ihn kaum.«

»Hast du etwas gegen Verbindungen mit verheirateten Männern?«

»Ja«, sagte Frances.

Nicky pickte ein wenig auf ihrer Schreibmaschine herum. »Das Dumme ist bloß, daß dann nicht mehr viele übrig bleiben. Wenn sie nicht verheiratet sind, sind sie entweder schwul oder behämmert.«

Frances bedachte Luis mit einem raschen Seitenblick. Er wirkte ganz und gar nicht behämmert, sah andererseits aber auch nicht besonders nach verheiratetem Mann aus, wie William etwa, dem man anmerkte, daß jemand ihm alles richtete. Luis Gomez-Moreno wirkte sehr unabhängig, ja nahezu ungebunden. Vielleicht war das ja so, wenn man sich fünfzehn Jahre lang die Hemden und Socken selbst ausgesucht hatte; man sah dann nicht mehr aus, als hätte ein anderer bei allem seine Hand im Spiel, als gehörte man jemandem. Sein erstklassiger Haarschnitt – sein Haar war lockiger als das seines Sohnes –, das gutgebügelte Hemd, die Ansammlung von Straßenkarten und Gegenständen im Handschuhfach und auf der Ablage des Wagens, das effektiv wirkende Autotelefon, das alles war seine Wahl, so wie ihr blauer Rock und die Sachen in ihrem Koffer und die Tatsache, daß sie keine lackierten Fußnägel hatte, ihre Wahl waren. Das ist das Singleleben, dachte Frances, der Unterschied, ob einer verheiratet ist oder nicht: Man entscheidet die ganze Zeit selbst, und manchmal ist es erfreulich, und manchmal hat man es satt.

»Woran denken Sie gerade?« fragte Luis.

Sie rasten einen langen, schnurgeraden Straßenabschnitt entlang, nur ein paar Tankstellen und halbfertige Häuser zwischen sich und dem leuchtenden Meer.

»Ich fürchte«, sagte sie spröde, »so gut kenne ich Sie noch nicht, daß ich darauf antworten könnte.«

Er lachte wieder. Frances sah flüchtig eine goldene Zahnfüllung aufblitzen.

»Meinen Sie denn, daß wir einander bis Ende der Woche alles erzählt haben werden?«

»Ich habe noch nie im Leben irgend jemandem alles erzählt, nicht einmal meiner Zwillingsschwester.«

»Ihrer Zwillingsschwester? Sie haben eine Zwillingsschwester? Ähneln Sie einander sehr? Kann ich sicher sein, das dies hier die richtige ist?«

»Ganz sicher. Meine Schwester trägt einen Ehering und hat vier Kinder.«

Er warf ihr einen raschen Blick zu.

»Beneiden Sie sie nur ja nicht um ihren Ehering.«

»Das tue ich nicht. Sie hat ihr Leben, und ich habe ein anderes.«

»Das ist interessant. Unterschiede sind immer interessant. Auch der Unterschied zwischen Spaniern und Engländern ist interessant. Selbst wenn ich Ihnen in der Wüste Sahara begegnen würde, wüßte ich, daß Sie Engländerin sind.«

»Und wenn ich Ihnen begegnen würde«, sagte Frances leicht pikiert, »dann würde ich denken, Sie wären irgendeiner von diesen mediterranen oder lateinamerikanischen Männern, wieder mal einer dieser olivenhäutigen, dunkelhaarigen Männer mit braunen Augen.«

»Schwarzen«, sagte er grinsend. Er amüsierte sich prächtig.

»Niemand hat schwarze Augen. Keine wirklich schwarzen.«

»Meine sind es. Und Ihre sind blau.«

»Blaugrau.«

»Wie der englische Himmel.«

»Luis, ich kann diese Art von Gerede nicht ausstehen.«

Er lächelte breit, nahm die eine Hand vom Steuer und berührte leicht Frances' Unterarm.

»Ich auch nicht«, sagte er. »War nur ein Test.«

Die Straße führte an flachen Küstenabschnitten entlang, durch verlotterte Betonsiedlungen, durch den einen oder anderen gesichtslosen Ferienort, wo an jeden Baum und an jedes Haus ein Hinweisschild mit der Aufschrift »La Playa« genagelt war, und dann durch ein weitläufiges, deltaähnliches Gebiet, übersät mit den zerfetzten, flatternden Überresten verlassener Foliengewächshäuser ... »Der Melonen-Run«, erklärte Luis, »der Zucchini-Run. Es war wie beim Goldrausch.« Eine große Gabelung tauchte auf, und der entlang der Küste verlaufende Arm führte weiter nach Almeria, der andere bog in flache, immer näher rückende Hügel ab.

»Und jetzt in die Berge«, sagte Luis. »Die herrlichen Berge.«

Frances wandte sich bedauernd nach dem Meer um.

»Können wir von Mojas aus das Meer sehen?«

»Nur ein fernes Glitzern. Ich habe ein Schwimmbecken bauen lassen, ein kleines blaues Schwimmbecken, umgeben von einer Jasminhecke.«

»Sind Sie ein Gartenliebhaber?«

»Nein«, sagte er, »das nun wirklich nicht.« Er wartete einen Augenblick und sagte dann neckend: »In Spanien ist Gartenarbeit Frauensache.«

Frances überhörte die Provokation. »Wie kommt es dann zu dem Jasmin?«

»Ich bin eben ein sehr seltenes Exemplar von einem Spanier.«

»Ich verstehe.«

»Nein, das können Sie nicht verstehen«, sagte er. »Doch das kommt noch. Wenn Sie meine Posada in Mojas sehen. Schauen Sie, schauen Sie sich diese Aussicht an.«

Die Straße gewann rasch an Höhe, und sie fuhren auf eine dramatische Bergwelt zu. Hinter ihnen lagen die Küste, die nichtssagenden Städtchen, die pleitegegangenen Gemüseplantagen, und vor ihnen begannen die Hügel in braunen, rostroten, rosenroten und safrangelben Tönen zu zerklüfteten Bergen emporzuwachsen. Sie waren mit jungem, frühlingshaftem Grün betupft und hoben sich gegen einen unerschütterlich blauen Himmel ab. »Ich liebe diese Gegend«, sagte Luis. »Das Land ist so groß und uralt, und der Tourismus hat es noch nicht entdeckt. Die Küste in Richtung Almeria ist nicht so einladend für Sonnenhungrige, und das da vorn«, er wies mit der Hand auf die Abhänge vor ihnen, »eignet sich nicht zum Golfspielen. Aus einer Landschaft wie dieser kann man keine Golfplätze machen.«

Sie murmelte: »Ihr Englisch ist wirklich gut ...«

»Ich übe nun schon seit fünfundzwanzig Jahren. Sind Sie müde?«

»Ein bißchen.«

»Es ist nicht mehr sehr weit, nicht mal eine Stunde. Soll ich anhalten, damit Sie sich die Füße vertreten können?«

»Nein, danke«, sagte Frances, »ich möchte gern bald ankommen.«

»Einen Moment«, sagte er, wandte sich ein wenig zur Seite und betätigte einen Hebel an Frances' Sitz. Ihre Rückenlehne senkte sich hinab. »So. Ruhen Sie sich ein bißchen aus.«

Durch das aufgestellte Glas des Sonnendachs schien die Sonne angenehm mild. Frances betrachtete sie mit wohliger Trägheit und mußte an Davy denken, wie er als Baby in seinem Kinderwagen gelegen und mit derselben trägen Zufriedenheit die Blätter des Apfelbaums beobachtet hatte, die sich über ihm regten.

»Alle anderen Europäer scheinen zu glauben, in Spanien gäbe es nur Kastilier, sehr förmlich und steif und immer in tiefen Gedanken versunken«, sagte Luis, »doch wir sind alle verschieden, von Region zu Region, selbst von Dorf zu Dorf. Da gibt es die Geschichte über den Bürgermeister eines winzigen Flekkens in der Nähe von Madrid, der Napoleon persönlich den Krieg erklärte. Sie werden feststellen, daß Mojas einen eigenständigen Charakter hat, der viel mit seiner Lage zu tun hat. Alle glauben, die Andalusier seien so etwas wie Zigeuner, genauso malerisch, und diese Menschen sind zwar auf ihre eigentümliche Weise wirklich so, doch gleichzeitig und vor allem sind sie einfach nur die Bewohner von Mojas, einfach ...« Er blickte zur Seite. Frances schlief.

Er drosselte die Geschwindigkeit, um nicht plötzlich scharf bremsen zu müssen und sie aufzuwecken. Wie unglaublich, wie vertrauensvoll, daß sie einfach so von einem Augenblick auf den anderen einzuschlafen vermochte, richtig tief, die Hände im Schoß gefaltet, das Gesicht dem rechteckigen Stück Himmel über dem Sonnendach zugewandt. Er fuhr noch langsamer, um sie sich einmal richtig ansehen zu können, ihr dichtes, schweres

Haar, diese besondere englische Haut, deren Oberfläche sämtliche Komponenten erahnen ließ, aus denen sie sich zusammensetzte – was bei einer dunkleren Haut niemals vorkam –, die ausgeprägte Linie von Brauen und Wimpern. Es war kein schönes Gesicht, fand er, aber ein fesselndes. Er sah es gern an. Schlafend war es ruhig und verläßlich, wach ständig in Bewegung. Er warf einen flüchtigen Blick auf ihre Gestalt. Warum kleidete sich jemand bloß so nichtssagend? Warum wählte jemand Kleider, die jeder andere ungeachtet seines Alters auch anhaben könnte? José hatte sie ihm als gutaussehend, aber kein bißchen sexy beschrieben. Während er den Blick auf den undeutlichen Linien von Frances Körper ruhen ließ, wie sie sich unter der weißen Baumwolle und dem blauen Leinen abzeichneten, stimmte Luis ihm zu, was den ersten Teil der Beschreibung, nicht aber was den zweiten anging. Doch warum sollte sie überhaupt sexy sein? Sie wirkte fast ungelenk, ihre Hände und Füße waren viel zu groß, und sie ...

»Starren Sie mich nicht so an«, sagte Frances gelassen, die zwar wieder wach war, sich jedoch nicht rührte.

»Entschuldigen Sie.«

»Sind wir nicht fast da?«

»Noch ein paar Kilometer. Da.« Luis zeigte mit dem Finger auf einen Abhang. »An dem Hang dort. Das ist Mojas.«

Frances setzte sich auf. Jenseits des Tales lag ein Dorf über die Falten der Anhöhe verstreut wie Würfelzucker.

»Das Grüne mittendrin ist die Posada, der Garten der Posada.«

»Sind Sie nicht müde, nach einer so langen, schnellen Fahrt?«

»Die war doch nicht lang«, sagte er.

Die Straße stieg in Spitzkehren ins Tal hinab, durchquerte eine sumpfige Talsohle mit wisperndem Bambus und ein paar Einsprengseln von stehengebliebenem, verdorrtem Zuckermais, und führte dann wieder aufwärts. Die Hänge waren zu beiden Seiten terrassiert, in anmutigen Schwüngen den Konturen des Hügels folgend, und die Terrassen waren mit niedrigen Mauern aus ockerfarbenem und grauem Stein befestigt.

Sie kamen an einem Jungen mit Baseballmütze und einer

Herde leise bimmelnder, scheckiger Ziegen vorbei und dann an einem Mann mit einem winzigen Esel, der unter seinem riesigen Bündel Brennholz fast verschwand.

Frances sagte, ohne nachzudenken: »Es fällt mir irgendwie nicht leicht, mich daran zu erinnern, daß ich geschäftlich hier bin . . .«

»Wir denken zuviel ans Geschäft. Wir denken zuviel an den Nutzeffekt.«

»Finden Sie?«

»Miss Shore . . .«

»Frances.«

»Danke. Frances, später werden wir ein weltanschauliches Gespräch führen, doch jetzt bin ich erst mal der Führer, und Sie sind die Touristin. Zur Rechten sehen Sie eine Anpflanzung von Mandelbäumen.«

In einer harten, steinigen, rostroten Erde standen Bäume, so knorrig und verwachsen wie in Märchenbuchillustrationen.

»Und nun sind wir da«, sagte Luis. »Machen Sie die Augen zu. Wir fahren hinein.«

»Aber Sie haben doch gesagt, daß hier keine Autos . . .«

»Keine Autos bis auf meins und noch ein paar andere.«

Die Straße bog scharf nach links und stieg dann weiter den Abhang empor. Rechter Hand stand eine Mauer, eine hohe weiße Mauer mit einer Öffnung, einer engen, dunklen Öffnung, die gerade breit genug für ein Fahrrad zu sein schien.

»Wir können doch nicht . . .«

»Machen Sie die Augen zu«, sagte Luis. »Gästen sagen wir normalerweise, daß sie den Wagen hier draußen bei den Mandelbäumen stehenlassen sollen, und jemand vom Hotelpersonal hilft ihnen dann beim Hineinfahren.«

Der Wagen glitt durch die Öffnung, die nur Zentimeter breiter war. Nachdem sie gehorsam die Augen geschlossen hatte, stellte Frances fest, daß das mehr an den Nerven zerrte als das Hinschauen, also machte sie die Augen wieder auf und blickte sich neugierig um. Weiße Sträßchen, weiße Gassen, geweißte Stufen, Kopfsteinpflaster, Kaskaden einer leuchtenden Pflanze – ob das Bougainvilleen war? –, Geranientöpfe, festgeschlossene Fensterläden, verschlossene Tore, Weinreben über Terrassen, hier und da ein flüchtiger Ausblick, ein Stück Himmel, Katzen, Küchenstühle vor Haustüren, alles abschüssig und unvorstellbar schief und krumm, dann ein winziger, rechtwinkliger Platz mit Robinien und zwei alten Männern auf einer Bank.

»Hier«, sagte Luis.

»Wo?«

»Dort«, sagte er, bremste und ließ den Wagen in ein schwarzes Schattenrechteck gleiten. »In der Ecke.«

In der Ecke befand sich eine Miniatursackgasse und an deren Ende ein safrangelb getünchtes Haus, fensterlos, mit einer großen Holztür in weißem Rahmen. Daneben war ein Messingschild angebracht.

»Die Posada von Mojas«, sagte Luis.

Man brachte sie zu einem Zimmer im ersten Stock. Der Weg dorthin führte durch eine ganze Reihe unterschiedlicher Innenhöfe mit Balkonen und Zitronenbäumchen in Töpfen und blauen Bleiwurzranken. Die Innenhöfe waren weiß gestrichen, die Balkons dunkelrostrot, und die Fliesen waren von der Farbe der Ziegeldächer des Dorfes, aprikosengelb und terrakotta.

»Sie werden sich hier wohlfühlen«, sagte Luis in demselben stolzen Ton, mit dem er die Temperatur verkündet hatte. »Von diesem Zimmer aus können Sie den Garten und das ganze Tal überblicken.«

Es war ein langgestrecktes Zimmer mit einem herkömmlichen Fenster und einer Fenstertür mit hüfthoher Balustrade. Beide Flügel dieser Tür standen offen, das Sonnenlicht ergoß sich über den Boden, und eine Brise bauschte sacht die Vorhänge, neue gelb, weiß und blau gestreifte Baumwollvorhänge, deren Säume über die Fliesen fächelten. Es gab ein geschnitztes Bett mit hohen, weißen Kissen und eine dunkle Kommode, die wie ein schmaler Altar wirkte. Auf dem Boden lagen Baumwolläufer, und an den Wänden, die in einem so blassen Blau getüncht waren, daß sie fast weiß wirkten, hingen zwei alte Tafelbilder, eins mit einer Lilie und eins mit einem lockigen Engelskopf, der von einer Aura umgeben war.

Frances zog die Schuhe aus und trat aus dem schattigen Bereich des Fußbodens in den sonnenwarmen.

»Ich gehe in den Garten hinunter«, sagte Luis. »Wir essen Tortilla im Freien, wenn Sie fertig sind. Sie brauchen sich jedoch nicht zu beeilen. Hier braucht man sich nie zu beeilen.«

Sie durchquerte das Zimmer und umfaßte das sonnenwarme Holz der Balustrade. Unter ihr lag der Garten, der, wie die Felder außerhalb des Dorfes, in mehreren winzigen Terrassen angelegt war, deren Ränder und Treppchen durch Amphoren, Krüge und Tontöpfe hervorgehoben wurden, aus denen Blumen und vielfarbiges Blattwerk herabrankten. Bäume gab es auch, wieder eine Robinie, mehrere Eukalyptusbäume, die ihre grüngrauen Zweige in kühnen Bögen in den Himmel streckten, und in ihrem Schatten standen Gartenstühle aus weißem Schmiedeeisen. Unterhalb des Gartens purzelten die Schrägdächer des Dorfes kopfunter den Abhang hinab zu Tal, und nur hier und dort wurde die Dächerlawine durch eine flache Dachterrasse aufgehalten, auf der, ordentlich auf Wäscheleinen aufgehängt, strahlendweiße Wäsche wehte.

Es war fast völlig still. Von weit unten aus dem Tal kam ein ganz schwaches Glockengebimmel – die Ziegen von vorher? –, und aus der Küche, die im nachmittäglichen Frieden vor sich hin döste, drang das ferne Scheppern einer Tortillapfanne. Frances schloß die Augen. Manchmal im Leben, ganz selten nur, dachte sie, gibt es so einen Augenblick des Glücks, der der Verzückung nahekommt, weil er so unschuldig, so natürlich, so in sich gelungen ist – ein Augenblick, wo man das Gefühl hat, daß einfach alles stimmt, wo ...

»Frances?«

Sie öffnete die Augen und blickte hinunter. Luis stand auf der mittleren Terrasse unter ihr.

»Haben Sie alles, was Sie brauchen?«

»Ja, ach ja ...«

»Dann kommen Sie essen«, sagte er. »Ich warte schon auf Sie.«

## 8. Kapitel

Es regnete. Es war kein starker Regen, sondern dieser sanfte, ein wenig klebrige Frühsommerregen. Die Touristen von Bath – die jetzt das ganze Jahr über kamen – hatten die Regenschirme aufgespannt und trödelten die glitschigen Bürgersteige entlang, lästige, ziellose Scharen, die, so dachte Robert übellaunig, mit den spitzen Enden der Rippen ihrer Regenschirme bedrohlich auf seine Augen zielten. Jedes Jahr ärgerten die Touristen in Bath ihn mehr, ungeachtet der Tatsache, daß sie dort ansehnliche Summen ausgaben. Ob die wohl je auf den Gedanken kamen, so fragte er sich, daß auch ganz normale Menschen Gebrauch von Bath machten und sich dort die Schuhe besohlen oder die Zähne richten ließen, daß Bath für sie ein Ort war, wo man Waschpulver kaufte und Schinkenspeck, und daß diese Menschen durch die schiere Anzahl derer, die unablässig auf den Spuren von Jane Austen und Beau Nash und König Bladud wandelten und sich gläserweise widerwärtiges Heilquellenwasser zu Gemüte führten, bis an den Rand des Erträglichen strapaziert wurden? Selbst an einem feuchten Mittwoch im Mai kam man ja nicht mehr ungehindert die Gay Street hinauf, soviel adrette Polyesterregenkleidung kam einem da entgegen, Scharen von Menschen, die gerade Royal Crescent und die Assembly Rooms hinter sich gelassen hatten und nun auf die Römischen Bäder und die Abtei zustrebten. Dabei waren das manierliche Menschen, diese Touristen, wohlerzogen und gefügig, die wie artige Schulkinder aus ihren Bussen getrottet kamen und wieder dahin zurückkehrten, doch selbst noch ihre Manierlichkeit erschien Robert bedrückend, war sie doch ein Symptom für ihren im Grunde teilnahmslosen Geist und ihre leidenschaftslosen Gemüter.

Er räumte den Bürgersteig und trat auf die Straße. Wenn man ehrlich sein wollte, mußte man allerdings sagen, daß Robert an jenem Nachmittag einfach alles deprimierte und er ungerechterweise lediglich seine Laune an harmlosen Frauen ausließ, die ihre Urlaubsdauerwelle mit karierten Regenschirmen zu schützen suchten. Lizzie hatte zwar gewußt, daß Robert nach Bath wollte, um ihren Steuerberater aufzusuchen, ja, sie hatte ihm sogar vorgeschlagen, gemeinsam hinzufahren, wie sie es häufig taten, doch Robert hatte gesagt, das lohne sich nicht, es sei ja nur ein Routinebesuch, die übliche Besprechung des Jahresabschlusses. Lizzie hatte nicht widersprochen, sie schien tatsächlich eher dankbar zu sein, daß sie nicht mitmußte. Sie müsse sich dringend um die Bestellungen für den Herbst kümmern, sagte sie, das sei ihm doch recht?

»Aber gewiß«, sagte Robert. »Nur bestell noch nichts, bis ich zurück bin. Das heißt, noch nicht endgültig.«

»Ist gut«, sagte sie, doch sie hatte gar nicht richtig zugehört. Sie betrachtete gerade ein paar Seidendruckmuster, die ein Kunststudent ihnen angeboten hatte, kreidige Pastelltöne und Schwarz in abstrakten Mustern, die entfernt an die Arbeiten von Duncan Grant und Vanessa Bell erinnerten. »Vor fünf Jahren hätte ich begierig zugegriffen, aber jetzt, ich weiß nicht recht, das wirkt doch ein bißchen passé ...«

Robert küßte sie. »Ich bin vor fünf zurück. Soll ich dir irgendwas aus Bath mitbringen?«

Sie schüttelte den Kopf. Er hatte einen Sekundenbruchteil gezögert und sich gefragt, ob er seine Meinung nicht ändern und darauf bestehen sollte, daß sie mitkam – es war nur so eine Regung, die einfach daher rührte, daß er sie gern dabeigehabt hätte –, und dann war er gegangen.

Jetzt, zwei Stunden später, ging er die Gay Street hinauf, auf dem Weg zurück zu seinem Wagen, den er in einer kleinen Straße irgendwo hinter dem Circus geparkt hatte. Der Termin beim Steuerberater hatte so begonnen, wie er es sich vorgestellt hatte – als Besprechung des Jahresabschlusses –, und war dann in etwas anderes, etwas Unerfreulicheres umgeschlagen. Der Steuerberater hatte ihn darauf hingewiesen, daß Robert und Lizzie, wenn die Geschäfte der Galerie sich nicht beträchtlich belebten – und zwar rasch – Schwierigkeiten mit den Hypothekenraten für The Grange bekommen würden.

»Sie haben«, sagte der Steuerberater, »innerhalb der letzten fünf Jahre Kredite in Höhe von einhundertfünfzigtausend Pfund aufgenommen.«

»Die durch die Galerie abgesichert sind.«

»In der Tat. Allerdings durch eine gewinnbringende Galerie. Unter den gegenwärtigen Bedingungen ist es aber etwas viel verlangt, daß ein Geschäft wie die Galerie sich selbst sowie Sie und Ihre ganze Familie *und* noch einen Kredit in diesem Umfang finanzieren soll.«

»Dann sind Sie also der Meinung, daß die sinkenden Umsätze der letzten sechs Monate kein Ausrutscher waren und sich die Lage sogar noch verschlimmern wird?«

»Ganz richtig.«

Warum hatte er nicht »Ich fürchte, ja« gesagt, dachte Robert, und drückte sich an einen geparkten Wagen, um einen anderen vorbeifahren zu lassen. Warum antwortete er nicht wenigstens wie ein menschliches Wesen, statt einfach nur »ganz richtig« zu schnappen wie ein seelenloser Roboter? Selbstverständlich war es von Berufs wegen seine Pflicht, Robert darauf hinzuweisen, daß sich die Lage zum erstenmal in den siebzehn Jahren seit Geschäftseröffnung nicht verbessern, sondern verschlechtern würde und daß der stete, erfreuliche Aufwärtstrend in Richtung Wohlstand unmißverständlich durch etwas abgelöst wurde, das alles in allem unsicherer und ungewisser war. Doch warum hatte er nicht einmal versucht, den Schlag abzumildern, wenigstens ein bißchen?

Ich habe Angst, dachte Robert.

Der Regen wurde stärker. Robert erreichte das obere Ende der Gay Street, schlug den Kragen hoch und rannte über das grüne Rund in der Mitte des Circus, unter den riesigen Linden hindurch, die als einzige Lebewesen dankbar für den Regen zu sein schienen, und hielt auf den Circus Place zu. Ein Junge und ein Mädchen gingen eng aneinandergeschmiegt an ihm vorüber, kichernd versuchten sie, eine alte Einkaufstüte als Regenschirm zu benutzen, und es versetzte Robert einen Stich, als ihm aufging, daß sie so jung und so verwegen gekleidet waren wie er und Lizzie vor siebzehn Jahren, als die ganze Welt ihnen offenstand und sie noch keinerlei Verantwortung zu tragen hatten.

Als er die Galerie erreichte, war es zehn Minuten vor Geschäftsschluß, und Jenny Hardacre, die seit sieben Jahren ihre unschätzbar wertvolle rechte Hand war, begann gerade, die ersten Vorbereitungen dafür zu treffen. Jenny, die ein liebes Gesicht hatte und ihr vorzeitig ergrautes Haar mit Kämmen zurückgesteckt trug, war Witwe geworden, bald nachdem ihr einziges Kind geboren wurde, ein lebhafter kleiner Junge, der so alt war wie Davy.

Gewöhnlich brauchte Robert die Galerie nur zu betreten, und aller Trübsinn, der ihn aus welchen Gründen auch immer befallen haben mochte, war alsbald verflogen. Der gewachste Holzboden, die sorgfältig arrangierten Lichtinseln, die Regale, Stapel und Fächer voller verführerischer Ware, der Geruch von Seegras, Holz und Dufttöpfen waren nicht nur eine Freude, sondern zugleich handfeste Beweise für den Erfolg. An diesem Abend schien ihre Verläßlichkeit sich jedoch in Luft aufgelöst zu haben, und statt dessen hing so etwas wie eine mitleiderregende Zerbrechlichkeit über dem Ganzen, als könnten jederzeit die Gerichtsvollzieher einmarschieren und die Bilder, Läufer und Lampen an sich reißen und sie erbarmungslos fortschleppen wie hilflose Opfer von Vergewaltigung und Plünderei. Robert rief sich innerlich zur Ordnung: Er ließ sich allzu sehr von seinen Gefühlen überwältigen. Er hatte das dringende Bedürfnis, mit Lizzie zu reden.

Jenny blickte von der Kasse auf und lächelte.

»Alles in Ordnung?«

»Eher nicht«, sagte er.

Ihr Gesicht wurde sogleich mitfühlend. »Ach, Robert ...«

»Ist Lizzie im Büro?«

»Ja. Sie hat die Jungs da. Sie sind nach der Schule vorbeigebracht worden.«

Das Büro der Galerie lag im ersten Stock und blickte auf das verwahrloste Durcheinander der paar gänzlich unbedeutenden Industriebetriebe Langworths, die mittlerweile das Zeitliche gesegnet hatten. Da er wußte, daß er dort viel Zeit verbringen würde, wollte Robert das Büro ursprünglich zu der Art von Atelier machen, das er sich schon immer gewünscht hatte und, wie er es jetzt empfand, niemals mehr haben würde: mit hohen Zeichentischen, herrlicher Beleuchtung und viel freier Wand, um alles Mögliche daran aufzuhängen. Als er es betrat, wandte sich Lizzie, die gerade telefonierte, um und winkte ihm zu, und Sam und Davy, die damit beschäftigt gewesen waren, mit einem Filzschreiber Davys nackte Knie mit Raumschiffen zu bemalen, stürzten sich auf ihn und umklammerten ungestüm seine Knie.

»Verschwindet«, sagte Robert.

»Also gut, hören Sie«, sagte Lizzie in den Hörer, »machen Sie mir ein halbes Dutzend zurecht, und dann sehen wir, wie sie gehen. Nein, mit Rückgaberecht, so verfahre ich bei Kunsthandwerkern immer, denn wir sind ja nicht nur ein Laden, sondern auch eine Galerie. In Ordnung? Ja, verschiedene Hölzer wären hübsch, aber sie müssen von englischen Bäumen stammen.«

»Sam«, sagte Robert, »laß los.«

»Deine Schuhe sind ja patschnaß ...«

»Es hat geregnet in Bath. Laß *los*, Davy.«

»Sam läßt nicht los, dann muß ich auch nicht ...«

»Doch, das mußt du«, sagte Robert wütend. »Ich habe einen verdammt gräßlichen Nachmittag hinter mir und bin überhaupt nicht in der Stimmung für solche verdammt gräßlichen Kinder.«

Lizzie legte den Hörer auf.

»War es gräßlich?«

»Ja«, sagte Robert. Er hatte das dumpfe Gefühl, daß er gleich jeden Sinn für Proportionen verlieren würde. In seinem Bemühen, wenigstens eins seiner Beine zu befreien, schüttelte er den einen festgehaltenen Fuß heftiger, als er beabsichtigt hatte, und Davy bekam einen Stoß gegen das Kinn. Davy, der sowieso bei jeder Gelegenheit in Tränen ausbrach, schrie sofort los und umklammerte sein Kinn mit beiden Händen.

»Siehst du«, sagte Sam schadenfroh. »Jetzt hast du ihm bestimmt alle Zähne ausgeschlagen, und nun kann er nur noch Joghurt und Ekelzeug essen. Für immer.«

Robert beugte sich nieder und nahm den schluchzenden Davy auf den Arm.

»Es tut mir ja so leid, Schätzchen, ich wollte dir doch nicht weh tun ...«

»Joghurt ist eklig«, wimmerte Davy gedämpft durch die Finger hindurch.

»Laß sehen. Nimm mal die Hände weg, und laß mich deinen Mund ansehen.«

Lizzie, die immer noch auf ihrem Platz am Telefon saß, sagte: »Was war denn so gräßlich, Rob? Mach dir keine Sorgen wegen Davy, dem wird schon nichts passiert sein, du weißt doch, wie er sich immer anstellt.«

Davy riß den Mund weit auf, und Robert spähte hinein.

»Alle noch drin, Gott sei Dank.«

»Ich glaube aber«, sagte Sam vom Fußboden herauf, »daß du ihm den Kiefer gebrochen hast.«

Davy schnappte nach Luft, und seine Augen weiteten sich.

»Nun sei nicht so dämlich.«

»Was war denn so gräßlich?« fragte Lizzie wieder. »Ich meine, die Zahlen kanntest du doch, ehe du hingefahren bist, du wußtest doch, daß wir das schlechteste Halbjahr überhaupt hatten.«

»Die Lage wird sich aber nicht verbessern«, sagte Robert. Er bückte sich erneut und stellte Davy auf die Füße. »Sullivan meint, bis jetzt gebe es keinerlei Anzeichen für eine Erholung der Konjunktur und daß wir, wie alle kleinen Firmen, in absehbarer Zeit nicht mit einer Wiederbelebung der Geschäfte rechnen können. Wie er es so liebenswürdig ausdrückte – auf die Art von Luxusartikeln, wie wir sie in unserem Geschäft führen, werden die Leute zuallererst verzichten.«

»Laß ihn bloß nicht los!« zischte Sam Davy zu. »Sonst klappt er sofort runter.«

Lizzie stand auf und kam zu Robert hinüber.

»Wäre ich doch bloß mitgekommen.«

»Das habe ich mir zwar auch gedacht, doch an den Tatsachen hätte das überhaupt nichts geändert. Der springende

Punkt ist, daß die Umsätze unter diesen Bedingungen gar nicht mal schlecht sind, doch der Gewinn reicht einfach nicht aus, um unsere Ausgaben zu decken.«

Davy lehnte sich an Lizzie und ließ ein gedämpftes Geheul hören. Lizzie beugte sich nieder und zog ihm entschieden die Hände vom Kinn. Seine Augen weiteten sich vor Entsetzen, als er darauf wartete, daß sein Unterkiefer herabsacken würde wie ein gerissener Rolladen. Er tat es nicht.

»Siehst du?« sagte Lizzie. »Du bist sehr albern, und Sam ist ein Quäler.«

»Was ist denn ein Quäler?« fragte Sam hoffnungsvoll.

»Das ist jemand«, sagte Robert und blickte zu ihm hinab, »dem es Spaß macht, Schwächere fertigzumachen. Im Grunde ist das selbst eine Form von Schwäche, wenn man andere quält. Quäler sind insgeheim immer Feiglinge.«

Sam stand auf, ging auf den nächststehenden Schreibtisch zu und begann, sachte gegen den Tisch zu treten. Lizzie trat zu Robert und lehnte die Wange an seine Brust.

»Ich habe schließlich heute nachmittag doch nichts bestellt. Das war eben ein netter junger Mann, der Duftkästchen macht, aus gedrechseltem Holz mit durchbrochenem Deckel.«

»Die machen die Inder wahrscheinlich billiger ...«

Sie hob den Kopf.

»Wollen wir nicht lieber später über alles sprechen?«

»Ja.«

»Mummy«, sagte Davy, »kann ich zum Abendessen dasselbe kriegen wie Sam?«

»Du kriegst doch immer dasselbe!«

»Ich möchte kein Joghurt ...«

Lizzie sah Robert mit einem fast verzweifelten Lächeln an. »Wir haben es ja nicht anders gewollt, nicht? Wir wollten doch dies erfüllte, pralle Leben voll Arbeit und voller Kinder, bei dem es die ganze Zeit chaotisch zugehen würde. Wir wollten das doch so haben, nicht?«

Er begann im Zimmer herumzugehen, Papierstöße zurechtzurücken und Maschinen und Lampen auszuschalten. Lizzie beobachtete ihn, während sie auf seine Antwort wartete, und endlich sagte er vom anderen Ende des Büros und verschloß dabei das Fenster mit einem Sicherheitsgriff:

»Selbstverständlich. Nur daß das Leben einem eben gelegentlich ein Bein stellt, wenn man nicht aufpaßt. Das Leben hält sich nicht an die Spielregeln. Nicht wir haben uns verändert, Lizzie, die Dinge um uns herum.«

»So daß wir es ebenfalls werden lernen müssen?«

»Ich nehme es an«, sagte er, und selten hatte sie ihn so traurig klingen gehört, »ich nehme an, daß wir das müssen.«

Der Abend verging, wie so viele Abende zu vergehen schienen – unter unzähligen kleinen Verrichtungen, aus denen sich die unabänderliche, stets gleiche Prozedur zusammensetzte, daß alle etwas essen sollten, Hausaufgaben gemacht, für den Musikunterricht geübt, gebadet, vom Telefon, vom Fernsehen weggeholt und ins Bett verfrachtet werden mußten. Lizzie hatte zwar immer gewollt, daß jedes Kind, sowie es zwölf wäre, mit ihr und Rob zu Abend essen sollte, statt an dem früheren und mehr auf die Kinder zugeschnittenen Abendessen teilzunehmen, doch zwei Dinge waren eingetreten, die diese Absicht zunichte gemacht hatten. Das erste war, daß weder Harriet noch Alistair die geringste Lust zu haben schienen, mit ihren Eltern zu essen, und ständig verkündeten, keinen Hunger zu haben, gerade jetzt keinen Hunger zu haben, mit dem Aufsatz noch nicht fertig zu sein oder zu müde oder gerade in ein spannendes Buch vertieft – letzteres hatte Lizzie als »in eine Fernsehfolge von L. A. Law oder Inspektor Morse vertieft« zu übersetzen gelernt. Zweitens hatte Lizzie herausgefunden, daß sie und Robert an einem normalen Abend um halb neun die Kinder wirklich *satthatten.* Anfangs hatte sie deshalb ein schlechtes Gewissen gehabt – schließlich hatte sie ja wenigstens vier haben wollen und war stolz und froh, eine große Familie zu haben, so wie sie stolz auf die Intelligenz und die Charakterstärke der Kinder war –, doch dann war ihr der Gedanke gekommen, daß sie ebensosehr Roberts Frau war wie die Mutter der Kinder und daß sie, wenn sie nicht am Ende eines aufreibenden Tages auch ein wenig Zeit für sich hatte, irgendwann durchdrehen würde.

So bereitete sie normalerweise Nudeln, Hackfleisch oder irgendwelche Würstchen für halb sieben zu, und zwei Stunden später wiederholte Robert mehr oder minder das Ganze für sich und Lizzie.

»Natürlich«, sagte Barbara oft, »ist diese Sitte, daß die Kinder heutzutage ewig aufbleiben, absoluter Blödsinn. Du und Frances, ihr lagt um sieben im Bett, bis ihr vierzehn wart.«

»Wirklich? Ach, wenn mich doch jetzt jemand um sieben ins Bett schicken würde!«

Dieser Abend war auch nicht anders als hundert andere, außer daß Sam, der in irgendeinem Winkel seiner Seele eine geheimnisvolle Läuterung durchgemacht hatte, Davy liebevoll den Kopf mit seinem Manchester-United-Fußballschal verbunden hatte und ihn wie ein hilfloses Baby stückchenweise mit Bratwurst fütterte. Davy strahlte über so viel Aufmerksamkeit. Auch Harriet war unnatürlich still, da sie, so argwöhnte Lizzie, bis über beide Ohren in einen Jungen aus der sechsten Klasse am Langworth Comprehensive verliebt war, in diese Art von gelangweiltem, von allen angehimmeltem Jüngling, der sie nie eines Blickes würdigen würde. Lizzie hätte sich gewünscht, daß Harriet mit ihr darüber spräche, aber Harriet hatte in Lizzie noch nie die geeignete Person für vertrauliche Mitteilungen gesehen, und wenn sie ins Zimmer kam, während Harriet gerade eins jener endlosen Telefonate mit Heather führte, senkte sie die Stimme jedesmal zu einem verschwörerischen Flüstern. Alistair wiederum war verschwunden. Er steckte wohl wie üblich in seinem Zimmer, seiner komischen muffigen Bude, wo er ein ebenso eigenständiges wie privates Leben führte, seiner Modellbauleidenschaft frönte und mit wahrer Besessenheit seine heißgeliebten Cartoons, Illustrierten und Comics verschlang.

Um neun war es im Haus nahezu still. Harriet hatte sich mit Radio One und ihrem Liebeskummer ins Bad verzogen, Sam und Davy schliefen – Davy immer noch ordentlich mit seinem Schal bandagiert –, Alistair lag auf dem Fußboden in seinem Zimmer und schrieb mit fliegenden Fingern einen Aufsatz über die schädlichen Auswirkungen des sauren Regens. Lizzie hatte die Waschmaschine gefüllt, um sie vor dem Schlafengehen anzustellen, wenn der Strom billiger war, eine ihrer berühmten Listen für den nächsten Morgen gemacht und Cornflakes gefüttert. Robert hatte zwei Lammsteaks und ein paar Pilze gegrillt, einen Salat gemacht und ein Vollkornbaguette zum Aufbacken in den Herd gelegt.

»Ich frage mich manchmal«, sagte Lizzie und ließ sich schwer auf einen der Küchenstühle fallen, »ob das, was wir jeden Abend machen und was sich in Tausenden und aber Tausenden von Haushalten abspielt, wo es mehrere Kinder gibt und die Eltern beide berufstätig sind, ob das also in allen Eltern dies beunruhigende Gefühl auslöst, daß man sich noch so sehr anstrengen kann – man gerät doch immer mehr ins Hintertreffen. Ich bin so müde, als ob ich einen Sandsack abbekommen hätte. Sind wir denn müder, als die Leute früher es waren?«

»Nein«, sagte Robert, »aber wir fühlen uns müder, was auf dasselbe hinausläuft.« Er stellte einen Teller mit Steak und Pilzen vor sie hin.

»Warum denn bloß? Haben wir denn mehr zu tun?«

»Nein, aber wir wollen unaufhörlich etwas leisten. Wir begnügen uns nicht damit, am Leben zu sein, es warm zu haben, gutgekleidet und gutgenährt zu sein. Das nehmen wir als selbstverständlich hin. Es ist das Leistungsdenken, das einen so fertigmacht.«

Lizzie aß einen Pilz.

»Ich habe Frances Weihnachten erklärt, man müsse innerlich ausgefüllt sein, um glücklich sein zu können.«

»Ach ja?«

»Ja. Ich habe gesagt, man müsse alle Räume in sich selbst erforschen und nutzen.«

Robert setzte sich auf den Platz ihr gegenüber und mahlte sich kräftig Pfeffer über sein Fleisch.

»Und was ist daran verkehrt?«

»Daß man platt am Boden liegt, wie ich gerade gesagt habe. Frances kennt diese Art von Müdigkeit überhaupt nicht. Habe ich dir schon erzählt, daß sie noch mal nach Spanien gefahren ist?«

»Wirklich? Warum?«

»Sie hat gesagt, sie habe das Gefühl, sich Weihnachten unprofessionell verhalten zu haben, und einige von ihren Kunden hätten gemeint, sie würden Italien langsam so gut wie ihre Westentasche kennen, und ob sie nicht mal etwas anderes anbieten könnte.«

»Klingt einleuchtend.«

»Ja«, sagte Lizzie und nahm sich Salat, »das finde ich auch. Es wird ihr guttun, sie war in letzter Zeit so merkwürdig und verträumt.«

»Sie war immer schon verträumt.«

»Ein Teil von mir«, sagte Lizzie, »wird erst zur Ruhe kommen, wenn sie glücklich ist.«

»Wenn *sie* zur Ruhe gekommen ist, meinst du wohl – also wenn sie verheiratet ist.«

»Das ist doch nicht normal, so ein Leben wie ihres, immer dieses Grauen vor der Leere, und dabei ist sie so ein liebevolles Wesen. Es ist ein Jammer.«

»Viele Menschen leben lieber allein, weißt du. Männer und Frauen. Das kommt ja wohl nicht daher, daß mit ihren Gefühlen etwas nicht stimmt. Eher daher, daß sie nicht den richtigen Lebenspartner finden und lieber allein leben wollen, als sich mit dem falschen zusammenzutun, meinst du nicht?«

Lizzie strich sich Butter aufs Brot. »Frances ist einsam. Sie ist zu sehr auf zu wenige Menschen angewiesen.«

»Bist du dir da sicher?«

»Sie ist meine Zwillingsschwester«, sagte Lizzie einfach nur.

Später, als sie Käse und Obst gegessen hatten und überlegten, ob sie noch Kaffee wollten, sagte Robert, es täte ihm leid, doch er könne nicht schlafen gehen, ehe sie nicht über das geschäftliche Problem gesprochen hätten.

»Dann sprich«, sagte Lizzie gähnend.

»Um es kurz zu machen: Wir bezahlen gegenwärtig fünfzehntausend Pfund Zinsen jährlich, und zwar zusätzlich zu den Hypothekenzinsen für dieses Haus und zu den Kosten für Essen, Kleider, Versicherungen und was noch alles. Heizung und Licht für das Haus haben im letzten Jahr eintausendfünfhundert gekostet, und die letzte Telefonrechnung belief sich eher auf dreihundert als auf zweihundert Pfund, und zwar im *Vierteljahr.* Dann die laufenden Kosten für das Geschäft, die kennst du ja.«

Er schwieg. Lizzie, die gegen einen Schrank gelehnt gestanden hatte, kam und setzte sich auf die Tischecke.

»Ach, Rob. Wir leben doch nun weiß Gott nicht gerade in Saus und Braus ...«

»Ich weiß. Ich habe nur Angst, daß wir demnächst, wenn es nicht bald bergauf geht, überhaupt nicht mehr genug zum Leben haben werden.«

Lizzie schaute mit einem Gesicht zu ihm hinüber, das so müde war, daß es ihm weh tat.

»Wie groß ist denn das Defizit? Ich meine, wie groß ist denn die Lücke zwischen dem, was wir einnehmen, und dem, was wir einnehmen müßten?«

»Ungefähr soviel wie die Zinsen auf dem Kredit. Etwa fünfzehntausend.«

Sie kam zu ihm herüber und zog seinen Kopf an ihre Brust. Ihr ging plötzlich auf, und es machte sie elend, daß sie ihre mißliche Lage zwar teilten, doch daß das irgendwie nicht ausreichte, um ihre Sorgen weniger beängstigend zu machen. Sie stellte sich Rob und sich und die Kinder in einem winzigen, zerbrechlichen, lecken Boot auf einer sehr rauhen See vor, und die Kinder weinten jämmerlich, und sie hatte gleichzeitig ein schrecklich schlechtes Gewissen und schreckliche Angst. Sie war am Ertrinken, und all diese vorwurfsvollen Händchen klammerten sich an ihren Hals.

»Mir war nie klar«, sagte sie und hielt immer noch Roberts Kopf an ihre Brust gedrückt, »wie schlimm es steht. Ich fühle mich schrecklich deshalb – ich hätte es wissen müssen, und statt dessen hast du das ganz allein mit dir herumgetragen.«

Seine Stimme klang halberstickt unter ihren Händen.

»Ich habe gehofft, daß du es gar nicht zu erfahren bräuchtest. Ich habe gehofft, es wäre nur eine Durststrecke und wir würden nur ein Weilchen den Gürtel enger schnallen müssen.«

»Das heißt also«, sagte sie, und ihre Stimme schwankte ein

wenig, »die Lücke könnte noch größer werden als fünfzehntausend.«

Er versuchte, trotz ihrer Umarmung zu nicken.

Sie flüsterte: »Ich muß wohl sehr naiv sein, aber ich habe nie geglaubt, daß Geld für uns überhaupt ein echtes Problem werden könnte – ich meine, ich habe zwar nie angenommen, daß wir mal Millionäre werden würden, das will ich auch gar nicht, aber ich habe mir auch nicht vorstellen können, daß wir verschuldet sein könnten und ... und nicht mehr imstande ...«

»Psst«, sagte Rob. Er legte den Kopf zurück, so daß er sie ansehen konnte. »Was ist schon Geld«, versuchte er zu scherzen.

»Sag das nicht«, sagte Lizzie. »So was kann nur der sagen, der genug hat.«

Keiner von beiden schlief gut, zum Teil wegen der Sorgen und zum Teil, weil Davy immer noch fest an seine Verletzung glaubte, was dazu führte, daß er zwischen Mitternacht und halb sieben viermal in ihr Schlafzimmer tappte. Am Ende holte Lizzie in dem verzweifelten Wunsch, noch eine letzte halbe Stunde Schlaf zu ergattern und ihre Sorgen zu vergessen, ihn neben sich ins Bett, und dann lag er steif vor Angst, mit seinem immer noch grotesk in rotweiße Wolle gehüllten Kopf da und sagte zu ihr: »Ich bin ganz traurig.«

»Ich bin auch ziemlich traurig«, sagte Lizzie. Sie hielt ihn im Arm und dachte daran, wie sie dort gelegen und ihn im Arm gehalten hatte, als er ein winziges Baby war, und wie sie damals ihre Sicherheit für selbstverständlich gehalten hatten. Sie konnte nicht glauben, daß sie sich soviel Geld geliehen haben sollten, und gleichzeitig konnte sie nicht glauben, daß es so leicht gewesen war, es sich zu leihen, daß die Bank immer wieder drängend gefragt hatte, ob sie auch bestimmt genug hätten, so daß sie schließlich gemeint hatten: Na schön, noch ein paar tausend, und wir können die Zimmer streichen lassen, mit den Kindern nach Österreich fahren (sie waren dort durch herrliche Täler gewandert, mit dem Rad gefahren und hatten Davy huckepack getragen oder in ein Körbchen gesetzt) und ein anderes Auto kaufen. Und sie hatten das Geld genommen, bis ihnen die

Schulden ihnen über den Kopf gewachsen waren und sich aus etwas Überschaubarem in etwas Bedrohliches verwandelt hatten. Und wenn sie noch so viel Arbeit in die Galerie steckten, aus eigener Kraft konnten sie offenbar nicht mehr Geld aus ihr herausholen, weil das einzige, was Geld einbrachte, nun einmal die Kunden waren, die hereinkamen und großzügig einkauften, und nach Großzügigkeit war zur Zeit niemandem zumute. Wahrscheinlich liegen im ganzen Land, dachte Lizzie und nahm Davys kalte Füße in ihre warmen Hände, jetzt Menschen wach und machen sich genau solche Sorgen, Menschen mit Hypothekenschulden und Kindern und diesem gräßlichen Gefühl der Ohnmacht, daß man es nicht selbst in der Hand hat, die Lage zu verbessern, sondern von Mächten abhängig ist, auf die man keinen Einfluß hat.

Robert neben ihr regte sich, seufzte und öffnete die Augen. Er spähte über sie hinweg zu Davy.

»Wieviel Zähne sind dir denn nun heute nacht ausgefallen, Dave?«

Davy schloß angewidert die Augen.

»Ich habe mich gerade gefragt«, sagte Lizzie, »ob ich nicht Dad um Hilfe bitten sollte?«

»Mir wäre es lieber, wenn du das nicht tätest ...«

»Ich weiß, aber es fällt einem gottlob überhaupt nicht schwer, ihn um etwas zu bitten, und ich bin sicher, er würde es verstehen.«

»Lizzie, ich fürchte, ich könnte das nicht ertragen. Es ist eine Sache, um Geld zu bitten, weil man etwas aufbauen will, und eine völlig andere, wenn es sich um einen Rettungsring handelt, wenn man Angst hat, daß es mit einem bergabgeht.«

»Nun red doch nicht so!«

»Ich kann nicht anders, ich empfinde nun mal so.«

Davy steckte tastend die Hand in den Fußballschal und befühlte sein Gesicht.

»Willst du mit diesem Schal zur Schule gehen?«

»Nein«, sagte Davy.

»Warum hast du ihn denn die ganze Nacht umgehabt?«

»Sam hat gesagt, er würde mich wieder heilmachen.«

»Sam hat ein schlechtes Gewissen.«

Davy sah sie an.

»Sam hat gesagt, vielleicht läßt Pimlott mich ja mitspielen.«

»Gefällt dir Pimlott, Davy?«

»O ja«, sagte Davy ehrfürchtig.

Lizzie küßte ihn.

»Du ähnelst deiner Tante Frances zu sehr«, sagte Lizzie. »Die ist auch für zu wenig schon dankbar.« Ihr kleines Lächeln war ironisch. »Denk doch mal an Frances! Denk an Frances, und dann denk an uns!«

»Du hast ununterbrochen Mitleid mit ihr ...«

»Ich weiß, es ist ja nur, weil sie jetzt im Mai in Südspanien herumziehen kann, das scheint mir ...«

»Psst«, sagte Robert.

»In Spanien gibt es Fußballer«, sagte Davy und tastete nach dem riesigen, weichen, wollenen Knoten auf seinem Kopf, »hat Pimlott gesagt.«

»Hast du was dagegen«, fragte Lizzie Robert, »daß ich Juliet besuche und mit ihr rede?«

»Aber keineswegs. Doch was soll Juliet dazu schon sagen können?«

»Weiß ich nicht. Wahrscheinlich nichts. Aber ich würde sie gern sehen.«

Robert begann aufzustehen. »Benimm dich ganz ungeniert ...«

»Rob, nun sei doch nicht so sauer.«

»Ich bin nicht sauer«, sagte er sauer, »ich sehe bloß nicht ein, was das soll, daß du Juliet von unseren Problemen erzählst. Aber erzähl's ihr ruhig, wenn du möchtest.«

»Ich möchte«, sagte Lizzie, »ich möchte. Weil ich im Moment nicht mit Frances sprechen kann.«

Juliet hängte gerade Wäsche auf. Sie war natürlich nicht durch jene stramme hauswirtschaftliche Schule gegangen wie Barbara, doch es gab einige beruhigende häusliche Pflichten, die sie wirklich mit Vergnügen erfüllte, und dazu gehörte das Wäscheaufhängen. Zum Teil kam das daher, daß die Höhenlage des

Cottages mit dem vielen Wind sich geradezu dazu anbot, und es war einfach ein Genuß, Bettlaken und Handtücher zu betrachten, wenn sie sich wie Segel knatternd im Wind blähten. Manchmal blähten sie sich mit einem solchen Geknatter, daß sie über die Ebene davongeweht wurden und Juliet ihre Wäsche aus Brombeersträuchern und von Koppelgattern wieder einsammeln mußte. Sie stellte gerade ihre Wäschestütze auf – die suchte sie sich im Wald, Esche und Haselstrauch waren am geeignetsten –, als sie am Beginn ihres Feldwegs ein Autodach aufblitzen sah. Ein paar Sekunden später erkannte sie, daß es Lizzie war.

»Du siehst aus wie eine Illustration aus ›Mutter Gans‹«, sagte Lizzie beim Aussteigen.

»Das ist der graue Flaum auf meinem Kopf. Du wiederum siehst erschöpft aus.«

»Ich konnte nicht schlafen. Wie ich das hasse – dann bringe ich den ganzen Tag nichts zustande.«

Juliet ging mit ihr ins Haus. Auf dem Tisch stand eine Nähmaschine, es herrschte ein chaotisches Durcheinander von Stoffen, und im Kamin stand ein Glas mit Kerbel. Eins der Fenster war geöffnet und ließ den Morgenwind herein, die Vorhänge schwangen im Luftzug hin und her, und Lizzie konnte sich überhaupt nicht erklären, weshalb der Anblick von Juliets Wohnzimmer – seine Zeitlosigkeit, die anheimelnde Atmosphäre emsiger, gerade nur kurz unterbrochener Aktivität – sie fast zum Weinen brachte.

»Warst du jemals knapp bei Kasse?« fragte Lizzie.

»Immer.«

»Verschuldet?«

»Nie. Ich ertrage es nicht. Das ist einer der orthodoxen Bestandteile meines Moralkodex. Ich habe dieses Cottage vor genau dreißig Jahren von den dreitausend Pfund gekauft, die meine Mutter mir hinterlassen hat. Um keinen Preis der Welt hätte ich mir das Geld dafür geliehen.«

»Aber wir haben uns welches geliehen«, sagte Lizzie, hockte sich nieder und neigte sich über die pfeffrig riechenden Köpfe des Kerbels.

»Natürlich. Alle machen das, außer mir.«

»Und jetzt haben wir – jetzt haben wir große Schwierigkeiten, es zurückzuzahlen.«

Juliet ließ den Wasserkessel vollaufen. Sie dachte an The Grange, an Lizzies Kinder und den Industriellen, den sie morgens im Radio hatte sagen hören, daß die Auftragsbücher zum erstenmal seit zwanzig Jahren leergeblieben seien.

»Ich erwarte mir von dir nicht die Lösung des Problems«, sagte Lizzie und richtete sich wieder auf, »von mir aus brauchst du nicht einmal zu reagieren. Ich mußte nur mit einem anderen Menschen darüber sprechen als Rob, und ich möchte es Mum nicht sagen.«

Juliet setzte den Kessel auf und wandte sich wieder Lizzie zu.

»Es tut mir wirklich leid ...«

»Ich hab das Gefühl, daß wir uns schrecklich einfältig benommen haben, so leichtgläubig ...«

»Ihr seid schließlich keine Geschäftsleute, ihr seid Künstler ...«

»Wir haben das doch gelernt«, sagte Lizzie, »jedenfalls hab ich mir das eingebildet.« Sie sah Juliet an. »Ich kann es kaum ertragen, daß einem die Hände gebunden sind. Wenn mir irgend etwas einfiele, was man unternehmen könnte, dann würde ich es tun.«

»Wenn das so ist«, sagte Juliet wie nebenher, »weshalb geht dann nicht einer von euch beiden arbeiten?«

## 9. Kapitel

Luis fuhr Frances auf einer wunderschönen Straße nach Granada, die sich zwischen den Bergen entlangschlängelte. Er hatte ihr erzählt, er sei zwar in Sevilla geboren, doch Granada sei seine Lieblingsstadt in Spanien, weil sie, bei all ihren herrlichen Bauten, obendrein so lebendig und zugleich so melancholisch sei. Der letzte Maurenkönig von Granada, sagte Luis, habe unromantischerweise Boabdil geheißen, und als er 1492 aus der Stadt habe fliehen müssen, habe er bittere Tränen darüber vergossen.

»Er hatte eine schreckliche Mutter«, sagte Luis. »Seine Mutter sagte zu ihm: ›Da weinst du nun wie ein Weib um etwas, das du nicht wie ein Mann hast verteidigen können.‹«

»So was könnte meine Mutter auch sagen«, sagte Frances.

»Und meine auch.«

Sie warfen einander einen flüchtigen Blick zu und lachten.

»Ich wollte hier auf die Universität gehen«, sagte Luis, »doch mein Vater schickte mich nach London in der Annahme, die London School of Economics sei eine Wirtschaftshochschule. Er hatte keine Ahnung von ihrer politischen Ausrichtung, und ich habe es ihm auch nie erzählt.«

»Vertrauen spanische Kinder ihren Eltern?«

»Meine Generation bestimmt nicht.«

»Und José? Spricht José mit Ihnen?«

»José«, sagte Luis, »spricht mit seiner Mutter.«

Frances schaute aus dem Fenster und wandte den Blick sofort wieder ab, so schroff und steil war der Abhang auf ihrer Seite. Sie hätte von Luis furchtbar gern etwas über seine Ehe erfahren, die er bisher kaum erwähnt hatte. Dabei trug er doch einen Ehering, am Ringfinger der linken Hand, wie alle anderen katholischen Ehemänner auch.

»Ich habe José längst verziehen«, sagte Frances. »Ich finde, Sie sollten das auch tun.«

Luis zuckte die Achseln. »Für Sie mag er ja einfach nur ein reizender Junge sein, für mich ist er eine Enttäuschung. Er will immer nur spielen, weiter nichts.«

»Vielleicht sollten Sie ihm nicht so viel Geld geben.«

Er warf ihr einen Blick zu. »Haben Sie viel Geld, Frances?«

»Nein«, sagte sie, »gerade genug.«

»Finden Sie das gut?«

»Ja.«

»Dann sind Sie ja eine Puritanerin!«

Sie sah ihn wütend an.

»Das bin ich nicht!«

Er grinste.

»Sind Sie sicher?« fragte er neckend und begann, sie nachzumachen. »›Nein, Luis, ein Glas Sherry ist genug, obwohl er wunderbar geschmeckt hat und ich Lust hätte, noch eins zu trinken.‹ ›Nein, Luis, länger möchte ich unser weltanschauliches Gespräch jetzt nicht fortsetzen, denn ich bin geschäftlich hier und muß meinen Schlaf haben, um morgen frisch zu sein.‹ ›Nein, Luis, ich möchte Ihnen keine persönlichen Fragen stellen, weil das nicht richtig wäre.‹«

Sie starrte einen Augenblick ernüchtert vor sich hin.

»Bin ich wirklich so?«

»Nein«, sagte er, »nicht wirklich. Deswegen ziehe ich Sie ja auch auf. Sie sagen solche Sachen zwar, aber ich glaube nicht, daß es Ihnen ernst damit ist.«

»Ich hasse Schmeicheleien, und ich mißtraue ihnen.«

»Ich schmeichle Ihnen nicht. Ich sage Ihnen doch, wenn Sie unrecht haben, Ihre Ansichten sind oft zu weich ...«

»Und Ihre sind zu hart.«

»Ich bin Spanier«, sagte er. »Wir sind konservative Menschen, mit einem Schuß Tragik. Hier neigt alles zum Großartigen, Katastrophen inbegriffen. Sehen Sie mal – da vorn.«

Jenseits der ausgedehnten landwirtschaftlich genutzten Ebene, auf die sie zufuhren, erhob sich eine Bergwand, und obenauf lag Schnee.

»Die Sierra Nevada. Gleich werden Sie die Stadt sehen. Ich werde in nördlicher Richtung um sie herumfahren und sie durch das arabische Stadttor, die Puerta de Elvira, hineinfahren, und dann gehen wir im Albaicin spazieren, wo früher die Falkner wohnten und das heute das Armenviertel ist, aber interessant, und dann schauen wir die Alhambra an, das Ruhmeszeichen Granadas, und dann führe ich Sie zum Mittagessen auf den Parador.«

Frances sagte hocherfreut: »Es ist wirklich sehr nett von Ihnen, Luis, sich diese ganze Mühe zu machen, aber wissen Sie, ich habe mich schon für die Posada entschieden, also ...«

»Es ist keine Mühe. Ich tue es gern.«

Sie sagte nichts. Sie schaute einen Augenblick lang auf seine Hände auf dem Lenkrad und sah dann rasch wieder auf die näherrückende Bergwand mit ihrem weißen Kamm.

»Es ist mir ein Vergnügen«, sagte Luis, »es ist mir ein großes Vergnügen, mit Ihnen zusammenzusein. Also tue ich doch genau das, was ich möchte.«

Im Generalife setzte Frances sich hin, um sich Notizen zu machen. »Generalife«, schrieb sie in ihrer großzügigen Handschrift, »Arabisch: Der Garten des Architekten«. Sie schloß die Augen einen Moment lang und wandte das Gesicht flüchtig der hellen, unbeirrbaren Frühsommersonne zu. Wenn sie sie wieder öffnete – mit genießerischer Muße, wie bisher der ganze Tag verlaufen war –, würde sie die langgestreckte grüne Rasenfläche des Patio de Acequia und die Myrten und die Orangenbäume sehen und darüber den Bogen der unaufhörlich glitzernden Fontänen, die in einem beruhigenden, verführerischen, ja hypnotischen Rhythmus stiegen und fielen. Wenn sie ein wenig nach links blickte, würde sie eine alte Rundmauer sehen, über die sich Bougainvilleen ergossen, und wenn sie den Blick ein wenig senkte, würde sie Luis sehen. Er hatte sich im Schatten einer Art Aussichtsbalkon niedergelegt und die Augen geschlossen. Sie öffnete ihre und schaute ihn an. Dafür, daß er ein kräftig gebauter Mann war, hatte er sich auf sehr anmutige Weise auf den Steinen niedergelassen, fand sie.

Frances fuhr mit ihren Notizen fort. »Diese Gärten und der Palast hier waren die Sommerresidenz der Herrscher von Granada. Maurischer Einfluß vorherrschend, herrliche Gartenanlagen und Aussichten, und Wasser, überall Wasser. Hervorragend geeignet für Maler, Fotografen. Essen in der Stadt auch interessant, weil immer noch starker maurischer Einschlag ...« Luis hatte ihr eine besondere Art von gedörrtem Schinken zum Mittagessen bestellt, mit dicken Bohnen, die *habas* hießen und die, so erklärte er, die Mauren gern gegessen hatten. »Habe den Eindruck, daß die Mauren hier wirklich Sinn für Lebensqualität hatten, für alles, was die Sinne erfreut – Luft, Wasser, Blumen, Musik, schöne Ausblicke.«

Sie fragte sich flüchtig, ein berufsbedingter Reflex, wie es eigentlich um die Sinne der Kunden von Shore to Shore bestellt war. Würden ihnen die exotischen, erlesenen Reize der Alhambra mit ihren Gitterwänden und durchbrochenen Bögen und spiegelnden Wasserbecken durch den Alptraum vergällt werden, Parkplätze für ihre Leihwagen finden zu müssen? Der Haken war heute bloß: War ihr das wichtig? War, wenn sie ehrlich sein wollte, überhaupt irgend etwas wichtig, seit sie die Schuhe abgestreift und auf die sonnenwarmen Fliesen ihres Zimmers in der Posada in Mojas getreten war und einen unmißverständlichen Sirenenruf vernommen hatte, der nichts mit dem schmucken Reisebüro in Fulham zu tun hatte, mit den Anrufen bei der gewissenhaften Nicky und der Sorge, ob das neue Urlaubsangebot, das sie sich letztes Jahr hatte einfallen lassen – etruskische Ausgrabungsstätten und Renaissance-Gärten – vielen ihrer älteren Stammkunden nicht zuviel zumuten würde? War sie nicht, wenigstens für diese paar Tage, in die unendlich verlockende Hängematte eines Lebens gestiegen, das so ganz anders war als alles, was sie bisher kennengelernt hatte, und ließ sie sich nun nicht einfach nur in der Sonne schaukeln? Sie legte ihr Notizbuch nieder und breitete die Hände auf den warmen alten Steinen aus, den Steinen, die auf Befehl von Sultan Abul-Wallid I verlegt worden waren und über die dann auf leisen Sohlen seine Gattin Zoraya zu ihren heimlichen Begegnungen mit ihrem Liebhaber im Zypressenhof geschlichen war. Betörende Welt, dachte Frances, absolut betörend, doch wenn ich nun einfach nur reichlich kindisch bin? Ich hoffe nicht, denn das wäre furchtbar enttäuschend, und ich bin es sehr, sehr leid, enttäuscht zu werden. Wenigstens der Tag heute ist nicht enttäuschend und der gestern war es auch nicht und auch nicht der Tag, als ich ankam. Seit ich hier bin, hatte ich nicht ein einziges Mal das Gefühl, das mir etwas vorenthalten wird, das ich lieber hätte, im Gegenteil, ich habe lauter Dinge bekommen, auf die ich kaum zu hoffen gewagt hätte. Wenn Luis aufwacht, werde ich ihn fragen, ob wir uns nicht das Grabmal der Katholischen Herrscher ansehen können. Seit dem Besuch bei Christoph Kolumbus habe ich einen Hang zu bedeutenden spanischen Grabmälern entwickelt.

Luis schlief nicht. Gewiß, er hatte die Augen geschlossen, aber nicht ganz, und immer wieder bedachte er Frances heimlich mit einem langen Blick, Frances, die dort im Sonnenschein saß, mit einem Strohhut auf dem Kopf, den er, wenn sie zu ihm gehörte, kurzerhand angezündet hätte, so unflott und altjüngferlich wirkte er. Wenn sie zu ihm gehörte, dann würde er sie zwar keineswegs, so überlegte er weiter, in jene kühnen, raffinierten Kleider stecken, die spanische Frauen mit soviel Geschmack zur Schau trugen, aber er würde sie ganz gewiß davon abzubringen versuchen, sich unter diesen anonymen Stoffhüllen zu verbergen, als wollte sie um jeden Preis verhindern, daß jemand allein aufgrund ihres Aussehens irgendwelche Schlüsse auf ihre Person zog. Und die Leute sahen sie an, das war Luis schon aufgefallen. Das war nicht weiter überraschend. Schließlich war er selbst ziemlich erpicht darauf, sie anzusehen und mehr über sie zu erfahren.

Er hatte ihr, zu seiner eigenen Überraschung, beim Essen eine ganze Menge über sich erzählt. Er hatte sich in den letzten Jahren angewöhnt, sich nicht mehr über seine Ehe zu äußern, deren Scheitern und gleichzeitiges Fortbestehen auf dem Papier an sich schon zu symbolisieren schien, daß er sich niemals ganz aus den lebenslänglichen Fesseln des Katholizismus befreit hatte, diese Fesseln schienen Bestand zu haben, ob er nun Notiz von ihnen nahm oder nicht, solange der Kampf zwischen der traditionellen Wertordnung und den zwangsläufig unausgegorenen, aber fortschrittlichen Wertvorstellungen für ihn nicht entschieden war. Als Geschäftsmann begrüßte er die Möglichkeiten, die die europäische Wirtschaftsgemeinschaft eröffnete, als Spanier aber beklagte er jeden noch so geringfügigen Einfluß, der Spaniens stolzem, schwierigem Nationalgefühl abträglich sein könnte. »Jeder Tag in Spanien ist so etwas wie ein Abenteuer«, sagte er lachend, und dann hatte er ihr, aus irgendeinem Grund, von seiner Ehe erzählt.

Sie hatte mit der Art gespannter Stille zugehört, mit der jemand lauscht, für den alles, was man sagt, bedeutungsvoll ist.

»Gewiß, ich war in sie verliebt, sie war ganz reizend, doch Sie müssen sich über die Sittenstrenge im klaren sein, die in einer ordentlichen Mittelstandsfamilie wie unserer in den sechziger Jahren herrschte. Wir konnten einander in vieler Hinsicht nicht richtig kennenlernen, wir konnten nicht entspannt miteinander umgehen, wir konnten ...«, er zögerte und sagte dann tastend: »... keinen intimen Umgang miteinander haben. Damals war eine unkomplizierte Freundschaft zwischen Jungen und Mädchen ausgeschlossen, da gab es keine Spielereien, keine Experimente. Unsere Eltern hatten in diesen Dingen stets die Hand im Spiel. Ich will mich darüber nicht beklagen. Oftmals ist eine arrangierte Ehe genausoviel wert wie eine völlig frei gewählte. Die Entscheidung fällt schwer, wenn man die ganze Welt zur Auswahl hat. José wird niemals eine Wahl treffen. Warum sollte er auch? Seine Mutter kümmert sich um ihn wie um ein Baby, und er hat so viele Mädchen zum Herumspielen, wie er nur will. Ich mißbillige das, doch seine Mutter setzt sich darüber hinweg. Sie ist der Meinung, daß ich sowieso alles mißbillige, was irgendeinem Menschen in Spanien – abgesehen von mir selbst – irgendwelche Freiheiten gewährt.«

»Und stimmt das?«

In seinem Ausdruck war fast so etwas wie Verachtung.

»Welche Frage! Aber ich bin nicht der Meinung, daß sich irgend jemand auf dieser Erde so benehmen kann, als hätte er keine Verantwortung, egal ob Mann oder Frau. Es ist unmöglich, mit einer Frau zusammenzuleben, die so denkt, es macht jedes Gespräch zur Farce, weil sie stets davon ausgeht, daß sie recht hat, weil sie Frau und Mutter ist, und ich unrecht, weil ich ein spanischer Mann bin. Denken Sie nur«, sagte er, und nun grinste er wieder, »bei der Polizei in Sevilla gibt es eine Frau, die eine Waffe trägt. Sie ist toll. Ich habe Josés Mutter aufgefordert, es ihr nachzutun, und sie hat einen Teller nach mir geworfen.«

»Das kann ich mir vorstellen«, sagte Frances. Sie aß mit einem Teelöffel eine dicke, dunkle Quittenpaste, die auch so eine uralte Spezialität war, wie es die Bohnen gewesen waren.

»Sie bleiben so gelassen«, sagte er. »Warum schreien Sie mich nicht an?«

»Da wäre ich ja schön dumm.«

»Ich fürchte, Josés Mutter ist ein bißchen dumm. Sie ist die Mutter meines Sohnes, und als ich sie heiratete, liebte ich sie. Man kann nur traurig sein, wenn die Liebe stirbt, weil sie einmal etwas Lebendiges war, und alles Lebendige ist wichtig. Warum haben Sie nicht geheiratet?«

Frances legte ihren Teelöffel auf den leeren Teller und sah ihr Weinglas an. Es schien ebenfalls leer zu sein. Wie viele Gläser sie wohl getrunken hatte?

»Ich habe niemals Lust dazu gehabt.«

»Sie halten nichts von der Ehe?« In seiner Stimme schwang Hoffnung mit.

»Ich halte durchaus etwas davon. Ich glaube nicht, daß sie als Institution so lange überlebt hätte, wenn sie nicht im Prinzip die beste Form der Gemeinschaft wäre.«

»Also?« fragte Luis und füllte ihr das Glas.

Frances senkte den Kopf. Der Vorhang ihres Haars schob sich halb vor ihr Gesicht.

»Ich hätte gern«, sagte Frances zögernd und drehte den Stiel ihres Weinglases zwischen den Fingern, »eine Beziehung mit jemandem, mit einem Mann, die wirklich für beide ein Gewinn wäre. Mal angenommen, wir wären im selben Zimmer, dieser Mann und ich, dann müßte er meiner Vorstellung nach das Gefühl haben, daß dies Zimmer besser für ihn ist als jedes andere, weil auch ich mich darin aufhalte. Und ich möchte für ihn dasselbe empfinden können.«

Er ließ einen winzigen Augenblick verstreichen, ehe er sagte: »Und warum sollte das nicht eintreten können?«

»Es könnte schon«, sagte Frances. »Es ist nur nie eingetreten.« Sie nahm ihr Glas und trank einen Schluck.

Luis sagte nichts. Im Schutz ihres Haars sah sie auf seine Hand, die nur Zentimeter von ihrer eigenen entfernt auf dem Tisch lag. Keine der beiden Hände regte sich. Dann sagte Luis: »Ich zeige Ihnen jetzt einen wunderschönen Garten.«

Nun, da er in dieser wunderschönen Gartenanlage lag, spürte Luis eine Aufwallung, die viel stärker war als bloße Neugier, eine Mischung aus Beschützerinstinkt, Besitzenwollen, Bewunderung und sogar, so stellte er verwundert fest, so etwas wie ehrfürchtiger Scheu. Wie war sie? Weshalb gab sie ihm so oft das Gefühl, daß sie sich ihm entzog, so daß er sich gedrängt fühlte, ihr nachzugehen und sie zu packen und eine Erklärung zu verlangen? Und warum weckte sie sein Begehren, wenn sie etwas völlig Alltägliches tat wie zum Beispiel jetzt, als sie ihre Sandalen auszog und ihre bleichen Füße entblößte, die ein bißchen zu groß waren, um schön zu sein? Er schluckte und machte ein Geräusch, das, so dachte er, so leise war, daß es niemand hören konnte außer ihm.

»Luis?« fragte Frances. »Sind Sie wach?«

Er setzte sich auf und streckte sich. »Ja.«

»Bringen Sie mich zu dem Grabmal? Dem Grabmal von Ferdinand und Isabella, von dem Sie mir erzählt haben, dem mit den marmornen Löwen?«

Er unterdrückte das Bedürfnis zu antworten: »Ich bringe Sie überall hin, wohin Sie möchten«, und sagte statt dessen: »Natürlich. Ich sehe es immer wieder gern. Karl V. hat das Grabmal errichtet, weil er so stolz auf seine Großeltern war. Finden Sie die Vorstellung nicht auch erfreulich, einen Enkel zu haben, der so viel von einem hält?«

Frances war von dem Grabmal beeindruckt. Es war aus weißem Marmor, in Italien gefertigt, und in Vitrinen in der Nähe konnte sie Isabellas Krone und Ferdinands Schwert besichtigen und die irgendwie anrührenden Banner, unter denen Granada für die katholische Kirche erobert und der arme, schluchzende Boabdil in die unfreundliche Welt außerhalb seines Paradieses gejagt wurde. An Isabellas Grab brannte eine winzige, schwache

Glühbirne, die sie, so erklärte Luis, in ihrem Testament gefordert hatte.

»Eine elektrische Glühbirne?«

»Natürlich nicht«, sagte Luis lächelnd. »Als ich noch ein Junge war, ja selbst noch, als ich schon ein erwachsener junger Mann war, war es immer eine Kerze.«

Der Rest des Domes gefiel Frances nicht.

»Das ist alles so maßlos und viel zu schwerfällig.«

»Die Spanier mögen nun mal das Schwerfällige.«

»Und dies ganze mit Goldbronze bemalte Zeug. Das ist so häßlich. Warum konnten sie den Stein nicht einfach für sich wirken lassen?«

»Er sollte leuchten, üppig, als herrschte hier ein prachtvolles Licht. Dieser Dom gilt als eines der bedeutendsten Bauwerke der spanischen Renaissance.«

Frances lehnte sich an eine Säule, die sogar noch wuchtiger war als die, gegen die sie sich vor langer Zeit im Dom von Sevilla gelehnt hatte.

»Luis, ich kann jetzt nichts mehr ansehen ...«

Er sagte: »Ich hätte Sie schon längst zum Aufhören bewegen sollen, Sie sind erschöpft ...«

»Nur, was das Anschauen betrifft. Und das Nachdenken über die Mauren. Ich fand es herrlich, doch ich ...«

Er nahm ihre Hand.

»Können Sie noch laufen? Oder wollen Sie hier warten und ich hole das Auto her?«

»Ich laufe«, sagte Frances. »Mir fehlt wirklich überhaupt nichts. Vielleicht kommt das ja von den Kirchen, besonders diesen katholischen Kirchen.«

Er zog ihre Hand in seinen Arm. Sie lehnte sich an ihn, hatte dann jedoch das Gefühl, ungebührlich schwer an ihm zu hängen, wenn auch nicht so schwer, wie sie es gern getan hätte, und rückte ein wenig von ihm ab. Das bewirkte, daß er seinen Arm enger anwinkelte.

»Kommen Sie«, sagte er, »keine englische Miss mehr jetzt.«
Er führte sie in den Sonnenschein hinaus.

»Drehen Sie sich nicht nach der Fassade um. Selbst ich als

loyaler Spanier finde sie schrecklich. Als erstes besorge ich Ihnen jetzt etwas Kühles zu trinken. Das Wasser hier ist berühmt, und Sie werden es mit Zitronensaft und Zucker probieren.«

»So«, sagte er ein paar Minuten später, als er sie unter einem Sonnendach zu einem grüngestrichenen Eisenstuhl geleitet hatte. »Nehmen Sie Ihren Hut ab, und entspannen Sie sich.«

»Ich habe das Gefühl, daß Sie meinen Hut nicht leiden können.«

»Sagen wir mal, ich finde, es gibt hübschere Hüte ...«

»Er hält die Sonne ab, und ohne ihn würde ich eine rote Haut und Sommersprossen bekommen.«

»Sommersprossen?«

»Hier«, sagte sie und tippte sich an die Nase. »Reizend bei Kindern, aber nicht bei Erwachsenen.«

Luis drehte sich um und rief nach dem Kellner.

»Ich muß Spanisch lernen«, sagte Frances. »Für jemanden in der Tourismusbranche besitze ich schandbar wenig Sprachkenntnisse.«

»Sind Sie musikalisch?«

»Nicht sehr.«

»Na«, sagte er neckisch, »was haben Sie denn überhaupt für Vorzüge?«

Sie lächelte und sagte ohne Koketterie: »Sagen Sie's mir.«

»Im Ernst?«

»Nein«, sagte sie.

»Oh«, rief er und breitete die Arme aus, »wieder entziehen Sie sich mir!«

»Luis ...«

»Hören Sie«, sagte er und beugte sich vor. Seine dunklen Augen glänzten. »Hören Sie, Frances, ich möchte Sie kennenlernen. Ich habe noch nie auf diese Art mit einer Frau gesprochen. Ich hatte noch nie so stark das Gefühl, es mit etwas ... etwas Geheimnisvollem zu tun zu haben, und dann nähere ich mich Ihnen ein wenig, und Sie verstecken sich vor mir. Warum tun Sie das nur? Wovor haben Sie denn Angst?«

Sie erwiderte offen seinen Blick.

»Ich weiß es nicht.«

Der Kellner kam mit zwei hohen Gläsern Zitronensaft, einem Wasserkrug und einem Metalltellerchen mit Zuckertütchen und stellte alles auf den Tisch. Luis beachtete ihn nicht.

»Frances, wir sind doch jetzt Freunde. Wir scherzen, wir lachen, erzählen einander alles mögliche. Ich weiß, zwei, drei Tage sind nicht viel, aber wir sind fast die ganze Zeit zusammengewesen. Ich bin kein gefährlicher Mann. Schauen Sie mich an. Achtundvierzig, drei Kilo zu schwer, ein Geschäftsmann aus dem Mittelstand – meine Schwiegermutter würde sagen, ein bürgerlicher Geschäftsmann. Ich bin doch kein Wolf. Wir haben geschäftlich miteinander zu tun, und es wird eine Freundschaft daraus. Möchten Sie vielleicht lieber allein nach Cordoba weiterfahren?«

»Aber nein«, sagte Frances, von einer Angst ergriffen, die nichts damit zu tun hatte, daß sie sich allein gefürchtet hätte, nach Cordoba zu fahren.

»Dann tun Sie auch nicht so«, sagte er nahezu grimmig, während er geübt ihre Drinks mixte, »als wäre ich ein Wüterich und Sie ein geprügelter Hund.«

Sie wartete. Er hörte zu rühren auf und reichte ihr ein Glas.

»Sehen Sie mal, ob es süß genug ist ...«

Sie probierte einen kleinen Schluck.

»Ja. Es schmeckt herrlich. Luis ...«

»Ja?«

»Ich glaube«, sagte Frances nachdenklich, »daß das Alleinleben seine guten und seine schlechten Seiten hat. Außerdem gibt es da noch Dinge, die sind weder gut noch schlecht, aber sie kommen nun einmal vor. Dazu gehört auch, in meinem Fall, daß ich mittlerweile dazu neige, nach einem bestimmten Muster zu reagieren, und eine der Hauptreaktionen ist, daß ich mich, wenn mich irgend etwas verwirrt – und sei es auch nur, weil es neu für mich ist –, einfach in mich zurückziehe. Ich nehme an, daß ich mich durch diese Art von Rückzug schütze. Das ist nicht als Kritik an anderen zu verstehen, sondern ich habe nun einmal diese Angewohnheit.«

Er nickte und blickte über den kleinen Platz, an dem sie

saßen, mit dem kleinen, lahm vor sich hin tröpfelnden, barocken Springbrunnen in der Mitte und den dicht an dicht am Bordstein geparkten Autos. Schließlich sagte er: »Doch weshalb gehen Sie denn nur davon aus, daß alles Neue zu Ihrem Nachteil sein muß? Warum glauben Sie denn nicht, daß etwas Neues Sie reicher und glücklicher machen könnte?«

»Aber ich *glaube* das ja. Ich *glaube* ja, daß es mir guttäte.«

»Und weshalb sind Sie dann ...«

»Weil ich nicht weiß, wie ich es anstellen soll«, sagte Frances. »Ich möchte ja ... offen sein, auf alles zugehen, doch ich weiß nicht, wie. Und unterstehen Sie sich«, setzte sie trotzig hinzu, »mich deswegen aufzuziehen.«

Seine Miene war jedoch völlig ernst.

»Das hatte ich auch gar nicht vor«, sagte er.

Er griff nach ihrem Hut.

»Jetzt setzen Sie diese traurige Angelegenheit auf, und wir laufen langsam den Parador zurück.«

Sie nickte, setzte gehorsam ihren Hut auf, ein wenig zu sehr auf den Hinterkopf, so daß er ihr etwas Altmodisches, Unschuldiges verlieh. Sie sah ihn zustimmungheischend an.

»Tut mir leid«, sagte er, »doch ich fürchte, ich kann ihn nicht ausstehen.« Er streckte die Arme aus und hob ihr den Hut sanft wieder vom Kopf. »Es wird mir ein Vergnügen sein, Ihnen einen neuen zu kaufen, doch dieser muß hierbleiben. Die Kinder des Cafébesitzers werden sich freuen, wenn sie ihn finden.«

Frances blickte auf ihren Hut, wie er da auf dem Tisch lag und etwas leise Tadelndes hatte. Sie hatte ihn, einer momentanen Regung folgend, an einem heißen Tag an einem Marktstand in der North End Road gekauft.

»Armer Hut«, sagte sie, aber es freute sie doch eher, daß sie ihn los war. »Was für einen wollen Sie mir denn statt dessen kaufen?«

Er zählte Kleingeld und kleine zerknitterte Scheine auf das Tablett, auf dem ihre Gläser gestanden hatten.

»So einen, wie unsere Esel sie aufhaben«, sagte er ohne die Spur eines Lächelns, »einen mit Löchern für Ihre Ohren.«

Auf der Heimfahrt fragte er sie, ob sie es sehr unhöflich finden würde, wenn er ein paar geschäftliche Anrufe erledigte. Sie verneinte, und er ließ ihr die Rückenlehne herunter, so daß sie sich, wie schon am Tag ihrer Ankunft, zurücklehnen und den blauen Himmel über sich verblassen sehen konnte, als die Sonne langsam im Westen unterging und die Berge der Sierra Nevada zu einem hohen, dunklen Relief einschwärzte.

Auf dem Rücksitz hinter ihr lag ihr neuer Hut. Er war viel flacher, und die Krempe war dreimal so breit und sehr weich. Luis hatte sie insgesamt elf Hüte aufprobieren lassen. Sie war sich sicher, daß sie in ihrem ganzen Leben noch keine elf Hüte probiert hatte und ganz bestimmt nicht innerhalb von fünfzehn Minuten. Sie besaß nur noch einen anderen Hut, und der war aus dunkelblauem Filz, ein Standardmodell der englischen Mittelklasse, die Art, wie sie Mütter am Elternabend aufsetzten und die Freundinnen der Braut bei Hochzeiten im Winter, und Luis würde ihn bestimmt genauso schrecklich finden wie den anderen. Sie dachte an ihren alten Strohhut, der auf dem Tischchen des Cafés lag und darauf wartete, von einer Schar spanischer Kinder gefunden zu werden, die ein Riesengeschrei darüber anstimmen würden, daß ein Mensch so ein Ding gekauft und auch noch getragen haben sollte, und sie verspürte eine Aufwallung von Genugtuung. Es war, als wäre etwas winzig Kleines, aber Bedeutungsvolles, das sie behindert hatte, mit der Preisgabe des Hutes besiegt worden. Als sie den neuen Hut schließlich ausgewählt und Luis ihn gutgeheißen hatte, hatte sie zu ihrer eigenen Überraschung gesagt: »Ich glaube, ich kaufe mir dazu noch ein Tuch, das ich drumbinden kann«, und er hatte erfreut gesagt: »Da haben Sie ganz recht, doch kaufen werde ich es.« Also hatte er ihr ein langes, elegantes, violett, blau und grün gemustertes Seidentuch gekauft, und die Frau in dem Geschäft hatte es sachkundig um den neuen Hut gebunden, so daß die Enden als weiche Bänder über die Kante des breiten Randes fielen.

»Besser«, hatte Luis gesagt, »viel, viel besser.«

»Selbst zusammen mit einem T-Shirt von Marks & Spencer?«

»Selbst damit.«

Nun lag der Hut hinter ihr, die Bänder sorgsam über Luis zusammengelegtes Leinenjackett gebreitet. Absurd, dachte Frances, daß ich mich über einen Hut so freuen kann. Es war gewiß ein sehr eleganter Hut, und Frances hätte nie so viel Geld für etwas ausgegeben, das lediglich die Funktion hatte, die Sonne abzuhalten, doch eigentlich war er ja doch nicht nur zweckmäßig, oder? Er war elegant und kleidsam und eine Spur romantisch – und Luis hatte ihn ihr gekauft.

Neben ihr sprach Luis ununterbrochen ins Telefon, in raschem, weichem Spanisch, dessen Rhythmus sich doch stark von dem italienischen Rhythmus unterschied und so ganz anders war als der des Englischen. Er gehörte zum Vorstand einer Schuhfabrik in Sevilla, hatte er ihr erzählt, und noch einer weiteren Fabrik, die Gerüste für die Bauindustrie herstellte, und er besaß ein kleines Weingut und die paar Hotels, und dann war da natürlich noch der organisch-biologische Landwirtschaftsbetrieb. Er wolle Frauen in diesem Betrieb einstellen, hatte er Frances gesagt, er finde, die arbeiteten besser. »Die Arbeit ist wichtig für sie, weil sie einem klaren Zweck dient, nämlich der Versorgung ihrer Kinder.« Er hatte vor, den größten Teil des Geldes, das er im Lauf der letzten fünfundzwanzig Jahre verdient hatte, in diesen landwirtschaftlichen Betrieb zu stecken, und es sollte der größte Betrieb dieser Art in Europa werden. Er hatte Frances nach dem Umsatz von Shore to Shore gefragt. Sie hatte ihm die Zahl genannt.

»Mit zwei Angestellten?«

»Eine Vollzeit, eine Teilzeit und ich.«

Er sog die Luft zwischen den Zähnen ein.

»Nicht schlecht«, hatte er gesagt.

Ohne sich aufzuregen, hatte Frances geantwortet: »Ach, halten Sie doch den Mund«, und er hatte gelächelt.

»In zehn Jahren«, sagte er dann, »wenn Sie in meinem Alter sind, werden Sie Millionenumsätze machen.«

»Ich habe es gern so klein.«

Das stimmte zwar, überlegte sie jetzt, doch das Dumme war, kleine Dinge wuchsen nun einmal, so sehr man es auch zu verhindern suchte. Schließlich war sie hier in Spanien, nachdem sie doch geschworen hatte, daß Italien ihr und ihren Kunden auf alle Zeiten genügen sollte, und dort hinten auf dem Rücksitz lag der Hut, den ihr ein Mann gekauft hatte, der angeblich Geschäfte mit ihr machen sollte. Was hatten sie denn schon Geschäftliches besprochen? Fast nichts.

»Sprechen Sie mit Antonio«, hatte Luis gesagt. »Sprechen Sie wegen der Preise mit Antonio. Sie mögen mein Hotel, ich mag Ihre Art Firma. Darüber sind wir uns bereits einig. Bliebe nur noch die finanzielle Seite zu regeln, also sprechen Sie darüber mit Antonio.«

Antonio war klein und flink und sehr auf Luis' gute Meinung bedacht. Das bewirkte, daß er Frances, die Luis immerhin persönlich nach Mojas gebracht hatte, mit einem Anflug von Unterwürfigkeit behandelte und zuviel lächelte. Es sah nicht so aus, als würde es zwischen ihnen große Schwierigkeiten geben. Frances würde sechs der zehn Doppelzimmer des Hotels für je eine Woche im Mai und im Oktober nächsten Jahres buchen, zu einem Sonderpreis inklusive Frühstück und Abendessen, und sie würden das beiderseits als Experiment betrachten und abwarten, wie die Kunden von Shore to Shore es aufnahmen. Frances selbst machte sich, was das betraf, keine großen Sorgen. Das Hotel selbst mit seinen kühlen, verschwiegenen, verwinkelten Innenhöfen, mit seinen Zimmern, deren Möbel halb an eine Kapelle und halb an ein Bauernhaus denken ließen, mit seinen hübschen, schattigen Gärten und seiner hervorragenden Küche konnte nur gefallen. Und ebenso die landschaftliche Umgebung, wo es fantastische Möglichkeiten für wackere Fußgänger gab, wie die Engländer es nun mal waren. »Was seid ihr bloß für ein Menschenschlag, daß ihr zum Vergnügen zu Fuß durch die Gegend lauft!« hatte Luis gesagt. »Hier läuft man nur, um irgendwohin zu gelangen.« Es gab spektakuläre Ausblicke und interessante Vögel und Pflanzen. Und ebensowenig konnte Granada, nach allem, was sie bei ihrem kurzen Aufenthalt gesehen hatte, seine Wirkung verfehlen, diese steil aufragende, exotische und ungewöhnliche Stadt. Wie seltsam, dachte sie, während sie träumerisch in den Himmel hinaufstarrte, daß ich hier kaum etwas Geschäftliches zu tun hatte, es hat sich alles von selbst ergeben. Es ist, als stünde man am Meer und ließe sich von jeder Welle irgend etwas mitbringen, das man gern haben möchte, auch wenn man es vorher vielleicht noch gar nicht gewußt hat, und auf das man dann sofort nicht mehr verzichten kann.

Luis legte den Hörer auf.

»Moderne Wirtschaft!« sagte er. »Was für ein Unfug! Im nächsten Jahr ist es womöglich bereits billiger, das Leder für unsere Schuhe aus Argentinien einzuführen, als spanisches Leder zu verwenden. Habe ich Sie geweckt? Haben Sie geschlafen?«

»Nein.«

»Haben Sie Hunger?«

»Noch nicht.«

»Frances«, sagte er. »Eins möchte ich Ihnen noch zeigen, ehe wir Mojas verlassen, und dann fahren wir weiter nach Cordoba.«

»Morgen?«

»Oder übermorgen.«

»Aber ich muß Freitag nach Hause.«

»Warum?«

»Fragen Sie doch nicht so. Sie wissen genau, warum. Ich habe eine Firma, um die ich mich kümmern muß, genau wie Sie.«

»Manchmal müssen wir die Regeln brechen oder jedenfalls beugen. Gefällt es Ihnen denn nicht?«

»Doch, das wissen Sie.«

»Dann ist das für den Augenblick wichtiger als Ihr Geschäft oder mein Geschäft. Es wäre doch herrlich, Frances, einmal nicht vernünftig zu sein und statt dessen eine Unmenge Gefühle zu haben. Sind Sie bereit?«

Sie konnte nicht antworten, sie konnte sich nur abwenden, um ihr hingerissenes Gesicht zu verbergen, so daß er nach einem Augenblick des Schweigens lediglich grunzte, wieder zum Hörer seines Autotelefons griff und Madrid zu wählen begann.

## 10. Kapitel

In jener Nacht träumte sie von Lizzie. Sie strampelte auf dem Rad den Feldweg zu Juliets Cottage hinauf und hörte jemanden weinen, und das Weinen wurde immer lauter, und dann sah sie den Menschen, der weinend den Feldweg hinab- und auf sie zugerannt kam. Als dieser rennende Mensch näher kam, erkannte sie, daß es Lizzie war, die sehr jung aussah, etwa wie zwanzig, sehr langes Haar hatte und einen von Barbaras Kaftans trug, und so streckte Frances die Arme nach ihrer Schwester aus, als sie bei ihr angelangt war, doch Lizzie beachtete sie gar nicht, sondern stürzte nur weinend an ihr vorbei, lief in Windeseile den Feldweg hinunter und war verschwunden. Danach hatte Frances mehrere kurze Träume, und einer davon spielte in Granada, zwischen den Bogengängen des Löwenhofs in der Alhambra, doch als sie am Morgen aufwachte, war es der Lizzie-Traum, an den sie sich zuerst erinnerte.

Ihr Zimmer war morgens herrlich kühl, blau und hell wie ein Zimmer am Meer, die Vorhänge schleiften leise über den Fliesenboden, und eine Frau, die in der ersten kleinen Straße direkt unterhalb des Hotelgartens wohnte, rief, wie sie es jeden Morgen tat, nach ihrem kleinen Jungen. »Pepe!« rief sie jedesmal. »Pepe! Pepe!« Frances hörte den Jungen niemals antworten. Sie vermutete, daß er zur Schule mußte, in die kleine weißgetünchte Schule an der Kirche, und daß er keine Lust hatte und sich deshalb versteckte, ein ungezogener, pfiffiger spanischer kleiner Sam.

Sie setzte sich im Bett auf, schob das Bettzeug mit den bestickten Kanten weg – bestickt, so hatte Antonio gesagt, von zwei alten Frauen im Dorf, die als junge Mädchen Spitzenklöpplerinnen gewesen waren, dafür jedoch nicht mehr gut genug sahen. Warum dachte sie bloß an Lizzie? Warum, schlimmer noch, träumte sie bloß in dieser beängstigenden Weise von Lizzie? Sie setzte die Füße wohlig auf den glatten Boden. Vielleicht regnete es ja in England, vielleicht regnete es auf Lizzie herab, vielleicht hatte sich, während sie schlief, ihre uralte Gewohnheit, Schuldgefühle wegen Lizzie zu haben – weil sie ihr nicht alles erzählte, weil sie ein bißchen Freiraum für sich wollte, weil sie ihre Schwester und ihre Familie zwar liebte, aber sie doch nicht mehr so sehr brauchte wie früher einmal –, in Frances Unbewußtem bemerktbar gemacht wie ein prähistorisches Ungeheuer, das sich im Schlamm eines unauslotbar tiefen Sees regte. Frances gab sich einen Ruck, reckte die Arme, bis sie ihr meterlang vorkamen, und tappte dann hinüber zur Tür, um die Vorhänge aufzuziehen.

Die Fenster waren schon geöffnet, waren es die ganze Nacht über gewesen. Unten in dem grünen, blühenden Garten goß Antonio gerade die Blumenkübel, und der dicke Kellner – es gab einen dicken und einen dünnen – legte gelbe Kissen auf die weißen, schmiedeeisernen Gartenstühle und wischte Blätter und Blüten weg, die auf die Tische gesegelt waren. Auf einem der winzigen Rasenflächen lag Antonios Hund, ein fröhlicher, kleiner Mischling mit einem absurd geringelten Schwanz, und kratzte sich. Ihren Kunden würde der Hund gefallen, dachte Frances, wie ihnen die üppigen Geranientöpfe und der Bleiwurz gefallen würden, der sich anmutig um die schmiedeeisernen Balkongitter wand. Ihnen würde nichts weiter fehlen als Liegestühle, worin sie dicke Romane und noch dickere Biographien und drei Tage alte Ausgaben des in Malaga gekauften Daily Telegraph lesen konnten. Das mit den Liegestühlen mußte sie Antonio noch sagen, sie würde ihm sagen, daß es sich dabei um eine englische Marotte handle, etwas, das für einen bestimmten Typ Engländer ebenso unentbehrlich sei wie Orangenmarmelade zum Frühstück.

Unterhalb des Gartens lagen die abschüssigen Dächer noch aprikosenfarben in der Morgensonne. Die Wäsche hing natürlich bereits draußen; draußen waren auch ein paar dicke Katzen, und zu hören war dieser unverwechselbare Laut der spanischen Besen, Reisig auf Stein, und der Widerhall von Hufen in den engen Gassen, als Männer und Maultiere zur täglichen Arbeit auf die Felder hinausgingen. Die Maultiere, hatte Frances bemerkt, lebten in Ställen, die so sehr Bestandteil der Häuser von Mojas waren, daß sie wie Souterrainräume wirkten, und manchmal leisteten ihnen die Fahrräder und Mopeds der Familie darin Gesellschaft. Es schien ein so natürliches Leben zu sein, so ungezwungen, so sehr verwurzelt in diesen welligen, rötlichen Hügeln und Bergen mit ihren Olivenhainen und Mandelplantagen und den Einsprengseln der schmucken Gemüseparzellen. Es war jedoch auch ein Leben in Armut, und immer noch ein beschwerliches, und als Antonio die Kellnerstellen annonciert hatte, waren siebenunddreißig Jungen aus den umliegenden Dörfern gekommen, um sich um die beiden einzigen verfügbaren Arbeitsplätze zu bewerben.

»Die Sonne ist trügerisch«, hatte Luis gesagt. »Sie bringt die Leute aus dem Norden auf den Gedanken, daß das Leben hier leicht sein müsse. Sie würden sich wundern, wie monoton die Kost der Menschen in diesem Dorf ist.«

Das war ein ernüchternder Gedanke. Und das gleiche galt für den Traum von der rennenden, weinenden Lizzie. Frances kehrte zu ihrem zerwühlten Bett zurück, setzte sich auf die Kante, hob den Telefonhörer ab und bat um eine Verbindung.

»Frances! Oh, Frances, wie schön!«

»Ich habe von dir geträumt«, sagte Frances, »und es war ein beängstigender Traum, also rufe ich an. Dir geht es doch gut?«

»Prima«, sagte Lizzie.

»Lizzie? Wirklich?«

»Doch«, sagte Lizzie. »Wir mußten bloß wegen der Jahresbilanz zum Steuerberater, und du weißt ja, wie die aussieht ...«

»Rob hat Weihnachten gesagt, sie würde vielleicht nicht sehr gut ausfallen.«

»Das stimmt.«

»Ernsthaft nicht gut oder ...?«

Eine kleine, von Knistern erfüllte Pause trat ein.

»Lizzie?«

»Ich glaube, ich werde mir einen Job suchen müssen«, sagte Lizzie, »damit wir es mit der Hypothek schaffen. Keine große

Angelegenheit. Ich will jetzt nicht so ein langes, teures Telefonat ...«

»Einen *Job*? Aber du hast doch bereits einen Job in der Galerie ...«

»Eine richtige Stelle, außerhalb. Rob und Jenny kommen in der Galerie allein zurecht. Rob hat mich gefragt, ob er anstelle von mir arbeiten gehen soll, aber ich habe gesagt, ich gehe lieber selbst, und nun fühle ich mich ziemlich scheußlich, so als hätte ich das Leichtere gewählt.«

»Wann ist das alles passiert?«

»Gestern. Ich war bei Juliet. Wir könnten zwar Dad um ein Darlehen bitten, doch Rob will das nicht und ich eigentlich auch nicht.«

»Kann ich helfen?«

»Frances, du hast doch gar kein Geld.«

»Ein bißchen schon, fürs erste würde es helfen ...«

»Nein. Das ist lieb von dir, doch danke. Wir dürfen das jetzt nicht ausufern lassen, es hängen viel zu viele Leute davon ab. Wir müssen einfach unser Leben ein bißchen ändern, und das ist das Schlimme daran, weil wir mit so etwas überhaupt nicht gerechnet haben. Aber reden wir nicht mehr davon, es ist so deprimierend, und dann regnet es hier auch noch in Strömen. Ist es denn wenigstens bei dir schön?«

»Leider ja ...«

»Wieso leider?«

»Weil ich mir schweinisch vorkomme, wenn es dir so dreckig geht.«

»Frances«, sagte Lizzie streng, »so mißgünstig bin ich nun wirklich nicht. Wie ist es denn?«

»Sonnig«, sagte Frances, »alles ganz schlicht, bezaubernd und auch ziemlich grimmig. Spanien scheint ziemlich grimmig zu sein.«

»Sogar dein Mr. Wieheißternoch Moreno?«

»Nein«, sagte Frances, »der ist nicht grimmig. Er ist ...«

»Wie ist er?«

»Wunderbar«, sagte Frances.

»Frances ...«

»Du, ich bin sehr glücklich.«

»Frances, was ist denn bloß *los*?«

»Nichts ist los«, sagte Frances, »außer, daß er mir alles zeigt und wir eine Menge miteinander reden, und alle Vereinbarungen treffe ich mit dem Manager hier, ich meine, die geschäftlichen Vereinbarungen.«

»Frances!« rief Lizzie aus dem nassen England, »Frances, verliebst du dich etwa in ihn?«

»Ja«, sagte Frances, »und in Spanien und dies Dorf und ...«

»Und was?«

»In mich selbst. Ich gefalle mir wirklich gut, wie ich hier bin.«

»Du klingst völlig durcheinander!« rief Lizzie.

»Bin ich aber nicht. Ich bin nur entspannt und glücklich.«

»Bitte, paß auf dich auf!«

»Lizzie, ich bin achtunddreißig.«

»Ich weiß. Entschuldige. Ist es ... *sehr* sonnig?«

»Ja.«

»Ich freue mich so für dich, wirklich.«

»Ich bin am Wochenende wieder zu Hause oder ein, zwei Tage später. Dann reden wir richtig über alles. Ich weiß, daß es dir nicht viel hilft, wenn ich an dich denke.«

»Doch, doch. Ich habe Juliet besucht, weil ich dich nicht sehen konnte.«

»Aber du kannst doch mit Rob reden ...«

Wieder trat eine winzige Pause ein.

»Ja«, sagte Lizzie. »Ruf mich an, wenn du wieder da bist. Mach dir unseretwegen keine Sorgen, uns geht's wirklich prima. Tausend Dank für den Anruf, damit hilfst du mir wirklich sehr. Wiedersehen, Frances.«

Frances hörte das winzige Klicken, als in Langworth der Hörer aufgelegt wurde. Sie hätte Lizzie fragen sollen, was für einen Job sie sich denn vorstellte, sie hätte nach Rob fragen sollen, der sich so leicht Sorgen machte und im Augenblick so sehr darauf angewiesen sein würde, daß Lizzie ihm Halt gab. Sie hätte ... hör auf damit, sagte Frances streng zu sich, hör sofort auf damit. Lizzies Mißgeschicke sind nicht deine Schuld, du alberne, gefühlsduselige, von Schuldgefühlen geplagte ...

Es klopfte. Frances schob den heruntergerutschten Träger ihres Nachthemds hoch.

»Ja?«

»Guten Morgen«, sagte Luis auf der anderen Seite der Tür. »Ich habe gesehen, daß Sie die Vorhänge aufgezogen haben. Wollen Sie frühstücken?«

»Und ob.«

»Wollen wir zusammen frühstücken?«

»Aber selbstverständlich.«

»Dann gehe ich runter«, sagte er, »und warte auf Sie.«

»Ich brauche zehn Minuten.«

»Wir sind hier in Spanien«, sagte Luis. »Wie oft muß ich Ihnen das noch sagen? Zehn Minuten, eine Stunde ...«

Sie lachte. Sie ließ sich seitwärts auf das zerwühlte Bettzeug fallen und lachte und lachte.

»Lachen Sie nicht allein«, sagte Luis, »das ist wirklich egoistisch«, doch seine Stimme klang, als lachte auch er. Sie hörte ihn die Außentreppe in den kleinen Innenhof hinuntersteigen und meinte, ihn singen zu hören.

»Ich möchte mit Ihnen nach Mirasol fahren«, sagte Luis. »Die Straße ist allerdings sehr holprig, sie führt über die Hügel ...«

»Warum gehen wir denn nicht zu Fuß?«

»Zu Fuß? Frances, das sind vielleicht zehn Kilometer!«

»Na und? Können Sie nicht so weit laufen? Denken Sie doch an Ihre drei Kilo Übergewicht?«

Er tätschelte seinen Bauch.

»Ich habe sie mittlerweile liebgewonnen.«

»Dann machen wir einen Kompromiß. Einen Teil der Strecke fahren wir, und den Rest gehen wir zu Fuß.«

»Eine schreckliche Aussicht«, sagte Luis.

»Sie sind bloß zu faul.«

»Als ich jung war, habe ich sehr schön Tennis gespielt, wirklich sehr schön.«

»Das interessiert mich überhaupt nicht. Ich möchte gern über die Hügel laufen, und ich möchte, daß Sie mitkommen. Schließlich muß ich meinen Kunden doch aus eigener Erfahrung sagen können, ob es hier gute Möglichkeiten zum Wandern gibt. Warum fahren wir übrigens nach Mirasol?«

»Ich möchte Ihnen dort etwas zeigen.«

»Eine Kirche? Ein Schloß?«

»Nein«, sagte Luis. »Etwas Schlichtes und Trauriges. Gehen Sie Ihren Hut holen.«

Als sie mit dem Hut in der Hand wieder herunterkam, standen Luis und Antonio in dem winzigen Innenhof vor der Bar, wo Birkenfeigen wuchsen und die Gäste vor dem Abendessen eisgekühlten Sherry tranken.

»Wir haben Probleme mit dem Wasser«, sagte Luis. »Das ist der Fluch dieser Gegend. Zwei von den Speichern auf dem Dach sind über Nacht nicht vollgelaufen.« Er wandte sich um und sagte rasch etwas zu Antonio. »Frances, vielleicht müssen wir nachher nach Motril fahren, um ein paar Beamten den Marsch zu blasen, doch das machen wir nach Mirasol.«

»Wollen Sie das vielleicht zuerst erledigen, das mit dem Wasser, meine ich?«

»Nein«, sagte Luis und lächelte Antonio zu. »Antonio ist der Manager, das Wasser ist sein Problem. Ich bin nur fürs Bezahlen zuständig. Kommen Sie.«

Auf dem kleinen Platz wartete Luis' Wagen unter einer Robinie. Für die alten Männer war es noch zu früh, so daß der Platz – abgesehen von einem Huhn, das in einer Ecke durch den Maschendraht hindurch den Inhalt eines Abfallkorbes inspizierte, und einer spindeldürren Katze, die das Huhn betont gleichgültig beobachtete – völlig verlassen war. Die Rolläden an der Bar waren geschlossen und das Postamt ebenfalls, nur der einzige Laden gab ein schwaches Lebenszeichen, insofern als die Plastikstreifen, die seine offene Tür halbherzig gegen Fliegen schützten, sich in der leichten Brise drehten.

Luis fuhr in nordöstlicher Richtung aus dem Dorf, zunächst durch die labyrinthischen Gassen, die nicht breiter waren als die Flure in einem Haus und von denen man immer wieder einen flüchtigen Blick auf Innenhöfe und Blumen, dunkle Werkstätten und noch dunklere Hausflure erhaschte, und dann durch ein paar offenere Straßen, an denen Geschäftsleute aus Motril sich hinter abschreckenden Festungsmauern und Gitterstäben ihre klotzigen, häßlichen Villen gebaut hatten. Vor manchen gab es mächtige Löcher, die vielleicht eines Tages Swimmingpools werden würden, und neben allen standen Doppelgaragen. Das war, dachte Frances, fast schon ein spanisches Langworth, mit einem bedrohlich wuchernden, spießigen Rand aus neuen Gebäuden, die dem zeitlosen alten Inneren zu Leibe rückten. Jenseits der neuen Villen lag der Dorffriedhof wie eine kleine Siedlung für sich, geborgen hinter weißen Mauern, die einen Abschluß aus aprikosenfarbenen Fliesen hatten und von einer imposanten Kapelle mit ihrer Leibgarde von Zypressen überwacht wurden.

»Als der letzte Bürgermeister von Mojas hier beerdigt wurde«, sagte Luis, »kam das ganze Dorf zu seiner Beerdigung. Er lebte in dem Haus, das jetzt die Posada ist, und regierte das Dorf wie ein Tyrann. Das Haus hatte keine sanitären Anlagen, und jeden Morgen trugen vier Männer ihn in seinem hölzernen Tragsessel hinaus auf die Felder, und wenn er fertig war, trugen sie ihn wieder zurück. Sie fürchteten ihn, und sie haßten ihn, aber als er starb, trauerte das ganze Dorf um ihn, Männer, Frauen und Kinder. Sie sammelten Geld für eine Statue, die auf dem Dorfplatz aufgestellt werden sollte, aber der Priester verweigerte die Genehmigung, weil der Mann angeblich Kommunist gewesen war.«

»Und was ist aus dem Geld geworden?«

»Das ist verschwunden«, sagte Luis.

»Glauben Sie, daß der Priester es behalten hat?«

»Frances«, sagte Luis lächelnd. »Das ist eine gänzlich unzulässige Unterstellung.«

Ein Feldweg zweigte jenseits des Friedhofs von der Straße ab, ein Feldweg aus weicher, ziegelroter Erde, der sich zwischen den dunkelroten Erdstreifen einer Mandelplantage hindurchschlängelte. Er lief an der Flanke eines flachen Hügels entlang und tauchte dann in ein kleines Tal ein, das in Felder aufgeteilt war und wo ein alter und ein junger Mann auf einem gepflegten Kartoffelacker neben einem verfallenen Haus gerade Unkraut hackten. Dann führte der Feldweg durch eine Miniaturschlucht, die von roten und ockerfarbenen Steilwänden begrenzt wurde, zu einer Art Gipfel empor, der von zähem Gestrüpp bewachsen war. Jenseits der Hügelkuppe tat sich eine prachtvolle Aussicht auf, eine ganze Reihe von steil abfallenden Hängen und Tälern, die von den blassen Linien der Feldwege durchzogen waren, welche die über die Landschaft verstreuten Häuser miteinander verbanden wie die Perlen einer Halskette. Es gab da keine sichtbaren Straßen, keine Lichtmasten, keine Gemüsekulturen unter Plastikdächern, keine Anzeichen dafür, daß dieses alte Stück Ackerland je etwas anderes gesehen hatte als Mensch und Vieh. In der Ferne, vielleicht drei Meilen weit weg, hing an einem Abhang über einer waldigen Schlucht ein auffällig weißes Dorf, und der Glockenturm seiner Kirche zeichnete sich scharf gegen die Anhöhe dahinter ab. Luis hielt an.

»Mirasol«, sagte er.

»Können wir jetzt laufen?«

»Ja«, sagte er. »Jetzt können wir laufen.«

Die Luft außerhalb des Wagens roch nach Thymian. Es war sehr still, abgesehen von dem weichen Lüftchen, dem Glokkengebimmel und Gemecker einer fernen Ziegenherde – ein Geräusch, das Frances lieben gelernt hatte. Sie setzte ihren Hut auf, und die Bänder des Halstuchs flatterten im Wind hinter ihr her.

»Laufen wir also«, sagte Luis, »wie die Engländer.«

Sie schwiegen die meiste Zeit. Der Pfad unter ihren Füßen war weich und führte sie zwischen leuchtenden Ginsterbüschen und dornigem, von wilden Wicken durchwachsenem Gesträuch hindurch sacht ins Tal hinab. Ab und zu kamen sie an kleinen Gemüsegärten vorbei, deren Tomaten- und Bohnenreihen säuberlich abstachen gegen die Bambusgitter, die Wedel der Mohrrüben, die Mulden der Kartoffeln und Zucchini. In einigen dieser Gärten arbeiteten einzelne Männer, die ihre Maultiere unter einem Baum angepflockt hatten, die meisten waren jedoch menschenleer. Einmal wurde Frances' Hut von einem mutwilligen Windstoß davongeweht, und Luis rettete ihn von einem unsympathischen Baum voller ledriger kleiner Blätter und Büschel langer, ebenfalls ledriger Schoten. Einmal ordnete Luis eine Ruhepause auf einem Felsbrocken am Weg an, und Frances setzte sich neben ihm ins Gras und erzählte, wie Barbara nach Nordafrika abgehauen war, um Hippie zu werden, was gewirkt habe – und rückblickend immer noch wirkte – wie ein Griff nach der Freiheit, nur daß dieser Griff nichts eingebracht habe.

»Es war, als hätte sie den Korken aus einer Flasche gezogen, als sie wegging, und ihn einfach wieder reingesteckt, als sie zurück nach Hause kam.«

Luis wollte wissen, ob Frances ihrer Mutter ähnelte.

»Sie ist dunkelhaarig und wirkt ziemlich streng. Mein Vater ist blond. Jedenfalls früher, jetzt ist er einfach grau.«

»Ich kriege auch schon graue Haare«, sagte Luis.

»Ach ja? Macht Ihnen das etwas aus?«

»Ja«, sagte er lächelnd, »selbstverständlich.«

Der Aufstieg nach Mirasol war steiler, als sie vermutet hatten. Luis begann zu klagen, doch Frances stieg einfach weiter vor ihm bergan durch schattige und sonnige Abschnitte, und als sie oben an der Kreuzung der grobgeschotterten Straße ankam, setzte sie sich auf einen Felsbrocken und wartete auf ihn.

»Das war ja furchtbar«, sagte er, als er keuchend auftauchte.

»Das wäre es für das Auto auch gewesen«, sagte Frances. »Denken Sie nur an die Radlager.« Sie wartete, bis er wieder bei Atem war. »Erzählen Sie mir etwas über dieses Dorf.«

Sie schaute die geschotterte Straße entlang. Die ersten paar Häuser von Mirasol klammerten sich zu beiden Seiten der Straße an steile Hänge, halb darin vergraben oder in einem prekären Gleichgewicht daran klebend, weißgetüncht, mit geschlossenen Fensterläden.

»Es war republikanisch«, sagte Luis. »Im Bürgerkrieg.«

»Armes Dorf«, sagte Frances. »Das war ein furchtbarer Krieg.«

Sie begannen, die Straße hinunter auf das Dorf zuzugehen. Es war eine hübsche Straße, die sich am Hügel entlangschlängelte, und die alten Häuser mit ihren Balkons, ihren Fensterläden und ihren hölzernen Gitterblenden, die so sehr an die maurische Vergangenheit erinnerten, waren nur über getünchte Treppen oder Pfade zugänglich, die so steil und schmal waren wie Abflußrinnen. Überall breiteten sich Weinreben, wildrankende Kapuzinerkresse und Bougainvilleen über Mauern und Dächer aus, und auf jeder Treppenstufe und jeder Terrasse stand ein Blumentopf.

»Aber man sieht ja gar keine Menschen«, sagte Frances verwundert.

»Nein. Die sieht man nie.«

Frances hob den Blick. Dort hing die Sonne, eine blanke Münze am stillen Himmel. Sie blickte die Straße hinab, die irgendwann eine Biegung machte. Alles war malerisch, reizend und – rätselhafterweise – düster zugleich.

»Warum wirkt das bloß so seltsam? Warum wirkt es so düster?«

»Kommen Sie«, sagte Luis und nahm ihre Hand.

»Wohin gehen wir denn? Warum haben Sie mich hierhergebracht?«

Er bog von der Straße ab und begann sie eine steile Treppe hinaufzuführen, erst neben der Kirche, dann hinter ihr entlang. Die Mauern zu beiden Seiten der Treppe waren weiß und ausdruckslos, und der Zwischenraum zwischen ihnen war so schmal, daß Luis vorangehen mußte und Frances hinter sich herzog wie ein Kind. Sie stiegen immer weiter hinauf, an geschlossenen Toren und Türen vorbei, an Öffnungen, die auf andere Gassen hinausführten, an einem winzigen, eingezäunten Hof, von dem aus ein gelbäugiger Schäferhund sie in stummer Resignation beobachtete, und dann kamen sie auf einer Art Plattform an, einem holprigen Platz oberhalb des Dorfes und unterhalb einer Klippe aus bräunlichem Felsgestein. Sie rangen beide nach Atem.

»Sehen Sie«, sagte Luis und streckte keuchend den Arm aus. Frances wandte sich um. Unter ihnen fielen die Dächer und Blumen von Mirasol kaskadenartig und schwindelerregend steil in die dunkle Schlucht ab.

»Haben Sie mich deshalb hierhergebracht? Wegen noch einer Aussicht?«

»Nein«, sagte Luis.

»Weshalb denn dann?«

»Ich muß Ihnen etwas zeigen.«

Er trat neben sie und nahm ihren Ellbogen in seine warme Hand.

»Dort drüben.«

Sie überquerten die steinige Plattform.

»Dort«, sagte Luis und streckte wieder die Hand aus.

Entlang der Steilwand der Klippe erblickte Frances in unterschiedlicher Höhe, zwischen vier und sechs Fuß vom Boden, mit ungelenker Hand gemalte Kreuze, die sich in einem stumpfen Rot gegen den Felsen abhoben; zu Dutzenden drängten sie sich aneinander, alle unterschiedlich groß.

»Was sind das für Kreuze?«

»Mahnmäler«, sagte Luis. »Dieses Dorf war republikanisch. Francos nationalistische Truppen fielen hier ein, brachten sämtliche männlichen Bewohner, Männer und Knaben, hier herauf und erschossen sie vor dieser Wand. Das Dorf hat sich nie wieder davon erholt.«

Frances entzog ihm ihren Arm und trat an die Kante der Plattform.

»Sie sind schockiert?« fragte er.

»Selbstverständlich bin ich das«, rief sie wütend. »Schockiert und wütend. Wer wäre das nicht?«

Luis trat wieder neben sie.

»In den dreißiger Jahren, als mein Vater ein junger Mann war, war Spanien in den Augen der ganzen Welt ein Symbol für die politische Zerrissenheit der Zeit. Sie haben recht, wenn Sie unseren Bürgerkrieg furchtbar nennen, natürlich war er das, denn es ging dabei um Hoffnung und Verzweiflung. Ihr Engländer laßt jetzt kein gutes Haar an Franco, für euch war er ein faschistisches Ungeheuer. Zwar war er in der Tat ein Despot, und auch ich glaube, daß die Tyrannei eine verwerfliche Ideologie ist, doch ein Ungeheuer war er nicht. Nach dem Fall Frankreichs, Frances, im letzten Weltkrieg, als ich noch ein Kind war und Sie noch nicht geboren waren, weigerte er sich, sich mit Hitler zu verbünden. Er hat Spanien vor den Nazis bewahrt und nicht zugelassen, daß Hitler das Mittelmeer vollständig in seine

Hand bekam, also schuldet Europa ihm zumindest dafür seinen Dank. Natürlich ist das hier ein schrecklicher Ort, doch ist es bei aller Schrecklichkeit kein Ort des Bösen, es ist ein tragischer Ort.«

Frances sah ihn an.

»Warum erzählen Sie mir das alles? Warum haben Sie mich hierhergebracht und halten mir diesen Vortrag?«

Er nahm sie bei beiden Händen, neigte sich ihr zu, und seine Augen glänzten wie in dem Café in Granada.

»Weil Sie Bescheid wissen müssen, Frances, über Spanien, über die Spanier. Ich habe Ihnen reizende Dinge gezeigt, hübsche Dinge, alte Dinge. Sie haben mein Hotel gesehen und seinen Garten, Sie haben ein wenig von Granada gesehen, sie haben einigen der Leute zugelächelt, die für mich arbeiten, doch das genügt nicht. Es genügt nicht, den Sonnenschein zu sehen, es genügt nicht einmal, die großartigen Seiten zu sehen, sie müssen sehen, wie melancholisch Spanien ist und auch wie unbeugsam in seinem Stolz und wie es noch heute von Spannungen erfüllt ist. Sie müssen es *verstehen.*«

Seine Heftigkeit vibrierte in seinen Händen und setzte sich bis in ihre fort. Sie sagte beinahe flüsternd: »Warum muß ich das verstehen?«

»Weil«, sagte er, »Sie wissen müssen, auf was Sie sich einlassen, wenn wir Liebende werden.«

»Luis ...«

»Das Verhältnis zwischen den Nationalitäten ist nämlich nicht einfach. Ich weiß ein paar Dinge über Ihr Land, und ich möchte um unserer beider willen, daß Sie auch ein wenig über meins Bescheid wissen.«

Für einen Augenblick schien alles zu zerschmelzen und ins Wanken zu geraten: der Himmel, die grauenhafte Klippe, das steil abfallende Tal, Luis' Gesicht. Dann ließ er ihre Hände los, zog sie in seine Arme und preßte sie an sich. Der Hut glitt ihr vom Kopf und segelte wie ein Drachen über die Plattform davon.

»Frances, *amor* ...«

»Pst«, sagte sie. Sie hob ihm das Gesicht zum Kuß entgegen,

nur ein wenig, denn sie war fast genauso groß wie er. Er küßte sie. Sie schlang die Arme um ihn und drängte sich sehnsüchtig an ihn.

»Ich kann es nicht glauben, ich glaube es nicht ...«

Er küßte sie erneut, und dann warf er lachend den Kopf zurück und seine Zähne blitzten in der Sonne.

»Was ist denn«, rief sie empört, »was ist denn so komisch?«

»Ach je!« sagte er und küßte sie abermals. »Ach, ihr Engländer! Wißt ihr denn nicht mal, daß man auch aus reiner Freude lachen kann?«

In der Nacht hatte es ganz überraschend geregnet. Frances lag in Luis' Armen und lauschte, als der Regen auf die ovalen grauen Blätter der Eukalyptusbäume und die gefiederten grünen der Akazien niederfiel, und stellte sich dankbar Gras und Blumen und die naßglänzenden Steine der Terrassen vor. Sie lag ganz still und war sich bewußt, daß sie neben Luis schlief, bewußt auch ihres unbeschreiblichen Glücksgefühls, ihrer Hingabe und, mit einer Art wohliger physischer Einfühlung, dieser feuchtwarmen Nacht in Südspanien.

Sie hatten einander zweimal geliebt. Oder, genauer gesagt, erst hatte Luis Frances geliebt, und dann hatten sie einander geliebt. Beim erstenmal hatte er gesagt, sie solle nicht sprechen.

»Du sollst alles einfach nur fühlen, alles nur spüren. Denk an nichts, Frances, du denkst zuviel. Das war doch keine intellektuelle Entscheidung, daß wir uns verliebt haben, wie? Selbstverständlich nicht. Und die Liebe wird jetzt auch nichts Intellektuelles sein, sondern aus unseren Empfindungen, unserer Phantasie kommen. Also, mit deinen eigenen Worten, halt den Mund.«

Danach hatte sie gesagt: »Aber, Luis, du bist doch verheiratet!«

»Frances, ich bin nicht geschieden. Ich habe mit Josés Mutter seit fünfzehn Jahren nicht mehr geschlafen, seit meinem dreiunddreißigsten Lebensjahr.«

Doch es störte sie auch gar nicht wirklich. Es war nicht nur der Glanz dieses Augenblicks, der so herrlich war, es war das Gefühl – und sie konnte sich nicht erinnern, dieses Gefühl je gehabt zu haben –, daß dies nur der Anfang war, daß Luis ihr

Dinge zeigen und ihr helfen würde, Seiten ihrer selbst kennenzulernen, von denen sie noch überhaupt nichts ahnte.

»Wir gehören einem albernen Zeitalter an«, hatte Luis beim Abendessen gesagt (oh, was für ein Abendessen das gewesen war, sie hatte ja gewußt, was später kommen würde, und es mit einer fast unerträglichen Spannung erwartet). »Wir haben eine so mechanistische, wissenschaftliche Einstellung, daß wir unseren spontanen Regungen fast keine Aufmerksamkeit mehr schenken, und das ist so verkehrt. Denk nur an dich.«

»An mich?«

»Ja, an dich. Das beste Beispiel. Du hast so viele schöne Seiten, die du nie zu sehen gelernt hast. Viel zu vieles bleibt im Verborgenen.«

»Sprichst du von Hemmungen?«

»Nur zum Teil. Ich denke an deine Gefühle, an die Freude daran. Aber du ißt ja gar nicht.«

»Ich scheine keinen Hunger zu haben ...«

»Hast du etwa Angst?«

»Nur davor«, sagte sie und sah ihn mit ihrem offenen Blick an, »daß du mich langweilig finden könntest.«

*»Langweilig?«*

»Ja«, sagte sie, »ich habe kein sehr aufregendes Leben geführt, in sexueller Hinsicht, so daß ich natürlich annehme, daß ich ziemlich langweilig bin.«

»Du bist doch verrückt«, sagte er. »Völlig verrückt. Was glaubst du denn, womit ich jemanden liebe? Nur mit den Augen? Wie ein Schuljunge?«

Sie fing an zu kichern.

»Nein, natürlich nicht, nicht nur mit den Augen ...«

»Das ist aber ein ziemlich unanständiges Gespräch, Señorita.«

»Was soll ich machen? Ich bin nun mal scheußlich glücklich. Ich bin nicht mehr verantwortlich für das, was ich tue oder sage.«

Er schaute sie an. Sie trug ein enges schwarzes Kleid – nicht eng genug, aber besser als fast alles andere, was sie besaß –, eine lange Kette aus Bernstein und Silberperlen und silberne Ohrringe.

»Ich werde mich nie an dir sattsehen«, sagte er. »Dein Gesicht ... sagt so viel über deinen Charakter. Du bist ...«, er unterbrach sich und suchte das treffende Wort, dann sagte er eindringlich: »Du bist so aufrichtig, Frances. Ich habe noch nie eine so aufrichtige Frau kennengelernt. Selbst wenn du irgend etwas verheimlichst, tust du das doch nie, um mich zu täuschen.«

Sie senkte den Blick. Himmel, wenn das die Liebe war, kein Wunder, daß die Leute dafür solche Verrücktheiten begingen – ihre Familien sausen ließen, ihre Karrieren in den Wind schrieben, Kriege anzettelten.

»Weiß das ganze Personal hier Bescheid?«

»Aber selbstverständlich. Ich nehme an, die haben in der Küche Wetten abgeschlossen ...«

»Luis, hast du schon einmal ...«

»Eine Frau mit hergebracht? Noch nie. Dies ist mein Refugium. Frauen bleiben für mich auf Sevilla beschränkt, zwischen acht Uhr abends und zwei Uhr früh. Du bist schon eine echte Plage. Du hast meine ganzen Lebensregeln über den Haufen geworfen.«

»Und du meine. Keine verheirateten Männer, keine Vermischung von Geschäft und Vergnügen ...«

»Keine Ausländer?«

»Selbstverständlich keine Ausländer.«

»Frances.« Er klemmte einen ihrer Füße zwischen seinen beiden Füßen ein. »Frances, ich fürchte, ich kann jetzt keine Minute länger warten.«

Dann dies. Dieses Zimmer und dieses dunkle geschnitzte Bett, das weiße Bettzeug, die flüsternden Vorhänge und die Erleichterung und die Liebe, und nun der Regen auf der warmen dunklen Erde, die die Luft mit Düften erfüllte. Frances drehte sich ein wenig auf die Seite, verschob Luis' Unterarm, so daß sie ihm nicht weh tat, legte sich den anderen Arm über die Brust und schlief wieder ein.

# III. Teil

# SEPTEMBER

## 11. Kapitel

Am ersten Arbeitstag in ihrem neuen Job war Lizzie vor Sorge ganz elend. Es hatte so lange gedauert, bis sie den Job überhaupt gefunden hatte, und die Suche war insofern eine entmutigende Erfahrung gewesen, als ihr allmählich dämmerte, daß sie nach professionellen Maßstäben nur zu schlechtbezahlter Arbeit geeignet war, so daß der Aufwand an Zeit und Energie sich eigentlich kaum mehr lohnte. Einmal mehr war es am Ende Juliet gewesen, die den rettenden Einfall gehabt hatte. Versuch es bei den Schulen, hatte sie geraten, versuch es bei allen Privatschulen in der Gegend.

»Als Kunsterzieherin?«

»Das könntest du versuchen. Doch Kunst ist ja nicht das einzige, worin du dich auskennst, nicht? Du verstehst dich schließlich auf Buchführung, du kannst Maschine schreiben, du kannst organisieren, und du kennst dich mit diesen unangenehmen modernen Apparaten aus.«

Lizzie war entsetzt gewesen. Das Bild der Schulsekretärin an ihrer und Frances' Schule trat ihr vor Augen: eine kleine, ewig geduckt wirkende Frau mit Brille, grauer Strickjacke und grauen Wollstrümpfen, die nie gelächelt hatte und die Direktorin wie eine Göttin behandelte.

»Juliet, ich könnte nie …«

»Sir Thomas Beecham hat einmal gesagt«, bemerkte Juliet, »man müsse alles im Leben einmal ausprobiert haben, außer Inzest und Moriskentanz. Verglichen damit erscheint mir die Arbeit einer Schulsekretärin in der Tat wesentlich einfacher.«

Dann hatte Barbara die Schule gefunden.

»Die ist natürlich hoffnungslos altmodisch, denn die Mädchen werden dort noch wie einst ihre Mütter erzogen, doch was kann man von einer Provinzgemeinde schon anderes erwarten?

Ich nehme an, die einzige Lektüre der Väter dieser Mädchen besteht in Tageszeitungen. Und sie wird nicht einmal sonderlich gut geführt. Dein Großvater wäre entsetzt gewesen.«

Barbara war angesichts ihres Dilemmas seltsam mitfühlend gewesen – seltsam insofern, als Mitgefühl nicht gerade eine ihrer Kardinaltugenden war. William hatte vorschlagen wollen, ihnen Geld zu leihen, doch Barbara, die mehr Verständnis für Roberts Stolz aufbrachte, hatte ihn davon abgebracht.

»Leg es für die Kinder auf ein Konto, wenn du willst, aber kauf sie nicht aus ihrer Klemme frei. Robert wird es dir nur verübeln, wenn du das tust, und ich finde, man kann ihn dafür nicht einmal tadeln. Schließlich hast du ja für dein Kapital nicht gerade schuften müssen, oder?«

Aber er, dachte William traurig, Robert hat fast zwanzig Jahre für etwas gearbeitet, das er jetzt vielleicht wieder verliert. Ich bin einfach immer nur weitergezockelt, und das hübsche Sümmchen, das meine Eltern mir hinterlassen haben, ist hinter mir hergezockelt wie eine nette, beruhigende Kinderfrau. Ich habe nie im Leben wirklich Geldsorgen gehabt, und wenn man fairerweise auch sagen muß, daß ich nicht viel ausgegeben habe, so ging doch alles völlig reibungslos, viel zu reibungslos. Ich würde mich wesentlich wohler fühlen, wenn ich Rob und Lizzie etwas geben könnte – schließlich wird es ihnen irgendwann ja sowieso zur Hälfte gehören, doch ich sehe ein, es kommt nicht darauf an, ob *ich* mich wohler fühle.

»Robert und Lizzie sind noch sehr jung«, gab Juliet zu bedenken. »Keine vierzig. Sie haben noch alle Zeit für ein zweites erfülltes Leben.«

Zu Lizzies erfülltem neuen Leben sollte nun also Westondale gehören. Westondale war die Art Schule, auf die sie und Frances als Kinder verächtlich herabgeblickt hatten, denn dort ging es mehr um gesellschaftliche Formen als um Wissenserwerb, und so etwas wie Griechischunterricht sah der Lehrplan dieser Mädchenschule nicht vor, dafür berücksichtigte er um so reichlicher die hauswirtschaftlichen Disziplinen. Es war schon erstaunlich, fand Lizzie, daß eine derartige Ausbildungsstätte in einem Zeitalter, das die Chancengleichheit auf seine Fahne geschrieben hatte, überhaupt noch existierte, doch so schäbig die Schule in ihrer zäh durchgehaltenen Kleinkariertheit auch sein mochte, es gab sie noch und damit auch über zweihundert marineblau und weiß gekleidete Mädchen, von der Unterstufe bis zur Abschlußklasse. Wäre sie moderner gewesen, so hatte Rob zu Recht gemeint, wäre sie auch nur ein wenig mehr mit der Zeit gegangen, wäre Lizzie für diese Schule niemals in Betracht gekommen, denn ihre berufliche Erfahrung reichte in den Augen vieler Arbeitgeber keineswegs aus, um den Mangel an Leistungsnachweisen wettzumachen.

Westondale war in zwei großen, frühviktorianischen Gebäuden an der Südseite der Hügelkette zwischen Langworth und Bath untergebracht. Die Häuser standen noch in ihrer ursprünglichen Gartenanlage, waren durch einen Gang aus Beton und Glas miteinander verbunden, der in den fünfziger Jahren dazugekommen war, und umgeben von einem ganzen Flickenteppich aus Parkplätzen (Personal, Eltern, Lieferanten), Tennisplätzen, Hockeyfeldern und armseligem Grün, wo die Jüngeren sich in der Pause herumdrückten und die Aufsässigeren rauchten. Hinter den Gebäuden standen auf Schlackensteinpfeilern etliche Unterrichtsräume aus Fertigbauteilen – einer für den Kunstunterricht, das Biologielabor, die Räume für den Erdkunde- und den Musikunterricht –, und gegen die fensterlose Wand jedes dieser Gebäude lehnten sich langgestreckte, undichte Fahrradunterstände für die Schülerinnen, die den Anstieg von der Stadt zur Schule per Fahrrad bewältigten. Die ganze Anlage wirkte, als hätte sie sich eher zufällig so ergeben, statt den Vorgaben eines Bauplans zu folgen, und benötigte dringend einen Anstrich. Die Eltern versicherten einander jedoch eisern, wie fröhlich die Schule sei; die Mädchen selbst sahen in ihr einfach nur etwas, das man hinter sich bringen mußte, ehe das Leben hoffentlich interessanter wurde.

Lizzie war als Assistentin der Schulsekretärin eingestellt worden und sollte unter der derzeitigen Sekretärin arbeiten, bis Mrs. Mason genau an ihrem sechzigsten Geburtstag in der Mitte des Trimesters in Pension gehen würde. Sie wolle sich pensionieren lassen, erklärte sie, um sich ganz der Ortsgruppe des

Frauenverbandes widmen zu können, deren Präsidentschaft sie anstrebte.

»Oder sagen wir besser: Präsidentinnenschaft, so genau, wie wir es heutzutage mit diesen Dingen nehmen.«

Lizzie nickte sprachlos. Sie hatte das Gefühl, daß dieses halbe Trimester mit Mrs. Mason in ihrem lila Pullover und den funkelnden Brillengläsern ziemlich lang werden würde.

»Wie Sie bald herausfinden werden«, sagte Mrs. Mason und ließ die molligen Hände über endlose Karteikästen huschen, »habe ich meine kleinen Eigenarten, mein eigenes kleines System. Mein Mann sagt immer zu mir: ›Dein Kopf mag ja nicht so funktionieren wie bei anderen Menschen, Freda, aber wenigstens funktioniert er!‹« Vergnügt ließ sie ein perlendes Gelächter hören.

»Ja«, sagte Lizzie.

Sie blickte sich im Büro um. Trotz all seiner Stahlschränke und Aktenordner hatte es die Ausstrahlung eines kirchlichen Wohltätigkeitsbasars: ein kleiner Raum, der überquoll von Schnickschnack und überflüssigem, gestricktem Kram.

»Sie werden feststellen, daß ich nie etwas wegwerfe«, sagte Mrs. Mason, »und ich lege Wert auf eine persönliche Note am Arbeitsplatz. Das hat mein Enkel gemacht ...« Sie zeigte auf einen rotgelben Pappmachéklumpen, der ein Drachen sein mochte, eine Pampelmuse oder vielleicht auch einfach nur ein Klumpen. »Und die Kleinen aus der ersten Klasse haben mir den Faltkalender dort zu Weihnachten gemacht. Wirklich kreativ!«

»Ja«, sagte Lizzie.

Sie erzählte Robert von Mrs. Mason in der Hoffnung, daß er das alles komisch fände, doch er grämte sich viel zu sehr darüber, daß sie einen derartigen Job hatte annehmen müssen, um noch irgend etwas komisch zu finden.

»Gott, Lizzie ... Kannst du es mit der aushalten?«

»Aber selbstverständlich. Es sind doch nur etwa sieben Wochen, und dann kann ich die Macraménetze, in denen sie ihre Blumentöpfe aufhängt, auf den Scheiterhaufen werfen.«

Sie meinte es ehrlich. Nicht Mrs. Mason war ihr Problem –

Mrs. Mason war nur ein Witz, wenn auch kein sehr guter, dessen Tage gezählt waren –, nein, Lizzie störte vielmehr, daß das Geld, das sie verdienen würde, nicht konstruktiv verwendet werden sollte, das heißt dazu, die anderen zu ernähren oder zu kleiden, sondern einfach dem schnöden Zweck diente, die Bankzinsen zu bezahlen. Und was noch schlimmer war: die Summe, die sie verdiente, würde wahrscheinlich noch nicht einmal ausreichen, um die Zinsen zu decken. Sie hatte buchstäblich das Gefühl, Wasser mit dem Sieb zu schöpfen, und es machte sie unglücklich, daß sie darüber so schlecht mit Rob sprechen konnte, weil der aus irgendeinem dunklen Grund meinte, ihnen ihre Schulden eingebrockt zu haben, so als hätte er voraussehen können – und müssen –, daß die Zeiten des Booms einmal enden und all ihre Pläne und Hoffnungen auf beängstigende Weise den Bach runtergehen würden.

»Das ist *unser* Geschäft«, sagte Lizzie immer wieder, »und *unser* Haus. Ich war die ganze Zeit an allem beteiligt, und es gibt keine finanzielle Entscheidung, die wir nicht gemeinsam getroffen hätten. Wenn man so will, lag mir mehr an The Grange als dir.«

Es war leichter, ihn zu trösten als sich selbst. Sie stellte fest, daß sie untröstlich war, und diese ganze Trostlosigkeit, dies Grauen angesichts eines langen Kampfs, bei dem zwangsläufig irgend etwas verloren gehen würde, wurde noch dadurch verschlimmert, daß Lizzie zum erstenmal im Leben nicht mit Frances reden konnte.

Ich kann zwar, dachte Lizzie, als sie an ihrem ersten Arbeitstag in dem Gebrauchtwagen, den sie zu diesem Zweck für siebenhundert Pfund angeschafft hatten, nach Westondale fuhr, mit ihr sprechen, doch es ist letztlich sinnlos, weil sie nicht zuhört. Sie hörte seit Monaten schon nicht mehr zu, seit jener zweiten Fahrt nach Spanien, von der sie gänzlich erfüllt zurückgekehrt war. Ihr ganzes Denken und Fühlen kreiste seitdem um dieses einschneidende Erlebnis. Lizzie hatte Frances bis dahin noch nie so erlebt, nicht einmal, wenn sie angeblich bis über beide Ohren verknallt war, und sie war davon überzeugt, daß es Frances diesmal wirklich erwischt hatte.

»Frances, du kennst ihn doch erst seit einer Woche.«

»Wenn ich mich recht erinnere, war das bei dir und Rob damals ...«

»Aber wir waren doch noch jung, wir waren ungestüm, eben Studenten. Das war etwas ganz anderes. Ich habe Angst, daß man dir weh tut.«

Und dann hatte Frances ihr die Meinung gesagt, war zwar nicht wütend geworden, sondern ruhig geblieben, hatte jedoch an Deutlichkeit und Bestimmtheit nichts zu wünschen übriggelassen.

»Jetzt habe ich aber genug, Lizzie. Ich habe genug davon, mir das ganze Leben von dir anhören zu müssen, daß ich irgendwie menschlich unzulänglich bin und nicht imstande, eine halbwegs ernsthafte Beziehung einzugehen, daß ich nur dastehe und darauf warte, daß andere Menschen, und insbesondere du, mich aufziehen wie ein Uhrwerk und mir sagen, in welche Richtung ich mich bewegen soll. Ich bin verliebt, Lizzie, ich bin zum erstenmal im Leben wirklich verliebt, und niemand hat mir zu sagen, wie ich mit dieser Liebe umzugehen habe oder was ich mir damit alles einbrocken werde. Ich habe nämlich nicht nur einen wunderbaren Gefährten gefunden, ich habe nicht einfach nur einen interessanten, einfühlsamen Menschen kennengelernt, ich habe einen *Liebhaber*.«

Das alles hatte Lizzie zutiefst erschüttert, nicht zuletzt deshalb, weil es tatsächlich mit Händen zu greifen war, daß Frances einen richtigen Liebhaber gefunden hatte. Man brauchte sie ja nur anzusehen, ihre Haut, ihre Haare und ihre Augen, ganz zu schweigen von einer schwer zu beschreibenden, doch unbestreitbaren Veränderung ihrer Art, sich zu kleiden. Man brauchte ihr ja im Grunde nur mit geschlossenen Augen zuzuhören, die strahlende Zuversicht ihrer Stimme zu hören, und man wußte Bescheid.

Natürlich wollte Lizzie ihn kennenlernen, natürlich brannte sie darauf, alles, aber auch alles über ihn zu erfahren, doch Frances wollte davon nichts wissen.

»Noch nicht. Eine Zeitlang müssen wir für uns bleiben. Wir versuchen zwar, uns jedes Wochenende zu treffen, doch das ist nicht leicht, und wir haben so wenig Zeit füreinander.«

»Siehst du, ich hab's dir ja gleich gesagt«, sagte Barbara, als sie William beim Frühstück die Neuigkeit eröffnete. Es war National Prune Week, und sie hatte sich mit Feuereifer hineingestürzt, eine riesige Schüssel Pflaumen stand vor William wie eine Drohung. »Oder etwa nicht? Als sie Weihnachten abgesagt hat, habe ich gesagt: Da ist ein Mann im Spiel.«

William nahm sich eine einzige Pflaume und versteckte sie unter seinem Müsli.

»War er aber zu dem Zeitpunkt noch gar nicht.«

»Blödsinn! Ein Spanier! Warum sucht sie sich denn einen Spanier aus?«

»Wir suchen uns die Liebe nicht aus«, sagte William. »Sie sucht sich uns aus. Nicht immer nach dem Gesichtspunkt der Schicklichkeit, wahrhaftig nicht, aber Schicklichkeit gehört nun mal nicht zu den Hauptmerkmalen der Leidenschaft.«

»Leidenschaft!« schnaubte Barbara verächtlich. Sie blickte auf seinen Müslinapf. »Wo sind denn deine Pflaumen?«

Seit Mai hatte gewissermaßen niemand mehr Frances zu Gesicht bekommen. Lizzie hatte zwar einen eiligen Besuch in London gemacht, bei dem Frances so streng zu ihr gesprochen hatte, doch Frances war auch nicht ein einziges Mal in Langworth gewesen, und statt jeden zweiten Tag anzurufen wie gewöhnlich, rief sie nun einmal die Woche oder gar alle vierzehn Tage an.

»Sie telefoniert wohl nur noch mit Spanien . . .«, sagte Lizzie.

»Ja, selbstverständlich!« sagte Robert. »Was hast du denn gedacht? Warum freust du dich denn nicht für sie?«

»Tu ich ja.«

»Du malst immer nur den Teufel an die Wand.«

»Aber Robert, die Geschichte hat tausend Pferdefüße. Er ist zehn Jahre älter, ist verheiratet, ist katholisch, und er ist Ausländer. Was da alles Schreckliches auf sie zukommt . . .«

»Vielleicht findet sie ja, daß sie das alles um der Gegenwart willen in Kauf nehmen will. Und überhaupt, warum soll sie nicht damit fertigwerden können? Hast du vielleicht ein Monopol auf Lebenstüchtigkeit?«

»Nein, ich nehme einfach nur starken Anteil an Frances' Leben . . .«

Robert schnitt ihr das Wort ab. »Lizzie«, schrie er, »hörst du jetzt bitte auf, dich über Frances zu verbreiten, und konzentrierst dich auf *uns*? Wir kommen für dich an erster Stelle, nicht sie. Ich bin dein Mann, falls du dich erinnerst, dein Lebensgefährte, dein *Liebhaber*, wenn du mal nicht so verdammt müde bist!«

Das Problem ist nur, dachte Lizzie und umklammerte das Lenkrad des ihr unvertrauten, klapprigen Gebrauchtwagens, als könnte er augenblicklich zu einem Haufen Nieten, Bolzen, Schrauben und Rädchen auseinanderfliegen, das Problem ist nur, daß ich eifersüchtig bin. Wenn ich ehrlich sein will, war ich auch früher schon eifersüchtig auf Frances, als sie so frei zu sein schien und ich mich so angebunden fühlte, aber nein, jetzt bin ich nicht auf sie eifersüchtig – ich kann einfach nicht die nötige Energie aufbringen, um mir ein Liebesverhältnis für mich auch nur vorzustellen –, ich bin eifersüchtig auf *ihn*. Ich kenne ihn gar nicht und verüble ihm doch gewaltig, daß er Frances' ganze Aufmerksamkeit und ihr Vertrauen für sich beansprucht. Ausgerechnet jetzt. Schließlich habe ich Frances bis jetzt kaum je um Hilfe gebeten, ich hatte sie niemals nötig, aber jetzt brauche ich sie. In dieser gräßlichen Lage, wo ich mich so ängstige, daß wir womöglich alles verlieren, wofür wir gearbeitet haben, brauche ich sie wirklich. Ist das zuviel verlangt, daß man von seiner Zwillingsschwester in einer schlimmen Zeit Unterstützung erwartet? Das kann man doch wohl nicht unverschämt nennen? Ist es nicht ganz natürlich, daß man sich instinktiv an sein anderes Ich, seine andere Hälfte wendet? Gewiß möchte ich, daß sie glücklich ist, ich habe mir das immer gewünscht, doch was sie jetzt macht, ist so gefährlich, viel zu gefährlich, als daß es glücklich enden könnte. Ach, dachte Lizzie und machte einen Bogen, um einem plötzlich in einer Kurve auftauchenden Radfahrer auszuweichen, vielleicht bin ich ja doch bloß so ein gräßliches Weib, das alle andern gängeln will, vielleicht bin ich wirklich so, wie Robert sagt und Frances ... ach, *verdammt noch mal*, jetzt fange ich noch zu heulen an, ich kann jetzt nicht heulen, ich darf nicht, ich kann doch nicht am ersten Tag mit knallroter Nase bei Freda Mason erscheinen.

Der kleine Parkplatz für das Personal von Westondale war bereits voll, als Lizzie eintraf. Sie fuhr weiter zu dem noch kleineren Parkplatz für die Eltern, die die Unterstufenschüler abholten – der sinnigerweise so angelegt war, daß es beim Herausfahren unweigerlich zu Hakeleien kommen mußte –, und parkte dort. Ein Gärtner tauchte hinter einem Busch auf und erklärte, Mitglieder des Lehrkörpers dürften ihre Wagen hier nicht abstellen.

»Ich gehöre nicht zum Lehrkörper«, erwiderte Lizzie und schloß die Wagentür ab, »ich arbeite in der Verwaltung.«

»Mrs. Drysdale will das aber nicht.«

Lizzie beachtete ihn nicht weiter. Mrs. Drysdale war die Direktorin, eine große, gutaussehende Frau, die sich in Hellrot, Türkis und Orange kleidete, als wollte sie dadurch zu verstehen geben, daß sie alles, was sie hatte, auch zur Schau zu stellen gedachte, ihren gewaltigen Busen inbegriffen. Sie hatte das Einstellungsgespräch mit Lizzie im Handumdrehen hinter sich gebracht und dabei ganz die erfahrene, herablassende, vielgeplagte Frau in verantwortlicher Position gegeben, der man nichts mehr erzählen konnte, und sofort erklärt, sie verlasse sich da voll und ganz auf Mrs. Masons Urteil und freue sich im übrigen sehr, daß Lizzie selbst Mutter sei, und warum sie denn ihre eigene Tochter nicht auch nach Westondale schicke? Weil wir uns das Schulgeld nicht leisten können, hatte Lizzie geantwortet, und Langworth Comprehensive sei ja außerdem auch nicht zu verachten, woraufhin Mrs. Drysdales Blick hart geworden war und sie Lizzie brüsk mit klappernden Armreifen und großzügig bemessenem falschen Lächeln aus ihrem Büro gewinkt hatte. Lizzie hatte nicht den Eindruck gewonnen, daß Mrs. Drysdale die Sorte Direktorin war, die sich über Parkplätze den Kopf zerbrach, das war nicht ihr Stil. Sie liebte ganz offensichtlich die große Geste.

»Ich werde Sie melden müssen!« schrie der Gärtner ihr nach.

Lizzie eilte über das müde Spätsommergras zwischen Parkplatz und Eingangstür davon. Während sie die Treppe hinaufstieg, bemühte sie sich krampfhaft, nicht daran zu denken, daß dies der erste Tag in ihrem Leben als Angestellte war. Was sein muß, muß sein, sagte sie sich streng, ich habe das selbst so gewollt, und nun muß ich da durch.

Freda Manson hatte ihr in einer Ecke des Büros einen wackligen Klapptisch aufgestellt, den sie als Schreibtisch benutzen sollte, und darauf prangte zur Begrüßung ein Dahlienstrauß. Lizzie konnte Dahlien nicht ausstehen.

»Wie nett«, sagte sie.

»Der ganze Stolz meines Mannes. Die hier sind seine Spezialität, diese Pompondahlien. Die hier heißt ›Stolz von Berlin‹ und die süße kleine orangefarbene ›New Baby‹. Ich persönlich ...«

Die Bürotür öffnete sich, und ein Mädchen kam herein. Sie hatte krauses dunkles Haar und einen gehetzten Ausdruck.

»Georgina, du weißt doch, daß du anklopfen sollst.«

»Hab ich doch«, sagte das Mädchen. »Ich wollte nur fragen, ob ich meine Mutter anrufen darf, weil ich meine Geige vergessen habe.«

Mrs. Mason schüttelte den Kopf. Sie sah Lizzie an.

»Den Tag, wo Georgina mal nichts vergessen hat, muß man rot im Kalender anstreichen.«

Georgina verzog wütend das Gesicht, trottete zum nächsten Telefon und wählte. Sie war in Harriets Alter, schätzte Lizzie, und ihrer Haltung nach zu schließen, verabscheute sie ihr ganzes Äußeres, von ihrem ungebärdigen Haar bis zu den Storchenbeinen.

»Solche Anrufe kommen auf die Abrechnung«, zischte Mrs. Mason Lizzie zu, »Nachname Fellows, Anschrift St. James' Square. Im größeren Karteischrank, oberste Schublade.«

Georgina knallte den Hörer wieder auf.

»Keiner da.«

»Soll ich dich nach Hause fahren, damit du sie holen kannst?« fragte Lizzie hilfsbereit.

Mrs. Mason schien entsetzt.

»Nein«, sagte Georgina.

»Georgina!«

»Ich meine, nein danke. Ich hab sowieso nicht geübt.«

»Weshalb hast du denn dann ...«

»Ich mußte es versuchen«, sagte Georgina verzweifelt, »ich muß Mr. Parsons sagen können, daß ich's versucht habe.«

Sie schlurfte wieder zur Tür und verschwand. Das Telefon läutete. Mrs. Mason stürzte sich darauf.

»Westondale!«

Sie hörte schweigend zu und gab Lizzie mit einer wedelnden Handbewegung zu verstehen, daß sie etwas zu schreiben holen sollte.

»Mrs. Drysdale hält außer in Notfällen Sprechstunde nur dienstags und donnerstags zwischen fünfzehn und sechzehn Uhr. Ich werde versuchen, ausnahmsweise einen anderen Termin zu bekommen, Mr. Murray, doch versprechen kann ich Ihnen leider nichts. Darf ich Ihre Nummer notieren?«

»Diese Eltern«, sagte sie und legte auf. »Sie werden bald merken, daß Eltern die reine Landplage sind. Dieser Vater will Mrs. Drysdale morgens um neun sprechen, das stelle sich mal einer vor!«

»Vielleicht arbeitet er ja, vielleicht muß er sich extra freinehmen.«

»Wenn Sie mich fragen«, sagte Mrs. Mason, »für die Eltern von heute kommen die Kinder einfach nicht an erster Stelle.« Sie sah Lizzie an. »So, ehe dieser Plagegeist von Telefon wieder läutet – wollen wir mal eben anfangen?«

Es war ein langer, öder Vormittag. Selbst Lizzie, die ja mit Robert zusammen die Buchführungskurse der Abendschule absolviert und mittlerweile auf diesem Gebiet selbst so ihre kleinen Eigenheiten entwickelt hatte, war verblüfft über das schwer zu durchschauende Durcheinander, in dem Mrs. Mason sich zurechtfinden mußte, da sie jede Information umständlich von Hand in ihrem Dschungel von Karteikarten vermerkte. Ein kleiner Computer stand in der einen Ecke des Büros, und als Lizzie sich erkundigte, teilte Mrs. Morgan ihr mit angewiderter Miene mit, das sei ein Geschenk des Elternvereins, zweifellos gut gemeint, doch gänzlich überflüssig. Sie sei gelernte Bibliothekarin und folglich gebe es auf dem Gebiet der Datenverwaltung nichts, das sie nicht im Schlaf beherrsche. Lizzie hörte zu, nahm telefonische Anfragen entgegen, die sie nicht beantworten konnte, starrte verständnislos auf alles, das sie gezeigt bekam, trank eine scheußliche Tasse Pulverkaffee, die ihnen eine Frau im grünen Overall gebracht hatte, und versuchte, nicht an die Galerie zu denken, an das undichte Rohr im Badezimmer, weshalb sie eigentlich den Klempner hatte bestellen wollen, oder an die Schmerzen, die Alistair plötzlich beim Frühstück zu spüren behauptet hatte.

»Was für Schmerzen?«

»Hier«, sagte er und legte die Hand flüchtig auf den Unterbauch, ohne dabei jedoch den Blick von einem Comicheft zu heben.

»Wie lange hast du die denn schon?«

»Ach, schon seit Wochen.«

»Seit *Wochen*?«

»Na, jedenfalls seit *einer* Woche.«

Robert hatte ein wenig ärgerlich geantwortet, er werde mit ihm am Abend ins Krankenhaus fahren, wenn die Schmerzen nach der Schule noch nicht weg wären.

»Aber bis dahin bin ich doch wieder zurück. Da kann ich mit ihm hinfahren.«

»Du wirst müde sein«, sagte Robert in entschiedenem Ton.

»Du auch.«

»Ich weiß, aber es gehört zu unserer Abmachung, daß ich mich mehr um die Kinder kümmere. Ich habe das zugesagt für den Fall, daß du die Stelle annimmst.«

»Vielleicht könnte Jenny das ja übernehmen?«

Sie sahen einander an.

»Wir dürfen sie nicht ausbeuten.«

»Ich weiß, aber sie hat doch gesagt, wie froh sie wäre, wenn sie uns helfen könnte. Ich glaube, sie ist einsam.«

»Wir essen im Pausenzimmer des Lehrerkollegiums«, sagte Mrs. Mason jetzt.

»Nicht mit den Mädchen?«

»Aber nein.«

»Ich würde gern mit den Mädchen zusammen essen.«

»Wie Sie möchten. Doch sprechen Sie vorher besser mit Mrs. Drysdale.«

»Ich kann Mrs. Drysdale doch unmöglich wegen so einer Lappalie behelligen ...«

Mrs. Mason sah zutiefst beleidigt aus.

»Einen Präzedenzfall kann man wohl kaum als Lappalie bezeichnen.«

Am Ende aß Lizzie – es gab Hackfleischpastete mit Karotten und danach Apfelgrütze, der der Apfel allerdings irgendwie abhanden gekommen war, und dazu Eiercreme – mit im Pausenzimmer des Kollegiums. Das Gespräch drehte sich ausschließlich um Mädchen, die sie nicht kannte, Probleme, von denen sie nie etwas gehört hatte, und frühere Prüfungsergebnisse, die ihr nichts sagten. Man bot ihr Wasser aus einer Kunststoffkanne an, und im übrigen wurde sie weitgehend ignoriert. Zwischendurch hielt ihr Tischnachbar, ein Mann mittleren Alters im braunen Cordanzug, der erklärte, er unterrichte Geographie, ihr einen kurzen Vortrag über die Abwegigkeit des neuen staatlichen Lehrplans, doch davon abgesehen, benahm er sich so, als wäre sie gar nicht vorhanden.

Nach dem Essen entzog sie sich Mrs. Mason, die einem vertraulichen Schwätzchen bei einer weiteren Tasse Pulverkaffee nicht abgeneigt zu sein schien, und ging auf das Schulgelände hinaus. Grüppchen von Mädchen standen schwatzend beieinander oder lagen betont ungeniert in der Sonne, ihre Schulhemden am Hals geöffnet und oben in die BHs gesteckt, um sich so weitgehend wie möglich der Sonne auszusetzen. Die mit der schönsten Bräunung wurden wie Stars hofiert. Lizzie sprach mehrere von ihnen an und erklärte, wer sie sei, doch wenn sie auch keineswegs unfreundlich antworteten, ließen sie doch keinen Zweifel daran, daß sie während der Pause niemals Umgang mit dem Feind – sprich: den Erwachsenen – pflegten und einander nach den langen Sommerferien ungeheuer wichtige Dinge zu berichten hatten. Nur ein einzelnes Mädchen mit einem gescheiten Gesicht, das sich von den anderen abgesondert hatte, um zu lesen, schien gern mit Lizzie zu sprechen. Sie las gerade »Anna Karenina« und erklärte, sie sei völlig begeistert davon. Somit wäre es nicht nett gewesen, sie nach ein paar Minuten oberflächlichen Geplauders nicht wieder sich selbst zu überlassen, damit sie sich erneut gierig über die Seelenqualen der armen Anna hermachen konnte.

Lizzie hatte den ganzen Nachmittag mit dem Gähnen zu kämpfen. Die Fremdheit der Situation, die Mischung aus Langeweile und Frustration, die davon herrührte, daß sie von neun bis halb vier mit Mrs. Mason in einem kleinen Zimmer eingesperrt war, die Selbstdisziplin, die es erforderte, sich an den Grund ihres Daseins zu erinnern und sich gleichzeitig über die kärgliche Bezahlung nicht aufzuregen – das alles zusammengenommen war anstrengender, als Lizzie es für möglich gehalten hätte. Es fiel ihr ungeheuer schwer, sich Mrs. Masons Arbeitstempo und Arbeitsweise unterzuordnen. Um halb vier tappte Lizzie, immer noch schwerfällig von dem ungewohnt massiven Mittagessen – und wie gierig die anderen es verschlungen hatten! – in den blaßgoldenen Nachmittag hinaus auf das Schulgelände, das von Mädchen nur so wimmelte, und fand an ihrer Windschutzscheibe den kaum leserlichen Hinweis, daß der Platz, auf dem sie ihren Wagen abgestellt hatte, den Eltern vorbehalten sei.

Sie war kurz nach vier in Langworth und fuhr auf direktem Weg zur Galerie. Es herrschte wenig Betrieb, und die Handvoll Kunden, die drinnen umherschlenderten, machten eher den Eindruck von Galeriebesuchern als von Kaufwilligen. Im Café im Obergeschoß aßen ein paar Frauen Pfannkuchen (aus organisch angebautem Hafermehl) und tranken Kaffee, und an einem Tisch in der Ecke saß Jenny Hardacre mit Sam und Davy und Toby, ihrem eigenen Sohn, die sie zuvor wie vereinbart alle von der Schule abgeholt hatte.

»O Lizzie«, sagte Jenny, »wie ist es denn gegangen?«

Davy und Toby tranken weiter ihre Milch aus Strohhalmen, doch Sam tat beim Anblick seiner Mutter, als wäre er erschossen worden, ließ sich mit verdrehten Augen und heraushängender Zunge auf seinem Stuhl zurückfallen und streckte alle viere von sich.

»Leider absolut gräßlich. Wo ist denn Rob?«

»Im Büro. Der Vertreter von den Kerzenmenschen ist da.«

Lizzie setzte sich. Sam schnellte sofort empor, um dann erneut tot über ihrem Schoß zusammenzusinken.

»Laß das«, sagte Lizzie, aber er überhörte es. »Ich werde Rob nicht erzählen, wie furchtbar es war, denn der arme Kerl macht sich meinetwegen schon genug Sorgen.«

»Ich weiß. Vielleicht wird es ja nach und nach besser.«

»Es ist diese fürchterliche Mischung aus Untüchtigkeit und kleinlichem Chefgehabe. Setz dich wieder hin, Sam. Wie ging es denn heute?«

Jenny verzog ein wenig das Gesicht.

»Mittelprächtig. Heute morgen dachte ich schon, ich hätte einen Bettüberwurf verkauft, doch die Kundin stellte sich dann doch als eine von denen heraus, die erst noch mal drüber nachdenken müssen und nie wiederkommen.«

»Schade. Wir haben noch so viele davon.«

»Lizzie«, sagte Jenny.

»Ja.«

Jenny beugte sich mit besorgter Miene vor.

»Ich möchte Ihnen wirklich helfen. Es macht mir wirklich überhaupt nichts aus, zusätzlich irgendwelche Aufgaben zu übernehmen, ehrlich nicht. Ich meine, ich will dafür nicht extra bezahlt werden, und ich würde mich freuen, wenn Sie mich ein bißchen einspannen würden, wenn Sie Hilfe brauchen.«

Lizzie sagte: »Sie sind wirklich ein Schatz und unsere ganze Rettung, aber wir finden die Vorstellung, daß wir Sie ausbeuten könnten, einfach schrecklich.«

Toby sog einen Strohhalm voll Milch aus seinem Glas und blies sie als Pfütze wieder auf den Tisch. Entzückt tat Davy es ihm nach. Sam beobachtete sie neiderfüllt.

»Kinder ...«

Schweigend nahm Jenny Toby Glas und Strohhalm weg. Davy beobachtete Lizzie in der Erwartung, daß sie dasselbe täte. Sie tat es nicht.

»Ich nehme dich nie wieder irgendwohin mit«, sagte Jenny ruhig zu Toby, »wenn du dich wie ein Baby aufführst.«

Er errötete und machte Anstalten, von seinem Stuhl herunterzurutschen.

»Sitz still«, sagte Jenny. Er setzte sich wieder hin.

»Wie machen Sie das bloß?« fragte Lizzie bewundernd.

»Ich habe ja nur den einen. Sonst brauche ich mich um niemanden zu kümmern. Deshalb möchte ich ja auch, daß Sie ein bißchen mehr auf mich zählen. Mike hat mir genug hinterlassen, so daß ich gut zurechtkomme, ich muß nicht wegen des Geldes arbeiten, ich brauche die Arbeit um meiner selbst willen.«

Davy begann, mit dem Finger in seiner Pfütze herumzuspielen und die Milch zu einem sternförmigen Gebilde auseinanderzuziehen. Wortlos zog Jenny seine Hand aus der Milch und nahm auch ihm Glas und Strohhalm weg. Sam stand von den Toten wieder auf, reckte sich von Lizzies Schoß empor und starrte sie an. Dann kehrte er zu seinem Stuhl zurück, zog sein eigenes Milchglas besitzergreifend zu sich heran und begann, mustergültig daraus zu trinken.

»Hut ab«, sagte Lizzie.

»Ich möchte mich nicht aufdrängen ...«

»Ich bitte Sie. Wissen Sie, ob Rob schon irgend etwas wegen Alistair unternommen hat?«

»Nein. Soll ich ...«

»Alistair hatte beim Frühstück Schmerzen, und Rob hat gesagt, er würde ihn in die Spätsprechstunde im Krankenhaus bringen.«

Jenny stand bereits halb.

»Ich frage mal nach. Doch erst hole ich Ihnen eine Tasse Tee, Sie sehen erschöpft aus, und dann gehe ich ihn fragen.«

»Ich könnte Sie küssen.«

»Igitt!« sagte Sam.

»Ich kann mir in den großen Zeh beißen«, teilte Toby Davy mit. Davy gab sich unbeeindruckt.

»Da ist ja Rob«, sagte Jenny und richtete sich auf.

»Schatz«, sagte Rob und beugte sich hinab, um Lizzie einen Kuß zu geben. »Wie war es?«

»Prima«, sagte Lizzie, »ich bin bloß ein bißchen erledigt, weil es so ungewohnt war.«

Er hob Davy hoch, setzte sich auf dessen Stuhl und nahm ihn auf den Schoß.

»Ich wette, es war überhaupt nicht prima. Ich wette, es war gräßlich.«

»Sie hat gesagt, daß es gräßlich war«, sagte Sam.

»Oh, Lizzie ...«

Sie legte ihre Hand auf seine.

»War es aber nicht. Ich habe nur Jenny ein bißchen was vorgejammert.«

Robert lächelte zu Jenny empor.

»Sie ist großartig. Ich wußte gar nicht, daß du schon zurück warst, sonst hätte ich dich ans Telefon gerufen, als Frances dran war.«

Lizzie war sprachlos.

»Frances?«

»Ja. Sie hat vor zehn Minuten angerufen und wollte dich sprechen, weil sie sich gemerkt hat, daß du in Westondale angefangen hast.«

»Was hat sie gesagt?«

»Sie wollte wissen, ob sie diesen Sonntag kommen könnte. Zum Mittagessen.«

»Aber selbstverständlich ...«

Robert senkte den Kopf und küßte Davy geistesabwesend aufs Haar.

»Sie möchte ihren berühmten spanischen Liebhaber mitbringen. Damit er uns kennenlernen kann. Ich habe gesagt, es würde uns freuen, und hoffentlich stimmt das nun auch?«

## 12. Kapitel

Ich wette, der ist doof«, sagte Harriet.

Alistair, der gerade ein Buch von Davy las, das von einer Eule handelte, die Angst vor der Dunkelheit hatte, fragte, ohne den Blick von der Seite zu heben: »Warum?«

»Na, weil er Ausländer ist. Weißt du noch – diese französischen Jungen, die bei uns auf der Schule waren. Die waren doch wahnsinnig doof.«

Alistair begann, eine Haarsträhne zu zwirbeln.

»Der ist aber ganz schön alt. Hat Mum gesagt.«

»Doofheit ist keine Altersfrage«, sagte Harriet verächtlich. »Die ergibt sich einfach. Das ist wie bei diesen ganzen gräßlichen Dichtern, die sich über den ersten Frühlingshauch ausjaulen. Die gibt es schon seit ewigen Zeiten.«

Alistair schmiß sein Buch auf den Boden. Die Eule war in die Nacht hinausgelockt worden und hatte festgestellt, daß sie besser sah als bei Tage, so daß der Schluß ebenso glücklich wie schwach geraten war.

»Na schön, unsere Tante scheint jedoch schwer in ihn verknallt zu sein.«

Harriet errötete. Der Gedanke an die Liebe löste ein unangenehmes Gefühl innerer Unruhe in ihr aus.

»Das wird ja vielleicht *peinlich* ...«

»Was denn?«

»Der Anblick der beiden.«

»Na, dann guck doch nicht hin.«

Aber Harriet wollte furchtbar gern hingucken. Ganz bestimmt schlief Frances mit diesem vermutlich doofen Spanier, und weil sie nicht miteinander verheiratet waren (Sex zwischen Verheirateten war zu abstoßend und peinlich, um auch nur daran zu denken), war das zugleich ungeheuer beängstigend und überaus faszinierend. Indem sie immer wieder absichtlich in Frances Zimmer aufgekreuzt war, war es Harriet mehrere Male gelungen, ihre Tante nackt zu sehen. Sie hatte Lizzie sehr geähnelt – die Harriet gegenwärtig um keinen Preis hätte nackt sehen wollen –, außer daß sie dünner und glatter gewesen war. Ihr Hintern war zu groß, befand Harriet, doch ihre Beine waren nicht übel und ihr B..., na gut, also ihr Busen war gräßlich, *echt* peinlich, und ihr ... ihr ... Harriet schluckte und drehte sich auf ihrem Fensterplatz, um wütend auf die Straße hinauszustarren. Bei dem Gedanken, daß Frances von einem Mann berührt wurde, wenn sie nichts anhatte, hätte sie platzen können.

»Granny sagt, auf jeden Fall hätte er Geld«, sagte Alistair und kroch von seinem Sitzsack herunter, um sich das »Kinderlexikon des Dinosauriers« zu angeln, das knapp außerhalb seiner Reichweite lag.

»Wenn wir nur selbst welches hätten«, sagte Harriet düster.

Alistair schlug das Buch auf. Das erste Bild war ein Diplodochus, der verzagt in einem Teich stand und dem Sam mit roter Ölkreide eine Brille und eine Schleife um den Schwanz gemalt hatte.

»Ich fürchte, das ist die Rezession. Und ein Geschäft wie unseres muß unweigerlich darunter leiden.«

»Was mußt du bloß immer so reden?«

»Wie denn?«

»Dies ganze Blabla und aufgeblasene Zeug.«

»Ich bin lediglich darum bemüht«, sagte Alistair und machte es sich wieder auf seinem Sitzsack bequem, um den Abschnitt über das Gehirn des Dinosauriers in Angriff zu nehmen, »die englische Sprache mit einer gewissen Sorgfalt zu gebrauchen.«

Harriet verließ ihren Fensterplatz. Sie hatte beschlossen, ihre schwarze Strumpfhose gegen eine andere schwarze Strumpfhose auszutauschen.

»Selbst wenn«, sagte sie betont deutlich, »dieser spanische Mensch sich als Doofkopf erweisen sollte, so doof wie du kann er überhaupt nicht sein.«

Alistair seufzte. Der Diplodochus war ein träger Pflanzenfresser gewesen und hatte seine Ausrottung, so schien es, mehr als verdient. Harriet durchquerte das Spielzimmer, ging hinaus und knallte die Tür hinter sich zu.

»Ich freue mich darauf«, sagte Luis.

»Meinst du nicht, daß es ein bißchen steif werden wird?«

»Nein, ich glaube, es wird interessant. Du kennst schließlich meinen Sohn und meine Schwester bereits.«

Frances warf ihm einen flüchtigen Blick zu. Luis saß halb zurückgelehnt neben ihr auf dem Beifahrersitz, völlig entspannt, und schaute friedlich auf die grüne Landschaft von Wiltshire und Avon hinaus, die am Wagenfenster vorbeiflog.

»Ich glaube nicht, daß deine Schwester gerade begeistert von mir war«, sagte Frances.

Er machte eine kleine Handbewegung.

»Laß ihr Zeit. Sie ist nun mal daran gewöhnt, daß ich ein Junggesellenleben führe. Und ich fürchte, es gibt immer noch eine Menge Spanier, die der Meinung sind, daß man den Männern andere Freiheiten zugestehen sollte als den Frauen. Außerdem war sie ...« Er machte eine Pause und sagte dann: »Ich glaube, sie war überrascht darüber, daß du Engländerin bist, daß ich eine Ausländerin gewählt habe.«

»Ehrlich gesagt, hatte ich das Gefühl«, sagte Frances und schaltete einen Gang herunter, weil sie gleich von der Autobahn herunterfahren mußten, »daß ihr das nicht behagt hat.«

»Das«, sagte Luis, »stimmt nun auch wieder nicht. Sie ist eine moderne Frau, eine Akademikerin, eine Ärztin. Du hast ja gesehen, wie sie war. Sie ist nur anfangs immer ein bißchen förmlich.«

Mehr als nur ein bißchen, dachte Frances und erinnerte sich an das Abendessen in der Wohnung in Sevilla, an die dunklen Möbel, den Tisch, der mit altmodischer Förmlichkeit und Präzision gedeckt war, die aufgetakelte Ana de Mena in ihrer kühnen spanischen Kleidung und ihren schweigsamen Gatten mit dem langen, düsteren Gesicht eines Heiligen, der dem sicheren Märtyrertod entgegensieht. Sie hätten keine Kinder, hatte Luis gesagt, und seien ein Ehepaar, das ganz im Berufsleben aufgehe. Sie konnten ein wenig Englisch, mit dessen Hilfe und Frances' allmählich besser werdendem Spanisch sie sich mühsam durch den Abend gekämpft hatten. Gescherzt wurde jedoch überhaupt nicht. Selbst Luis schien nicht zu Scherzen aufgelegt, und als sie wieder unten auf der Straße standen, hatte er sie doch tatsächlich umarmt und geradezu heftig geküßt, und sie war sehr verblüfft gewesen, weil er sich ihr niemals in dieser Weise in der Öffentlichkeit näherte.

»Wird sie deiner Mutter von mir erzählen? Und Josés Mutter?«

»Nein«, sagte Luis, »seit der Kindheit hat keiner von uns beiden unserer Mutter irgend etwas erzählt, wenn es zu vermeiden war, und Ana mag Josés Mutter nicht.«

Frances' Herz tat einen kleinen Sprung.

»Warum nicht?«

»Weil sie die ganze Zeit vom Feminismus redet, aber sich ihren Lebensunterhalt nicht selbst verdienen will.«

»Aha«, sagte Frances und mußte an Barbara denken. »Und warum haben sie keine Kinder?«

»Ana findet, sie habe den Gedanken an Kinder mit der Entscheidung für die Arztlaufbahn aufgegeben. Sie glaubt, damit die Wahl getroffen zu haben.«

Frances hätte gern gefragt: »Und findest du das richtig?«, doch sie verzichtete darauf. Was für einen Sinn hätte das gehabt, wo sie doch Luis' Antwort bereits kannte. »Ana ist von meiner Mutter aufgezogen worden«, würde Luis sagen. »Sie kennt die Gefahren. Sie hat die Gefahren, die mit der Mutterschaft einhergehen, aus erster Hand kennengelernt.«

Als er das zum erstenmal gesagt hatte, hatte es einen heftigen Streit zwischen ihnen ausgelöst. Frances' ungezügelter, leidenschaftlicher Zornesausbruch war der eines Menschen gewesen, der sich instinktiv zur Wehr setzt.

»Du weißt doch nicht, wovon du sprichst! Du kannst doch nicht bloß deshalb sämtliche Mütter der Welt verurteilen, weil du deine eigene nicht leiden konntest und Josés Mutter nicht mehr liebst! Was weißt du schon davon?«

»Ich weiß genug«, sagte er.

»Was willst du damit sagen?«

»Ich will damit sagen«, sagte er und packte ihr Handgelenk, »ich will damit sagen, daß die Frauen sich verändern, wenn sie Mütter werden. Sie hören auf, sie selbst zu sein, büßen die Fähigkeit ein, nüchtern zu denken, sondern werden statt dessen zu Besessenen ...«

»Das ist doch absoluter Unsinn! Ich habe noch nie einen derartigen Quatsch gehört! Nimm nur Lizzie ...«

»Lizzie?«

»Meine Schwester, meine Zwillingsschwester. Sie hat vier Kinder und ist dadurch auch nicht zu irgend etwas anderem pervertiert worden!«

»Das Wort pervertiert habe ich nicht benutzt.«

»Aber das meinst du doch.«

»Ich würde Lizzie gern kennenlernen. Ich würde deine Zwillingsschwester gern sehen.«

O diese Liebe, hatte Frances gedacht, während sie noch mit ihrem Zorn kämpfte, diese Liebe! Sie bringt einen tatsächlich dazu, jemanden anzubeten, mit dem man schreckliche Meinungsverschiedenheiten haben kann – mit dem man dann aber auch wieder übereinstimmt und sich auf diese herrliche Weise eins fühlt. Es konnte einen zuweilen völlig fertigmachen, doch meist beflügelte es, verlieh Energie und das Gefühl, ein Haus zu sein, das zuvor traurig und verschlossen gewesen war, und durch dessen weitaufgerissene Fenster nun das Sonnenlicht hereinströmte.

»Du darfst Lizzie kennenlernen«, hatte sie streng gesagt, »du darfst sie kennenlernen, sofern du nicht vergißt, wie sehr ich sie liebe.«

»Das vergesse ich bestimmt nicht.«

Es ist leicht geworden, alle anderen zu lieben, dachte Frances, leicht und mühelos. Sie fühlte sich erfüllt von Liebe, als wäre sie plötzlich auf einen unbegrenzten Vorrat gestoßen und könnte nun händeweise davon über alle ausstreuen, wie Konfetti bei einer Hochzeit. Vier Monate war es jetzt her, und immer noch überkam sie eine fast ekstatische, ungläubige Freude. Luis hier zu haben, neben sich im Auto, hier, aus dem einzigen Grund, weil *auch sie* hier war!

»Nur noch drei Meilen«, sagte sie.

Er wandte den Kopf und bedachte ihr Profil mit einem langen, verwirrenden Blick. Dann hob er die Hand und berührte ihre Wange.

»Meine Frances«, sagte er.

Lizzie hatte sich Luis dunkelhaarig und eher kräftig vorgestellt, weder so groß wie Robert noch so romantisch im Aussehen, eben ein Mann mittleren Alters, und sie sah sich in ihren Erwartungen mehr als bestätigt, nur hatte sie nicht damit gerechnet, daß er so attraktiv sein würde. Was wiederum Luis anging, so hatte er zwar gewußt, daß Lizzie Frances ähneln würde – was auch der Fall war, sie ähnelte ihr sogar sehr –, doch hatte er sich schwerlich vorstellen können, daß sie Frances zwar ungeheuer ähneln, dabei jedoch überhaupt nicht wie Frances *wirken* würde. Es würde ihm ganz und gar nicht leichtfallen, dachte Luis, während er ihr zulächelte, mit dieser Lizzie ins Bett zu gehen.

»Ich fürchte«, sagte Lizzie und ließ ihre Hand in seiner liegen, »daß wir schändlich neugierig auf Sie waren.«

»Und ich auf Sie«, sagte Luis, »ich habe noch nie Zwillinge kennengelernt. Und wo sind denn nun die vielen Kinder?«

Davy sagte unüberhörbar: »Sam sagt, Sie haben eine Rolex.«

»Davy!«

»Sam hat recht«, sagte Luis. »Welcher ist denn Sam?«

»Der da«, sagte Davy und zeigte auf das Sofa und einen Stoß Kissen, unter denen zwei Beine hervorragten.

»Hat dieser Sam keinen Kopf?«

»Ich fürchte, er hat nur keine Ahnung, wie man sich benimmt«, sagte Alistair. »Das dürfte wohl die Schuld meiner Eltern sein.«

»Und wer bist du?«

»Alistair.«

»Und du«, sagte Luis und wandte sich Harriet zu, die bis unter die Haarwurzeln errötete, »bist dann also Harriet.«

Lizzie sagte: »Sie sehen, Frances ist eine ganz besondere Tante.«

Luis lachte. »Sie ist überhaupt etwas ganz Besonderes ...«

»Ich hätte auch einen Zwillingsbruder haben sollen«, sagte Alistair, »doch das andere Baby ist gestorben. Sehr ärgerlich, wenn man's recht bedenkt, denn wenn es noch leben würde, müßte ich vielleicht Sam nicht ertragen. Ich meine, Sam gäbe es dann einfach gar nicht. Was für eine himmlische Vorstellung...«

»Schluß damit«, sagte Robert. Er bemühte sich, Frances nicht anzusehen. Sie trug ein rotes Seidenhemd – rot! ausgerechnet Frances! – und schwarze Hosen, ihr Haar war länger und bleicher als sonst, und ihre nackten Füße, die in eleganten schwarzen Sandalen steckten, waren braun. Sie trug goldene Ohrringe, diese großen Ringe wie eine Zigeunerin, geradezu tollkühn. Robert hatte an ihr noch nie etwas anderes als Perlenstecker gesehen, kleine, nahezu verschämte Perlenstecker. Er warf Lizzie einen raschen Blick zu. Die aber beobachtete Luis mit unverhohlenem Interesse, und Luis wiederum beobachtete Frances, während er sein Handgelenk vorzeigte, so daß Davy seine Armbanduhr bewundern konnte.

»Könnten Sie mit der Uhr tiefseetauchen?«

»Bestimmt.«

»Und in einem Raumschiff fliegen?«

»Kein Problem«, sagte Luis. Er streckte Frances die freie Hand hin. *»Amor...«*

Die Luft war auf einmal elektrisch aufgeladen. *Amor* nennt er sie, dachte Lizzie, *amor*! Was für ein Wort, welche Vertraulichkeit es verriet, welche Leidenschaft, welche... Lizzie schluckte. Wenn mich je jemand so gerufen hätte, dachte sie, ich wäre wahrscheinlich ohnmächtig geworden. Verglichen mit *amor* hatte *Liebling* auf einmal soviel Sex-Appeal wie eine Papiertüte. Sie warf Frances einen flüchtigen, forschenden Blick zu. Frances stand über Davy gebeugt und sagte zu ihm: »Ich würde sie nicht so sehr bewundern, Davy, ich finde sie ungeheuer vulgär.« Sie wirkte und klang völlig normal. Vielleicht... vielleicht sagte Luis ja ununterbrochen *amor* zu ihr? Wenn das so war, wie mußte dann um Himmels willen ihr Privatleben aussehen – wie sollte man denn so alltägliche Dinge verrichten können wie Zähneputzen oder Toasten, wenn man einen Mann um sich hatte, der einen so ansah und *amor* nannte?

»Lizzie?«

»Ja«, sagte Lizzie blinzelnd.

»Ich habe gefragt, ob ich dir bei den Essensvorbereitungen helfen kann? Rob zeigt Luis mal eben die Galerie.«

»Ja«, sagte Lizzie rasch. »Gute Idee. Tut das ...«

»Aber ich könnte doch hierbleiben und dir helfen«, sagte Frances. Sie sah Lizzie direkt ins Gesicht.

»Harriet hilft mir schon.«

Harriet, die das dringende Bedürfnis hatte, dem Zimmer und der darin herrschenden Atmosphäre zu entrinnen, murmelte etwas von einer Schulaufgabe in Geschichte.

»Ich würde dir aber gern helfen«, sagte Frances. »Ich habe dich seit Monaten nicht gesehen.«

»Meine Schuld«, sagte Luis. Es schien ihm überhaupt nicht leid zu tun. Er bückte sich, um das schwere goldene Armband seiner Uhr an Davys Handgelenk festzumachen. »So, das hätten wir. Jetzt siehst du genau wie ein südeuropäischer Geschäftsmann aus.«

Davy stützte sein Handgelenk liebevoll mit der anderen Hand. »Und Sie finden es doch bestimmt auch besser«, sagte er, »daß Sam die lieber nicht anprobiert?«

Luis war von der Galerie beeindruckt und erklärte Robert, sie offenbare mehr internationales Flair und eine größere Vielfalt des Geschmacks, als das in einem vergleichbaren Geschäft in der spanischen Provinz der Fall wäre. Besonders bewunderte er die Inneneinrichtung; er sagte, Design stünde in Spanien ungeheuer hoch im Kurs, besonders in Barcelona. Dann erkundigte er sich nach der Qualifikation, die man in England benötigte, um ein solches Geschäft führen zu können.

»Qualifikation?« fragte Rob. »Die braucht man dafür nicht, nicht für diese Art Geschäft. Man lernt es mit der Zeit, die Erfahrung kommt nach und nach.«

Luis erklärte, in Spanien seien sämtliche Berufe durch lokale und regionale Vorschriften streng geregelt und man müsse für alles eine Schule besucht haben, könne keinerlei Beruf ergreifen, wenn man nicht die entsprechende Fachschule absolviert habe. Dann sprach er über das Arbeitskräfteproblem in Spanien, über die Gewerkschaften, über den Mindestlohn, den Konservativismus der ländlichen Regionen und den Sozialismus in einigen Städten des Landes.

»Doch ich langweile Sie«, sagte er schließlich. Er stand vor einem Arrangement hoher eiserner Kerzenhalter, die von den Philippinen stammten.

»Durchaus nicht. Ich weiß überhaupt nichts über Spanien, ich bin ein entsetzlicher Ignorant.«

»Nein«, sagte Luis. Er betrachtete die Kerzenhalter, lächelte jedoch dabei. »Nein. Sie sind zwar ein sehr höflicher Mensch, doch in Wirklichkeit denken Sie an Frances.«

»Äh ...«

»Sagen Sie einfach nur ja. Natürlich denken Sie an Frances.«

»Wir hängen alle ziemlich aneinander«, sagte Robert. »Lizzie und Frances stehen einander natürlich sehr nahe, da sie Zwillingsschwestern sind, und die beiden haben auch heute noch ein enges Verhältnis zu ihren Eltern. Ich hingegen sehe meine kaum.«

»Ich auch nicht«, sagte Luis. »Meine Mutter ist sehr fromm, und mein Vater war Militär und steht deshalb ziemlich rechts, vielleicht allzu rechts für das moderne Europa.«

Robert bewegte sich auf ein paar Lithographien zu, impressionistische Lithographien, die er von einem Künstler aus der Gegend in Kommission hatte, Abbildungen von einheimischen Raubtieren und Vögeln, die sich zu seinem Kummer nicht hatten verkaufen lassen. Lizzie fand sie zu ausdrucksstark und zu düster, zu aufdringlich.

»Ich bestreite ja nicht, daß die Leute *wissen*, daß Füchse Fasanen töten«, hatte sie gesagt. »Ich glaube nur einfach nicht, daß sie das sehen wollen.«

»Mögen Sie die?« fragte Robert nun Luis.

»Ja«, sagte er, »die würden sich in Spanien gut verkaufen.«

»Hier überhaupt nicht. Lizzie meint, sie wären zu düster.« Er warf Luis einen flüchtigen Blick zu. »Lizzie macht sich Sorgen darüber, was werden wird.«

»Das macht Frauen immer Sorgen. Ich kann Ihnen jedoch

nicht sagen, was werden wird, da ich nicht weiß, was die Zukunft bringt.«

»Wir wollen ja nur nicht, daß Frances am Ende mit leeren Händen dasteht.«

Luis richtete sich auf, wandte sich Robert zu, schaute ihm direkt ins Gesicht und sagte: »Sie sollten Frances nicht unterschätzen. Sie wird nie mit leeren Händen dastehen. Ich habe noch niemals einen so starken Menschen kennengelernt.«

»Sie sprechen von *Frances*?«

»O ja. Sie hält sehr damit hinterm Berg, aber sie ist stark. Auch meine Schwester Ana ist stark, doch sie trägt ihre Stärke zur Schau wie ihre Kleider. Bei Frances trifft das Gegenteil zu.«

»Ich kenne Frances, seit sie zwanzig war, und ich habe sie noch niemals so sehr ... so sehr in einer Beziehung aufgehen sehen.«

Luis steckte die Hände in die Hosentaschen. »Sie wollen mich also davor warnen, ihr weh zu tun? Oder Ihre Frau hat Sie aufgefordert, mich davor zu warnen?«

»Bitte seien Sie nicht böse ...«

»Ich bin überhaupt nicht böse«, sagte Luis lächelnd, »ich versuche lediglich, Sie zu verstehen.«

»Ich will mich nicht einmischen«, sagte Rob ernst. »Es ist nur der Wunsch, Frances irgendwie zu beschützen.«

»Ja, ja. Das ist mir durchaus nicht fremd, stellen Sie sich vor. Ich mag ja nur ein armer Ausländer sein, aber ich bin doch auch ein Mensch.«

»Es ist ja bloß«, sagte Rob, der sich plötzlich in einer absurden Position befand, »daß die nördlichen und die südlichen Formen der Leidenschaft so ungeheuer verschieden sind. Finden Sie nicht auch? Vielleicht können wir einander letztendlich ja gar nicht verstehen, weil unsere Triebstruktur so verschieden ist ...« Er verstummte und sah Luis an. »Gott, es tut mir wirklich leid, ich wollte das alles überhaupt nicht sagen, ich bin mir nicht mal sicher, daß ich das alles selbst glaube. Wollen wir die letzten zwanzig Minuten einfach vergessen? Darf ich Ihnen einfach sagen, daß ich Frances niemals schöner und glücklicher erlebt habe?«

Luis sah Rob an. Was wollte er eigentlich, dieser nette Schwager von Frances? Versuchte er, ihnen seinen Segen zu geben und gleichzeitig doch erhebliche Zweifel am glücklichen Ausgang ihrer Geschichte anzumelden? Hatte vielleicht auch er diese merkwürdige englische Angewohnheit, alles für sich zu behalten und keinesfalls seine Gefühle preiszugeben? Aber eigentlich wirkte er lediglich irgendwie unglücklich.

»Und ich kann Ihnen sagen, daß ich sehr glücklich bin«, sagte Luis und streckte impulsiv seine Hände nach Robert aus. »Manchmal brauchen wir genau das, was wir nicht gewohnt sind, manchmal müssen wir alles mit anderen Augen betrachten.«

Robert mußte plötzlich an ihre Lage denken: die auf wackeligen Füßen stehende Galerie, Lizzies öden kleinen Job, die gewaltige, drückende Bürde von The Grange.

»Und manchmal ändern wir unsere Sichtweise nicht, weil wir das Bedürfnis danach haben«, sagte Robert, »sondern weil es die Umstände einfach verlangen.«

Luis ließ die Hände sinken. Irgend etwas anderes war Robert durch den Kopf gegangen, etwas, das nichts mit Frances zu tun hatte.

»Mag sein«, sagte er höflich.

»Könnte ich nicht einfach einen Urlaub für euch buchen? Für dich und Rob, in Mojas? Du kannst dir gar nicht vorstellen, wie schön es dort ist.«

Lizzie goß das Fett von den Enten ab, die sie leichtsinnigerweise zu Ehren von Frances und Luis gekauft hatte – was sie jetzt vage bedauerte –, und sagte, das gehe nicht.

»Aber warum denn?«

Lizzie stellte den Bräter auf das Abtropfbrett und spießte die Enten mit einer Gabel auf.

»Weil wir es uns nicht leisten können. Wir können uns überhaupt nichts leisten, Frances, dieses Haus nicht, die Autos nicht, gar nichts. Und ganz bestimmt keinen Spanienurlaub.«

»Aber das soll doch ein Geschenk sein. Von mir. Ich möchte euch diesen Urlaub so gern schenken. Nur du und Rob.«

Lizzie legte die Enten auf eine Platte und stellte sie im Backofen warm. Eine dumpfe Verzweiflung beschlich sie.

»Lizzie?«

»Ich kann ... nichts von dir annehmen. Ich ...«

»Was?«

»Es ist sehr lieb von dir«, sagte Lizzie verzweifelt, »wirklich lieb, doch ich könnte es nicht ertragen.«

»Warum denn nicht? Ausgerechnet von mir ...«

»Ja. Ausgerechnet von dir.«

»Offen gestanden«, sagte Frances und schnitt verbissen die Pampelmuse durch, die sie für den Obstsalat in Scheiben schneiden sollte, »finde ich das ganz schön grob von dir.«

»Nein, glaub mir, es ist nicht so gemeint. Ich habe einfach nur das Gefühl, mit der Lage nicht fertigzuwerden.«

»Hör mal«, sagte Frances. »Warum essen wir denn hier Enten und Pampelmusen, wenn es so schlecht aussieht? Hast du die extra für uns gekauft?«

Lizzie zuckte bei dem Wort »uns« innerlich zusammen.

»Ja, selbstverständlich.«

Frances warf das Messer auf den Tisch.

»Ach, Lizzie. Warum nur? Warum sollen wir so tun, als hätte sich nichts verändert, wenn doch alles anders ist?«

»Weil ich manche dieser Veränderungen so hasse, ich hasse sie so sehr ...«

»Ist dein Job wirklich so schrecklich?«

»Nein«, sagte Lizzie und goß Brühe in den Bräter, um den Bratensatz abzulöschen. »Nein, natürlich ist er nicht schrecklich, er ist nur langweilig und ermüdend und ein arger Abstieg nach allem, was ich gewohnt war. Man meint doch, ein Schock wäre etwas Momentanes, ein Augenblick des Schreckens, und sowie er vorbei wäre, wäre er auch wirklich vorbei und man erholte sich allmählich davon. Das Schlimme an unserer Art von Schock ist jedoch, daß er in Wellen kommt. Auf jeden Schlag scheint ein neuer zu folgen, weil alles, was mit Geld zu tun hat, sich zu einer so entsetzlichen Bedrohung auswachsen kann, wenn man nicht aufpaßt. Entschuldige, ich drücke mich nicht sehr klar aus, und ich weiß, daß ich schrecklich undankbar zu sein scheine, aber ich habe das Gefühl, daß ich mich auf den Kopf stellen könnte, ich hätte trotzdem nicht mehr den geringsten Einfluß auf unser Leben, und das kann ich nicht ertragen, weil ich immer Einfluß darauf *hatte*. Und es fällt mir irgendwie schrecklich schwer, die Hilfsbereitschaft anderer zu akzeptieren, selbst deine. Ich will nämlich keine Hilfsbereitschaft, ich möchte einfach nur jemanden *bestrafen*.«

Frances kratzte die harten kleinen Reste der Pampelmusenschale mit der Messerspitze herunter.

»Aber könnte ein Urlaub nicht die Proportionen, die Perspektive wieder ein bißchen zurechtrücken?«

»Bestimmt. Ich habe nur das Gefühl ... ich habe einfach das Gefühl, daß mir nachher die Rückkehr unendlich schwerfiele. Ich fühle mich so schuldig, verstehst du, schuldig wegen der Kinder, von der Sorge und der Wut einmal abgesehen. Ich könnte jetzt nicht nach Spanien fahren und sie zurücklassen, nicht in diesem Augenblick.«

»Aber *sie* machen sich doch keine Sorgen, oder? Wahrscheinlich haben sie nicht einmal etwas mitgekriegt.«

»Ich will auch nicht, daß sie etwas mitkriegen. Mum meint, es sei an der Zeit, daß sie mal ein bißchen Entbehrung kennenlernen, aber ich kann ihr Gerede einfach nicht hören. Überhaupt, ich glaube, ich kann das ganze Thema nicht mehr ertragen. Können wir von etwas anderem sprechen?«

»Ich könnte dir von Luis erzählen«, sagte Frances einfach.

Lizzie wandte sich um. Frances saß am Tisch und schnitt Pampelmusen. Ihre Hände und ihr Gesicht hoben sich blaßgolden gegen das glänzende Hemd ab. Niemand, dachte Lizzie, hatte sie beide je für schön gehalten, aus dem ganz einfachen Grund, daß sie es nicht waren, weil ihnen die klassische Reinheit der Züge fehlte, doch, bei Gott, in diesem Augenblick war Frances nicht weit davon entfernt. Lizzie durchquerte die Küche und legte Frances den Arm um die Schulter.

»Es tut mir leid, daß ich so eine Schwarzseherin und Spaßverderberin bin, weil ich mich wirklich für dich freue.«

Frances sah sie an.

»Gefällt er dir denn?«

»Bis jetzt sehr gut.«

Frances beugte sich ein wenig vor und küßte Lizzie.

»Dann ist es ja gut«, sagte sie befriedigt. »Er hat mein ganzes Leben verändert.«

»Das ganze?«

»Bis hin zum Geschäft«, sagte Frances. »Er beschafft mir Reiseleiter für die Saison im nächsten Jahr. Du weißt doch, was für Kopfzerbrechen mir die Reiseleiter in Italien bereitet haben, wie schwierig es ist, jemanden zu finden, der tüchtig und zuverlässig genug ist und dann nicht gleich so viel Geld will, daß die ganze Kalkulation ins Wanken gerät. Nun, in Spanien wird das nicht so sein. Wenn man in Spanien irgend etwas erreichen will, muß man jemanden kennen, und Luis kennt *jeden.*«

»Mein Gott, Frances«, sagte Lizzie lachend. »Dich hat es aber wirklich schlimm erwischt.«

»Ich weiß. Und es wär mir auch egal, falls es noch schlimmer werden sollte. Nachher fahren wir Mum und Dad besuchen.«

»Um Gottes willen!«

»Wieso ›um Gottes willen‹?«

»Na ja«, sagte Lizzie, die plötzlich den Schneid verloren hatte, auszusprechen, was ihr auf der Zunge lag – daß nun alle in Luis einen künftigen *Schwiegersohn* vermuten würden –, »es scheint doch eine ganz schöne Strapaze für ihn zu sein.«

»Er möchte sie kennenlernen.«

»Wirklich?«

»Ja«, sagte Frances mit Nachdruck.

Die äußere Küchentür, die in den Garten führte, öffnete sich, und Robert und Luis kamen herein.

Luis sagte: »Sie haben einen sehr schönen Laden.«

»Ich weiß«, sagte Lizzie und lächelte ihm zu, »nur ist er im Moment nicht besonders einträglich.«

»Was riecht denn hier so herrlich?«

»Ente.«

»Großartig! Ich esse furchtbar gern Ente. *Querida,* was machst du denn da mit dem gefährlichen Messer?«

Nun auch noch *querida.* Himmel, was für eine Sprache! Lizzie sagte rasch: »Rob, schaust du mal nach, wo Davy steckt? Ich bin ein bißchen beunruhigt wegen Luis' Uhr.«

»Luis hingegen ist überhaupt nicht beunruhigt«, sagte Luis.

»Trotzdem«, sagte Robert und machte die Tür zur Diele auf. »Es wäre schrecklich, wenn da etwas passierte.«

»Frances hingegen würde es freuen.«

»Ja«, sagte Frances gelassen, »das würde es. So, fertig. Soll ich jetzt diese Weintrauben dazutun?«

Von der Diele her konnten sie Robert nach Davy rufen hören. Lange Zeit blieb alles still, dann öffnete sich eine Tür, röhrender Fernsehlärm drang heraus, die Tür wurde wieder zugeknallt, und langsame Schritte durchquerten die Diele.

»Sam hat sich überhaupt nicht getraut, die Uhr anzufassen«, hörten sie Davy sagen.

»Das freut mich zu hören.«

»Alistair hat gesagt, wenn er die auch nur mit dem kleinen Finger anrührt, kriegt er von Frances' Typ eine geknallt.«

»Davy«, sagte Rob. »Unser Gast heißt Mr. Moreno.«

Er erschien wieder in der Türöffnung und hatte Davy auf dem Arm. Luis lachte.

» ›Frances' Typ‹!«

Davy errötete. Er wandte sich ein wenig ab und versteckte sein Gesicht am Hals seines Vaters. Lizzie trat hinzu und legte ihm die Hand auf den Kopf.

»Ist schon gut, Liebling, das konntest du ja nicht wissen, und sieh mal, es macht Mr. Moreno auch überhaupt nichts aus.«

»Nein, bestimmt nicht«, sagte Luis.

»Liebling«, sagte Lizzie neckend, die Hand auf Davys zerwühltem Haar. Er wandte den Kopf und blickte ernst zu ihr hinunter, und im selben Augenblick hob Frances den Blick und sah die drei dort stehen, Rob mit seinem Sohn auf dem Arm, und Lizzie, die Hand zu ihm emporgereckt, ein Bild inniger Nähe. Es versetzte ihr einen Stich, einen mächtigen Stich.

Luis war sofort bei ihr, zog sich einen Stuhl heran und setzte sich.

»Komm«, sagte er zu Davy, »komm, ich zeig dir mal, wie man auf der Uhr sehen kann, wie spät es in Amerika ist.«

Robert setzte Davy sacht auf dem Boden ab. Unendlich langsam schob der Junge sich um den Tisch herum und blieb eine Armlänge entfernt vor Luis stehen.

»Aber ich kann die Uhr von hier nicht sehen. Ich bin schon so alt, Davy, daß ich alles unter der Nase haben muß, damit ich es sehen kann. Du mußt mir schon helfen.«

Stückchen für Stückchen schob Davy sich näher an ihn heran.

»An welchen Arm hatten wir die Uhr gemacht?«

Steif wie ein Soldat stieß Davy den rechten Arm vor. Luis nahm seine Hand.

»Komm noch ein bißchen näher. Das Ziffernblatt ist doch so klein. So, jetzt sieh mal. Jetzt drücke ich hier drauf, und wir schauen in dies winzig kleine Fenster, und dann sehen wir die anderen Erdteile. Bist du gut im Lesen, Davy?«

»Ziemlich«, murmelte Davy, zwischen Ehrgeiz und Ehrlichkeit hin- und hergerissen.

»Kannst du das A dort sehen?«

»Alistair fängt mit A an ...«

»Australien auch.«

Davy beugte sich dicht über die Uhr, und Luis legte den Arm um ihn.

»Nun drück mal hier drauf.«

»Siehst du, was du da gemacht hast – du hast Zahlen gemacht! Kannst du Zahlen lesen?«

Davy blickte zu ihm auf. Ihre Gesichter waren nur eine Handbreit voneinander entfernt.

»Ich kann sie bis fünf lesen«, sagte Davy zuversichtlich.

»Dann bist du ja ein kluger Junge.«

Davy beobachtete ihn ein paar Sekunden lang, dann beugte er sich wieder über die Armbanduhr.

»Ein kluger, reizender Junge«, sagte Luis, und über Davys Kopf hinweg blickte er Frances an. Sie erwiderte seinen Blick, so dachte er, als hätte sie gerade eine Vision gehabt.

## 13. Kapitel

Das ist doch anmaßend«, sagte Barbara.

»Das hast du damals auch gesagt«, erinnerte William sie, »als du Zwillinge bekommen solltest. Außerdem hast du noch gesagt ...«

»Das Ganze ist doch einfach absurd«, sagte Barbara. Sie wischte den Tisch mit einem feuchten Tuch ab, und dabei war William noch nicht einmal halb mit dem Frühstück fertig. Sie tat das jetzt häufig, nahm Schälchen und Marmeladengläser hoch und wischte unsinnigerweise mitten beim Essen den Tisch ab – eine Angewohnheit, die einen rasend machen konnte. William griff nach der Marmelade und drückte sie sich besitzergreifend an die Brust.

»Aber er hat dir doch gefallen.«

»Ach ja«, sagte Barbara gereizt, »selbstverständlich hat er mir gefallen, er ist ja durchaus ein netter, höflicher Mann. Darum geht es doch gar nicht. Stell die Marmelade hin, oder dein Pullover wird klebrig.«

»Nein, wird er nicht«, sagte William. »Die Marmelade ist *innen* im Glas. Du hast doch selbst gesagt, Frances hätte noch nie so gut ausgesehen und Luis wäre ein netter Mann.«

»Aber er ist Ausländer.«

»Jeder«, sagte William geduldig, »ist für alle die ein Ausländer, die nicht seiner Nation angehören. Bitte laß den Toast liegen, ich möchte noch welchen.«

»Mischehen sind ...«

»Barbara!« schrie William.

»Schrei nicht so.«

»Sie *werden* aber nicht heiraten!« schrie William unbeirrt. »Luis *ist* bereits verheiratet. Sie haben ein Verhältnis miteinander!«

»Und damit kennst du dich natürlich aus«, sagte Barbara und nahm ihm aus Rache die Butter weg.

»Frances hat schon mehrere Verhältnisse gehabt«, sagte William, ohne sie zu beachten, und strich sich zum Ausgleich für die fehlende Butter die Marmelade dick auf den Toast. »Keins war davon sehr ernsthaft, und dieses ist bislang das ernsthafteste. Das ist alles.«

Barbara stellte die Butter in den Kühlschrank und schlug die Tür mit solcher Wucht zu, daß sämtliche Flaschen in seinem Innern klirrten. Dann blieb sie dort stehen und kehrte William den Rücken zu.

»Barbara?«

Sie sagte nichts, stand einfach nur da, sichtlich angespannt, und starrte die Wand über dem Kühlschrank an, wo ein mitleiderregend häßlicher Kalender hing, die gutgemeinte Weihnachtsgabe von ihrer Tankstelle. William wartete höflich eine halbe Minute, dann biß er krachend in seinen Toast.

»Das ist es ja gar nicht«, platzte Barbara heraus.

»Was ist es nicht?« sagte William kauend.

Abrupt wandte sie sich um. Sie kämpfte sichtlich um ihre Fassung. Ihr ganzes Leben lang hatte sie sich bemüht, daß man ihr ihre Empfindungen – außer ihrer Wut, dachte William oft – nicht ansah.

»Es ist ja nicht so, daß ich etwas dagegen hätte, daß Frances ein Verhältnis hat. Und ich habe eigentlich auch nichts dagegen, daß er Ausländer ist ...«

»Ah, gut.«

»Doch diesmal ist sie verliebt.«

William starrte sie an.

»Was?«

»Sie ist wirklich verliebt. Richtig. Mit Haut und Haaren.«

»Ja, und?«

»Er ist verheiratet«, sagte Barbara.

»Ja, ich weiß.«

»Also wird sie *leiden* müssen«, sagte Barbara.

William legte seinen Toast hin.

»Verstehe ich nicht ...«

»Nein, selbstverständlich verstehst du das nicht, du verstehst nie irgend etwas, du bist der Herr Stör-mir-meine-Ruhe-Nicht, wie er im Buche steht, so daß ich mir sowieso nicht die geringste Hoffnung mache, daß du je *irgend etwas* verstehen wirst. Doch Frances ist in einen verheirateten, ausländischen Katholiken verliebt, was unweigerlich in Tränen enden wird, und diese Tränen wird vor allem Frances vergießen.«

Als William seinen Toast wieder vom Teller nahm, bebte seine Hand ein wenig, und ein Tropfen Marmelade fiel auf die sanfte Rundung seines Pullovers.

»Warum kannst du sie bloß nicht in Ruhe glücklich sein lassen? Selbst wenn es *später* Probleme geben wird – *jetzt* gibt es keine. Warum kannst du dich nicht einfach für sie freuen, statt zu unken?«

»Du hast Marmelade auf dem Pullover«, sagte Barbara. »Das habe ich gleich kommen sehen.«

»Halt die Klappe!« schrie William. Er schleuderte seinen Toast durch die Küche und sah ihm nach, bis er mit der Marmeladenseite nach unten in einem Korb mit Bügelwäsche landete.

»Männer«, sagte Barbara vernichtend, »hoffnungslose Romantiker fern jeder Realität. Was hat es denn für einen Sinn, sich wie ein Idiot über etwas zu freuen, das unweigerlich in der Katastrophe enden muß? Glücklicherweise teile ich deinen Hang zu derlei romantischem Kitsch nicht.«

Nicht zum erstenmal bedauerte es William zutiefst, daß er als Mann des Mittelstands davor zurückscheute, seine Frau zu vermöbeln.

»Glaub ja nicht, daß ich Frances nicht liebe«, sagte Barbara. »Und denk nicht, daß ich sie nicht verstehe. Aber gerade weil ich sie liebe und verstehe, werde ich mich an diesen albernen Freudentänzen, weil sie den Richtigen fürs Leben gefunden hat, nicht beteiligen. Das Gegenteil ist nämlich der Fall. Und jetzt gehe ich die Betten machen und überlasse es dir, den Schlamassel zu beseitigen, den du kindischerweise in der Bügelwäsche angerichtet hast.«

Sie ging hinaus und schloß mit Nachdruck die Tür, wie Williams Mutter gesagt hätte. William hörte ihren schwerfälligen, gleichmäßigen Schritt erst auf der Treppe und dann auf dem Treppenabsatz; im Schlafzimmer wurde er vom unverständlichen Gequake des Radios übertönt, das Barbara wie immer in ohrenbetäubender Lautstärke laufen ließ.

William stand auf, ging zum Spülbecken, rieb mit einem feuchten Lappen an seinem Pullover herum und schaute aus dem Fenster. Der Ausblick war fast haargenau derselbe wie vor nahezu vierzig Jahren, als Barbara ihm eröffnet hatte, daß sie Zwillinge bekommen würde – dieselben freundlichen, nicht weiter auffälligen Felder, dieselben Hecken, sogar dieselbe Reihe Schwarzpappeln mit ihren kräftigen, narbigen Stämmen. Das einzige, was sich verändert hatte, war der Bauernhof jenseits der Felder, der um ein häßliches Silo und einen noch häßlicheren Wellblechschuppen erweitert worden war, gestrichen in einem grellen, unnatürlichen Grün und mittlerweile von riesigen leuchtenden Rostflecken gesprenkelt.

William stützte sich auf den Rand des Spülbeckens. Vielleicht war er ja romantisch, aber vielleicht fand er auch einfach nur, daß die Zukunft bringen mochte, was sie wollte – so wie Frances sich jetzt fühlte und aussah, würde es sich in jedem Fall gelohnt haben. Vielleicht hatte er ja das Gefühl, instinktiv und ohne Zuhilfenahme der Vernunft, daß nichts Schönes je gänzlich verloren ging, selbst wenn es einmal zu Ende war. Doch natürlich hatte Barbara, der Teufel sollte sie holen, irgendwo recht, ungeachtet der gegenwärtigen Freude so ihre ernüchternden Vorahnungen zu haben. Außerdem war sie, auch wenn sie das häufig auf reichlich merkwürdige Weise zeigte, die Mutter der Zwillinge, und unweigerlich mußte sich ein gewisser Beschützerinstinkt in ihr regen, selbst wenn er sich auf eine verdrehte, absonderliche Weise äußerte. Es war eigentlich schon ein Wunder, daß Barbara Frances' gegenwärtiges Glück überhaupt ernst nahm und es nicht einfach nur mit einem verächtlichen Schnauben abtat wie sonst, denn in ihren Augen mußte ein halbwegs normaler Mensch die bloße Vorstellung romantischer Liebe einfach absolut lächerlich finden.

William stieß einen abgrundtiefen Seufzer aus und kehrte dem Fenster den Rücken zu. Arme Zwillinge, arme kleine Zwillinge, die sich, jede auf ihre Weise, mit großen Problemen würden herumschlagen müssen: Lizzie mit ihren gegenwärtigen, Frances mit ihren zukünftigen. Ihm fiel wieder ein, wie er früher, während der turbulenten Säuglingszeit der Zwillinge, gedacht hatte, daß sich wohl kein Mensch auf das Abenteuer Kind einließe, wenn er vorher wüßte, was für eine aufreibende Angelegenheit das werden würde. Was für eine naive Vorstellung, dachte er jetzt. Rückblickend hielt er diese ersten Jahre für die goldenen, weil es da noch in seiner Macht gelegen hatte, seine beiden Kinder glücklich zu machen.

Er durchquerte die Küche und blickte in den Korb mit der Bügelwäsche. Der Toast lag auf einem seiner Schlafanzüge, blaßblaue Baumwolle, dunkelblau abgesetzt, tadellos gebügelt. Nachdem er eine ganze Weile darauf gestarrt hatte, beschloß er, den Toast einfach liegenzulassen.

Der neue Bankdirektor in Langworth war jugendlich, hatte ein schmales Gesicht, kurzes Haar und trug diese Art Allerweltsanzug, den heutzutage jeder als Arbeitskleidung zu tragen schien, der nicht gerade Kühe hütete oder Autos wartete. Er sagte zu Robert:

»Mr. Middleton, ich freue mich über diese Gelegenheit, mit Ihnen zusammenzutreffen.«

Warum denn »mit Ihnen zusammenzutreffen«, fragte sich Robert. Das hier ist doch kein Zusammentreffen, sondern eine Vorladung.

»Sie haben mich gebeten vorbeizuschauen.«

»Ja, in der Tat. Ich glaube, mein Brief war an beide gerichtet, an Sie und an Mrs. Middleton. Ich hatte eigentlich angenommen ...«

»Wie ich Ihrer Sekretärin bereits mitgeteilt habe, arbeitet meine Frau ganztags an der Westondale School in Bath.«

Der Bankdirektor hob die Brauen und schürzte die Lippen.

»Bin ich darüber informiert worden?«

»Nein, wieso?«

»In Ihrer gegenwärtigen Lage«, sagte der Bankdirektor in einem Ton, als stellten Roberts Bankschulden einen kriminellen Tatbestand dar, »ist es unerläßlich, daß Sie uns über alles auf dem laufenden halten.«

Robert öffnete den Mund, um zu sagen: Sprechen Sie nicht in diesem Ton mit mir!, schloß ihn dann jedoch wieder. Was brächte es ihm schließlich anderes ein, als einen kurzen, herrlichen Adrenalinstoß, dem dann sofort die Notwendigkeit einer Entschuldigung folgen würde, wodurch der Feind bereits im Vorteil wäre! Robert betrachtete das rötliche Haar des Bankdirektors, seine blassen, fast wimpernlosen Augen und die Haut, die noch Spuren von Pubertätsakne zeigte. Er sah nicht nur aus wie der Feind, er sah aus, als würde er es geradezu genießen, so auszusehen.

»Bitte setzen Sie sich doch, Mr. Middleton.«

Robert gehorchte zögernd und nahm in einem mit anthrazitfarbenem Tweed überzogenen Sessel Platz. Der Bankdirektor setzte sich hinter seinen Schreibtisch und faltete die Hände über einem dicken Ordner, der vermutlich die Unterlagen der Middletons enthielt.

»Ich fürchte, Mr. Middleton, daß ich diese Situation nicht länger dulden kann.«

»Was fällt Ihnen ein, hier von ›dulden‹ zu sprechen?« schrie Robert, und der eben gefaßte Entschluß war vergessen. »Wie können Sie es wagen? Darf ich Sie vielleicht daran erinnern, daß Ihre Bank ein Dienstleistungsunternehmen ist, ein verdammt teures Dienstleistungsunternehmen, und kein Verein von Tugendwächtern, die über die Verfehlungen der Kunden zu richten haben!«

Der Bankdirektor blickte peinlich berührt auf seine gefalteten Hände, als wartete er darauf, daß ein plötzlich aufgetretener Gestank sich wieder verzöge.

»Mein Kreditgewährungsausschuß, Mr. Middleton, mein Kreditgewährungsausschuß in der Bezirksdirektion in Bath hat die Weitergewährung an die Bedingung geknüpft, daß Sie unverzüglich Maßnahmen zur Rückzahlung des größeren Teils der gegenwärtig anstehenden Darlehenssumme in die Wege leiten. Die bisherige Weitergewährung beruhte, falls Sie sich erinnern, auf der Übereinkunft, daß es innerhalb eines Zeitraums von neun Monaten zu einer substantiellen Verringerung der Darlehenssumme käme. Diese neun Monate sind um, und die Darlehenssumme ist nicht in nennenswerter Weise verringert worden. Die Bank macht sich Sorgen, Mr. Middleton, daß das Darlehen sich verfestigen könnte.«

»Sich verfestigen?«

»Daß Sie sich daran gewöhnen, Mr. Middleton, und folglich über die Zinszahlungen hinaus nichts für die Tilgung tun.«

Robert senkte für einen Moment den Blick. Ihm schwirrte der Kopf. Es war schon ungeheuerlich genug, daß dieser sandfarbene Bürohengst in diesem Ton mit ihm sprach, doch obendrein schien er auch wirklich zu meinen, was er da von sich gab. Er holte tief Luft.

»Sind Sie noch nicht auf den Gedanken gekommen, daß wir dieses Darlehen noch weitaus abscheulicher finden könnten als Sie, und zwar aus dem einfachen Grunde, daß die Summe, um die es geht, alles zu verschlingen droht, was meine Frau und ich in den letzten achtzehn Jahren geschaffen haben? Bilden Sie sich vielleicht ein, daß wir auch nur einen einzigen ruhigen Augenblick gehabt haben, seit wir uns in dieser Lage befinden, und daß wir uns nicht Tag und Nacht den Kopf zerbrechen, welche Hebel wir noch in Bewegung setzen könnten, um sie zu verbessern? Was glauben Sie denn, weshalb meine Frau jetzt arbeiten geht? Doch nur, um das Geschäft zu entlasten und Ihnen Ihre horrenden Zinsen zu zahlen! Meine Frau ist hochtalentiert und verfügt über eine langjährige Berufspraxis, und sie ist gezwungen, auf einem Niveau zu arbeiten, das Sie vermutlich keinem Schalterbeamten zumuten würden ...«

»Entschuldigen Sie«, unterbrach ihn der Bankdirektor, »doch es bringt uns bestimmt nicht weiter, wenn Sie persönlich werden.«

»Was sollen wir denn noch tun?« Robert brüllte fast. »Wir arbeiten härter denn je und verdienen weniger denn je. Was um Himmels willen verlangen Sie denn noch von uns?«

Der Bankdirektor veränderte die Haltung seiner Hände, so daß seine Ellenbogen auf dem Schreibtisch lagen und seine Fingerspitzen einander leicht berührten – eine Geste, die Robert zugleich autoritär und salbungsvoll vorkam.

»Mein Kreditgewährungsausschuß ...«

Aus irgendeinem Grund hatte Robert plötzlich ein flaues Gefühl im Magen.

»Mein Kreditgewährungsausschuß«, fuhr der Bankdirektor fort und sah Robert starr ins Gesicht, »besteht auf dem positiven Bescheid, daß die Darlehenssumme in naher Zukunft getilgt werden kann.«

»Und wie zum Teufel soll ich das anstellen?«

»Ganz einfach, Mr. Middleton. Bieten Sie Ihr Haus zum Verkauf an.«

Jenny stand vor dem Büro der Galerie und hielt ein Tablett mit einer kleinen Flasche Mineralwasser und einem Thunfischsandwich in den Händen. Seit zwei Stunden saß Robert hinter verschlossener Tür im Büro, es war fast drei Uhr, und sie wußte, daß er mittags nichts gegessen hatte. Sie klopfte.

Er rief: »Wer ist da?«

»Jenny.«

»Ach Sie, Jenny«, sagte Robert. »Kommen Sie rein.«

Sie öffnete vorsichtig die Tür. Er saß an seinem Schreibtisch und hatte sämtliche Ordner mit den Bankauszügen aufgeschlagen vor sich liegen.

»Ich dachte, daß Sie vielleicht etwas essen möchten. Sie haben doch mittags gar nichts ...«

»Stimmt. Sie sind ein Schatz.«

»Das Sandwich ist mit Thunfisch. Was anderes hatten sie oben nicht mehr. Ich hoffe, das ist Ihnen recht.«

»Aber ja«, sagte er.

Sie setzte das Tablett auf dem Tisch neben seinem Schreibtisch ab.

»Mineralwasser ist immer so langweilig. Möchten Sie auch Kaffee?«

Er blickte zu ihr empor. Er war sehr blaß.

»Setzen Sie sich doch einen Augenblick.«

Sie setzte sich auf den nächsten Drehstuhl und faltete die Hände im Schoß. Einen Augenblick herrschte Schweigen, dann sagte Robert plötzlich ohne alle Umschweife: »Wir müssen The Grange verkaufen.«

Fassungslos schlug sie die Hände vors Gesicht.

»Das können Sie nicht ...«

»Wir müssen«, sagte er. »Ich war heute morgen auf der Bank. Wir hatten neun Monate, um die Kreditsumme zu verringern, und das haben wir nicht geschafft. Wir haben es ja kaum geschafft, die Zinsen zu zahlen, und nun setzen sie uns die Daumenschrauben an.«

Jenny hatte die flüchtige Vision ihres eigenen Häuschens, das seit Micks Tod für sie so viel mehr gewesen war als einfach nur irgendeine Behausung. Sie sah seine vertraute Fassade vor sich, die gelbe Kletterrose, die sich daran hochrankte, die Gauben, die wie überrascht hochgezogene Brauen ins Dach eingelassen waren, und sie spürte auf eine so schmerzhafte Weise, daß ihr angst und bange wurde, welch unsäglichen Kummer es ihr bereiten würde, wenn man es ihr wegnähme.

»Ach, Rob ...«

Er nahm die Hälfte des Sandwichs und biß pflichtschuldig hinein.

»Wie soll ich das Lizzie bloß beibringen?«

»Ich weiß es nicht.«

»Sie liebt dieses Haus«, sagte Rob und legte das angebissene Sandwich wieder hin. »Sie hatte ein Auge darauf geworfen, seit wir in Langworth waren. Am Wochenende gingen wir auf dem Spaziergang immer daran vorbei und malten uns aus, was wir daraus machen würden. Dann haben wir es bekommen, und Sie wissen doch, wie sie sich hineingekniet hat. Jetzt muß ich ihr sagen, daß wir es nicht behalten können.«

»Vielleicht ...«

»Vielleicht was?«

»Vielleicht«, sagte Jenny und rang die Hände, »genügt es der Bank ja, wenn sie es einfach nur nebenher anbieten, und dann kommt das Geschäft vielleicht wieder in Schwung, und Sie müssen es schließlich doch nicht verkaufen.«

Robert sagte: »Sie wollen eine Mindestsumme von 100 000 Pfund in spätestens sechs Monaten.«

Jenny erschrak. Einhunderttausend Pfund, überlegte sie, das war weitaus mehr als ihr Kapital, nachdem die Versicherung nach

Micks Tod endlich gezahlt hatte. Alles was sie besaß, das Häuschen eingeschlossen, war insgesamt weniger wert als die Schulden der Middletons. Es überlief sie kalt bei dem Gedanken.

»Lizzie ist doch so tapfer«, sagte Jenny, »und stark, ich bin sicher, sie wird es verkraften können. Ich bin sicher, es wird ihr schon etwas einfallen.«

»Meinen Sie?« sagte Robert zweifelnd. »Das Schlimme ist nur, daß es nichts mehr *gibt*, über das man nachdenken könnte, sonst hätten wir es längst getan und etwas unternommen.«

Später überließ er es Jenny, die Galerie zu schließen und ging zeitig nach Hause, gemeinsam mit Sam und Davy, die Jenny von der Schule abgeholt und versorgt hatte. Sam mochte dieses Abholarrangement überhaupt nicht, da er aus irgendeinem Grund, den er sich nicht erklären konnte – schließlich war sie nur eine Mutter und eine sanfte Mutter obendrein –, einen Heidenrespekt vor ihr hatte und sich in ihrer Gegenwart immer manierlich benahm. Das verstieß jedoch gegen seinen eigenen unausgesprochenen Verhaltenskodex, so daß er, um diesen Verrat an sich selbst wieder auszubügeln, auf dem kurzen Nachhauseweg von der Galerie jedesmal besonders unausstehlich war, lauthals schmutzige Wörter schrie und sich wie ein Kamikazeflieger in den Verkehr stürzte. Folglich war Robert gewöhnlich mit seinen Nerven am Ende, wenn sie zu Hause ankamen. Wenn Lizzie rechtzeitig aus Bath wegkam, um die Jungen abzuholen, fuhr sie die beiden in ihrer Klapperkiste nach Hause, und das brachte Sam sozusagen um seine beste Gelegenheit, scheußlich zu sein, weil die Fahrt nur drei Minuten dauerte.

Als Robert mit Sam und Davy zurückkehrte – Davy bereits unheilvoll schnüffelnd, weil Sam ihm erklärt hatte, er habe ein Gesicht wie ein Pavianhintern –, traf er Alistair in der Küche dabei an, wie er im Stehen Cornflakes direkt aus der Packung aß, während er einen Comic mit dem Titel »Die Gesetze des Id« las. Von Harriet war keine Spur zu sehen.

»Hallo«, sagte Robert.

Alistair stopfte sich achtlos eine weitere Handvoll in den Mund, und beachtete ihn nicht.

»Hör auf damit«, sagte Robert. »Antworte, wenn ich mit dir spreche, und iß keine Cornflakes, wenn du sie nicht manierlich zu dir nehmen kannst.«

Sam schlitterte mit erwartungsvoll glänzendem Blick aus der Küche in Richtung Fernseher, und Davy, der immer noch leise vor sich hin greinte, heftete sich an seine Fersen. Alistair hob den Blick langsam von seinem Comic.

»*Was* hast du gesagt?«

»Du hast mich genau verstanden«, sagte Robert. Er streckte die Hand aus und riß ihm Cornflakes und Comic weg.

»Ich muß schon sagen ...«

»Hol Kehrblech und Handfeger und feg die Schweinerei auf, die du hier angerichtet hast. Dann geh und mach deine Hausaufgaben, bis ich dich zum Essen rufe.«

»Ich kann mir nicht vorstellen«, sagte Alistair, »daß ich unter diesen Umständen auch nur den geringsten Appetit verspüren könnte.«

»Dann bleibst du eben hungrig«, sagte Robert. »Glaub ja nicht, daß mir das etwas ausmacht.«

Alistair brachte sich vorsorglich außer Reichweite.

»Meine Güte, was für eine Laune! Wo die wohl herkommt?«

Robert ging zum Kühlschrank und fing an, alle möglichen Dinge herauszuholen.

»Tu, was ich dir gesagt habe, Alistair. Wo ist denn Harriet?«

»Das darfst du mich nicht fragen. Wurde zuletzt mit Heather auf dem Market Place gesichtet, vermutlich auf der Lauer nach Jason Purdy, was, wenn du mich fragst, von einem beispiellos schlechten Geschmack zeugt, den ich selbst einem so hoffnungslosen Fall wie meinem Schwesterlein nicht zugetraut hätte.«

»Alistair«, sagte Robert, während er ein Backblech hervorholte und in akkuraten Reihen Zwiebelwürstchen darauf auslegte, »wenn du jetzt nicht sofort das Kehrblech holen gehst, kriegst du von mir eine Abreibung, die sich gewaschen hat.«

Alistair ging unendlich langsam hinaus und bemerkte zu Cornflakes, der sich interessiert aus seiner Anrichtenschublade erhoben hatte, um der Auseinandersetzung beizuwohnen, wenn jemand in dieser Weise aus der Haut fahre, sei das ein untrügliches Anzeichen seiner Niederlage. Robert legte halbierte Tomaten und ein paar müde Champignons aufs Backblech – die Jungen würden sie nicht anrühren, aber Harriet vielleicht, falls es ihr je einfiele, nach Hause zu kommen – und schob das Ganze auf die obere Einschubleiste des Backofens. Er sehnte sich plötzlich nach einem Schluck Whisky, scheute jedoch zugleich davor zurück, weil es erst zwanzig vor sechs war, und im übrigen war seit Weihnachten sowieso keiner mehr im Haus.

Alistair kehrte zurück und fegte etwa zwei Drittel der verstreuten Cornflakes aufs Kehrblech, das er dann in einem derart steilen Winkel in den Abfalleimer entleerte, daß das meiste wieder auf dem Küchenboden landete. Dann sagte er hohntriefend: »Nun, Herr Vater, ich hoffe doch ernstlich, daß Sie zufriedengestellt sind«, und schleppte sich erneut aus der Küche, ohne die Tür hinter sich zuzumachen.

Robert trat in die Speisekammer – eine viktorianische Speisekammer von altmodischem Reiz, mit schiefergrauen Regalen und riesigen Fleischerhaken zum Aufhängen von Schinken – und fischte einen Beutel Backofen-Pommes-frites und einen Beutel gefrorene Erbsen aus der Gefriertruhe. Der Erbsenbeutel war bereits geöffnet und nur lose mit einem Clip verschlossen, der prompt abfiel, als Robert den Beutel herausnahm, so daß einige Handvoll Erbsen mit leisem Geprassel zwischen dem gestapelten Gefriergut hindurch auf den Boden der Gefriertruhe kullerten. Robert fluchte, knallte den Deckel der Gefriertruhe zu und trug den Rest in die Küche.

In etwa zwanzig Minuten würde Lizzie nach Hause kommen, etwa dann, wenn das Essen für die Kinder fertig sein würde. Natürlich konnte ihr Robert nichts sagen, ehe die Kinder nicht gegessen hatten, und er überlegte, ob es nicht vielleicht besser wäre, es so lange hinauszuzögern, bis sie beide ihr Glas bulgarischen Rotwein aus dem Supermarkt intus hatten. Es hatte mal eine Zeit gegeben, da hatte Robert bei einem Weinhändler in Bath ein Konto, ging zu Weinproben und las seriöse Artikel über die Zukunftsaussichten des Weinbaus in Neuseeland und Chile. Jetzt gönnten Lizzie und er sich, wenn sie den wöchentlichen Rieseneinkauf im Supermarkt machten, drei

Flaschen vom jeweiligen Sonderangebot. Drei Flaschen, so ermahnte er sich streng, waren weitaus mehr, als viele Menschen sich je erhoffen konnten, doch da er einmal kurze Bekanntschaft mit einem sorgloseren Dasein gemacht hatte, vermißte er es.

Wie, so fragte er sich, während er die Pommes frites auf ein zweites Backblech schüttete, sollte er es Lizzie bloß sagen? Sollte er sich langsam herantasten oder ohne Umschweife einfach damit herausrücken und ihr dabei ins Gesicht sehen, zack – nun weißt du Bescheid? Früher einmal hätte er, ohne zu zögern, die zweite Methode gewählt, weil sie das vorzog und sich selbst daran hielt. Sie hatte alles weggesteckt, als sie noch jünger war, das war mit das erste gewesen, was Robert an ihr aufgefallen war, dieses prompte, gleichmütige Wegstecken, ganz gleich was man ihr erzählte oder worum man sie bat. Doch erstens war das, was er ihr heute zu sagen hatte, schlimmer als alles zuvor, und zweitens hatte Lizzie sich verändert. Natürlich war sie jetzt, da sie älter war, auch müder und desillusionierter, doch obendrein war sie, seit Frances ihren Spanier mitgebracht hatte, verschlossener geworden. Sie wirkte geistesabwesend, und er mußte sich eingestehen, daß ihn das rasend machte. Er war zwar daran gewöhnt, daß Lizzie sich häufig und eingehend mit Frances beschäftigte – schließlich ging das schon zwanzig Jahre so –, doch das heute war etwas anderes. Er hatte den deutlichen Eindruck, daß Lizzies Vorstellungen unablässig um Frances und Luis kreisten, und das in einem Maß, daß man nur noch von Fixierung sprechen konnte. Wie konnte sie es, dachte Robert, während er die paar verbliebenen Erbsen in eine Kasserole mit kochendem Wasser kippte, wie konnte sie es *wagen*, sich in einer derart schweren Zeit auch nur einen Augenblick lang mit etwas anderem zu beschäftigen als mit ihm und ihren gemeinsamen Problemen?

Die Küchentür zum Garten öffnete sich, und Harriet kam hereingepoltert.

»Hallo, Liebling.«

»Hallo«, sagte Harriet. Sie hatte offensichtlich geweint, und ihre Augen, die sie so sorgfältig für die Schule und/oder Jason Purdy geschminkt hatte, erinnerten an einen traurigen Panda.

»Geht's dir gut?«

»Seh ich so aus?« fragte Harriet.

Robert legte die Zange hin, mit der er die Würstchen umdrehte, durchquerte die Küche und nahm sie in die Arme.

»Jungs?«

»Neben anderem Scheiß.«

»Sag nicht Scheiß. Was denn sonst noch?«

»Ach«, sagte sie und entwand sich ihm, »Schule, Geschichtsarbeit, Miss Pingelphelps, diese Kuh Heather Morgan ...«

»Möchtest du darüber sprechen?«

»Kann ich nicht«, sagte Harriet. »Da kann ich mit niemandem drüber sprechen. Was gibt's denn zum Essen?«

»Würstchen.«

»Schon wieder?«

»Schon wieder.«

»Ich geh fernsehen.«

»Nein«, sagte Robert, »du gehst den Tisch decken.«

Am anderen Ende der Diele öffnete sich die Tür zum Spielzimmer. Davy erschien und sang – schrecklich falsch – den Fernsehslogan für einen Bodenreiniger.

»Halt die Klappe!« schrie Sam ihm nach.

Davy stand, immer noch singend, in der Küchentür.

»Wenn ich dich zum Singen bringen will, Mann«, schrie Sam im Stile eines amerikanischen Gangsters hinter ihm her, »brauch ich dir bloß 'nen Nickel in den Arsch zu stecken!«

Davy hörte zu singen auf.

»Was ist denn ein Nickel?«

Robert sah Harriet an. Sie grinste.

»Ein amerikanisches Geldstück«, sagte er, ebenfalls grinsend, »eine amerikanische Münze.«

Davy befühlte ängstlich seinen Cordhosenboden.

»Au weia«, sagte er.

Als die Kinder gegessen und ihre Teller halbwegs ordentlich in den Geschirrspüler gestellt hatten und Lizzie, die sehr müde nach Hause gekommen war, ihr Weinglas halb geleert hatte, berichtete Robert ihr ohne alle Umschweife von seinem Besuch auf der Bank. Dann wartete er auf ihre Reaktion.

Mindestens eine Minute verstrich, und es passierte nichts. Lizzie saß einfach da, in ihrem Lehnstuhl, den sie vor drei Jahren mit soviel Sorgfalt mit einem hübschen Karostoff bezogen hatte, und starrte schweigend in die dunkelrote Flüssigkeit in ihrem Glas. Dann begann sie, ebenso lautlos, zu weinen und hielt dabei immer noch den Kopf gesenkt, so daß ihr die Tränen, die Robert unnatürlich groß vorkamen, die Wangen hinabrollten und ihr auf die Hände, in den Schoß und ins Glas tropften. Es war ein zutiefst bestürzender Anblick. Lizzie weinte nie. Sie hielt nichts von Tränen, es sei denn jemand weinte aus tiefem seelischen Kummer. Aus einem anderen Grund zu weinen sei schieres Selbstmitleid, fand sie, doch nun weinte sie, weinte und weinte, und die Tränen flossen immer reichlicher unter dem Vorhang ihres Haars hervor, das zu beiden Seiten ihres gesenkten Kopfes herabhing.

»Lizzie«, sagte Robert ebenso entsetzt wie gequält. Er trat zu ihr, kniete neben ihr nieder und versuchte, ihr das Glas wegzunehmen, weil sie zu zittern angefangen hatte, doch sie hielt es fest umklammert.

»Nein ...«

»Lizzie, Liebling, Lizzie ...«

»Nein!« sagte Lizzie zwischen zwei Schluchzern. »Nein!«

»Wir müssen«, sagte Robert. Er legte seine Hände ungeschickt über ihre Hände, die das Weinglas umkrampften. »Wir müssen, Lizzie. Doch davon geht die Welt nicht unter. In ein, zwei Jahren kommen wir wieder auf die Beine, und dann können wir es zurückkaufen.«

»Ich ertrage das nicht, ich kann es nicht, ich kann es nicht ...«

»Lizzie, es ist doch nur ein Haus!«

»Nein!« wimmerte sie. Sie zog die Hände weg, und der Wein ergoß sich über ihren Rock. »Alles löst sich auf, es zerrinnt uns zwischen den Fingern.«

»Unsinn«, sagte er und versuchte zu lächeln und ihr unter ihrem Haar hindurch ins Gesicht zu sehen. »Du darfst nun auch nicht übertreiben. Komm, Liebling. Uns fehlt doch nichts, den Kindern fehlt nichts, und darauf kommt es am Ende doch an.«

Lizzie hob den Kopf. Ihr Gesicht war gerötet und glänzte

tränennaß wie manchmal das von Davy, wenn er – dank Sam – wieder einmal zutiefst unglücklich war.

»Noch mehr kann ich nicht wegstecken«, sagte sie und fuhr sich mechanisch mit dem Handrücken übers Gesicht. »Ich kann einfach nicht. Ich kann nicht mehr.«

Robert hielt ihr sein Taschentuch hin.

»Na komm«, sagte er halb aufmunternd, halb vorwurfsvoll, »übertreib mal nicht. Davon geht die Welt nicht unter.«

»*Meine* schon«, sagte Lizzie und schneuzte sich.

»Sehr freundlich ...«

Sie fuhr ihn gereizt an.

»Warum darf ich nicht sagen, daß es mir reicht? *Warum* nicht? Warum darf ich die Wahrheit nicht aussprechen: daß ich am Ende meiner Nerven bin und nicht mehr die Kraft habe, mit dieser albernen Farce fortzufahren und so zu tun, als winkten wir fröhlich, während wir in Wirklichkeit untergehen?«

»Wir gehen aber nicht unter.«

»O doch, das tun wir!« schrie sie und ihre Stimme wurde immer lauter. »Wir geben alles auf, was wir geschaffen haben, jetzt haben wir nicht mal mehr ein Zuhause, es gehört der verdammten Bank, hat ihr immer schon gehört, alles hat ihr gehört, wir haben mit einer Lüge gelebt, weil alles auf Sand gebaut war, nichts ist wirklich, nichts hat Bestand ...«, ihre Stimme steigerte sich zu einem Kreischen, »... nichts hat sich gelohnt, nichts, gar nichts, es war alles nur ein einziger Selbstbetrug!«

Sie hatte ihm das verschwollene Gesicht zugewandt und funkelte ihn mit offenem Mund zornentbrannt an. Und ehe er wußte, was er tat, hob Robert die rechte Hand und schlug sie.

Sie lag allein im Gästezimmer und starrte ins Halbdunkel, auf den bläulichen Lichtschein, der von der Straßenlaterne draußen durch die nicht richtig zugezogenen Vorhänge hereinfiel, und den gelben Schimmer, der unter der Tür vom Treppenabsatz hereindrang, dessen Lampe man niemals ausmachen durfte, weil Davy das noch im tiefsten Schlummer mitbekam.

Es war ihre Wahl gewesen, getrennt von Robert zu schlafen. Das war noch nie passiert, solange sie verheiratet waren, außer einer von beiden hatte die Grippe, und Robert hatte vermutet – und es auch ausgesprochen –, daß sie getrennt von ihm schlief, weil sie es einfach nicht mehr ertragen konnte, neben ihm zu liegen. Das stimmte zwar, aber nicht in dem Sinne, wie er dachte, und sie konnte ihm das aus irgendeinem Grund nicht recht erklären und ihn beruhigen. Sie konnte ihm nicht sagen, daß sie es nicht deshalb nicht ertrug, bei ihm zu schlafen, weil sie das Gefühl hatte, er habe versagt, oder weil er sie geschlagen hatte, sondern weil sie sich schämte.

Im ganzen Leben, dachte sie, während sie mit trockenen Augen ins Leere starrte, hatte sie sich noch nie so geschämt. Diese furchtbaren Tränenbäche vorhin hatten nicht – oder bestenfalls nur zum Teil – mit der Aussicht zu tun gehabt, The Grange zu verlieren; in der Hauptsache hatte sie sie aus Selbstmitleid und Frances' wegen vergossen. In letzter Zeit war sie von Frances besessen gewesen, besessen von ihrer neuerblühten Schönheit und ihrem Glück. Sie hatte sich immer wieder gefragt, was genau es denn wohl mit jener starken, intimen Beziehung auf sich haben mochte, und hatte schließlich selber gefunden, daß sie sich völlig wahnsinnig benahm. Sie wollte sich diese Gedanken verbieten, doch es gelang ihr offenbar nicht. Sie waren zu einer Art Sucht geworden, und so war denn auch ihr erster bohrender Gedanke, als Robert mit seiner schlechten Nachricht herausgeplatzt war, der gewesen, daß Frances sich zu immer berauschenderen Höhen des Glücks erhob, während sie selbst in ein schwarzes Loch stürzte. Und was noch schlimmer war – Frances gönnte ihr, während sie diesen rauschhaften Aufstieg nahm, nicht einmal einen Blick: Sie gönnte überhaupt keinem Menschen einen Blick außer Luis.

An diesem Punkt der Selbsterkenntnis, was ihre ständige Beschäftigung mit Frances betraf, hatte sich dann Scham bemerkbar gemacht, und diese Scham hatte ihre Tränen nur noch schneller fließen lassen. Wie *konnte* sie Frances nur ihr Glück mißgönnen? Wie *konnte* sie Rob nur das Gefühl geben, er habe versagt und sie könne und wolle ihm in dieser Krise, die schließlich ihrer beider Krise war, jede weitere Unterstützung und Hilfe versagen? Wie konnte sie nur sich selbst und Rob und alles, an das sie glaubte und an das zu glauben sie unbeirrbar verkündet hatte, so einfach fallenlassen? Sie konnte sich nicht erklären, wie sie sich so hatte benehmen können, doch sie hatte es getan, und die Vorstellung, neben dem geduldigen, besorgten, unschuldigen, liebevollen Robert liegen zu müssen, während sie selbst von diesen grauenhaften Gedanken besudelt war,wäre ihr unerträglich gewesen.

Also war sie ins Gästezimmer gegangen, das Gästezimmer, das bald schon das Gästezimmer anderer Leute sein würde, oder deren Kinderzimmer oder das Zimmer der alten Mutter. Lizzie umklammerte den Saum des Bettuchs – war sie wirklich dieselbe Frau, die sorglos und voller Zuversicht diese Bettücher auf dem Antiquitätenmarkt von Bath gekauft hatte? – und starrte unablässig ins Dunkel, als verspräche sie sich davon irgendein tröstliches Bild der Vergebung. Doch die Dunkelheit blieb unerbittlich ausdruckslos. Lizzie drehte sich auf die Seite, schloß die Augen und spürte wieder heiße Tränen schmerzlich hinter den Lidern aufsteigen.

»Oh«, sagte sie zähneknirschend, »oh, ich bin wirklich die Niedrigste der Niedrigen.«

## 14. Kapitel

Juliet Jones fuhr nur noch selten nach London. Früher einmal hatte sie diese Stadt geliebt und jedesmal eine gewisse Vorfreude verspürt, wenn sich die Züge Paddington aus Richtung Westen näherten, doch jene Tage der Begeisterung waren längst vorbei. Ihrer Meinung nach war London jetzt nicht nur schmutzig und schäbig, sondern auch unenglisch, denn seine ureigensten Einrichtungen waren zu Attraktionen für Gaffer geworden. Nachdem sie jedoch erst mit William und dann mit Barbara gesprochen hatte und Lizzie schließlich selbst bei ihr gewesen war, hatte Juliet das Gefühl, nach London fahren und Frances aufsuchen zu müssen.

Lizzies Besuch war sehr verwirrend gewesen. Sie hatte schrecklich ausgesehen, mit strähnigem Haar und Schatten unter den Augen, und sie hatte, während sie allem Anschein nach nur zum Cottage hinaufgekommen war, um ihr zu erzählen, daß The Grange verkauft werden mußte, offensichtlich vor, ihr noch eine Menge Dinge über sich und Rob und sich und Frances zu erzählen, die sie nicht für sich zu behalten, aber auch nicht wirklich zu sagen vermochte. Sie hatte im Schaukelstuhl am Feuer gesessen und geredet und geredet und dabei einen Becher Tee in den Händen gedreht. Doch Juliet hatte sich keinen rechten Reim auf das alles machen können – jedenfalls nicht sofort.

Lizzie wiederholte immer wieder, daß sie sich irgendwo etwas würden mieten müssen.

»Ich kann eigentlich nicht finden«, sagte Juliet, »daß das so ungeheuer schrecklich ist. Solange ihr alle unter einem Dach zusammenbleibt …«

Doch Lizzie hörte gar nicht zu. Sie sagte, sie habe ihr ganzes Herz an The Grange gehängt, und daß sie Robert so furchtbar enttäusche.

»Wieso denn das? Inwiefern denn? Du hast doch noch nie …«

»Weil ich so wütend bin.«

»Wegen The Grange?«

»Nein«, sagte Lizzie verwirrenderweise.

»Dann ...«

»Ich kriege Frances nicht dazu, mir zuzuhören«, platzte Lizzie heraus.

»Aber Lizzie, das ist doch nicht Frances' Problem ...«

»Ich weiß. Ich *weiß*.«

»Schön, aber dann ...«

»Ich kann mich nicht auf eine Sache konzentrieren«, sagte Lizzie und drehte und drehte ihren Becher.

»Vielleicht ist das der Schock.«

»Ich weiß es nicht. Es kann alles sein, die Sorgen, das Geld, die Scham, die Angst. Ist ja im Grunde auch ganz egal, was es ist, Tatsache ist, daß ich nicht damit fertigwerde.«

»Du bist sehr hart gegen dich selbst«, sagte Juliet. »Du hast immer so viel verkraften können. Niemand kann dir einen Vorwurf machen, wenn du mal eine Weile mit etwas nicht fertigwirst.«

»Aber ich weiß nicht, ob ich es wirklich nicht kann«, sagte Lizzie und drehte immer noch den Becher in den Händen, »vielleicht will ich ja einfach nur nicht.«

»Ich glaube, du mußt Pläne machen«, sagte Juliet unbeirrbar. »Das ist der einzig richtige Weg. Du mußt dich nach einer anderen Wohnung umsehen und Pläne dafür machen.«

»Das kann ich nicht«, sagte Lizzie.

»Warum denn nicht?«

»Ich hab dir doch gesagt, ich kann mich nicht konzentrieren.«

»Gib dir ein bißchen Zeit.«

»Ich will keine Zeit«, sagte Lizzie. »Ich will eine Pause, ich will das alles loswerden, ich will etwas Neues.«

Juliet musterte sie scharf.

»Rede nicht so«, sagte sie streng.

Lizzie hob den Kopf.

»Warum darf ich das nicht?«

Weil, hätte Juliet gern geantwortet, dein Vater auch immer so geredet und dann nie irgend etwas unternommen hat, so daß ich ihn für dieses Gerede zu verachten begonnen habe.

»Weil es nicht wahr ist«, sagte Juliet statt dessen.

»Mir kommt es aber wahr vor.«

Juliet reichte es. Sie stand auf.

»Ich finde, du gehst jetzt besser nach Hause.«

»Ja«, sagte Lizzie. »Da gehöre ich ja schließlich hin, stimmt's?«

»Nun werd nicht sarkastisch.«

Lizzie stand auf und stellte ihren Becher auf den Tisch, der wie gewöhnlich halb von Juliets Nähzeug bedeckt war. Sie berührte das nächstliegende Stück Stoff, eine Bahn Baumwolle in derbem Blau und Weiß, die sie, schlagartig und schmerzlich, an Griechenland erinnerte, an die Ferien, die Rob und sie als Studenten dort verbracht hatten. Damals waren sie auf einer ganzen Reihe von kleinen Schiffen, die enttäuschenderweise nach Dieselöl und Fisch gerochen hatten, anstatt, wie erhofft, nach Olivenöl und Zitronen, zwischen den Inseln umhergeschippert.

»Ich bin ab nächster Woche Schulsekretärin von Westondale.«

»Oh, prima«, sagte Juliet. »Befördert worden?«

»Nein. Aber wenigstens gibt's keine Freda Mason mehr.« Sie blickte zu Juliet hinüber. »Frances hat ihren Freund mitgebracht.«

»Ach, wirklich?« sagte Juliet, die das bereits von William erfahren hatte. »Und? Ist er nett?«

»Ja.«

»Sie scheint sehr glücklich zu sein.«

»Ja«, sagte Lizzie wütend und setzte dann noch wütender hinzu: »Zu meinen Gunsten spricht im Augenblick gar nichts, *gar nichts*«, und floh aus dem Cottage, als scheuchte Juliet sie mit dem Besen hinaus.

William, der wenig später bei Juliet erschien, sagte, Lizzie und Robert wären begreiflicherweise mit ihren Nerven am Ende, und deshalb rede Lizzie solch wirres Zeug. Barbara, die Juliet in Langworth in der Reinigung traf, meinte, alle seien offenbar völlig übergeschnappt, William eingeschlossen. Juliet, die sich den Kopf zerbrach, bis sie das Thema absolut leid war, gelangte zu dem Schluß, daß Robert und William sich Lizzies wegen ernsthaft Sorgen machten; daß Lizzie und Barbara, aus unterschiedlichen Gründen, eifersüchtig auf Frances waren; und daß Robert und Lizzie und Barbara und William sämtlich und aus jeweils anderen Gründen schlecht aufeinander zu sprechen und gleichermaßen nicht in der Lage waren, ihren Groll offen einzugestehen und dadurch vielleicht loszuwerden. All das erfüllte Juliet mit tiefer Dankbarkeit dafür, daß sie selbst nicht in derlei familiäre Nöte verwickelt war, während gleichzeitig der Entschluß in ihr reifte, Frances besuchen zu fahren.

Sie war noch nie im Reisebüro Shore to Shore gewesen, wenn sie auch dank Lizzie und William viel darüber gehört hatte. Sie fand es in einem schmalen Haus in einer nichtssagenden Straße, die im übrigen gänzlich in der Hand von Schnellimbissen unterschiedlicher Nationalität zu sein schien, die sich wie haltsuchend aneinanderdrängten. Es lag entsetzlich viel Abfall herum, und die Luft war vom Geruch nach Fritieröl und Sojasauce geschwängert. Zwischen den schäbigen Plastikschildern der Imbißstuben strahlte die Fassade von Shore to Shore geradezu gelassene Sachlichkeit aus. Seine Fenster waren voller Grünpflanzen, die ein Poster des römischen Amphitheaters in Lucca einrahmten, heute eine ovale italienische Piazza, rotbraun und ockerfarben und eine Augenweide für die Freunde des stilgerechten Verfalls. Juliet stieß die Tür auf und wurde von Kaffeeduft empfangen.

Frances saß am anderen Ende des Raums und telefonierte. Sie winkte Juliet zu und bedeutete ihr durch Mundbewegungen, daß sie gleich fertig sein würde. Ein anderes Mädchen mit langem, glattem Nymphenhaar erhob sich sofort von ihrem Schreibtisch und stellte sich Juliet als Nicky vor.

»Und ich bin Juliet.«

»Frances erwartet Sie. Darf ich Ihnen Ihren Mantel abnehmen? Möchten Sie einen Kaffee?«

Juliet entledigte sich dankbar ihres Mantels. Wie immer, hatte sie auch diesmal wieder nicht daran gedacht, daß es in London mindestens zehn Grad wärmer war als auf ihrer windigen Höhe. Sie blickte sich anerkennend um.

»Wirklich hübsch hier drinnen.«

»Das meiste hat Lizzie gemacht«, sagte Nicky und hängte Juliets Mantel sorgsam auf einen Bügel.

Inzwischen hatte Frances das Gespräch beendet und erhob sich. Sie trug einen beigefarbenen Hosenanzug von auffällig elegantem Schnitt.

»Juliet, schön, dich zu sehen.«

Sie küßten einander über den Tresen hinweg. Nicky stellte Juliet eine Tasse Capuccino hin. Juliet hatte das vage Gefühl, als unbezahlte Nebendarstellerin in einer Fernsehsendung über die moderne Geschäftsfrau aufzutreten.

»Laß uns essen gehen«, sagte Frances. »Hier in der Nähe.«

Das Telefon läutete wieder, und gleich darauf auch noch ein zweites.

»Juliet, du entschuldigst doch ...«

Juliet nickte, nahm ihre Kaffeetasse und trug sie zu einem kleinen Sofa am Fenster hinüber.

»Tut mir schrecklich leid«, sagte Nicky gerade in den Hörer, »doch ich fürchte, die erste Spanienreise im nächsten Frühjahr ist völlig ausgebucht. Miss Shore bemüht sich allerdings um weitere Plätze, und falls ihr das gelingen sollte, geben wir Ihnen selbstverständlich sofort Bescheid.«

Juliets Blick wanderte durch den Raum. Er war tatsächlich hübsch und besaß dabei einen kühlen Charme, der vermutlich den Eindruck der Professionalität erwecken sollte. Ein allzu anheimelndes Reisebüro wäre wohl wenig sinnvoll gewesen, wie wohl auch niemand geschäftlich mit jemandem zu tun haben wollte, dessen Äußeres auf Amateurhaftigkeit schließen ließ. Frances wirkte wahrlich nicht amateurhaft. Sie wirkte – tja, dachte Juliet, zum letztenmal habe ich sie gesehen, als sie Weihnachten in einem belanglosen, langweiligen beigefarbenen Regenmantel unter meinem Fenster stand, und obwohl sie jetzt auch wieder Beige trägt, sieht sie weder belanglos noch langweilig aus. Sie wirkt interessant, nahezu modebewußt und entschieden weiblich. Ich wüßte ja gern, ob ihr Mr. Moreno in dieser besitzergreifenden Art, wie manche südeuropäischen Männer sie an sich haben, mit ihr einkaufen geht ... »Nein, nein, *amor*, der Schwarze geht auf keinen Fall, du mußt den Roten nehmen, ich liebe Rot doch so.« Ob sie sich wohl anders kleidet, um ihm zu gefallen, oder weil er es geschafft hat, daß sie sich so selbst gut gefällt? Jetzt fällt mir auf, daß sie außerdem einen Ring trägt, wenn ich auch auf die Entfernung nicht erkennen kann, was für einen. Es ist schon seltsam, daß die Leute im Anfangsstadium einer Beziehung mit aller Gewalt kundtun wollen, daß sie zueinander gehören, und später dann so oft und nicht minder eifrig bestrebt sind, jede Spur wechselseitiger Abhängigkeit zu tilgen. Vermutlich hat Mr. Moreno immer noch den Ehering am Finger, den er übergestreift hat, um sich an Mrs. Moreno zu binden, und trägt folglich kein zusätzliches Abzeichen seiner Bindung an Frances, während Frances, die Geliebte ...

»Juliet«, sagte Frances, »wollen wir gehen? Nicky hält so lange die Stellung.«

Nicky, die Glatthaarige, lächelte ihnen von ihren Computern und Telefonen zu.

»Die unersetzliche Nicky«, sagte Juliet höflich. Nicky, so fand sie, hatte ein Gesicht wie ein Ei, vollkommen geformt, glatt und ausdruckslos. Was mit einem solchen Gesicht wohl passierte, wenn seine Besitzerin in Wut geriet?

Frances führte Juliet denselben Weg zurück, den sie gekommen war, vorbei an Kebabstuben und chinesischen Schnellimbissen, und dann um ein paar Ecken zu einem italienischen Restaurant mit dem Namen The Trattoria Antica. Es war klein und hübsch, hatte rosa Tischtücher und rustikale Stühle mit Binsengeflecht, und Frances, die hier offensichtlich bestens bekannt war, bekam einen Tisch am Fenster.

»Ich gehe niemals auswärts Mittag essen«, sagte Juliet erwartungsfroh. »Höchstens lade ich ab und zu eins meiner armen einsamen Herzen aus dem Dorf in ein Landgasthaus ein, doch die haben mittags etwas sehr Unbefriedigendes. Ich darf gar nicht daran denken, wieviele fade Steak-and-Kidney-Pies aus der Mikrowelle ich da schon gegessen habe.«

»Was willst du denn heute?«

Juliet entschied sich für den Salamiteller und danach die dreifarbigen Tagliatelle und einen Salat. Frances sagte, sie liebe Menschen, die nicht endlos über ihre Bestellung nachdenken müßten.

»Apropos lieben«, sagte Juliet, »du siehst großartig aus.«

Frances blickte mit diesem ungeheuer offenen Blick zu ihr auf, der, wie sie fand, schon immer zu den Hauptreizen der Zwillinge gehört hatte.

»Ich fühle mich auch so.«

»Dann hat dein Mr. Moreno also deine inneren Räume in zufriedenstellender Weise ausgefüllt, und es besteht gegenwärtig kein Bedarf an Geschichten?«

Frances errötete leise und nickte.

»Also, mich freut das«, sagte Juliet. »Nichts kann die Gefühle mal so richtig auf Trab bringen wie die Liebe.«

»Es ist noch mehr, es ist besser ...«

»Selbstverständlich. Ich zieh dich doch nur auf. Und ich freue mich für dich, sehr sogar, und glücklicherweise scheint er ja allen zu gefallen.«

Der Kellner stellte zwei Teller mit Salami vor ihnen auf den Tisch, die mit glänzenden schwarzen Oliven garniert waren.

»Ehrlich gesagt«, sagte Frances, »es würde für mich auch nicht das Geringste ändern, wenn das nicht der Fall wäre.«

»Ich weiß.«

»Lizzie findet natürlich, daß es eine gewisse Entfremdung zwischen uns bewirkt hat ...« Sie verstummte.

Juliet rollte eine Salamischeibe mit Hilfe der Gabel zu einem säuberlichen Päckchen zusammen und aß sie.

»Lizzies wegen bin ich gekommen.«

»Ja.«

Der Kellner beugte sich zwischen ihnen über den Tisch und goß ihnen Wein ein.

»Lizzie ist übel dran.«

»Das Haus ...«

»Und Robert.«

»Rob?« fragte Frances verblüfft.

»Ja«, sagte Juliet und aß eine Olive. »Es ist eine ebenso verbreitete wie falsche Annahme, daß Schwierigkeiten verbinden. Ganz im Gegenteil, Paare knurren und zischen einander an, weil sie sich Sorgen machen und sich ängstigen. Erst wenn der Kummer vorbei ist, fühlen sie sich einander wieder innig zugetan, aus schierer Erleichterung darüber, daß sie das Unwetter überstanden haben. Lizzie und Robert haben dieses Stadium jedoch noch nicht erreicht. Das Unwetter wütet noch.«

Frances nahm ihr Weinglas und trank bedächtig einen Schluck.

»Ich habe doch zu helfen versucht. Ich habe ihnen Geld angeboten, und ich habe ihnen einen Urlaub schenken wollen. Lizzie will aber beides nicht haben. Jedenfalls nicht von mir.«

»Sie schämt sich schrecklich.«

»Weshalb denn bloß?«

»Weil sie sich ängstigt und sorgt und Robert die Schuld gibt, wo sie doch weiß, daß er nicht schuld daran ist. Weil sie so ein Theater wegen The Grange macht, weil sie dich um deine Liebesgeschichte beneidet und dir dein enges Verhältnis zu Mr. Moreno übelnimmt, und in diesem Punkt sind ihre Gefühle wohl gespalten, weil sie ihn zugleich mag und, habe ich den Verdacht, ziemlich attraktiv findet.«

Frances aß weiter, nicht hastig, aber doch mit einer Entschlossenheit, die auf Juliet plötzlich nahezu bockig wirkte.

»Sie hat sich verzweifelt für dich gewünscht, daß du glücklich würdest, Frances, doch sie hat sich nie den Kopf darüber zerbrochen, wie sie reagieren würde, wenn es wirklich soweit wäre.«

»Tut mir leid«, sagte Frances.

»Was tut dir leid?«

»Tut mir leid, daß Lizzie in solch einer Zwickmühle sitzt. Tut mir leid, daß du die lange Fahrt nach London gemacht hast, um mir Dinge zu sagen, die sie mir, das finde ich nun mal, auch selbst hätte sagen können. Und es tut mir aufrichtig leid, daß sie das Haus verlieren und alles, was sie sich erarbeitet haben, und daß sie diese Pechsträhne haben.«

»Aber?«

»Aber«, sagte Frances und aß ein Stück Brot, »über meine Liebe zu Lizzie und die angebotene Hilfe hinaus kann ich weiter nichts für sie tun. Ich kann«, stieß sie auf einmal trotzig hervor, »mein Leben nicht mehr danach ausrichten, daß Lizzie daran nichts auszusetzen findet.«

Juliet war erstaunt. »Aber, liebe Frances ...«

»Nein«, sagte Frances. »Jetzt hör mir mal einen Moment zu.

Ich mag ja, genau wie Lizzie, ein Zwilling sein, und wir mögen auch, größtenteils durch ihre Einflüsterung und mein bereitwilliges Entgegenkommen, bis vor kurzem das Leben gewissermaßen zwischen uns aufgeteilt haben, doch bedeutet das noch lange nicht, daß ich nicht ebenso vollständig, unabhängig und eigenständig bin, wie sie es ist. Ich bin nicht verantwortlich für ihre Entscheidungen,und sie ist es nicht für meine. Ich würde alles in meiner Macht Stehende tun, um ihr zu helfen, doch sie will es ja nicht. Sie will sich nur nach ihren Vorstellungen helfen lassen, wie sie auch ihre eigenen Vorstellungen von meinem Glück hat. Ich glaube gern, daß ihre gegenwärtige Lage gräßlich für sie ist, aber für Rob ist sie nicht weniger gräßlich, und die Welt geht davon nun auch nicht unter. Wenn ich an Lizzies und Robs Stelle wäre, würde ich das Café und den Ausstellungsraum in eine Wohnung umwandeln und dort einziehen. Es würde den organisatorischen Aufwand, die Arbeit und die Kosten halbieren. Und außerdem würde ich mich an Lizzies Stelle nicht in das Leben anderer einmischen, so wie ich mich ja auch nie in ihr Leben eingemischt habe. Ich glaube nicht, daß ich Lizzie jemals kritisiert habe. Ich habe sie lediglich einmal zaghaft gefragt, weshalb sie Davy denn taufen lassen wollten, wo sie und Rob früher doch immer solche edlen Vorsätze hatten und den Kindern keinen religiösen Glauben aufzwingen wollten, und ich glaube wahrhaftig, das war so ziemlich mein einziger Versuch, jemals ernsthaft *irgendeine* ihrer Entscheidungen in Frage zu stellen. Na gut, mir reicht's jedenfalls. Ich bin doch kein Honigtopf, in den sie den Finger stecken kann, wenn ihr gerade danach ist. Ich bin ich, und ich bin frei, und wenn sie das ehrlich respektieren und, wichtiger noch, sich entsprechend verhalten kann, kommen wir bestimmt weiter. Bis dahin mag ich vielleicht Qualen des Mitgefühls ausstehen, doch schuldig werde ich mich nicht mehr fühlen. Klar?«

Juliet bedachte sie mit einem langen, verwunderten Blick.

»Klar«, sagte sie kleinlaut.

»Fein«, sagte Frances. Sie hob die Weinflasche aus dem Kühler. »Dann trink mal aus.«

Als sie später zum Flughafen hinausfuhr, um Luis abzuholen, der am frühen Abend von Madrid kam, wartete Frances aus alter Gewohnheit auf leise Gewissensbisse. Aber sie blieben aus. Wie sie Juliet erklärt hatte, war es ja nun nicht so, daß Lizzie ihr nicht leid getan hätte, nur fühlte sie sich nicht mehr durch eine Art Nabelschnur der Verantwortung an sie gebunden, und das kam großenteils daher, weil ihr Verantwortungsgefühl jetzt in eine ganz andere Richtung zielte; sein Objekt setzte, wenn sie Glück hatte, in diesem Augenblick gerade zur Landung an. Hinzu kam, so sagte sich Frances, daß sie jetzt ihre eigenen Sorgen hatte, Sorgen, die für sie von ungeheurer Wichtigkeit waren und die sie für sich behielt, weil das ihrem Wesen entsprach, so wie es Lizzies entsprach, alles publik zu machen.

Diese Sorgen kreisten sämtlich um Luis. Ihre Liebesgeschichte mochte sich für Außenstehende zwar wie der Gipfel des Glamours ausnehmen – das Reisen, die rauschhaften Begegnungen, das häufige Telefonieren, das Abschiednehmen und das Wiedersehen –, doch Frances hatte schon ziemlich früh entdeckt, daß das Wachsen ihrer Beziehung sein eigenes Zeitmaß hatte. Und sie hatte lernen müssen, daß man dieses Zeitmaß nicht außer Kraft setzen konnte. Mit welchen Tricks man ihm auch beizukommen versuchte – indem man Flugzeuge bestieg und wegflog oder telefonisch nicht erreichbar war –, das ständige, unbeirrbare Voranschreiten ihrer Liebesgeschichte ließ sich nun einmal nicht aufhalten. Was immer man tun mochte, wie sehr man sich auch zur Ordnung rufen konnte, sie schritt doch voran, wandelte sich und zwang einen, im Gefolge dieses Prozesses selbst voranzuschreiten und sich zu wandeln. Und der bloße Takt dieses Prozesses, so sagte Frances sich und schlug mit der einen Hand leise auf das Lenkrad, will es, daß ich im Mai noch meine Seele verkauft hätte, um seine Geliebte zu werden, und nun, wo ich es seit sechs Monaten bin, mehr werden möchte.

Sie hatte ihm das geradeheraus gesagt, und zwei stürmische Wochenenden waren die Folge gewesen. Luis hatte erklärt, er betrachte sich nicht länger als Ehemann von Josés Mutter, er betrachte sich als ausschließlich an Frances gebunden, doch wolle er keinen Wirbel dadurch auslösen, daß er die Scheidung verlangte, denn selbst wenn er frei wäre, würde er Frances nicht heiraten, würde er nie wieder heiraten wollen, er sei kein Ehetyp. Er erklärte, er habe seiner Mutter nichts von Frances erzählt und werde es auch nicht tun, weil er genau wisse, wie ihre Reaktion ausfiele, was Frances wiederum nur Kummer bereiten würde, selbst wenn sie darauf gefaßt sei, und nein, Frances könne sie niemals kennenlernen.

»Aber du hast meine Eltern doch auch kennengelernt, ich habe dich zu meiner Familie mitgenommen, ich bin dir gegenüber offen, ehrlich und großzügig gewesen ...«

»Ja.«

»Weshalb kannst du dann nicht, rein aus Anstand und Höflichkeit, für mich ebenfalls ein bißchen Ehrlichkeit und Großzügigkeit aufbringen?«

»Weil ich anders bin als du. Ich bin ein Mann, ich bin Spanier, ich bin als Katholik geboren und erzogen worden. *Querida*, wir haben das doch schon so oft besprochen. Mein Vater ist ein zutiefst traditionsgebundener, konservativer ehemaliger Militär. Meine Mutter ist eine fromme Katholikin mit einem eisernen Willen und einem Hang zu zornigen Auftritten. Sie würden es wahrscheinlich ablehnen, dich auch nur zu empfangen, und wenn du sie kennenlernen könntest, wären sie bestenfalls kalt und abweisend. Es hat keinen *Sinn*, Frances. Du wärst zutiefst gekränkt, und es wäre nichts damit gewonnen.«

»Dann muß ich also ein Geheimnis bleiben? Du sagst mir, daß ich der wichtigste Mensch in deinem Leben bin, und ich muß ein Geheimnis bleiben?«

»José kennt dich doch und Ana und mein Schwager ebenfalls.«

»Aber für die bin ich doch auch ein Geheimnis!«

»Hör zu«, sagte Luis, packte ihre Schultern und starrte sie aus nächster Nähe an. »Es gibt keinen anderen Weg. Hast du verstanden? Es gibt keinen anderen Weg.«

Sie hatte ihn nicht weiter bedrängt. Sie wollte ihm nicht in den Ohren liegen, wollte nichts von der frisch gewonnenen Selbstachtung dadurch verlieren, daß sie klagte und bettelte. Also hatte sie die Segel gestrichen. Nicht gerade mit Anmut und

Würde, aber immerhin. Immerhin war sie mit jedem Tag innerlich stärker geworden, weitaus wichtiger als die Idee, wie sie es auf wunderbare Weise dennoch schaffen könnte, von Luis' Familie und in der Öffentlichkeit akzeptiert zu werden. Natürlich wollte sie seine Frau werden, weil sie wünschte, daß er vor aller Welt kundtat, was sie ihm bedeutete, und sie wollte auch mit ihm zusammenleben, damit die Tiefpunkte des Lebens ebenso in ihren Alltag verwoben wären wie die Höhepunkte, damit sie innerhalb der Sicherheit der Ehe auf das auf so herrliche Weise gelegte Fundament aufbauen konnten, und damit sie vor allem ... Frances verbot sich jeden weiteren Gedanken. Der Verkehrsstrom vor dem Flughafen verlangte ihre ganze Aufmerksamkeit, und ohnehin mußte sie ihren ganzen Mut zusammennehmen, um an das Gespräch zurückdenken zu können, das sich am letzten Wochenende daraus ergeben hatte, daß sie ihren größten Wunsch überhaupt geäußert hatte. Frances hatte am letzten Wochenende Luis in dessen Wohnung in Madrid erklärt, sie werde demnächst neununddreißig und wolle nun, da sie ihn kennengelernt habe, unbedingt ein Kind, ehe sie vierzig sei.

Er war gerade dabei, einen Salat zu machen, stand am Küchenblock seiner winzigen, hochmodernen Küche und schnitt Gemüse. Sie saß am anderen Ende des Küchenblocks auf einem Barhocker, bekleidet mit einem Bademantel von ihm, weil sie gerade geduscht hatte und weil es ihnen beiden gefiel, wenn sie seinen Bademantel, seine Oberhemden und seine Pullover trug. Als sie zu Ende gesprochen hatte, saß sie da und wartete, die Ellenbogen auf den Küchenblock, das Gesicht in die Hände gestützt. Er schnitt weiter Gemüse. Sie schaute zu, wie die feinen Schnitzel von Paprika, Tomate und Gurke in leuchtenden Farben auf das Brett fielen, während das blitzende Messer auf und nieder fuhr. Hin und wieder hörte er auf, schabte die Schnitzel in die hohle Hand und warf sie in die tiefe Keramikschüssel, die sie zusammen in Cordoba gekauft hatten – blau, weiß und buttergelb und am Boden eine geprägte, scharlachrote Rose. Dann hatte Luis gesagt: »Du mußt wissen, Frances – wenn du ein Kind bekommst, ist alles aus.«

Daraufhin war sie von ihrem Hocker aufgestanden und in das kleine, halbdunkle Schlafzimmer gegangen. Sie hatte sich aufs Bett gesetzt und die Hände gefaltet. Kerzengerade hatte sie dort gesessen. Sie wußte, er meinte es ernst. Sie wußte, wenn sie betonte, wie gern er José doch habe (auch wenn er ihm gelegentlich auf die Nerven ginge), wie lieb er zu Lizzies Davy gewesen sei, wie sehr sie einander liebten, wie natürlich und richtig es wäre, wenn sie nun als Frucht ihrer sexuellen Harmonie und Leidenschaft auch ein Kind bekämen – sie hätte ebenso gegen den Wind schreien können, der jedes Wort verwehte. Er hörte das alles einfach nicht. Nichts würde ihn ändern, nichts, und wenn sie auch ihr ganzes Waffenarsenal aufböte, an die Gefühle ebenso appellierte wie an die Moral oder die Vernunft. Es war sinnlos, sich an dieser verschlossenen Tür seines Innern die Knöchel wundzuhämmern. Ständige Belagerung würde gar nichts bewirken außer einer Entfremdung, die ihr, daran gab es für sie keinen Zweifel, schlicht das Herz brechen würde. Also stand sie vom Bett auf, zog sich Jeans und das übergroße, weiße Hemd an, in dem er sie so gern sah, und sagte nach dem Essen in freundlichem Ton, daß sie Lust hätte, ins Kino zu gehen. Er hatte sie angeschaut. Er hatte sie lange unverwandt angeschaut, und dann hatte er alles einfach liegenlassen und sie schnurstracks wieder ins Schlafzimmer zurückgebracht.

Am letzten Samstag ist das gewesen, dachte Frances, und am letzten Sonntag bin ich zum letztenmal durch den Flughafentunnel gefahren, nur daß ich auf dem Rückweg von Spanien und von Luis war und nicht, wie jetzt, zu ihm fuhr. Sie fühlte sich ungeheuer glücklich, nicht nur aus der immer noch unverminderten Vorfreude, wenn sie ihn erwartete, sondern sie war zugleich von einem tieferen Glücksgefühl bewegt, das von der Gewißheit herrührte, es geschafft zu haben. Als sie am letzten Sonntag nach Hause gekommen war, hatte eine Nachricht von Luis auf dem Anrufbeantworter auf sie gewartet, eine Nachricht, die keine ausdrückliche Entschuldigung war, aber so liebevoll und intim in ihrem Tonfall, daß sie doch auf dasselbe hinauslief. Er hatte sich nicht in die Brust geworfen, weil er den Sieg davongetragen hatte, er hatte ihr eher zu verstehen gegeben, wie dankbar er für ihre Reaktion war. Er hatte die Nachricht auf Spanisch beendet. Spanisch wurde in dem Maße, wie es ihr geläufiger wurde, zur privaten Sprache ihrer Liebe.

Nachdem sie die Nachricht mehrere Male abgehört hatte, fügte Frances sich der Notwendigkeit, rasch und unverzüglich ihre Sachen auszupacken. Sie hatte festgestellt, wenn sie nicht sofort nach dem Nachhausekommen auspackte, lag ihre Reisetasche noch am nächsten von fieberhafter Freude erfüllten Freitag am Boden. Sie hängte ihre Röcke und ihre Jacke auf, stellte ihre Schuhe nebeneinander wie Luis, der im Umgang mit seinen persönlichen Habseligkeiten peinlich ordentlich war, und trug ihr Necessaire ins Bad. Sie kippte es, wie sie es immer tat – eine Angewohnheit, die Luis haßte – ins Waschbecken, Zahnpasta, Gesichtscremes, Haarbürste, Lotionen, und begann, einzelne Gegenstände herauszusuchen und auf dem Glasbord unterhalb des Spiegels aufzureihen. Sie nahm die flache Folienpackung mit ihren Antibabypillen und zog sie aus der Hülle. Sie waren am Rand einer kleinen Plastikkarte aufgereiht, eine jede in ihrer kleinen Umhüllung versiegelt, eine jede hilfreich mit der Bezeichnung eines Wochentags versehen. Frances zählte. Zehn Tage noch bis zum Ende des Zyklus. Sie schnippte ein paarmal mit Daumen und Zeigefinger dagegen, steckte sie dann wieder in ihre Hülle und ließ sie in den Abfalleimer unter dem Waschbecken fallen.

Das war jetzt fünf Tage her, dachte Frances, als sie aus dem Tunnel in das taghell erleuchtete Areal der Flughafenzufahrt auftauchte, fünf Tage, und ich habe nichts geschluckt als Essen und Trinken. Über ihr hingen die Hinweisschilder für Terminal zwei, klar erkennbar und freundlich instruktiv. Wenn sie Glück hatte, würde Luis' Flugzeug genau in diesem Augenblick landen, und mit noch mehr Glück würde er, geübt wie er war, als einer der ersten draußen sein.

IV. TEIL

# APRIL

## 15. Kapitel

Wie Haustiere, die von einer Seite des Landes zur anderen verfrachtet worden sind, rannten die Kinder noch lange nach The Grange zurück. Robert meinte zwar tröstend, das komme nur daher, daß die neuen Hausbesitzer einen halbwüchsigen Sohn hatten, der noch cooler war als Jason Purdy, und außerdem eine Eismaschine und einen Snooker-Tisch in halber Originalgröße. Lizzie glaubte jedoch, daß es ihnen ging wie dem armen Cornflakes, den man aus seiner vertrauten Anrichtenschublade gerissen hatte und der sie nun sehnsüchtig wiederzufinden versuchte. Cornflakes wollte in der neuen Küche nicht dieselbe Anrichtenschublade benutzen, und ebensowenig wollte er sich nun, da sie im ersten Stock lebten, an ein Katzenklo gewöhnen. Er hockte sich unter Tische und Stühle und funkelte Lizzie aus vorwurfsvollen, bösen Augen an. Er verrichtete seine Geschäfte unter dem Bett und hinter dem Sofa. Obendrein lernte er, um sich für den Verlust des Gartens und seines Jagdreviers zu rächen, wie man die Kühlschranktür aufmachte und sich selbst bediente.

Es war eine hübsche Wohnung, das sagten alle. Keiner wußte eigentlich, woher der Vorschlag stammte, daß die beiden Räume im Obergeschoß des Galerie-Hauses aus einem unrentablen Café und Ausstellungsraum in das neue Zuhause der Middletons verwandelt werden sollten, doch irgendwie hatte er wohl in der Luft gelegen und sich allmählich von einer vagen Ahnung zur konkreten Möglichkeit ausgewachsen. Robert hatte mit eigenen Händen den ganzen Winter an der Umgestaltung gearbeitet und bis auf die Klempnerarbeiten und ein paar unerläßliche Elektrodinge fast alles selbst gemacht, und nun hatten sie eine Küche, ein Wohnzimmer, drei Schlafzimmer und ein Bad, nach vorn die Aussicht auf die High Street von Langworth und nach hinten auf das verrottete Industrieviertel, und eigentlich war der Tausch gar nicht mal so schlecht, und die Sonne schien morgens und abends herein, und das war schließlich auch etwas, daß man zur Arbeit einfach nur die Treppe hinabsausen mußte, statt auf die letzte Minute durch die Stadt zu rasen, und natürlich würden sich alle schon daran gewöhnen, mit einem Viertel des Platzes auszukommen, den sie gewohnt waren, und es war doch unleugbar eine Erleichterung, die Tyrannei des Gartens loszusein, wo Langworth so ausgezeichnete Parkanlagen hatte, und was mußte das für eine Wohltat sein, alle Läden in der Nähe zu haben, und an den Verkehrslärm würde man sich nach ein, zwei Wochen doch bestimmt gewöhnt haben, oder etwa nicht?

Lizzie haßte es. Die Dinge, die sie liebte, die sorgfältig gesammelten Möbel und Gegenstände, schienen sich in den neuen, gesichtslosen Räumen unglücklich zusammenzukauern und dieselbe Miene zur Schau zu tragen wie Cornflakes. Der Lärm, das unvermeidliche Chaos in den vollgestopften Kinderzimmern – wie lange, um Himmels willen, konnten Harriet und Davy wohl noch ein gemeinsames Zimmer haben? –, der Umstand, daß ein großer Teil ihrer Möbel teuer gelagert werden mußte, der Mangel an Rückzugsmöglichkeiten, die ständigen häuslichen Probleme der Art, daß es nirgendwo einen Platz zum Wäscheaufhängen gab oder eine Ecke, um in Ruhe mit Robert zu essen, das alles zusammen bewirkte, daß sie sich wie ein Hamster im Laufrad vorkam, auf ewig dazu verurteilt zu laufen, ohne je einen Millimeter voranzukommen. Und keineswegs war es ja so, daß sie und Robert an einem Punkt angekommen waren, wo sie ihre Gläser mit bulgarischem Wein heben, einander zuprosten und sich dazu gratulieren konnten, schuldenfrei zu sein. Das waren sie immer noch nicht. Sie hatten, um den Verkauf so schnell, wie von der Bank verlangt, abzuwickeln, The Grange für wesentlich weniger verkaufen müssen, als sie selbst dafür bezahlt hatten oder als es einmal wert gewesen war. Es hatte außerdem schrecklich viel gekostet, die notwendigen Arbeiten an der Wohnung vorzunehmen und dort einzuziehen, und in Bezug auf diese Ausgaben verspürte Lizzie denselben Widerwillen wie bei der Zahlung der Zinsen für den Überziehungskredit.

Die neuen Leute in The Grange waren angeblich auch noch sehr nett. Sie selbst versuchte, ihnen während der Kaufverhandlungen so selten wie möglich zu begegnen, nicht weil sie ihr als Menschen zuwider gewesen wären, sondern weil sie ihnen schwer verübelte, daß sie es sich leisten konnten, in ihrem Haus zu leben, und sie nicht. Sie hießen Michael und Bridie Pringle. Er war groß und dünn und besaß eine kleine Fabrik, die auf Ölbohrer für Bohrinseln spezialisiert war. Sie war Schottin und sehr aktiv in der Ökobewegung. Harriet berichtete, The Grange habe sich wirklich sehr verbessert.

»Es ist ganz weiß, es ist wirklich cool, und die Böden sind alle hell und glänzend, und die Vorhänge gehen bis zum Boden, und da sind karierte Schleifen dran, die sie auseinanderhalten, und dann essen sie nichts, was nicht organisch angebaut ist, und in der Küche haben sie so eine Liste fürs Recycling. Warum recycelst du eigentlich nichts?«

»Tu ich doch, ich gehe doch ständig zur Flaschenrückgabe, schon seit ewigen Zeiten ...«

»Aber nicht mit Papier, Plastik, Blechdosen und Pappe. Und unser Eis haben wir auch immer fertig gekauft. Bridie sagt, wenn wir wüßten, was die Hersteller ins Eis alles reintun, würden wir es unserem ärgsten Feind nicht anbieten. Du solltest die Küche mal sehen. Toll.«

»Die war vorher auch schon toll ...«

»Nein, war sie nicht«, sagte Harriet vernichtend. »Das war ein prätentiöses Gestoppel.«

»Du weißt doch gar nicht, was prätentiös bedeutet.«

»Doch«, sagte Harriet, »Alistair hat es mir gesagt. Es bedeutet, daß man sich größer macht als man ist.«

Robert behauptete, Harriet wolle Lizzie nur aufziehen. Sie finde es herrlich, mitten in der Stadt zu wohnen, und wenn sie ewig wieder nach The Grange zurückrenne, dann nur deshalb, weil sie dort gern gesehen sei, sich ein wenig überlegen fühlen könne, da sie zuerst dort gewohnt hatte, und wegen Fraser, des Jungen. Er sagte mit diesem Anflug von Schärfe in der Stimme, die sie seit einiger Zeit immer annahm, wenn er mit Lizzie sprach, dies sei ja nur ein Anfang – was ihnen schon einmal, mit

Nichts in den Händen, gelungen war, das konnte ihnen auch ein zweites Mal gelingen.

Lizzie war jedoch orientierungslos. Sie merkte, daß sie sogar den Anfang des neuen Schultrimesters in Westondale herbeisehnte – ihr drittes Trimester, unglaublich –, weil Westondale wenigstens ihren Alltag strukturierte und ihren Gedanken Halt gab. Sie war eine tüchtige Schulsekretärin. Selbst Mrs. Drysdale, die Lizzies geistige Unabhängigkeit mit Skepsis betrachtete, ließ sich dazu hinreißen, unter bedeutungsvollem Genicke und Gefuchtel zu äußern, es sei schon erstaunlich, wie sich niemals eine Tür schlösse (Mrs. Mason), ohne daß sich eine andere, bessere auftäte (Lizzie). Das Schulbüro war nicht wiederzuerkennen, seit es von seinem kunstgewerblichen Zierrat befreit war (mit Ausnahme des rotgelben Pappmachéklumpens, für den Lizzie eine mysteriöse Sympathie hegte, zweifellos, weil das Ding eine starke, aufdringliche Persönlichkeit besaß) und der Computer des Elternvereins in Betrieb genommen worden war. Die Karteikarten waren im Abnehmen begriffen, die orange- und braungemusterten Webvorhänge ganz hinten im Schrank mit den Fundsachen versteckt worden, das Telefon diente, auch wenn es weiterhin häufig läutete, nicht mehr in dieser ausufernden Weise der Entgegennahme von Klagen und Beschwerden, die Mrs. Mason so sehr in ihrer Überzeugung bestärkt hatten, daß die Gattung Eltern ausschließlich darauf aus war, sie zu peinigen. Lizzies Tüchtigkeit war unbestreitbar ein Gewinn für Westondale, selbst wenn das Roberts Meinung nach zu Lasten der Galerie ging. Sie wollte sich nicht mit den Bestellungen für den Herbst befassen.

»Bitte«, sagte Robert.

Sie hielten sich gerade im Büro der Galerie auf, das nun mit Schachteln vollgestapelt war, da es zugleich als Lagerraum herhalten mußte. Lizzie rechnete die Haushaltskasse ab. Sie hatte das zwar schon getan, mehr oder minder über den Daumen gepeilt, seit sie wußte, wie man das machte, doch jetzt tat sie es mit einer Art manischer Pingeligkeit, die Robert daran erinnerte, wie seine Mutter in den fünfziger Jahren ihr Haushaltsbuch geführt hatte: »vier Briefmarken zu einem halben Penny, zwei Heringsfilets à neun Pence, für sechs Pence alte Kartoffeln«.

»Mußt du das wirklich machen?«

»Das weißt du doch«, sagte Lizzie und tippte auf ihrem Taschenrechner herum. »Weißt du eigentlich, daß es sechzehn Pfund kostet, deine Schuhe besohlen und neue Absätze machen zu lassen?«

»Dann trage ich eben Espadrilles.«

»Red keinen Unsinn.«

»Lizzie ...«

Lizzie schrieb mit großem Eifer weiter an ihrer endlosen Zahlenreihe. Robert beobachtete ihren geneigten Kopf. Ihr Gesicht war wie gewöhnlich hinter ihrem herabhängenden Haar verborgen. Sie trug Jeans und ein dunkelblaues Sweatshirt, hatte die Ärmel hochgeschoben und ein gepunktetes Taschentuch um den Hals geknotet. Sie war dünner geworden. Wesentlich dünner sogar, fiel ihm auf, als er sie jetzt betrachtete. Wie erschreckend leicht konnte es doch geschehen, daß man eng mit jemandem zusammenlebte und ihn ansah, ohne das, was man monatelang vor Augen hatte, auch wirklich zu sehen.

»Lizzie, ich möchte, daß du mit mir zur Geschenkartikelmesse nach Birmingham fährst, so wie wir es immer gemacht haben.«

Sie hörte auf zu schreiben und wandte sich auf ihrem Stuhl um. Lange schaute sie ihn an.

»Robert, ich möchte nicht mitkommen.«

»Wieso denn nicht?«

Sie senkte den Blick und sagte leise: »Ich hab im Augenblick etwas gegen die Galerie.«

»Was?«

»Ich mag sie nicht. Sie hängt uns wie ein Mühlstein am Hals.«

Robert schlug die Hände vors Gesicht. Dann senkte er sie wieder und sagte, offensichtlich um Beherrschung ringend: »Sie ist nicht der Mühlstein an unserem Hals, sie ist unsere Einnahmequelle. Wir verdanken ihr unseren Unterhalt.«

Lizzie seufzte und wandte sich wieder ihrem Kontobuch zu. »Dann kann ich es auch nicht erklären.«

»Du willst doch wohl nicht sagen, daß du lieber für Westondale arbeitest als für die Galerie ...«

»Doch, das will ich.«

»Lizzie!«

»Ich brauche in Westondale an nichts zu denken, ich tue einfach etwas. Für ein paar Stunden täglich kann ich mich in das Leben anderer Menschen versenken, in Probleme, die ich gerne löse, weil sie so fern und damit unpersönlich sind. Es ist eine Art Freiheit.«

Robert beugte sich hinüber und schlug das Kontobuch zu.

»Darf ich dich daran erinnern«, sagte er wütend, »daß ich diese Art Freiheit niemals habe?«

Sie blickte eine flüchtige Sekunde lang zu ihm auf und dann wieder nieder.

»Entschuldige ...«

Er packte ihr Handgelenk.

»Komm mit.«

»Wohin denn?«

»In die Galerie, *unsere* Galerie, unsere Erfindung und unsere Einnahmequelle.«

»Aber ich kenne sie doch ...«

»Ich möchte, daß du sie ansiehst, als wäre das nicht der Fall«, sagte Robert, öffnete die Bürotür und zerrte sie hinaus. »Ich möchte, daß du sie mit neuen Augen betrachtest und nicht nur als das, was sie ist, sondern um des Potentials willen, das immer noch in ihr steckt. Ich möchte, daß du sie dir genau ansiehst, denn es ist, verdammt noch mal, an der Zeit, daß du dich erinnerst, daß sie *uns* gehört.«

»Es sind bestimmt Kunden da ...«

»Nur ein paar«, sagte Robert und machte die Tür auf, die in den Laden führte. »Es ist fast halb sechs.«

Es waren zwei, eine Frau, die Jenny gerade anwies, sie solle ihr die zwei Bogen Geschenkpapier rollen und nicht knicken, und ein Junge von etwa zwölf, vermutlich ihr Sohn, der liebevoll über eine Flotte indischer Holzenten mit Schnäbeln und Augen aus eingelegtem Messing strich. Jenny blickte flüchtig auf, als sie hereinkamen, und wandte sich dann wieder ihrer Kundin zu.

»Ein Pfund, bitte.«

»Ein Pfund!«

»Das Papier, das Sie sich ausgesucht haben, kostet leider fünfzig Pence pro Bogen.«

»Haben Sie nichts Billigeres?«

»Weiter unten das Papier kostet fünfunddreißig Pence.«

»Warten Sie«, sagte die Frau. Sie schoß wieder zurück zum Ständer mit dem Geschenkpapier. Geduldig begann Jenny, die beiden Bogen wieder auszurollen.

»Aber das ist nicht so hübsch.«

»Nein.«

»Was mache ich nur?«

Robert zog Lizzie weiter ans andere Ende des Ladens. Er war jetzt weitaus voller, die Kelims hingen schichtweise an den Wänden, die Kissen türmten sich zu weichen, steilen Bergen, die Ausstellungsvitrinen waren gedrängt voll mit Lampen und Keramikschüsseln.

»Für noch mehr Ware ist doch gar kein Platz mehr«, protestierte Lizzie.

»Im Herbst wird Platz sein. Der Umsatz war letzten Monat besser.«

Lizzie schaute hoffnungslos auf die Lithographien, die Luis bewundert hatte.

»Ach ja?«

»Lizzie«, sagte Robert, »das habe ich dir doch *erzählt.*« Er nahm sie bei den Schultern und drehte sie um, so daß sie ihn ansehen mußte. »Ich finde, wir sollten uns nach billigen, hübschen Sachen für den Herbst umtun – Baumwollkissen, indische Messingleuchter, ein bißchen Shaker-Blechzeug, Sachen, die die Leute kaufen können, wenn sie ihre Wohnung mit ein paar Handgriffen aufmöbeln wollen, ohne gleich ein Vermögen hinzulegen.«

»Aber wir waren doch immer so heikel, was die Qualität anbelangt.«

»Ich denke ja dabei auch nicht an eine bleibende Strategie, sondern an eine kurzfristige Maßnahme, um ein bißchen Schwung in den Laden zu bringen, den Anschein zu erwecken, als läge das

Zeug hier nicht schon seit Monaten in den Regalen. Wir könnten, habe ich mir gedacht, vielleicht auch so ein paar kleine Arrangements zeigen, damit die Leute sehen, was man ohne großen Aufwand alles machen kann, ein Kelim auf dem Tisch statt auf dem Boden – solche Sachen, du weißt schon, du verstehst dich ja glänzend auf so etwas ...« Er sprach nicht weiter.

»Nun?«

»Das Dumme ist nur«, sagte sie langsam, »daß ich einfach keine Lust dazu habe.«

Er ließ die Hände sinken.

»Lizzie, bist du krank?«

»Nein.«

»Dann ...«

»Ich weiß, daß ich dich enttäusche«, stieß Lizzie verzweifelt hervor. »Ich weiß, daß ich nicht die verläßliche, tüchtige, fähige Lizzie bin, ich weiß, daß mit mir ausgerechnet jetzt nichts anzufangen ist, doch ich habe das Gefühl ... ich habe das Gefühl, daß ich im Augenblick einfach nicht kann.«

Schweigen trat ein. Robert wußte, daß seine Empfindungen so deutlich in seinem Gesicht standen, als wären sie mit Druckbuchstaben eingeprägt: die Enttäuschung, die Verblüffung und, so sehr er sie auch zu unterdrücken versuchte, eine gefährliche Mischung aus Überdruß und Abneigung.

»Ist es immer noch deine gottverdammte Schwester?«

Lizzie bewegte kaum merklich den Kopf, so daß es ebensogut ein Nicken wie ein Kopfschütteln sein konnte. Sie hob die Hand und schob sich das Haar hinter das linke Ohr.

»Nimm Jenny.«

»Was?«

»Nimm Jenny mit nach Birmingham. Sie kennt sich mittlerweile bestens aus, und sie würde bestimmt gern mitfahren.«

Robert machte den Mund auf, um zu erwidern, er wolle nicht Jenny mitnehmen, sondern seine Frau, und sagte dann statt dessen: »Das geht nicht. Dann wäre niemand da, um sich um den Laden zu kümmern.«

»Das mache ich dann schon«, sagte Lizzie in diesem aufreizenden Ton, als biete sie eine Gefälligkeit an, wo es doch zunächst einmal ihre Pflicht und Schuldigkeit gewesen wäre, mitzufahren. »Das Trimester geht schließlich erst nächste Woche los.«

Robert starrte sie nur an. Wenn sie darauf bestand, dieses dämliche Spiel zu spielen, dann würde er es eben fürs erste mitspielen. Er erwog, Jenny tatsächlich auf die große Geschenkartikelmesse in Birmingham mitzunehmen. Es würde nicht gerade aufregend werden, aber vielleicht wäre es ja ganz beruhigend, und in seiner gegenwärtigen Stimmung hatte die Aussicht, beruhigt zu werden, etwas sehr Verlockendes.

»Na schön.«

»Gut«, sagte Lizzie und sie klang erleichtert. Dann beugte sie sich vor und küßte ihn auf die Wange.

»Geldschwierigkeiten veredeln nicht gerade den Charakter, hm?«

»Nein«, sagte er böse. »Aber man braucht sich ihretwegen auch nicht in Selbstmitleid zu wälzen.«

»Rob! Ich habe doch nie ...«

»Ich möchte nicht mehr davon reden«, fiel er ihr ins Wort. »Du gehst zurück nach Westondale, und ich nehme Jenny nach Birmingham mit.«

Er drehte sich um und kehrte ans andere Ende des Ladens, an den Kassentisch zurück, wo Jenny wie jeden Abend den Kassenstand überprüfte.

»Stellen Sie sich vor«, hörte Lizzie sie sagen, »nach dem ganzen Theater hat die Frau sowohl das teure als auch das billige Papier gekauft. Sind die Leute nicht verrückt?«

»O ja«, sagte Robert laut und mit vielsagendem Unterton, »o ja. Manche sind wirklich verrückt.«

»Ist das Hackfleisch?« fragte Sam. Er steckte den Finger argwöhnisch in das Essen auf seinem Teller.

»Selbstverständlich«, sagte Barbara. »Sieht es vielleicht nicht danach aus?«

Sam dachte insgeheim, daß es aussehe wie Katzenkotze, doch eine Warnglocke in seinem Kopf hinderte ihn gerade noch rechtzeitig daran, das auch auszusprechen. Seine Großmutter, die er sehr mochte, weil sie so überhaupt nichts Wehleidiges hatte, mußte mit einer gewissen Vorsicht behandelt werden, das hatte er gelernt. Über manche Dinge konnte man mit ihr völlig ungeniert reden, über andere aber nicht, und zu letzteren gehörte auch ihre Kochkunst. Daß sie ja vielleicht nicht kochen konnte, war Sam noch nie in den Sinn gekommen, er nahm einfach an, daß sie sich keine Mühe damit gab. Schließlich konnten alle Frauen kochen, oder? Das war schließlich ihre Aufgabe. Manche Väter taten es auch. Sams Ansicht nach war Robert ein besserer Koch als Lizzie, weil er nicht ständig von einem verlangte, daß man Salat essen sollte. Salat war für Sam ein rotes Tuch, Kohl nicht minder, und am schlimmsten überhaupt war Brokkoli. An Brokkoli durfte Sam noch nicht einmal denken. Er schaute zu Davy hinüber. Davy musterte sein graues Hackfleisch mit sichtlicher Besorgnis.

»Das Essen macht Davy ganz nervös«, sagte Sam.

Davy schien schlagartig einer Panik nahe.

»Er wird allen Grund zur Nervosität haben«, sagte Barbara kühl, »wenn er es nicht aufißt.«

Sie musterte die beiden. Sie hatte angeboten, sich die zwei Tage um sie zu kümmern, an denen Lizzie während Roberts Abwesenheit allein für die Galerie verantwortlich war. Sie kümmerte sich gern um sie, nicht zuletzt deshalb, weil ihr das die Chance eröffnete, diverse Dinge geradezurücken, die Lizzie und Robert ihrer Ansicht nach bei ihrer Erziehung falsch machten, wozu zuviel Fernsehen, zu wenig Bettruhe und schlechte Tischmanieren gehörten. Sie gab ihnen Aufträge wie Unkrautrupfen, Schuheputzen und Staubwischen zwischen den Streben des Treppengeländers. Zum Staubwischen drückte sie ihnen einen wundersamen Gegenstand in die Hand, der einfach nur ein irres Federbüschel an einem Bambusstab war und den Davy aus irgendeinem Grund liebte. Oder sie schickte sie mit einer Liste auf den Rasen hinter dem Haus, auf der alles mögliche aufgeschrieben stand, das sie suchen sollten – verschiedene Blätter und Blumen, Kiesel, Schalen von Vogeleiern, Regenwurmhäufchen –, um ihr zu beweisen, daß sie auch wirklich etwas sahen und nicht einfach nur herumtrödelten und mit

Stöcken in die Hecken hauten. Abends spielte William Dame und Domino mit ihnen und las Davy aus einem Buch mit dem Titel »Das Gelbe Märchenbuch« vor, das aus dem Jahre 1894 stammte, also praktisch aus der Steinzeit, und das Sam zu verachten vorgab, während er sich doch die ganze Zeit in Hörweite herumdrückte. Wenn man in Grannys Haus auf dem Klo nicht richtig zog, dann holte sie einen zurück und ließ es einen noch mal machen, und dann mußte man sich die Hände waschen und sie daran riechen lassen, damit sie wußte, daß man wirklich Seife genommen hatte. Ihr Klo war schrecklich kalt, doch es hatte eine interessante Kette, die von einem Eisenbehälter unter der Decke herunterhing, und einen Kasten, in dem neben dem üblichen Papier eine Art Pauspapier lag. Davy wollte allein nicht hineingehen.

»Iß auf«, sagte Barbara.

Davy flüsterte: »Ketchup.«

»Was?«

»Er fragt, ob er etwas Ketchup haben kann«, sagte Sam.

»Warum?«

Davy flüsterte: »Damit der Geschmack weggeht.«

Barbaras Lippen zitterten. Wenn er sie nicht besser gekannt hätte, hätte Sam gesagt, daß sie gleich lächeln würde.

»Grandpa und ich haben keinen Ketchup.«

Sam sah Davy an. Pimlott hatte vor drei Tagen, als Davy nicht mit dem Kopf zuerst die Rutsche auf dem Spielplatz hatte runterrutschen wollen, gesagt, Davy sei eine Flasche, und zu seiner eigenen nicht geringen Überraschung hatte Sam ihm daraufhin einen Tritt verpaßt. Pimlott hatte Sam mit seinen hellen Augen angeschaut, die so riesig und rund und unheimlich waren wie Monde, und hatte die Beine in die Hand genommen. Sam hatte ihn seitdem nicht wieder gesehen. Nachdem er verschwunden war, war Davy, ohne weiter gedrängt werden zu müssen, mit dem Kopf zuerst die Rutsche hinuntergerutscht, ebenso entschlossen wie starr vor Entsetzen, die kleinen Händchen um die Kanten der Seitenwände geklammert, und auf dem Nachhauseweg hatte Sam ihm ein Stück Kaugummi gegeben und einen Aufkleber mit der Aufschrift: »Lieber aktiv als radioaktiv«, den

Davy jetzt an seinem Pullover kleben hatte. Er beugte sich zu Davy.

»Iß es zusammen mit den Kartoffeln.«

»Ja, genau«, sagte Barbara. Sie klang ganz freundlich. Sie schaute sie auch ganz freundlich an, fast als sei sie zufrieden mit ihnen.

Davy nahm eine Gabel voll und kaute entschlossen.

»Gut so«, sagte Sam aufmunternd.

Davy nahm noch eine Gabel voll. Die fiel ihm schon schwerer. Als er schluckte, traten ihm die Tränen in die Augen.

»Wo ist denn Grandpa?«

»Weg«, sagte Barbara kurzangebunden. Weg bedeutete, daß er tanken gefahren, in den Pub gegangen und es mehr als wahrscheinlich war, daß er noch einen Besuch bei Juliet herausschinden würde. Juliet war angeblich sehr besorgt um Lizzie, jedenfalls behauptete William das, und das war, fand Barbara, doch erstaunlich dreist von Juliet. Mit welchem Recht machte sie sich Sorgen um Barbaras Tochter? Barbara hatte, was Lizzie betraf, so ihre eigenen Ansichten. Es fehlte ihnen zwar nicht an Mitgefühl, aber sie enthielten zugleich ein großes Maß an Kritik. Sie beobachtete ihre Enkel. Sam half Davy dabei, sich die Gabel auf eine Weise vollzuhäufen, daß das Hackfleisch fast gänzlich unter einer kleinen Klippe Kartoffelbrei verborgen war. Wirklich seltsam, doch auch die Zwillinge hatten vor vielen, vielen Jahren ständig gegen ihr Hackfleisch protestiert. Seltsam auch, wenn auch vielleicht weniger überraschend, daß die Tatsache, daß Lizzies mütterliches Auge offenkundig den Dienst versagte, die Kinder dazu bewegte, sich endlich ein wenig verantwortlich füreinander zu fühlen.

»Siehst du«, sagte Sam in gutmütigem Ton zu Davy, »war doch gar nicht so schlimm, was?«

»War nicht so schlimm«, sagte Davy tapfer, ließ sich die Gelegenheit aber dennoch nicht entgehen hinzuzusetzen: »Wie als mein Kiefer gebrochen war.«

Robert lud Jenny in eins der Messecafés zum Mittagessen ein. Er bestellte ihr ein Glas Wein, obwohl sie einwandte, sie trinke mittags nie etwas, und sie aßen eine enttäuschende Quiche voller Kartoffelstücke und tranken zum Schluß überraschend guten Kaffee, zu dem sie sich ein Stück Mohrrübenkuchen teilten. Bisher war der Tag erfolgreich verlaufen. Jenny kam mühelos sowohl mit dem Budget als auch mit dem Konzept zurecht, dem Laden einen preiswerten, flotten Anstrich zu verleihen. Robert hatte immer angenommen, daß ihr Geschmack sich an sehr traditionellen Dingen orientierte, geblümtem Porzellan, Chintzstoffen und dekorativen Gegenständen in Richtung Teestube, doch es stellte sich heraus, daß sie ein sehr gutes Auge besaß. Während sie von der Torte probierte, erklärte sie, sie habe von Lizzie gelernt, worauf es zu achten galt.

Robert sagte: »Lizzie ist wirklich eine gute Bildhauerin, wissen Sie. Das war ihr Fach auf der Kunsthochschule, als wir uns kennenlernten.«

»Und warum macht sie es nicht mehr?«

Robert rührte seinen Kaffee um.

»Was meinen Sie denn?«

Jenny antwortete nicht. Sie genoß den Tag zwar, doch im Grunde bereitete es ihr Unbehagen, daß sie mit Robert hier war, während Lizzie sich um das Geschäft kümmerte. Sie hatte das auch vorsichtig geäußert – es lag nicht in ihrem Wesen, ihre Ansichten mit viel Nachdruck kundzutun –, und man hatte ihr zu verstehen gegeben, daß Lizzie nicht nach Birmingham fahren wolle und vorgeschlagen habe, daß Jenny an ihrer Stelle mitfuhr. Sie war sich nicht ganz sicher, ob Robert sie wirklich dabeihaben wollte, und hatte, statt das offen anzusprechen, erklärt, es sei bestimmt das Beste, wenn er allein fahre. Nein, hatte er gesagt, das sei nicht wahr; es sei immer besser, zwei verschiedene Geschmäcker und zwei Paar Augen zu haben, wenn man den ganz unterschiedlichen Vorlieben ihrer Kunden gerecht werden wolle. Daraufhin hatte Jenny eingewilligt, hatte dafür gesorgt, daß Toby die Nacht bei ihrem Nachbarn verbringen konnte, und ließ es geschehen, daß sie nach Birmingham mitgenommen wurde. Dort angekommen, erlaubte sie sich ein paar dezidierte Ansichten und Urteile und genoß es im übrigen, mit Robert zusammenzusein, der schließlich ganz reizend, unterhaltend und ungeheuer attraktiv war. Ein gewisses Unbehagen blieb jedoch.

»Ich finde, wir sprechen besser nicht von Lizzie. Nicht, wenn sie nicht dabei ist.«

»Aber ich habe doch nur bewundernd gesagt, was für eine gute Bildhauerin sie war ...«

»Und von da aus kämen wir dann auf andere Dinge zu sprechen. Habe ich nicht recht?«

»Sind Sie vielleicht«, sagte Robert und lächelte ihr zu, »ein kleiner Tugendbold?«

Sie war keineswegs beleidigt.

»Wahrscheinlich. Mein Vater, der sich immer sehr treffend ausdrückte, pflegte zu sagen, ich sei zwar ein braves Mädchen, doch mit dem Bravsein allein sei kein Blumentopf zu gewinnen.«

»War Mick auch so ein braver Mensch?«

Jenny errötete leicht.

»Eher nicht.«

»Vermissen Sie ihn noch?«

»Natürlich. Er ist ...« Sie zögerte.

»Was?«

»Er läßt sich leichter vermissen, als es sich mit ihm zusammenleben ließ.«

»Oh, Jenny ...«

»Trotzdem habe ich keinen Hang dazu, nicht verheiratet zu sein«, sagte Jenny rasch. »Ich glaube, ich bin zur Ehefrau wie geschaffen. Wenn Toby und die Galerie nicht wären, ich wäre kreuzunglücklich. Ich möchte gebraucht werden, ich möchte, daß man auf mich zählt.«

»Wir zählen wirklich auf Sie.«

Jenny errötete wieder. Rasch trank sie ihren Kffee aus.

»Ist es sehr unverschämt, wenn ich frage, ob die Lage sich gebessert hat? In finanzieller Hinsicht, meine ich?«

»Das ist überhaupt nicht unverschämt. Schließlich habe ich Sie vor allen anderen ins Bild gesetzt. Ich glaube, sie hat sich insofern ein wenig gebessert, als sie sich nicht mehr verschlechtert. Wir haben zwar noch zu krebsen, aber die Talfahrt ist beendet.«

»Da bin ich aber froh!«

»Es war einfach abscheulich. Schrecklich für Lizzie.«

»Robert ...«

»Ich muß einfach über sie sprechen«, sagte er bestimmt. »Ich muß mit jemandem über sie reden, und da ich das mit ihren Eltern oder mit Frances nicht tun kann, trifft es eben Sie. Ich muß jemandem sagen können, daß ich das nicht mehr lange mitmache, wie Lizzie sich aufführt. Sie zieht sich innerlich immer mehr von mir, den Kindern und dem Geschäft zurück. Ich weiß, diese finanzielle Situation ist ein Alptraum, doch wir liegen schließlich nicht auf der Straße, wir haben immer noch ein Zuhause und unser Geschäft, und die Kinder haben nicht wirklich darunter zu leiden. Und ich weiß auch, daß das mit Frances hart für sie ist – Frances war für sie ja fast wie ein zusätzliches Kind, und sie war daran gewöhnt, daß sie von ihr abhängig war wie alle anderen auch, und nun hat sie so sehr den Kopf mit Luis voll, daß sie fast nicht mal mehr anruft, ausgerechnet jetzt, doch so hart ist es nun auch wieder nicht. Frances ist ihre Schwester, nicht ihr Mann oder ihr Kind. Und sie hat sich ewig darüber verbreitet, wie sehr ihr daran läge, Frances glücklich und in festen Händen zu sehen, und jetzt, wo sie glücklich ist, schnappt sie völlig über. Ehrlich gesagt, das treibt mich zum Wahnsinn, und ich sehe auch nicht ein, weshalb ich die Galerie ganz allein wieder auf die Beine bringen soll, bloß weil es ihr gerade nicht paßt, sich daran zu beteiligen. Ich versuche ja durchaus, sie zu verstehen, aber das Ganze wird mir mit jedem Tag rätselhafter. Ich fange an zu glauben, daß ich in eine Familie von total Verrückten eingeheiratet habe. Die anderen waren mir zwar immer schon suspekt, doch bin ich bis zum letzten Jahr nie auf den Gedanken gekommen, daß Lizzie genauso verrückt sein könnte. Ich hole mir noch Kaffee. Wollen Sie auch noch welchen?«

Jenny schüttelte den Kopf. Sie floß vor Mitgefühl fast über, und das war gefährlich in dieser Situation. Sie beobachtete Robert, als er zur Selbstbedienungstheke zurückkehrte, sehr breitschultrig in seinem Cordjackett. Er trug immer Cordjacketts, sie waren sein Markenzeichen und wirkten an ihm, fand Jenny, zugleich vornehm und eine Spur unkonventionell. Armer Mann. Armer Robert. Doch auch arme Lizzie, die so unglücklich war und so viele Probleme am Hals hatte. Familien konnten so belastend sein, das war ihr klar, obwohl sie selbst ein Einzelkind war und – bislang, setzte sie insgeheim stets hinzu – selbst nur ein Kind hatte. Jenny kannte Frances kaum, sie kannte sie nur als eine ruhigere, verwaschenere Version Lizzies, die früher manchmal am Samstag in den Laden gekommen war, in letzter Zeit allerdings nie mehr. Das lag an ihrer Liebesgeschichte. Jenny sagte sich das Wort noch einmal vor: Liebesgeschichte. Sie hatte mit Mick keine Liebesgeschichte gehabt, es war mehr eine Brautzeit gewesen, die auf einem Ball im Tennisclub begonnen hatte und in der Kirche von Langworth endete. Ihr schrecklich altmodisches Hochzeitskleid mit Spitzenreifrock, das ihre Mutter für sie ausgesucht hatte, lag jetzt zusammengefaltet in einer Schachtel auf dem Boden, und sie hatte ihm nie wieder auch nur einen Blick gegönnt. Liebesgeschichten waren, nach allem, was man hörte, etwas ganz anderes als das geordnete Ritual, dem sie und Mick gefolgt waren wie Leute, die beim Square Dance den vorgeschriebenen Schrittkombinationen folgten. Bei Liebesgeschichten, so mutmaßte Jenny, entledigte man sich in emotionaler und charakterlicher Hinsicht wie auch im wörtlichen Sinne seiner gewohnten Kleidung, man ließ sich gehen, stürzte sich hinein. Was sie selbst betraf, mußte Jenny sich eingestehen, daß sie sich niemals wirklich hatte gehen lassen, und als Mick nach der Hochzeit damit anfing, hatte sie das eigentlich nicht gemocht. Sie blickte auf. Robert kehrte mit einer Tasse Kaffee zurück. Beim bloßen Ansehen wußte man, daß er ein einfühlsamer Mensch war. Mick war auf seine Weise auch einfühlsam gewesen, doch mehr im Bezug auf sich selbst als auf andere. Robert stellte die Kaffeetasse zwischen den Überresten ihres Mittagessens auf den Tisch und setzte sich.

»Es tut mir sehr leid«, sagte er, »daß ich so explodiert bin. Doch falls Ihnen das ein Trost ist – ich fühle mich besser.«

Sie lächelte ihm zu. Sie hätte gern etwas gesagt, um dem Mitgefühl Ausdruck zu verleihen, das sie empfand, scheute jedoch gleichzeitig davor zurück, den Zeh in das kochende Gewässer zu halten, das Robert und Lizzie zur Zeit umbrodelte. »Du bist ein braves Mädchen«, hörte sie ihren Vater sagen und kam sich hilflos vor.

»Was sehen wir denn heute nachmittag an?« fragte sie statt dessen.

Er holte seinen Katalog heraus und legte ihn aufgeschlagen vor sich hin. Er hatte mit rotem Filzschreiber verschiedene Stände auf dem Übersichtsplan der Ausstellung umrandet.

»Blechgeschirr«, sagte er. »Poster und Baumwolläufer. Jedenfalls, um erst mal in Gang zu kommen.«

Er lächelte ihr zu. Sie lächelte zurück. Er reichte ihr die Hand.

»Nun mal los, Mrs. Hardacre«, sagte er. »Auf was warten Sie denn noch? Es ist Zeit, daß Sie Ihr Mittagessen abarbeiten.«

## 16. Kapitel

Frances saß in den vernachlässigten Gärten des Alcazar in Sevilla. Es war warm, und die helle Sonne strahlte von einem leuchtenden Frühlingshimmel herab. Sie saß auf einem gefliesten Sitzplatz in einer der Ziegelmauern und starrte auf die unansehnlichen Palmen und Orangenbäume, die sogar schon jetzt im April staubig waren.

Luis hatte sie im Sommer letzten Jahres zum erstenmal zum Alcázar gebracht, an einem Tag von einer derart gleißenden Hitze, daß sie das Gefühl gehabt hatte, sich in einem Traum zu befinden. Er hatte sie durch die säulenumstandenen Innenhöfe und die gefliesten Zimmer des Palastes geführt, dessen maurische Bogengänge, Kuppeln und Arabesken sich auf so eigenartige Weise mit den Renaissancesäulen und -galerien mischten. Luis hatte gesagt, um dies Gebäude rankten sich unendlich viele Geschichten. Eine davon betreffe König Pedro den Grausamen, der einen Gast aus Granada, einen Abu Said, um dessen Juwelen willen habe ermorden lassen. Unter diesen Juwelen sei ein ungeschliffener Rubin gewesen, den Pedro dann 1350 bei einem Hofball zu Ehren des Schwarzen Prinzen dem Gast geschenkt habe. Man sei fest davon überzeugt, daß der Rubin nach England gelangt sei und Henry V. ihn dann während der Schlacht von Agincourt getragen habe.

»Und wo ist er jetzt?«

»Na rate mal – in der Krone eurer Königin Elizabeth!«

Frances stellte sich daraufhin die Königin vor, die Abu Saids Rubin und gleichzeitig ihre Zweistärkenbrille trug, wie sie es bei hochoffiziellen Anlässen zu tun pflegte, und als sie das Luis erzählte, erheiterte ihn die Vorstellung. Sie hatten draußen in den Gärten an einem riesigen Wasserbecken gestanden, und Frances hatte auf dessen reglose Oberfläche geblickt und das Spiegelbild eines Luis gesehen, der sich ausschüttete vor Lachen über die Königin. Pedro der Grausame hatte im Alcazar zwei

Königinnen gehabt, zuerst eine bourbonische Prinzessin, die er dann zugunsten Maria de Padillas verstoßen hatte, seiner vielgeliebten zweiten Gattin, die er so sehr liebte, daß seine Vasallen angeblich ihr Badewasser trinken mußten. Einer davon, so ging die Sage, hatte sich geweigert und behauptet, wenn er erst mal von der Sauce probiert habe, bekomme er womöglich Appetit auf das Rebhuhn.

Frances war drei Tage zuvor in Malaga angekommen, um ihre erste Reisegruppe zur Posada in Mojas zu geleiten. Es war ein Riesenerfolg gewesen. Ihre Kunden waren bezaubert von dem Hotel, der Landschaft, von Antonio und den lächelnden Kellnern, der Speisekarte und den neuen gelben Liegestühlen, die unter den Robinien bereitstanden. Es hatte zwar die üblichen kleinen Mängel gegeben – eine tropfende Dusche, fehlende Kleiderbügel, ein klemmendes Fenster, aber nichts Ernsthaftes. Frances war zwei Nächte geblieben, hatte die ersten Spaziergänge und Mahlzeiten überwacht, ihre Glückwünsche eingesammelt und ihre Kunden dann sich selbst überlassen, als sie gerade die beste Route zum Dorf Gerald Brenans austüftelten und die Reihenfolge der grandiosesten Sehenswürdigkeiten Granadas festlegten. Dann war sie nach Malaga zurückgefahren und übers Wochenende zu Luis nach Sevilla geflogen.

Luis' Wohnung in Sevilla war in Wirklichkeit eine kleine Suite, die hinten an die Posada de Los Naranjos angebaut war. Es waren kühle, dämmrige Zimmer – kalt im Winter, hatte Frances gefunden; Andalusien schien ebensowenig wie die Toskana je auf den Gedanken gekommen zu sein, daß man es selbst bei kaltem Wetter behaglich haben konnte. Die Fenster gingen auf eine Gasse hinaus, die Frances liebte: Die Häuser waren zwar weißgetüncht wie alle anderen auch, doch hier und da blätterte die Tünche ein wenig ab. Die Mauern waren alle unterschiedlich hoch, manche waren von Fensteröffnungen durchbrochen, und einige, die niedrigeren, hatten rostrote Mauerkronen aus Backsteinen, über die die steifen Zweige der Orangenbäume mit ihren glänzenden Blättern hingen. Auch Balkons gab es in der Gasse und Laternen und eine Menge ziemlich schäbiger Hintertüren, durch die die Menschen mit Einkaufstaschen, Leitern und Fahrrädern ein- und ausgingen. Auf sämtlichen Balkons und Simsen standen Blumentöpfe, die mit Drahtschlingen befestigt waren, und jetzt rankten sternblütige Geranien daraus herab, leuchtendrote, weiße und rosafarbene. Im gegenüberliegenden Haus spielte an Sommerabenden ein Mann in einem Zimmer mit Balkon, auf dem nie jemand saß, Gitarre und sang die langgezogenen, wehmütigen, melancholischen Weisen des *cante jondo*. Jene Sommernächte hatten Frances' Verständnis für den Geist des Südens geweckt.

Luis hatte ein Wohnzimmer und ein Schlafzimmer, die beide auf diese Gasse hinausgingen, und ein Bad, das kein Fenster, sondern nur ein Oberlicht hatte. In diesem Bad, genau wie in dem noch kleineren in Madrid und dem nur wenig größeren in Fulham, hatte Frances jetzt eine Zahnbürste, eine Flasche Reinigungslotion und ein Töpfchen Feuchtigkeitscreme. Jedesmal, wenn sie kam, stellte sie noch etwas dazu. Luis gefiel das; er ermunterte sie, in beiden Wohnungen noch mehr dazulassen, Schuhe, Blusen, Jeans. Er behauptete, das tröstete ihn während der langen Zeit, wenn sie zu Hause in London war.

Badezimmer beschäftigten Frances an jenem Nachmittag in den Gärten des Alcazar. Vor zehn Tagen, an zwei aufeinanderfolgenden Morgen, hatte Frances sich in ihrem Londoner Bad einem kleinen geheimen Ritual unterzogen. Dazu hatte sie in zwei verschiedenen Apotheken zwei Schwangerschaftstests gekauft, um ganz sicher zu sein.

Das Ritual hatte, wie solche Rituale es meist vorsehen, als erstes am Morgen stattgefunden, und bei dem einen gehörten dazu zwei getrennte Plastikreagenzgläschen und bei dem anderen eine Art Plastiktropfer, dessen Spitze, so stand es in der Gebrauchsanweisung, sich blau verfärben sollte, wenn das Ergebnis positiv war. Bei dem ersten Set sollte sich hingegen ein Kreis bilden, ein blauer oder rötlichblauer Kreis und dort hängen und den Anfang der Welt bedeuten oder ihr Ende, je nach den Umständen. Die Gebrauchsanweisungen waren in betulicher Prosa verfaßt, und es hätte Frances nicht gewundert, wenn in der Sprache, derer sie sich bedienten, der Fötus als »kleiner Fremdling« bezeichnet worden wäre. Beide Gebrauchsanweisungen gingen davon aus, daß die blaue Tropferspitze und der blaue Kreis mit Freude und Erleichterung begrüßt werden würden, selbstverständlich als Ergebnis einer wohlüberlegten, vernünftigen, reifen Entscheidung.

Was sie selbst eigentlich dabei empfand, hätte sie niemandem beschreiben können, in der Hauptsache war sie sich nur der Stärke ihrer Empfindungen bewußt. Mehr als alles andere wußte sie, daß sie Luis' Kind wollte – nein, *ersehnte* –, nicht einfach nur *ein* Kind, weil der Uhrzeiger auf die vierzig vorrückte, sondern *sein* Kind. Jede Stunde, selbst wenn sie sich stritten, hatte sie darin bestärkt, ungeachtet seiner Äußerung, wenn sie schwanger würde, wäre es aus zwischen ihnen. Doch trotz dieser glühenden Gewißheit und dem übermächtigen Wunsch empfand sie auch Angst. Als sie in Fulham auf dem Badewannenrand saß und auf die beiden kleinen Urinfläschchen blickte, die nebeneinander auf dem Klodeckel lagen, kam ihre Empfindung dem Entsetzen näher als der Angst – überdies einem sehr komplexen Entsetzen, denn es mischte sich darin das Verlangen, den blauen Kreis zu sehen und zugleich lieber nicht zu sehen. Während sie dort saß, jene endlosen fünf Minuten, die es laut Gebrauchsanweisung bis zur Reaktion der Chemikalien brauchen würde, hatte sie mehr Zeit, als ihr lieb sein konnte, um über das Ausmaß des eingegangenen Risikos nachzudenken.

Es erschien einfach unmöglich, daß Luis es fertigbringen sollte, seine Liebe zu ihr schlicht auszuknipsen wie eine elektrische Lampe, wenn sie schwanger wäre. Sie waren zu sehr aufeinander bezogen, zu sehr aufeinander angewiesen. Erst würde er wütend sein, doch dann würde er nachgeben. Vielleicht würde er ja sogar endlich erwägen, sich von Josés Mutter scheiden zu lassen und sie zu heiraten, und dann wären sie alle drei eine Familie in einer Wohnung in Madrid, und sie würde das Baby im Botanischen Garten nahe dem Prado spazierenfahren – hör auf damit, wies Frances sich streng zurecht, hör auf damit, das ist doch absurd und wird nicht passieren. Oder vielleicht doch? Und außerdem würde sie es Lizzie sagen müssen und Mum und Dad und Nicky. Und das Geschäft? Was soll aus dem Geschäft werden? Und was wird Lizzie sagen, wenn sie hört, daß ich schwanger bin? Wenn ich es bin ... Sie starrte die beiden Reagenzgläser an. Ihr war plötzlich kalt, sie war noch in Bademantel und Nachthemd. Sie straffte die Schultern, strich sich das Haar aus dem Gesicht und faltete die Hände, als drängte es sie instinktiv zum Gebet.

Da war er. Im rechten Reagenzglas hing ein blauer Kreis, deutlich erkennbar und genau in der Mitte. Der blaue Kreis. Der Test war positiv. Sie, Frances Shore, war schwanger von Luis Gomez-Moreno. Sie hatte sich so danach gesehnt, aber nun war ihre erste Reaktion Abscheu darüber, daß dieses ungeheuerliche Ereignis sich durch einen kalten blauen Kreis in einem gräßlichen Teströhrchen manifestieren sollte, und dann überschwemmten sie Panik, Entzücken, Kummer und Erleichterung zugleich. Sie starrte und starrte das Reagenzglas an. Dann löste sie die Hände und legte die eine Hand mit einer Art forschender Verwunderung unter dem Bademantel auf ihren Bauch. Sie schaute aus dem Badezimmerfenster. Der Aprilhimmel war eine unentschlossene Mischung aus Blau und Grau und Weiß, doch er schien Frances auf einmal eine ungeheure Bedeutung zu haben, ebenso aufgewühlt und von widerstrebenden Empfindungen bewegt wie sie selbst.

»Ich bin schwanger«, sagte sie laut in das leere Badezimmer. »Und niemand weiß es außer mir.«

Am nächsten Morgen führte sie den zweiten Test durch, und es überraschte sie zwar nicht, die Spitze des Tropfers sich blau färben zu sehen, wohl aber, daß sie noch einmal genau die gleichen überwältigenden Empfindungen durchmachte wie am Tag zuvor. Am zweiten Tag schien die Freude jedoch ein wenig geringer und die Angst ein wenig größer geworden zu sein, und das galt auch für die Unmenge unschöner, unvermeidlicher Sorgen, was die bevorstehenden praktischen Konsequenzen betraf – was zu tun war, wem sie es sagen sollte, wann sie es wem sagen sollte und mit welchen Worten. Sie war an jenem Tag schrecklich müde und hatte Kopfschmerzen, und Nicky, die vermutete, daß Frances um die Zeit ihre Periode bekam, schlug vor, daß sie am Nachmittag in ihre Wohnung hinaufgehen und sich hinlegen solle. Frances schüttelte jedoch den Kopf, denn ihr war an jenem zweiten Tag nicht nach Nachdenken zumute. Die Aussicht, mit ihren Gedanken allein zu sein, erinnerte sie allzusehr und auf unangenehme Weise an jene langen Abschnitte ihres einsamen Lebens vor Luis, und das kam daher, daß zum erstenmal in ihrer Beziehung ein Geheimnis zwischen ihnen stand, und ein möglicherweise explosives obendrein.

Es fiel Frances nicht schwer, es niemandem zu erzählen, doch es fiel ihr ungeheuer schwer, mit Luis zu reden, als er wie jeden Abend anrief, um ausgiebig und in aller Ruhe mit ihr zu plaudern. Er war natürlich völlig ungezwungen, und sie fühlte sich dadurch absolut gehemmt und hatte zum erstenmal, seit sie einander kennengelernt hatten, das traurige Gefühl einer großen, kalten Ferne. Er fragte sie besorgt, ob es ihr auch gutgehe.

»Prima geht's mir. Ich bin nur ein bißchen müde. Am Anfang der Reisesaison ist immer soviel zu tun. Da denkt man nun, man hätte die ganze Arbeit bereits im Winter erledigt und müßte die Leute jetzt nur noch ins Flugzeug stecken, doch das scheint offenbar nicht der Fall zu sein.«

»Du mußt auf dich achtgeben, *querida.*«

Ihr Herz tat einen Sprung. Genau das sagten doch zufriedene, stolze, fürsorgliche künftige Väter in den romantischen Romanen zu ihren schwangeren Geliebten. Ob er vielleicht ...?

»In einer Woche bist du hier, und *ich* werde mich um dich kümmern. Ich finde, es ist langsam Zeit, daß du mal einen Stierkampf miterlebst.«

»Nein! Luis, du hast mir versprochen ...«

Er lachte. Er fand Gefallen daran, sie ein bißchen zu erschrekken.

»Es macht wirklich Spaß, dich ein bißchen auf den Arm zu nehmen.«

»Ich weiß«, sagte sie gekränkt.

»Ich liebe dich.«

»Auch das weiß ich.«

»Das ist gut«, sagte er. »Solltest du mittlerweile auch wissen. Geh früh schlafen. Paß auf dich auf.«

»Bestimmt. Das tue ich ...«

Das Bett war der einzige Ort, wo es sie hinzog, bis sie dann drinlag. Sie war nicht physisch erschöpft, nur seelisch, was verwirrend war und bewirkte, daß sie um neun Uhr bereits dalag, während es in ihrem Kopf arbeitete wie in einem Bergwerk. Es war die Aussicht auf eine radikale Veränderung, die sie unablässig zu beschäftigen begonnen hatte, eine Veränderung, die es mit sich bringen würde, daß sie mit lauter unbekannten Größen würde fertigwerden müssen. Natürlich war es auch eine Veränderung gewesen, daß sie sich in Luis verliebt hatte, es hatte ihr zurückgezogenes Singleleben verändert, doch das war ein Wandel gewesen, mit dem sie nur allzu mühelos fertig geworden war, weil er in allem nur vorteilhaft gewesen war und sie weder in ihrer Freiheit beschnitten noch sie verletzlicher oder abhängiger gemacht hatte. Diese neuerliche Veränderung war etwas ganz anderes: Ihr freier Wille hatte sie herbeigeführt, und nun forderte sie umgehend erhebliche Abstriche, was ihre Freiheit anging. Jene ersten paar Nächte nach dem Ritual im Badezimmer waren, um es milde auszudrücken, ungeheuer nervenaufreibend.

Es war eine Erleichterung gewesen, ins Flugzeug nach Malaga zu steigen. Als sie sich auf dem Flughafen in der Menge befand und mit ihren Kunden sprach, die mittlerweile ihre Freunde geworden waren und ihr Weihnachtskarten und Fotos von ihren Shore-to-Shore-Urlauben und von ihren Enkelkindern schickten, bekam Frances wieder Boden unter die Füße. Die Alltäglichkeit dessen, was sie umgab – Leute, die in unbequemer Haltung halb auf Stühlen, halb auf ihrem Gepäck schliefen, Leute, die mit glasigen Augen aßen und tranken, Leute, die durch Duty Free Shops irrten, weil sie auf die Schnelle zwischen Alkohol und Tabak, Uhren und Schokolade wählen sollten –, war ein wirkungsvolles Korrektiv, es rückte die Proportionen wieder zurecht. Barbara kam ihr in den Sinn, die sich im Augenblick der seelischen Krise immer hektisch in hausfrauliche Aktivitäten gestürzt hatte. Vielleicht war das eine sehr gute instinktive Gegenmaßnahme.

In dem Augenblick, als das Flugzeug in Malaga gelandet war, hatte Frances sich sogar noch besser gefühlt. Da war die Sonne, da war Spanien, in drei Tagen würde auch Luis da sein. Da war auch die Posada in Mojas, und Frances hatte gewußt, daß sie wohl nie wieder dorthin würde zurückkehren können, ohne zutiefst bewegt zu sein, und sie wäre enttäuscht gewesen, wenn das nicht eingetroffen wäre. Sie hatte für sich, um ihr erstes Zimmer für zwei ihrer Kunden aufzuheben, ein viel kleineres Einzelzimmer ohne Aussicht gewählt, und sie konnte sich, während sie auspackte, des Gedankens nicht erwehren, wie herrlich es gewesen wäre, wenn sie das Kind in Mojas empfangen hätte, ja, noch besser genau in dem Bett, in dem Luis ihr Geliebter geworden war und in dem nun Mr. und Mrs. Ballantyne aus Amersham lagen, zweifellos so züchtig wie die Skulpturen eines Grabmals. Doch aller Wahrscheinlichkeit nach war das Kind an einem Samstagnachmittag in Fulham gezeugt worden, nachdem sie einen Vormittag damit verbracht hatten, Luis englische Schuhe zu kaufen – »Brogues? Was heißt denn das ... Brogues? Irisch? Sind das *irische* Schuhe?« –, und zum Mittagessen eine Flasche Wein geleert hatten. Im Bett danach war es gut, doch nicht weiter bemerkenswert gewesen. Rückblickend erschien es ihr nicht richtig, daß die Zeugung eines solchen Kindes, wie dieses es war, zwar gut, aber nicht weiter bemerkenswert gewesen sein sollte.

Wie auch immer, es war seitdem fast ein Monat vergangen. Alles, was in dieser schäbigen spanischen Gartenanlage wuchs – die Palmen, die Myrten, die sparrigen Buchsbaumhecken –, alles hatte hier schon gestanden wie jetzt und würde auch noch dastehen, wenn sie, Frances, später am Abend Luis mitteilen würde, daß sie ohne Zweifel ein Kind bekäme.

José kam zum Essen in die Wohnung hinauf. Sie hatten, wie sie es häufig taten, die Mahlzeit im Restaurant des Hotels bestellt, und José kam hinauf, um einen Gang mit ihnen zu essen. Er tat das lieber dann, wenn Frances in Sevilla war, denn wenn sie nicht anwesend war, erlegte sich sein Vater weniger Zwang auf und erklärte ihm ziemlich unverblümt, wie verwöhnt er sei, wie untüchtig, und daß er ihn als Manager des Hotels lediglich aufgrund ihrer Verwandtschaft weiterbeschäftigte. Wenn Frances da war, mäßigte Luis sich hingegen und machte eine Art komischer Nummer aus seiner Unzufriedenheit. José mochte Frances. Er konnte zwar nicht begreifen, wie man, rein physisch betrachtet, auf diese Wahl verfallen konnte – seine Vorliebe waren gegenwärtig hellhäutige, goldhaarige kalifornische Schönheiten –, doch ihm war durchaus verständlich, warum sein Vater mit ihr zusammensein wollte. Er war selbst gern mit ihr zusammen, ihre direkte Art gefiel ihm, ihr eigenartiger Humor, ihre gänzlich unmelodramatische Art. Er fand, daß sie einen guten Einfluß auf seinen Vater ausübte, ihn glücklich machte, ihn entspannte, seine Gedanken auf andere Dinge lenkte als Gerüstbau und Hotels, Stiefel und Schuhe. Eine von Josés Freundinnen, eine junge Frau, die gerade eine steile Karriere beim staatlichen Gesundheitsdienst Andalusiens machte, hatte José gefragt, ob sein Vater seine englische Freundin heiraten wolle. José war entsetzt gewesen.

»Sie heiraten? Selbstverständlich nicht, das kommt überhaupt nicht in Frage. Wie kannst du bloß so was fragen!«

Er war ernsthaft erschüttert gewesen. Er hatte sich zwar längst an den gnadenlosen Rachefeldzug seiner Mutter gegen seinen Vater und die Klagen und Vorwürfe seiner Großmutter wegen der Trennung seiner Eltern gewöhnt – schließlich hatte er viele Freunde, deren Eltern sich in derselben Lage befanden –, aber daß sein Vater Frances heiraten sollte, war noch einmal etwas völlig anderes, und José geriet beim bloßen Gedanken daran vor Empörung völlig aus dem Häuschen. Bei seiner nächsten Begegnung hatte José Frances dann mit gänzlich anderen Augen betrachtet, argwöhnisch und mißbilligend. Sie schien jedoch nicht nur keine Notiz von seinen kalten, wütenden Blicken genommen zu haben, sie hatte sich auch mit derselben so überhaupt nicht besitzergreifenden Zurückhaltung bewegt, die sie in Gegenwart seines Vaters seit jeher an den Tag gelegt hatte. José kam plötzlich der Gedanke, daß sie seinen Vater womöglich gar nicht heiraten *wollte*, daß das ihre freie Wahl sein könnte, und dieser Gedanke stürzte ihn, unter entgegengesetzten Vorzeichen, erneut in einen Aufruhr zorniger Empörung. Außerdem hegte er die schreckliche Vermutung, daß Frances sich nun vielleicht nicht gerade lustig über ihn machte, ihn aber doch ein wenig belächelte. Er begann, ihr auf diesen Verdacht hin auszuweichen und vermied es plötzlich, in die Wohnung hinaufzugehen, wenn sie da war. Niemand verlor darüber auch nur ein Wort, und die Gefühlslage schien völlig unverändert. José begannen sowohl die Abendessen in der Wohnung als auch Frances zu fehlen, die ihn, allein durch ihre schweigsame Anwesenheit, gegen seinen Vater zu verteidigen schien. Er fand, er habe das Seine getan, um die Familienehre zu schützen, und begann am Freitag- und Samstagabend wieder zum Essen zu erscheinen. Wie noch bei jeder Krise in Josés Leben beschäftigte ihn das, was ihm zu schaffen gemacht hatte, am Ende nicht weiter. Er brachte Frances ab und zu Blumen mit und ging dazu über, ihr die Hand zu küssen, wie es ihn eine hübsche Österreicherin, die an der Universität von Sevilla studierte und auf die er ein Auge geworfen hatte, gelehrt hatte.

»Oh, fol-de-rol«, sagte Frances.

»Warum sagst du das?«

»Weil es mich daran erinnert, wie die Leute in der Operette sich benehmen. Aber pfui, mein Herr, aber nein, mein Herr, ich werde sie mit meinem Fächer bestrafen.«

»Verstehe ich nicht.«

»Nein«, sagte Frances, »kannst du auch nicht.«

»Und wieso nicht?«

»Weil du Spanier bist.«

»Es ist herrlich, Spanier zu sein!«

»José«, sagte Frances liebevoll, »Du bist ein Dummkopf.«

Er grinste sie an. Sie sah müde aus, dachte er, sogar ein wenig durchscheinend, als könnte ihre Haut vor lauter Erschöpfung von selbst blaue Flecke bekommen. Wahrscheinlich überarbeitet, befand er. Er selbst konnte sich unter Überarbeitung zwar nichts vorstellen – da paßte er höllisch auf –, aber er wußte, daß Menschen, die nicht ständig auf der Hut davor waren, ihr leicht zum Opfer fielen.

»Wo ist denn mein Vater?«

»Er duscht.«

»Habt ihr heute den *ajo blanco* bestellt? Er ist hervorragend. Und auch die *salmonetes*, wie heißt das noch …«

»Meeräsche«, sagte Frances. »Rote Meeräsche. Ich weiß nicht. Luis hat alles bestellt. Ich war heute nachmittag im Alcazar.«

»Im Alcazar?« fragte José erstaunt. »Was machst du denn da?«

»Ich habe nachgedacht.«

»Du bist schon ein sehr ungewöhnlicher Mensch. Außerdem habe ich den Eindruck, daß du ein bißchen müde bist.«

»Ja.«

»Dann setz dich doch, mach's dir bequem, und ich hole dir ein Glas Wein.«

»Ach ja, bitte«, sagte Frances. Sie streifte die Schuhe ab und kauerte sich mit angewinkelten Beinen auf das Sofa am Fenster, das auf die dunkle Gasse hinausging.

Luis kam aus dem Schlafzimmer und strich sich mit beiden Händen über das noch feuchte Haar. José ging auf ihn zu, und sie küßten einander flüchtig und wortlos. Frances kam der Gedanke, wie selbstverständlich Davy und Sam ihren Vater küßten, wie Alistair sich hingegen steif machte und eine gewisse Distanz wahrte, weil die in seinem Alter einsetzenden Hemmungen ihn befangen machten.

»Englische Männer, ich meine, Väter und erwachsene Söhne, küssen einander kaum.«

Luis ließ sich neben sie aufs Sofa fallen.

»Mir ist oft auch nicht danach, José zu küssen, ich möchte ihm lieber eine runterhauen.«

»Hast du das früher getan?«

»Oft«, sagte José, der ihnen den Wein brachte. In den dickwandigen, blaßgrünen Gläsern waren Luftblasen eingeschlossen. »Meine Kindheit war fürchterlich. Er hat mich mit dem Stock verhauen und in den Besenschrank gesperrt.« Er zwinkerte.

»Armer Kerl«, sagte Frances. Sie spürte, wie Luis sich, schwer und sauber duftend, an sie drückte.

»Und nun küßt er mich, brüllt aber herum.«

»Ich brülle nie herum«, sagte Luis. »Ich hebe nie die Stimme. Ich sage lediglich Dinge, die du nicht hören willst, so daß du dir einbildest, ich brüllte.«

Frances sah ihn an.

»Machst du das selbst auch? Was tust du denn, wenn die Leute Dinge sagen, die du nicht hören willst?«

Er wandte sich ihr zu. Ihre Augen waren nur eine Handbreit voneinander entfernt.

»Warum fragst du mich das?«

Sie zögerte eine Sekunde und sagte dann: »Ach, aus purer Neugierde. Um mir ein Bild zu machen, wie es in eurer Familie so zugeht ...«

»Ach ja?« sagt er.

José ging zum Telefon.

»Ich frage mal nach, wie es mit eurer Bestellung steht. Ihr müßt die Meeräsche nehmen ...«

»Ich will sie aber nicht«, sagte Luis. »Ich will die Languste.«

»Aber ...«

»Gleich brülle ich wirklich«, sagte Luis. »Ich bin der Besitzer des Hotels, ich will die Languste, und du magst zwar mein Sohn sein, aber du bist nicht mein Kindermädchen.«

Josés Hand lag zögernd auf dem Telefonhörer.

»Warum gehst du nicht einfach in die Küche hinunter«, schlug Frances vor, »und guckst, was am besten aussieht, und das essen wir dann, selbst wenn es weder Meeräsche noch Languste ist?«

Luis lehnte die Wange an ihre Schulter.

»Sehr diplomatisch.«

»Oder praktisch. Ich habe nämlich Hunger.«

»Soll ich auch Tapas mitbringen?« José steuerte auf die Tür zu. »Wollt ihr die kleinen Muscheln?«

»Ja.«

»Alles ...«

»Die kleinen Muscheln und die dicken Oliven ...«

»José«, sagte Luis auf spanisch, »zieh Leine.«

Die Tür wurde geöffnet und wieder geschlossen.

»Was für eine Nervensäge, dieser Junge.«

»Nur ein bißchen grün für sein Alter, vielleicht ...«

Luis hob die Wange von Frances' Schulter, nahm ihre freie Hand, diejenige, die nicht das Weinglas hielt.

»Frances?«

»Ja ...«

»Was möchtest du mir sagen, das ich nicht hören will?«

Sie hielt unwillkürlich die Luft an. Das war in ihrem Plan nicht vorgesehen gewesen. Ihr Plan war vielmehr gewesen, abzuwarten, bis Luis reichlich dem Wein und dem Essen zugesprochen und José sich wieder nach unten begeben hatte, um seinen letzten abendlichen Pflichten als Manager nachzukommen, und dann unter vielen einleitenden, herzerwärmenden Liebesbezeugungen das zu sagen, worüber sie sich den ganzen langen Nachmittag im Garten des Alcazar den Kopf zerbrochen hatte. Doch Luis hatte ihren Plan mit einem Streich zunichte gemacht. Panik befiel sie.

»Nicht jetzt.«

»Doch. Jetzt.«

»Nein, später, wenn wir allein sind.«

»Wir sind doch allein«, sagte er. Er hielt ihre Hand nun mit festem Griff.

Sie schluckte. Sie beugte sich vor und stellte ihr Weinglas auf dem Tischchen mit der Lampe ab.

»Es ist sehr wichtig. Ich will das nicht so unter Druck oder in Eile sagen.«

»Jetzt«, wiederholte Luis beharrlich.

Sie wandte den Kopf, sah ihn an und sagte: »Du willst es nicht hören. Es ist das einzige, was du nicht hören willst.«

»Sag's mir!«

»Laß meine Hand los. Du tust mir weh.«

Er ließ ihre Hand so abrupt fallen, als handelte es sich um einen unpersönlichen Gegenstand, der überhaupt nichts mit ihr zu tun hatte.

»Na schön. Sag's.«

»Ich bin schwanger, Luis«, sagte Frances, und ihre Stimme schien in dem kleinen Zimmer widerzuhallen, als spräche sie in einer Kirche. »Ich bekomme ein Kind.«

Er schrie: »Nein!«

»Doch«, sagte sie.

»Wie konntest du das wagen?« schrie er. »Wie konntest du das tun? Wie kannst du mich so hintergehen?«

Sie stand auf und entfernte sich von ihm, stellte sich hinter den Tisch, der bereits für drei Personen mit Löffeln für Gazpacho und Messern und Gabeln für Fisch gedeckt war. Die Gläser schimmerten im verblassenden Tageslicht.

»Ich wollte es«, sagte sie. »Ich brauchte es. Ich hatte ein solches Verlangen nach diesem Kind von dir, daß ich es dir eigentlich nicht beschreiben kann, weil es eher ein unbezähmbarer Drang ist. Ich habe beschlossen, es zu riskieren. Ich habe beschlossen ...« Sie unterbrach sich, schöpfte Atem und fuhr fort: »... dich zu riskieren.«

Auch er stand auf, beinahe außer sich vor Wut.

»Du weißt ja, was ich gesagt habe!«

»Ja.«

»Du wirst Mutter werden, du wirst dich verändern, der bloße Gedanke ist grauenhaft! Soll das eine Falle sein? Stellst du dir vor, daß du mich auf diese Weise zur Ehe zwingst?«

»Nein.«

»Um so besser für dich. Ich werde dich niemals heiraten! Hast du gehört? Du hast mich getäuscht, mich betrogen, du hast es vorsätzlich getan, du gibst es ja selbst zu! Du bist die einzige Frau in meinem Leben gewesen, die ich für aufrichtig gehalten habe, und nun bist du es nicht, bist wie alle anderen, du betrügst, du zerstörst unser Vertrauen, unseren Glauben aneinander!«

Sie mußte sich an einer Stuhllehne festhalten, denn sie zitterte am ganzen Leibe und ihr Herz hämmerte.

»Und«, schrie er auf spanisch, »es macht dir nicht mal etwas aus! Du glaubst, du hast es geschafft! Du glaubst, du hast mich soweit! Aber du wirst schon sehen, ich werde dir zeigen, was es heißt, mich zu hintergehen!«

»Du hast ganz recht«, sagte sie auf englisch. »Es tut mir nicht leid. Ich habe es gewollt, und ich bin froh darüber.«

Er trat ans offene Fenster, umklammerte die Fensterbank, und seine Schultern hoben und senkten sich, als weinte er.

»Du weißt nicht, was du angerichtet hast, du dumme Frances ...«

»Doch.«

»Nein«, sagte er und wandte sich um. »Nein. Du denkst, du

weißt es, und vielleicht weißt du es ja, was dich betrifft, aber was das für mich heißt, das weißt du nicht.«

Sie sagte einfältig: »Na ja, auf jeden Fall habe ich dich sehr wütend gemacht.«

Er stieß einen abfälligen kleinen Laut aus.

»Ach das ...«

In der Gasse draußen erklangen auf einmal abgehackte Töne, als jemand seine Gitarre stimmte. Luis erschauderte und seufzte.

»Ich werde dich verlieren«, sagte er in milderem Ton. »Das ist es, was du nicht begreifst.«

»Niemals!«

»Doch«, sagte er, »du kannst daran ebensowenig ändern wie ich. Doch eine Mutter hat nicht gleichzeitig Raum für einen Mann und ein Kind.«

»Was für ein unglaublicher Unsinn!«

»Nein«, sagte er kopfschüttelnd. »Du wirst schon sehen. Du wirst schon sehen, was du angerichtet hast.«

Sie klammerte sich fest an die Stuhllehne.

»Nun sei doch nicht so theatralisch, so *spanisch* ...«

»Schluß jetzt!«

»Kinder bereichern eine Beziehung, sie entstehen aus Beziehungen, sie gehören ganz natürlich zu zwei Menschen – die sich miteinander weiterentwickeln.«

Er unterbrach sie leise: »Ich finde das nicht. Ich glaube nicht daran.«

»Luis ...«

Er kam zu ihr herüber, legte ihr den Arm um die Schultern, einen liebevollen Arm, und sagte: »Ich gehe jetzt weg.«

Sie war entsetzt.

»O nein!«

»Doch«, sagte er. »Was geschehen ist, ist geschehen. Du mußt auf dich achtgeben, und ich muß dir dabei helfen. Aber nicht heute abend. Ich komme später wieder, doch jetzt muß ich erst einmal raus.«

Sie nickte. Trostlosigkeit schlug über ihr zusammen wie eine kalte, schwere Woge.

»Wie du möchtest.«

Er küßte sie. Er beugte sich vor und küßte sie auf die Wange, nicht auf den Mund, und dann nahm er den Arm von ihren Schultern und ging ins Schlafzimmer. Als er wieder herauskam, hatte er sich eine Krawatte umgebunden und ein Jackett angezogen. Er blieb einen Augenblick stehen und schaute sie an, dann durchquerte er wortlos das Zimmer, machte die Tür auf und verschwand. Frances rührte sich nicht. Sie stand immer noch auf die Rückenlehne des Stuhls gestützt und sehnte sich schrecklich nach ihm. Die Sehnsucht machte sie schwach. Nach einiger Zeit gelang es ihr, sich um den Tisch herumzutasten und zum Sofa zurückzukehren. Sie nahm einen Schluck von ihrem noch kaum berührten Wein und saß da, das Glas in der einen Hand, die andere auf dem Bauch. Sie brauchte über nichts nachzudenken, mußte einfach nur dort sitzen bleiben und weiter atmen und warten, bis diese ersten Augenblicke Vergangenheit waren und nicht länger Gegenwart.

Schritte waren von der Treppe zu hören, und dann kam Josés übliches, taktvolles Klopfen.

»Komm rein.«

»Sieh mal«, sagte er, »die kleinen Eier vom *codorniz* – was ist das auf englisch?«

»Die Wachtel«, sagte Frances.

José blickte sich um.

»Wo ist denn mein Vater?«

»Weggegangen.«

»Weggegangen? Aber ...«

»José«, sagte Frances, »ich glaube, du gehst besser wieder. Das Abendessen fällt heute aus.« Sie sah ihn flüchtig an. »Dein Vater und ich haben nämlich leider gestritten.«

## 17. Kapitel

Alistair bekam die Windpocken. Er fühlte sich elend, doch dieses Gefühl wurde von der Kränkung, ein von Flecken übersätes Gesicht zu haben, noch übertroffen. Er konnte es nicht ertragen, daß jemand ihn ansah, nicht einmal seine Eltern, und lag todunglücklich in dem kleinen Zimmer, das er mit Sam teilte, ein altes Seidentuch von Lizzie übers Gesicht drapiert. Als die Flecken sich bis in seine Achselhöhlen hinab ausbreiteten und dann über die Brust und schließlich bis in die Leistengegend, war er der Verzweiflung nahe.

»Es sind doch bloß Windpocken«, sagte Lizzie verdrießlich.

»Für ihn nicht«, widersprach Robert, »er hat das Gefühl zu vermodern.«

»Quatsch.«

Robert sah sie wütend an. Wie konnte sie nur so wenig einfühlsam sein?

»Das ist kein Quatsch. Er kommt demnächst in die Pubertät, und du weißt doch, was das bedeutet. Er leidet echt.«

Lizzie schnitt eine Grimasse. Sie hatte Alistair ein Glas Zitronenlimonade zubereitet, doch er hatte sich geweigert, sein Tuch anzuheben und auch nur einen Blick darauf zu werfen, geschweige denn, sie zu trinken. Er tat ihr zwar ungeheuer leid, doch zugleich fand sie, daß er ein furchtbares Theater machte. Es waren doch nur Windpocken, um Himmels willen, hundsgewöhnliche Windpocken, wie Kinder sie nun mal bekamen.

»Ich möchte mir jetzt eigentlich nicht freinehmen«, sagte Lizzie, »solange ihr allein zurechtkommt, du und Jenny. Schließlich will er überhaupt nichts von mir, er läßt mich nicht mal bei sich im Zimmer bleiben, so daß es wohl keinen Sinn hätte, wenn ich nicht zur Arbeit ginge.«

»Du bist seine Mutter«, sagte Robert.

Sie warf ihm einen trotzigen Blick zu.

»Und du sein Vater!«

»Der seine Arbeit machen muß.«

»Ich habe auch meine Arbeit!« schrie Lizzie. »Komm mir ja nicht so! Wer bezahlt denn die Zinsen für den restlichen Überziehungskredit, wenn nicht ich? Wer ...«

»Halt die Klappe«, sagte Robert und schloß die Augen. »Halt bloß die Klappe. Es geht hier schließlich nicht darum, wer von uns beiden müder ist oder mehr arbeitet. Das ist doch kein Wettbewerb.«

»Du hast selbst damit angefangen!« schrie Lizzie wieder. »Du hast damit angefangen, indem du mir zu verstehen gegeben hast, daß es eher meine Aufgabe ist, sich um Alistair zu kümmern, als deine!«

Robert sah sie zornfunkelnd an.

»Erzähl mir bloß nicht, daß ich nicht meinen Anteil übernehme, wenn es um die Kinder geht!«

»Wenn es dir gerade paßt.«

»Das ist doch ungeheuerlich«, sagte Robert wütend. »Ungeheuerlich und schlicht nicht wahr. Ich habe dich damals gefragt, was du vorziehst – daß ich arbeiten gehe oder du –, und da ich nun die ganze Zeit zu Hause bin, habe ich weit mehr für die Kinder getan als du. Meine Güte, als ich nach Birmingham gefahren bin, konntest du ja nicht mal zwei Tage mit ihnen fertig werden und mußtest die beiden Kleinen zu deiner Mutter schicken.«

»Aber du hast ja auch Jenny mitgenommen!« Lizzies Stimme war schrill. »Du hattest ja Jenny!«

»Laß Jenny aus dem Spiel!«

»Warum? Warum sollte ich? Du hast Jenny hier, und ich habe niemanden ...«

»Bitte«, sagte eine Stimme.

Sie wandten sich um. In der Tür des Wohnzimmers stand eine mittelgroße Gestalt, in ein rosa Bettuch gehüllt und ein gelbweiß gestreiftes Handtuch über Kopf und Gesicht. Unten ragten trübsinnig zwei grauwollene Füße hervor.

»Da wackeln ja die Wände«, sagte Alistair. »Ich sehe wirklich nicht, was es hier herumzuschreien gibt. *Ihr* habt schließlich keine Windpocken.«

»Entschuldige«, sagte Lizzie. »Entschuldige bitte.«

»Ich will nicht, daß sich jemand um mich kümmert«, sagte Alistair, »und schon gar nicht will ich, daß ihr hier in der Wohnung herumschreit.«

Robert ging zu ihm und legte ihm den Arm um die rosagewandeten Schultern. Alistair fuhr zusammen.

»*Rühr* mich nicht an!«

»Entschuldigung, mein Junge. Komm, geh wieder ins Bett...«

»Ich bringe dich hin«, sagte Lizzie und stürzte auf ihn zu.

»Nein!« sagte Alistair. »Keiner von euch bringt mich, und wenn ihr mich noch mal anrührt, beiße ich um mich, nur daß ihr es wißt.«

»Liebling ...«

»Geh arbeiten«, sagte Robert zu Lizzie. »Geh bloß arbeiten, ja?«

Sie zögerte. Alistair erschien ihr plötzlich weder melodramatisch noch komisch, sondern zutiefst rührend.

»Ich gehe heute nicht, ich rufe an ...«

»Nein«, sagte Robert.

»Aber ...«

»Du bist hier ja doch zu nichts nütze«, sagte Robert. »Stimmt's? Ich meine, das hast du doch selbst gesagt.«

Alistair wandte sich um und begann, den kurzen Flur zu seinem Zimmer zurückzuschlurfen, und das rosa Baumwolllaken schleifte hinter ihm her.

»Okay«, sagte Lizzie fast flüsternd.

Alistairs Zimmertür krachte ins Schloß.

»Ich gehe jede Stunde rauf«, sagte Robert, »wie immer, seit er krank ist. Wie ich es immer getan habe, wenn du arbeiten warst.«

»Ich gehe nicht zu meinem Vergnügen arbeiten!« rief Lizzie erbittert.

Robert sagte nichts. Er sah sie nicht einmal an, griff nur nach dem Büroschlüssel, verließ das Zimmer, ging an seinen Schreibtisch und ließ sie mit ihrem Gefühlsaufruhr allein. Nach einer Weile ging sie zu Alistairs Zimmer und klopfte.

»Ally?«

»Geh weg!«

»Ich wollte mich nur vergewissern, daß alles in Ordnung ist, bevor ich gehe.«

»Mir geht's bestens«, sagte Alistair tonlos durch das Tuch hindurch.

»Dann bis heute abend.«

»Okay.«

»Kann ich dir irgendwas mitbringen, etwas, das du wirklich gern ißt...«

»Nein.«

»Eis? Das amerikanische? Melone?«

»Nein.«

Lizzie lehnte die Stirn gegen die glatte, lackierte Oberfläche der Tür.

»Dann bis heute abend.«

»Okay.«

»Trink, soviel du kannst.«

»Okay.«

»Ich bin nicht herzlos, weil ich zur Arbeit gehe, Ally, wirklich nicht. Ich muß doch hin, das weißt du doch, nicht?«

Schweigen.

»Des Geldes wegen. Das weißt du doch, nicht? Wir brauchen das doch zum Leben...« Sie verstummte. Gab sich einen Ruck. »Wiedersehen, Liebling.«

»Wiedersehen«, sagte Alistair mit unüberhörbarer Erleichterung.

Nachdem er Lizzie hatte weggehen sehen, trat Robert aus dem Büro und ging in den Laden hinüber, um Jenny guten Tag zu sagen. Sie säuberte gerade mit Hilfe einer smaragdgrünen Flüssigkeit in einer Sprühflasche Bilder und blickte zwar auf, als er sich näherte, fuhr jedoch mit ihrer Arbeit fort.

»Unsere Kunden kämen bestimmt nicht auf die Idee, daß so ein Laden in der Hauptsache Hausarbeit verlangt!«

»Haben Sie Lizzie gesehen?«

»Nur flüchtig«, sagte Jenny. »Sie mußte sich beeilen, die Arme, sie ist nur durchgerannt. Wie geht's denn Alistair?«

»Schlecht. Er ist voller Flecken.«

»Armer Bengel«, sagte Jenny. Sie sprühte Glasreiniger auf das nächste Bild. »Ich hatte ungefähr in seinem Alter auch die Windpocken, und es war scheußlich. Vermutlich werden die anderen sie jetzt auch alle kriegen.«

Robert stöhnte. »Sagen Sie doch so was nicht ...«

»Es wär gar nicht mal schlecht«, sagte Jenny seelenruhig, »wenn sie es alle auf einmal hinter sich brächten.«

»Aber wie sollen wir das denn schaffen?«

»Was?«

»Wenn die Kleinen sie auch bekommen, wie sollen wir denn um Gottes willen neben der Galerie auch noch damit fertigwerden?«

Jenny trat einen Schritt zurück und prüfte mit zusammengekniffenen Augen, ob noch Streifen auf dem Glas zu sehen waren.

»Zu zweit hätten wir damit wohl keine Probleme. Einer unten, einer oben, immer im Wechsel. Und wenn Toby sie auch noch kriegt, stecke ich ihn einfach zu den anderen.«

Sie hörte sich so vernünftig und normal an, daß Robert plötzlich das Gefühl hatte, einen Engel oder eine gute Fee vor sich zu haben. »Behalten Sie eigentlich immer die Fassung?«

Sie wandte den Blick von ihm ab.

»Ich versuche es. Ich fürchte mich ziemlich davor, die Fassung zu verlieren.«

»Aber das tun doch wohl alle ...«

»Mag schon sein«, sagte Jenny, »ich glaube nur, bei mir ist das stärker als bei anderen.«

»Ich finde Sie einfach toll«, sagte Robert.

Jenny errötete, ein stetiges, langsames Erglühen.

»So dürfen Sie nicht reden.«

»Warum nicht?«

»Weil es nicht wahr ist«, sagte Jenny. »Ich bin tüchtig, zuverlässig und nützlich, weiter nichts.«

Robert lächelte ihr zu.

»Na hören Sie«, sagte er. »Daß jemand nützlich, zuverlässig und tüchtig ist, ist nicht gerade meine Vorstellung von toll. Keine Anfälle, kein Geschrei und Gekreisch ...«

»Und auch keine Probleme«, sagte Jenny steif und ging zum nächsten Bild weiter.

»Jenny ...«

»Nein«, sagte sie, »gehen Sie jetzt und arbeiten Sie. Ich bin ja nicht begriffsstutzig, ich weiß schon, was Sie zu sagen versuchen, aber Sie sollten davon nicht anfangen, nicht in ihrer Abwesenheit, das habe ich Ihnen doch bereits gesagt.«

»Entschuldigen Sie«, sagte Robert. Ihm tat auf einmal das Herz weh, als hätte es Kopfschmerzen. »Sie haben völlig recht. Ich bin im Büro, falls Sie mich brauchen.«

Sie nickte, und ihr graues Haar wippte adrett. Sie wagte nicht, ihn anzusehen.

»Bis später.«

Als er die Bürotür aufmachte, läutete das Telefon. Es war der private Apparat, dessen Nummer nur die Schulen der Kinder, Barbara und William, Frances und ein paar bevorzugte Lieferanten und Kunden kannten.

»Robert Middleton«, sagte er in den Hörer.

»Mr. Middleton, ich bin Mrs. Cairns vom Langworth Junior. Ich muß Sie leider bitten, sofort vorbeizukommen und Sam abzuholen, wenn Sie so freundlich sein wollen. Er hat eine Menge Flecken, sieht mir ganz nach Windpocken aus. Er sagt, sein älterer Bruder hätte sie.«

»Ja«, sagte Robert.

»Mr. Middleton, Sie kennen doch die Quarantänebestimmungen ...«

»Ja.«

»Das bedeutet, daß jedes Kind, das mit Sam in Berührung gekommen ist ...«

»Ich weiß, Mrs. Cairns. Es tut mir sehr leid.«

»Dann kommen Sie also sofort?«

»So schnell ich kann.«

»Und ich glaube, Davy sollten Sie lieber auch mit nach Hause nehmen.«

Robert schlug die Hand vors Gesicht.

»Ja, Mrs. Cairns«, sagte er.

Als Lizzie nach Hause kam, fand sie Alistair immer noch verhüllt wie eine Mumie, und Sam lag, alle viere von sich gestreckt, splitterfasernackt auf dem Sofa. Er erklärte, wenn er seinen Schlafanzug anzöge oder auch nur ein T-Shirt, würde es unerträglich kratzen, und die Beine könne er auch nicht schließen oder die Arme an den Körper legen, weil sich die juckenden Stellen berührten, und er dann schreien müsse. Er schrie trotzdem, nur um zu zeigen, wie es ging. In der Küche saß Harriet, aß eine rohe Mohrrübe und las ein Teenagermagazin. Sie hatte ihre Sonnenbrille aufgesetzt, weil sie Kopfschmerzen hätte, so erklärte sie, und die Windpocken fingen doch immer mit Kopfschmerzen an, oder? Im Bad badete Robert gerade Davy, der felsenfest davon überzeugt war, am Knie einen Fleck entdeckt zu haben und darum bettelte, nicht in Tücher, Handtücher und Halstücher gewickelt im Dunkeln liegen zu müssen.

Lizzie setzte sich auf den geschlossenen Klodeckel und zog sich die Schuhe aus.

»Was sollen wir bloß machen?«

»Weitermachen«, sagte Robert grimmig und seifte Davy den Rücken ein.

»Ich übernehme das«, sagte Lizzie. »Fang schon mal mit dem Abendessen an.«

»Nein.«

»Dann mach ich das. Was ist denn da?«

»Was du mitgebracht hast.«

»Ich habe nichts mitgebracht. Ich habe heute bis halb sechs gearbeitet, falls du dich erinnerst. Und um halb sechs schließen hier sämtliche Geschäfte.«

»Dann ist auch nichts da.«

»Kein Essen?« flüsterte Davy. Er beäugte sein Knie. »Das juckt wirklich.«

»Du hast keine Windpocken«, sagte Robert geduldig.

Davy blickte mit weitaufgerissenen Augen zu ihm empor.

»Und wenn die nun nachts kommen?«

»Dann kommst du und sagst es uns«, sagte Lizzie.

»Und wenn ...«

»Es müssen noch irgendwelche Nudeln dasein«, unterbrach ihn Lizzie und stand auf.

»Wenn du meinst.«

»Warum bist du bloß so übellaunig?«

Robert antwortete nicht. Er hob Davy hoch, um ihm das Hinterteil zu waschen.

»Ich habe den ganzen Tag herumtelefoniert und das Schulgeld für das Trimester angemahnt«, sagte Lizzie. »Den ganzen verdammten Tag lang nichts anderes. Es war traumhaft, ein Anruf nach dem anderen bei Eltern, die entweder nicht ans Telefon gehen oder ständig auf Sitzungen sind.« Sie stieg über Robs Füße hinweg. Auf einmal war sie so müde, daß sie sich kaum mehr auf den Beinen halten konnte. »Es ist doch nicht meine Schuld«, sagte sie mit zitternder Stimme, »daß alle die Windpocken haben.«

»Das habe ich auch nie behauptet.«

»Aber du hast es durchblicken lassen.«

»Geh und fang mit dem Essen an«, sagte Robert. Er hob Davy aus der Wanne, als wäre er ein Baby und kein großer Junge. Protestierend entwand sich Davy den Händen seines Vaters und griff nach dem Handtuch.

»Ich mache das ganz allein.«

»Wie du möchtest.«

»Robert«, sagte Lizzie und blickte auf die beiden nieder. »Warum müssen wir uns bloß die ganze Zeit in den Haaren liegen?«

Er sah zu ihr auf, und aus seinem Blick sprach nicht das geringste Mitgefühl. Dann wandte er sich wieder Davy zu und begann, dessen Füße mit einem herabhängenden Handtuchzipfel abzutrocknen.

»Was für eine saudumme Frage«, sagte er. »Was meinst du wohl, weshalb?«

Am nächsten Tag rief Lizzie in Westondale an und teilte mit, daß sie nicht kommen könne, da ihre Kinder die Windpocken hätten. Aus Mrs. Drysdales Stimme klang falsches Mitgefühl, als sie erklärte, sie werde Freda Mason bitten, für ein paar Tage im

Sekretariat die Stellung zu halten. Lizzie hätte weinen können. Sie malte sich aus, wie Freda Mason innerhalb von drei Tagen gnadenlos alles wieder rückgängig machen würde, was sie selbst in drei Trimestern geschaffen hatte, die schrecklichen Vorhänge und Häkelkörbchen für die Topfpflanzen wieder aufhängen würde, absichtlich das falsche Papier in den Drucker des Computers stecken und sämtlichen elterlichen Hickhack wieder in Gang setzen würde, den Lizzie ein Jahr lang mit ungeheurer Überredungskunst zum Erliegen gebracht hatte.

»Können Sie nicht eine Aushilfe von einer Agentur holen?« fragte Lizzie. »Ich finde es ein bißchen unfair, Freda zu bitten, wo sie doch in Pension ist.«

»Aber keineswegs ist das unfair«, sagte Mrs. Drysdale entschieden. »Wer einmal zur Westondale-Familie gehört hat, gehört ihr auf alle Zeiten an. Sie wird sich geradezu darum reißen.«

Bestimmt, dachte Lizzie, ganz bestimmt wird sie das. Sie schrie in die leere Küche: »Sie wird sich ganz in ihrem Scheißelement fühlen!«

»Was ist denn das?« fragte Davy, der, nur mit der unteren Hälfte seines Schlafanzugs bekleidet, gerade hereinkam. »Sind so Kung-Fu-Hosen?«

»Was?«

Davy stellte einen Fuß vor und ballte die Faust.

»So – päng, wum, päng.«

»Ich glaube schon.« Sie blickte zu ihm hinab. »Wenn du schon die Windpocken kriegen mußt, könntest du dich dann nicht ein bißchen beeilen?«

Bis zum Mittagessen hatte er ihrem Wunsch entsprochen. Es war ein heißer Tag, einer dieser irrsinnig heißen Frühsommertage, und als Lizzie die Fenster der Wohnung öffnete, schienen Verkehrslärm und Abgase ins Zimmer zu wirbeln wie brauner Rauch. Sam hatte den Fernseher laufen, weitaus lauter als nötig, weil, so behauptete er, die Windpocken ihn taub gemacht hätten und er sowieso wegen des Verkehrslärms nichts hören könne. Er zog die Vorhänge vor, weil Alistair gesagt hatte, wenn er das nicht täte, würde er nicht nur taub, sondern auch noch blind, und er und Davy lümmelten nun im Dämmerlicht vor einem alten Greta-Garbo-Film herum und klagten und kratzten sich. Hinter der einen geschlossenen Tür lag Alistair wie gewohnt, obwohl, so hatte Harriet gemeldet, seine Flecken jetzt rasch verblaßten, und hinter der anderen malte Harriet sich die Fußnägel abwechselnd schwarz und rot an und phantasierte, daß Fraser Pringle sie eines Tages mit demselben Blick anschauen würde, mit dem er gegenwärtig ihre einstige beste Freundin und nun ärgste Feindin Heather Weston bedachte. Lizzie gab sich große Mühe mit einem Krankenmenü aus dünn geschnittenem Schinken, neuen Kartoffeln und Erbsen, und alles stöhnte und lehnte dankend ab und fragte, warum sie keine Hamburger bekämen. Dann kam Pimlott wie ein Schatten hereingeglitten, den seine Mutter geschickt hatte, damit er sich die Windpocken holen und es hinter sich bringen konnte, und so legte er beim Anblick von Sam sofort ebenfalls sämtliche Kleidung ab und entblößte einen grünlichblassen Körper, der Lizzie an die unterirdischen Wurzeln von Ackerwinden denken ließ. Er versetzte sie regelrecht in Panik. Sie wußte nur, daß sie keinen nackten Pimlott in Sams oder Davys Nähe haben wollte, und so verlor sie die Nerven und schrie Pimlott an und befahl ihm, sich sofort wieder anzuziehen und die Wohnung zu verlassen. Er verdrückte sich auf seine verstohlene Art und murmelte etwas, die mondgroßen Augen bösartig auf ihr Gesicht gerichtet, und als er verschwunden war, setzte Lizzie sich aus dem völlig überflüssigen, aber instinktiven Bedürfnis, ihn am Wiederkommen zu hindern, auf die Treppe und brach aus Anspannung, Erschöpfung, Enttäuschung und Verwirrung in Tränen aus, und so fand Jenny sie eine halbe Stunde später, als sie während einer Flaute im Laden heraufkam, um zu fragen, ob sie sich irgendwie nützlich machen könnte.

Jenny übernahm das Ruder. Während der nächsten paar Tage, erklärte sie, müsse Robert sich um die Galerie kümmern, sie übernähme die Kinder und Lizzie müsse nach Westondale fahren.

Lizzie erwiderte: »Aber ich kann Ihnen doch nicht die Pflege meiner Kinder überlassen!«

»Warum denn nicht?«

»Weil das nicht richtig ist, das ist doch nicht Ihr Problem ...«

»Deshalb fällt es mir ja auch leichter«, sagte Jenny.

Sie holte Alistair aus Laken und Bett und brachte ihn dazu, sich anzuziehen. Sie schaffte es, daß Sam und Davy sich wenigstens T-Shirts überzogen und stellte regelmäßig nicht weiter bemerkenswerte Mahlzeiten auf den Tisch, die die verblüfften Kinder gefügig aßen. Zur Mittagszeit kam Robert für eine Stunde in die Wohnung hinauf, und sie ging an seiner Stelle in den Laden hinunter, und um halb vier fuhr sie Toby abholen und kam noch einmal zurück, bis Lizzie nach Hause kam. Robert und Lizzie schwänzelten vor Dankbarkeit um sie herum, doch sie wollte davon nichts wissen.

»Mir macht das Spaß. Jeder wird doch gern gebraucht, nicht? Außerdem haben Katastrophen immer auch etwas Belebendes. Lassen Sie mich nur machen.«

Also ließen sie sie machen. Sie ließen sie ihre Kinder pflegen und ihren Küchenfußboden aufwischen und ihre Hemden und Laken bügeln und fanden zum Abendessen im Kühlschrank Schüsseln mit Suppe und Salat. Sie ließen sie machen, so daß Lizzie nach Westondale fahren konnte, ohne Gemurr und Vorwürfe auszulösen, und den ganzen Tag arbeiten konnte, ohne daß Schuldgefühle sie niederdrückten wie eine Migräne. Sie ließen sie machen, so daß Robert sich ganz aufs Geschäft konzentrieren konnte, ohne ständig den Druck der häuslichen Pflichten und den damit verbundenen Groll zu spüren, der sich in ihm aufstaute wie ein drohendes Unwetter. Sie ließen sie machen, weil sie es ihnen leicht machte und sie nach dem monatelangen Streß so müde und so demoralisiert waren, daß alles, das auch nur die kleinste Erleichterung versprach, ihnen vorkam wie ein unverhoffter Quell in der Wüste.

Und dann kam Robert nach Ladenschluß – an einem der Tage, an denen Lizzie spät kam – in die Wohnung und fand, verwundert und bewundernd, alle Kinder friedlich bei abgeschaltetem Fernseher im Wohnzimmer sitzen.

»Wo ist denn Jenny?«

»Die macht das Bad sauber«, sagte Harriet.

»Und warum hilfst du ihr nicht?«

»Ich hab's ihr angeboten, doch sie hat gesagt, ich sollte ihr lieber dies Rezept abschreiben, und das mache ich gerade.«

Robert ging ins Bad. Jenny stand mit bloßen Füßen in der Wanne und wienerte die Kacheln an der Wand.

»Jenny, hören Sie auf damit, wirklich, hören Sie sofort auf...«

»Nein«, sagte sie lächelnd, »ich bin gleich fertig.«

»Ich dulde das nicht«, sagte er, »ich dulde nicht, daß Sie Sklavenarbeit verrichten«, und dann legte er die Arme um sie und hob sie aus der Wanne.

Sie schnappte nach Luft.

»Lassen Sie das!«

»Was denn?«

Sie schaute ihn aus weitaufgerissenen Augen an. Verzweifelt versuchte sie, seine Arme wegzuschieben, in der Hand noch den Putzlappen, aber er war zu schnell für sie, zog sie an sich und küßte sie auf den Mund.

Dann rief Lizzie von der Wohnungstür: »Ich bin da!«

»Ich habe sie noch nie geküßt«, sagte Robert erschöpft und resigniert wie jemand, der zum x-ten Male dasselbe sagt, »ich werde sie auch nicht wieder küssen. Ich liebe sie nicht, ich bin nicht in sie verliebt, ich liebe dich, ich war ihr nur so dankbar, weil sie so beruhigend auf mich gewirkt hat.«

Lizzie stand am Fenster ihres Schlafzimmers und schaute auf die verfallenen Fabrikhöfe hinter dem Haus. Die untergehende Sonne tauchte die Haufen zerbrochener Ziegel und die vor sich hin rottenden Zäune in ein goldenes Licht. Sie hielt sich an der Fensterbank fest und starrte hinaus.

»Was meinst du damit – daß sie beruhigend auf dich gewirkt hat?«

Robert saß auf der Bettkante, den Kopf in die Hände gestützt.

»Sie war eben«, sagte er müde, »so wahnsinnig normal, so beruhigend, so herrlich normal.«

»Was meinst du damit?« fragte Lizzie wieder.

»Du weißt genau, was ich meine.«

»Nicht wie ich...«

»Eben, nicht wie du.«

»Wie lange hast du schon vorgehabt, sie zu küssen?«

Robert warf sich rückwärts aufs Bett und schloß die Augen.

»Ich habe es nicht vorgehabt!«

»Brüll nicht.«

»Dann bring mich auch nicht zum Brüllen. Ich habe es nicht vorgehabt, es war eine spontane Regung, eine spontane Regung aus Scham und Dankbarkeit, als ich sie so ohne jeden Groll unser gottverdammtes Bad putzen sah. Ich wäre froh, ich hätte es nicht getan. Du weißt ja gar nicht, wie froh ich wäre, wenn ich es nicht getan hätte. Ich habe sie und dich und mich für nichts und wieder nichts in Aufruhr versetzt.«

»Für nichts und wieder nichts?«

»Ich habe sie nicht aus sexueller Begierde geküßt, Lizzie!« schrie Robert. Er saß jetzt kerzengerade und funkelte sie wütend an. »Ich habe sie geküßt, weil ich dankbar war und mich geschämt habe, wie du es auch tun solltest.«

Eine lange Pause trat ein, während derer Lizzie aus dem Fenster starrte. Dann wandte sie sich um und ließ sich neben ihm aufs Bett fallen. Er erwartete, daß sie wütend oder traurig wäre, doch sie sagte nur: »Ich weiß.«

»Was?«

»Ich bin dankbar. Ich schäme mich.«

Robert rollte sich stöhnend von ihr weg.

»Fang bloß damit nicht an ... mit dieser Selbstkasteiung ...«

»Mum!« schrie Harriet durch die geschlossene Tür.

»Was denn?«

»Telefon! Frances ist dran!«

Lizzie sprang auf.

»Frances! Von wo ruft sie an ...?«

»Weiß ich nicht«, sagte Harriet.

»Ich komme gleich wieder«, sagte Lizzie und rannte aus dem Zimmer. Robert grunzte und schloß die Augen. Er hätte sich ohrfeigen können. Er wußte auch nicht, was in ihn gefahren war, daß er sich so plump, so lächerlich aufgeführt und Jenny geküßt hatte. Außerdem war es ein so ulkiges Küßchen gewesen, ein nahezu kindlicher Kuß, denn Jenny hatte die trockenen Lippen geschlossen und ihn aus großen Augen erstaunt und mißbilligend angesehen. Herrje, dachte er nun und versetzte dem Kopfkissen einen Fausthieb, bin ich eigentlich dermaßen unattraktiv? Ist es dermaßen widerlich, von mir geküßt zu werden, daß mein Opfer nach Hause stürzt, als wäre es vergewaltigt worden? Jenny war in der Tat nach Hause gestürzt. Sie hatte Toby, ihre Tasche und Tobys Plastikbeutel mit den Sportsachen gerafft und war fast wimmernd aus der Wohnung geflüchtet. Robert war mit dem eindeutigen Gefühl zurückgeblieben, daß er sie verletzt hatte. Doch was hatte er eigentlich verletzt? Sie selbst? Ihre Prinzipien? Ihre Selbstachtung? Ihr Selbstbild? Sie hatte fast kein Wort gesagt, als sie flüchtete, nur ein paar unzusammenhängende Worte der Entschuldigung zu Lizzie und den Satz: »Es ist nichts dran, gar nichts, ich könnte doch niemals . . .« Lizzie hatte, selbst völlig verblüfft, geantwortet: »Machen Sie sich bloß keine Sorgen . . .« Sorgen weshalb? Weil ich Ihnen die Schuld geben könnte? Weil mein Mann so schlecht küßt? Mein Gott, dachte Robert, habe ich denn noch nicht genug am Hals? Muß ich mir jetzt auch noch wie ein scheißblöder Idiot vorkommen?

Die Tür öffnete sich wieder. Lizzie kam leise herein, setzte sich auf die äußerste Bettkante und faltete die Hände.

»Ich rufe Frances später zurück, wenn die Kinder im Bett sind und nicht alle um mich herumwimmeln und mir erzählen, wie schlecht es ihnen geht.«

Robert setzte sich auf. Er sah sie flüchtig an. Sie war kreideweiß. »Lizzie?«

»Mir fehlt nichts«, sagte sie. Sie faßte sich mit der Hand an den Kopf, wie um sich zu vergewissern, daß er noch da war. »Es ist nur, weil Frances schwanger ist, weißt du.«

»Schwanger!«

»Ja«, sagte Lizzie. »Schwanger.« Sie schaute ihm mit ausdruckslosem Blick ins Gesicht. »Das nimmt uns ganz schön den Wind aus den Segeln, wie?«

Später, viel später saß Lizzie am Küchentisch, den dritten Becher Tee in den Händen. Zweimal hatte sie sich welchen gemacht, ihn aber nicht trinken können. Robert war zu Bett gegangen. Sie war bei ihm im Zimmer gewesen, um mit ihm zu sprechen, doch da schlief er schon. Er wirkte selbst im Schlaf noch erschöpft. Lizzie hatte ihn neiderfüllt betrachtet. Beneidenswert, wie die Männer es schafften, Zuflucht im Schlaf zu finden. Sie hatte das ihr ganzes Leben an William beobachtet, der die Attacken und Unmutsäußerungen von Barbara einfach wegdöste; sie sah es an Alistair, der sich einfach in seinen dumpfen Bau einigelte, in seine geheiligte Zuflucht, wo er es besser aushielt, er selbst und, seit kurzem, dreizehn zu sein. Ich bin mir nicht sicher, ob ich je wieder schlafen kann, dachte Lizzie, während ihr Blick auf Robert ruhte, ich habe das Gefühl, am Rande zu sein, aber wach, immer und für ewig wach. Sie kehrte in die Küche zurück und setzte erneut Teewasser auf. Ein völlig automatischer Vorgang, dachte sie benommen, ich könnte ebensogut die Waschmaschine einschalten. Warum machen die Leute sich bloß immer Tee, wenn sie nicht mehr wissen, wo ihnen der Kopf steht? Was haben sie bloß früher in Krisenzeiten gemacht, als es noch gar keinen Tee *gab*? Nun mal ruhig, haben sie wohl zueinander gesagt, jetzt trink erst mal einen schönen Becher Met, das beruhigt. Woraus war Met nochmal? Aus Honig? Aus Hopfen? Und was zum Teufel schert mich das eigentlich, woraus das Zeug ist, wo Frances doch im dritten Monat schwanger ist und es niemandem erzählt hat, und mir schon gar nicht?

»Ich bin absichtlich schwanger geworden«, hatte Frances während ihres zweiten Telefonats gesagt. »Ich wollte es. Ich wollte ein Kind von Luis. Am liebsten möchte ich Luis und sein Kind, aber es sieht nicht so aus, als bekäme ich beides.«

»Aber du hast es doch gewußt«, rief Lizzie. »Du wußtest doch, was er davon hielt! Du wußtest, wie er reagieren würde. Ich meine, ich kann mir nicht recht vorstellen, wie du einen Mann wirklich lieben kannst, der so denkt, aber offenbar denkt er ja nun mal so und hat auch nie einen Hehl daraus gemacht, oder?«

»Nein. Hat er nicht. Und der Haken an wirklicher Liebe ist, daß man lernen muß, sich mit bestimmten Eigenschaften abzufinden, die man an einem Menschen, den man nicht liebt, geradezu scheußlich fände. Das liegt eben im Wesen der menschlichen Triebe, das *ist* es doch gerade ...«

»Ja«, sagte Lizzie geläutert. Sie saß in ihrem Morgenrock auf dem Wohnzimmerfußboden, das Telefon neben sich auf dem Sofa. Frances sagte, sie säße ebenfalls auf dem Boden, in Fulham, doch trage sie Luis' Morgenrock – den trage sie jetzt ständig, das gefalle ihr irgendwie.

»Hat er ...«, fing Lizzie an, unterbrach sich dann jedoch.

»Hat er was?«

»Hat er ... dir eine Abtreibung vorgeschlagen?«

»Nein«, sagte Frances in scharfem Ton.

»Wie stehst du eigentlich dazu? Seltsam, aber wir haben nie darüber gesprochen ...«

»Wenn ich es abtreiben ließe«, Frances Stimme wurde lauter, »würde ich damit alles leugnen, was Luis und ich aneinander gehabt haben, alles, was wir einander gewesen sind ...«

»Gewesen sind? Siehst du ihn denn nicht mehr? Ach, Frances ...«

»Doch, ich sehe ihn. Genausooft wie vorher. Er bemüht sich liebevoll um mich.«

»Dann ...«

»Lizzie«, sagte Frances, »ich kenne seine Einstellung und meine, und ich wußte, was ich tat, und ich habe es getan, und nun bin ich wahnsinnig gespannt und gleichzeitig entsetzt, und einmal denke ich, ich habe es richtig gemacht, und dann denke ich wieder, ich habe es falsch gemacht. Verstehst du?«

»Ja«, flüsterte Lizzie. Sie umklammerte den Hörer. »Kann ich ... kann ich dir jetzt helfen?«

»Wie meinst du das?«

»Ich ... ich weiß nicht, nur ganz allgemein«, sagte Lizzie, zwischen allen möglichen Regungen hin- und hergerissen. »Ich meine während der Schwangerschaft oder wenn das Kind kommt. Wo wirst du es denn bekommen? In Bath?«

»Ich glaube nicht ...«

»Aber London wäre doch trist.«

»Auch nicht in London.«

»Dann ...«

»Wahrscheinlich kriege ich es in Spanien«, sagte Frances. »In Sevilla.«

Lizzie entfuhr ein kleiner Aufschrei.

»Aber warum denn das? Du bist ja wahnsinnig!«

»Nun sei aber nicht albern. Spanien hat großartige Krankenhäuser, die Leute in Spanien kriegen ununterbrochen Kinder.«

»Das meine ich doch nicht!« rief Lizzie. »Ich meine doch, so weit weg von uns, von deiner Familie.«

»Aber es ist doch nicht euer Kind«, sagte Frances ruhig. »Es ist das Kind von Luis und mir.«

»Aber wenn er es doch nicht *will*!«

Eine kleine Pause trat ein, und dann sagte Frances zögernd: »Er will nicht, daß ich es bekomme, und das ist nicht ganz dasselbe.«

»Ach Frances«, stöhnte Lizzie erschöpft, »ach Frances, geht es dir gut?«

»Ich weiß nicht«, sagte Frances. Sie klang angespannt, als unterdrücke sie das Weinen oder als wolle sie sich ihre Empfindungen nicht anmerken lassen. »Ich weiß es wirklich nicht. Ich liebe ihn einfach nur, verstehst du. Immer. Ich liebe ihn einfach nur.« Und dann legte sie auf.

Robert hatte zwar gegähnt und sich vor Müdigkeit kaum auf den Beinen halten können, aber fürsorglich und gewissenhaft, wie er nun mal war, hatte er doch hören wollen, was Frances gesagt hatte. Lizzie konnte jedoch kaum sprechen. Sie sagte, Frances denke überhaupt nicht an eine Abtreibung und werde das Kind wohl in Spanien bekommen, und dann versagte ihr die Stimme. Robert wartete noch ein Weilchen und sagte dann schüchtern, wenn es ihr recht sei, gehe er jetzt zu Bett. Lizzie nickte und hielt ihm automatisch das Gesicht zum Kuß hin, den er ihr hastig auf die Wange drückte. Dann hatte er sie allein gelassen, und sie hatte sich Tee gekocht, ihn dann nicht getrunken und sich wieder und wieder Frances' Worte ins Gedächtnis gerufen, um unter anderem ein gräßliches Stimmchen tief in ihrem Innern zu übertönen, das mit penetranter Beharrlichkeit sagte: »Aber *ich* bin doch diejenige, die die Kinder bekommt!«

# 18. Kapitel

Es war unausstehlich heiß. Selbst noch in dem dunklen, höhlenartigen Treppenhaus des Wohnblocks herrschte eine erstickende Hitze. Draußen in der Julisonne, wo sich kein Windhauch regte – von den perversen kleinen Windstößen einmal abgesehen, die nichts anderes bezweckten, als einem den Staub in die Augen zu blasen –, war das Atmen wirklich schwierig.

Der Aufzug, der die Wohnungen bediente, war in einen riesigen schwarzen Käfig eingesperrt, der mit vergoldeten schmiedeeisernen Lilien und Akanthusblättern verziert war. Es war, so fand Frances, ein durch und durch spanisches Gebilde, schwerfällig, überladen, grandios, lächerlich und dabei unbestreitbar eindrucksvoll. Auf einer Tafel neben der einer Gitterpforte ähnelnden Lifttür war eine Reihe beleuchteter Klingeln angebracht, zu der jeweils eine weiße Karte mit einem gravierten Namen gehörte: Doctor Lourdes Piza; Señor und Señora J. S. Lorenzo, Maria Luisa Fernandes Preciosa, Professor J. und Doctor A. Maria de Mena. Frances zählte bis drei und drückte auf den Klingelknopf.

Ein schwaches knisterndes Geräusch drang aus einem kleinen Sprechgitter in der Nähe; es klang wie eine altmodische Lautsprecheranlage bei einem englischen Dorffest. Dann sagte eine Frauenstimme: *»Diga?«*

»Ist Doctor de Mena da?« fragte Frances, »Doctor Ana de Mena?«

Die Stimme zauderte ein Weilchen.

*»Quien habla?«*

»Frances. Frances Shore.«

»Ich frage nach.«

Frances wartete in dem dunklen Vestibül bei dem kleinen Sprechgitter. Am einen Ende führten halbverglaste Türen wieder auf die glutheiße Straße hinaus, und am anderen Ende rahmte ein Türbogen die schäbige kleine Tür zu der Wohnung, wo die Portiersfrau des Wohnhauses ihr anscheinend lichtloses Dasein führte. Die Tür wurde mit Hilfe eines Plastikeimers offengehalten, vermutlich, damit ein Lufthauch hineindrang, und aus dem Eimer erhob sich in träger Neugier das Gesicht einer Katze, die Frances ohne Begeisterung eine Weile musterte und dann wieder untertauchte.

Die Sprechanlage knisterte erneut.

»Frances? Frances, ich schicke Ihnen den Lift runter. Kommen Sie herauf.«

»Danke, oh, vielen Dank . . .«

Ein geräumiger Kasten, der mit Kabeln und Zugseilen behängt war, kam gemächlich den Eisenkäfig hinabgeschaukelt. Auf einer Ebene mit Frances hielt er ruckelnd und erlaubte ihr, zwei Paar Türen zu öffnen und wieder zu schließen und sein schimmerndes Mahagoni-Inneres zu betreten. Dann nahm er seine ganze enorme Kraft zusammen und trug sie schwerfällig zur Wohnung der de Menas im zweiten Stock empor.

Ana küßte Frances nicht, sondern nahm nur ihre Hand, drückte sie einen Augenblick ziemlich fest und ließ sie dann wieder los. Sie trug ein kurzärmliges Sommerkostüm aus safrangelbem Leinen mit Goldknöpfen, und ihr Haar, das so glatt an ihrem Kopf lag, als wäre es aufgemalt, wurde von einem schwarzen Seidentuch mit weißen Punkten zurückgehalten.

Sie führte Frances in den Salon, der gegen die Sonne verdunkelt war, so daß die Möbel wirkten wie eine Reihe riesiger, höckriger Tiere, die auf dem Teppich kauerten. Nur in Fensternähe war es einer einzigen Sonnenbahn gelungen, sich unter den Jalousien hindurchzuschleichen und sich trotzig im Zimmer zu halten, und zweifellos bleichte sie bereits die Brücke, die sie beschien.

»Es ist zu heiß«, sagte Ana. »Sevilla ist schrecklich im Juli und August. Ich würde im Sommer niemals hierbleiben, wenn ich nicht müßte. Möchten Sie ein Glas Granizados?«

»Ja, gern«, sagte Frances dankbar. Sie sank auf das Sofa, auf dem sie gesessen hatte, als Luis sie zum Abendessen mitgenommen hatte, ein steifes, mit Gobelinstoff bezogenes Möbel. »Es ist wirklich nett, daß Sie mich hereinlassen. Ich hätte vorher anrufen sollen, und ich weiß eigentlich auch gar nicht, warum ich es nicht getan habe. Da ich wußte, daß Sie mittwochs nicht im Krankenhaus sind, wollte ich mir vermutlich einreden, es sei eine spontane Anwandlung.«

»Eine spontane Anwandlung? Mich zu besuchen?«

»Mit Ihnen zu sprechen. Sie etwas zu fragen. Das heißt, nachdem ich Ihnen etwas erzählt habe.«

Ana ging zur Salontür und rief nach Getränken. Die Stimme, die Frances zuerst geantwortet hatte, erwiderte, sie werde sie bringen, wenn sie mit ihrer derzeitigen Arbeit fertig wäre.

»Das ist Maria«, sagte Ana. »Sie war für Luis und mich so eine Art Kinderfrau, und als ich heiratete, habe ich sie übernommen. Leider ist sie störrischer als ein Maultier.« Sie kehrte wieder ins Zimmer zurück und setzte sich ans andere Ende des Sofas. »Wenn sie in fünf Minuten nicht da ist, gehe ich den Saft selbst holen, auch wenn ich dann wieder zehn Minuten ausgeschimpft werde, weil ich in ihr Reich eingedrungen bin.«

»Ana ...«, sagte Frances.

»Ja?«

»Ana, ich glaube, ich falle am besten mit der Tür ins Haus und sage Ihnen, weshalb ich gekommen bin.«

»Das finde ich auch am besten.«

Frances holte tief Luft. Eigentlich hätte ihr dieser Akt, immer wieder jemandem verraten zu müssen, daß sie schwanger war, mit der Zeit leichter fallen müssen, doch das schien nicht der Fall zu sein. Jedesmal wieder fühlte sie sich wie ein ängstliches Kind auf einem Sprungbrett über einem eiskalten, bodenlosen Gewässer, das die Augen schließt und nur deshalb herunterspringt, weil ihm der Rückweg versperrt ist.

»Ich bin schwanger«, sagte Frances. »Ich bekomme ein Kind.«

Während des Schweigens, das nun eintrat, rührte sich keine von beiden, und dann sagte Ana: »Das ist eine ernste Angelegenheit.«

»Ich weiß.«

»Ich gehe den Saft holen.«

»Ich brauche keinen.«

»Doch«, sagte Ana und stand auf. »Den brauchen wir. Wir brauchen etwas, womit wir uns beschäftigen können, während wir reden.«

Sie ging mit raschem Schritt hinaus. Frances saß auf dem unbequemen Sofa und hörte sie nach der alten Maria rufen und dann die Stimme der alten Maria, die vor Empörung zeterte. Solches Gezeter hatte Frances erwartet, als sie Barbara von ihrer Schwangerschaft erzählt hatte, doch zu ihrem Erstaunen war es ausgeblieben.

»Verstehe«, hatte Barbara in den Hörer gesagt.

»Was soll das heißen: Verstehe?«

»Ich meine damit«, sagte Barbara, »daß ich begriffen und zur Kenntnis genommen habe, was du gerade gesagt hast, aber noch nicht darauf reagieren kann. Jedenfalls nicht so am Telefon.«

»Ich muß nächste Woche nach Spanien«, sagte Frances.

»Ach ja?«

»Ja. Aber wenn ich wieder da bin, komme ich dich und Dad besuchen.«

»Verstehe.«

»Mum, nun sag doch nicht dauernd in diesem Ton ›verstehe‹!«

»Womöglich wirst du feststellen«, sagte Barbara überraschenderweise, »daß ich mehr verstehe, als du glaubst. Geht es dir denn gut?«

»Nicht besonders.«

»Nein«, sagte Barbara. »Wie denn auch? Es war tapfer von dir, mich anzurufen. Besser als ein Brief ...«

»Ein Brief!«

»Briefe«, sagte Barbara in vernichtendem Ton. »Das letzte Mittel des Feiglings. Du bist kein Feigling ...«

»Ach, Mum ...«

»Nun fahr nach Spanien«, sagte Barbara, »fahr nach Spanien und dann komm nach Hause und besuche uns.«

Und hier war sie nun, in Spanien, in Anas Salon, und bekam ein hohes Glas mit einer weißlichen, durchsichtigen Flüssigkeit gereicht, in der Eiswürfel klirrten.

»Also dann«, sagte Ana. »Weiß Luis Bescheid?«

»Selbstverständlich.«

»Und er ist wütend?«

»Ja.«

»Sie kannten seine Einstellung.«

»Ja.«

»Es war selbstverständlich ein Mißgeschick.«

»Nein«, sagte Frances. »Ich wollte es. Ich wollte ein Kind. Ich möchte ein Kind von Luis.«

Ana nahm einen kräftigen Schluck aus ihrem Glas. Sie saß kerzengerade und hob das Glas mit dem einen glatten, olivenfarbenen Arm, während der andere in perfekter Selbstbeherrschung in ihrem Schoß ruhte. Frances senkte den Kopf.

»Das ist eine sehr böse Lage, Frances.«

Frances wartete.

»Es geht dabei nicht allein um die Tatsachen«, sagte Ana, »obwohl die schlimm genug sind, sondern um andere Komplikationen. Er gibt viele moralische Konflikte in Spanien. Sie haben das aus eigener Anschauung kennengelernt. Sie haben gesehen, daß der alte konservative Standpunkt und der neue liberale sich schwer miteinander tun, daß es immer noch sehr vieles – zu vieles, werden Sie zweifellos finden – gibt, das einem Mann gestattet wird, nicht aber einer Frau. Darf ich Ihnen einen kleinen Rat geben?«

»Ich bitte darum«, sagte Frances.

»Sie kennen doch die Situation von Luis' und meiner Familie. Sie wissen Bescheid über unsere Mutter und über Josés Mutter. Sie wissen Bescheid über die ganze Heimlichtuerei, die Fehden. Diese ... diese Schwangerschaft darf nicht bekannt werden. Verstehen Sie das?«

»Das ist Ihre Auffassung«, sagte Frances. »Ehrlich gesagt, wenn man aus England kommt, hört sich das ganz ungeheuerlich an, so archaisch, so melodramatisch ...«

»Das weiß ich nicht«, unterbrach Ana sie in bestimmtem Ton. »Ich weiß nichts von der englischen Lebensweise, ich weiß nur Bescheid über meine Familie hier in Sevilla, in Spanien. Wir sind anders, na gut, aber das müssen Sie akzeptieren.« Sie beugte sich vor und wies mit dem Zeigefinger auf Frances, als wollte sie

sie geißeln. »Außerdem müssen Sie, Frances, jetzt auf sämtliche Ansprüche an Luis und seine Familie verzichten. Sie müssen nach Hause fahren und dieses Kind in England bekommen. Ich werde wegen des Geldes mit Luis sprechen.«

Frances starrte sie an.

»O nein.«

»Was?«

»O nein, Ana«, sagte Frances. »Dafür bin ich nicht hergekommen. Ich bin nicht hier, um mir wie ein Dienstmädchen des neunzehnten Jahrhunderts sagen zu lassen, daß ich mich mit meinem schändlichen Bündel auf die Straße hinausscheren und niemals wieder diese hochvornehme Schwelle verdüstern soll. Ich bin hier, weil ich mir Hilfe versprochen habe.«

»Die haben Sie bekommen. Ich habe Ihnen gesagt, was das Beste für Sie ist.«

»Das haben Sie nicht. Sie haben mir das gesagt, was das Beste oder jedenfalls das Bequemste für die de Menas und die Gomez-Morenos ist. Spanien ist sicher in vieler Hinsicht altmodisch, ein Hort des Stolzes, der Familienehre und katholischer Schuldgefühle, doch es ist zum Teil auch mein Land, weil ich jetzt ein halb spanisches Kind in mir trage.«

»Und ein halb englisches.«

»Selbstverständlich. Doch wenn ich nach England gehe, wird dieses Kind niemals seinen Vater kennenlernen.«

»Wäre das nicht das Beste?«

»Für wen denn wohl?« rief Frances empört. »Für wen? Für Ihre Mutter?«

Ana schaute weg.

»Ich fürchte, meine Mutter ist in mancher Hinsicht unmöglich.«

»Sie werden erleben«, sagte Frances, »daß ich meinerseits unmöglich werde, wenn Sie mir nicht helfen.«

Ana wandte ihr wieder den Blick zu.

»Aber was wollen Sie denn ereichen? Luis ist verheiratet, und selbst wenn er es nicht wäre, würde er nicht wieder heiraten. Er will dieses Kind nicht ...« Sie unterbrach sich plötzlich und beugte sich vor. »Hat er Sie gebeten, es abtreiben zu lassen?«

Frances zuckte zusammen. Sie wollte nicht daran denken müssen, wie sehr sie ihn gehaßt hatte.

»Ja.«

»Und Sie haben sich geweigert?«

»Selbstverständlich habe ich mich geweigert! Wie kann er es wagen! Wie *kann* er es nur wagen? Ich habe das Kind gewählt, ich verlange nichts, ganz gleich, was ich mir erhoffe und ersehne, nur, daß er mich nicht gerade jetzt im Stich läßt und das Kind schon gar nicht! Ich hätte ihn umbringen können, so wütend war ich.«

Anas Gesicht war flüchtig von einer starken Empfindung bewegt. Dann sagte sie, und ihre Stimme bebte ein wenig: »Es ist eine Tragödie, dieses Leben, das wir führen. Männer wollen Frauen, aber Frauen wollen Kinder.«

»Ah ja«, sagte Frances schroff, und es kümmerte sie nicht, daß sie taktlos war. »Wollten Sie auch welche?«

»Ach, ich weiß gar nichts mehr.«

»Aber natürlich wissen Sie das!«

»Man lernt, sich zu zügeln«, sagte Ana, »seine Wünsche zu zügeln.«

»Und die Triebe?«

Ana schaute sie an.

»Schon schwieriger.«

Frances trank ihre Granizados aus und stellte das leere Glas auf ein Tischchen.

»Ich habe meiner Schwester etwas vorgelogen. Ich habe ihr erzählt, Luis habe *nicht* von Abtreibung gesprochen. Das habe ich rein instinktiv getan, um Luis zu schützen. Ich erzähle ihr so viel und dann irgendwann nichts mehr, und ich kann nicht einmal mir selbst so richtig erklären, weshalb ich das tue. Doch ich weiß genau, weshalb ich zu Ihnen gekommen bin.«

»Ja«, sagte Ana.

»Ich bin gekommen, weil sie Ärztin sind und ich Ihre Hilfe brauche, um ein Krankenhausbett zu bekommen, wenn im Dezember mein Kind kommt. Ich hätte wohl auch Luis bitten können, doch das wollte ich nicht. Ich frage lieber Sie. Ich möchte das Kind hier bekommen, weil es unser Kind ist, nicht nur meins, und auch, weil ich es in dem Land bekommen möchte, wo ich glücklicher war als je irgendwo sonst, und weil es das Land des Mannes ist, den ich liebe. Das sind nicht gerade sehr vernünftige Begründungen, ich weiß, doch sie haben für mich ein ungeheures Gewicht. Und wenn mir je im Leben jemand gesagt hat, ich solle nicht der Stimme der Vernunft gehorchen sondern meinen Gefühlen, dann war das Ihr Bruder, und wenn das alles zu meinem Unglück geführt hat, so hat es doch auch zu meinem *Glück* geführt, und ich werde das niemals vergessen, *niemals*, solange ich lebe. Verstehen Sie mich?«

Ana seufzte.

»Ich weiß nicht. Das ist ja der reinste Wasserfall ...«

»Das soll es auch sein. Ich will, daß Sie etwas von der Dringlichkeit und Intensität meiner Empfindungen spüren, ich will Sie dazu bewegen, mir zu helfen.«

Ana stand auf und ging ein paar Schritte durchs Zimmer, zwischen den Tischen und den schweren Stühlen mit ihren Löwenfüßen, ihren eingelegten Messingstreifen und den glatten, unnachgiebigen Damastsitzen hindurch.

»Weiß Luis, daß Sie zu mir wollten?«

»Nein. Ich werde es ihm aber sagen, wenn Sie mir helfen. Wenn nicht, werde ich ihn einfach nur bitten, seinerseits jemanden anzurufen.«

»Sie sind ja sehr entschlossen.«

»Oder verzweifelt«, sagte Frances knapp.

Ana wandte sich zu ihr um.

»Wo wollen Sie denn Ihre Schwangerschaftsgymnastik machen?«

»Wo es sich machen läßt, hier oder in London.«

»Ich werde mit einer Kollegin sprechen.«

Frances umklammerte die Sofalehne.

»Wirklich?«

»Ja«, sagte Ana. »Wirklich. Doch fragen Sie mich nicht, warum.«

Luis schlug auf Frances' Seite das Bettlaken zurück und schüttelte die Kissen auf. Aus dem Bad drang das Geräusch des Wassers, das in die Wanne spritzte und wie Regen gegen die Milchglasscheibe prasselte, die verhinderte, daß der Boden naß wurde. Normalerweise ließ Frances die Badezimmertür offen, wenn sie badete oder duschte, und Luis empfand eine vage, leise Beunruhigung, weil sie sie heute abend geschlossen hatte. Wenn in der gegenwärtigen Situation die Entscheidung gefällt wurde, daß jemand in welcher Hinsicht auch immer aus- oder eingeschlossen werden sollte, dann wollte er derjenige sein, der sie fällte. Und zwar nicht deshalb, weil er über Frances bestimmen wollte, sondern weil derlei Entscheidungen die einzige kleine Erleichterung zu sein schienen, die ihm in dieser Lage blieb, wo er so hilflos und rasend wütend war, weil ein Mensch, dem er glaubte und vertraute, ihn enttäuscht hatte.

Er setzte sich auf die Bettkante und breitete eine Hand auf dem Platz aus, auf dem sie liegen würde. Sie versetzte ihn in Erstaunen. Nein, Erstaunen war ein zu schwaches Wort, sie verwunderte ihn, entsetzte ihn, ängstigte ihn, verschlug ihm die Sprache mit dieser unverschämten, unverhohlenen *Kühnheit*, mit der sie sich gegen seinen ausdrücklichen Wunsch von ihm hatte schwängern lassen. Er war sich sicher, sich nie im Leben so hereingelegt gefühlt zu haben und jemals so wütend gewesen zu sein. Er faßte es einfach nicht. Dabei hatte es ihm weniger die Sprache als die Gedanken verschlagen. Und jedesmal, wenn er vor Wut so außer sich war, daß er nicht einmal mehr eine schlichte Bemerkung herausbrachte, wurde seine Fassungslosigkeit noch dadurch vergrößert, daß er plötzlich eine Aufwallung von Liebe, eine höchst eigenartige Zärtlichkeit für sie empfand. Er fuhr vom Bett hoch, als hätte er sich verbrannt. Was um Gottes willen tat er denn – zog die Laken glatt und schüttelte die Kissen auf? Warum holte er ihr denn bloß ständig Kissen für ihren Rücken? Warum rief er in London an und erkundigte sich danach, ob sie sich auch schonte? Warum betrachtete er ihren fülliger werdenden Körper mit dieser höchst vertrackten Mischung aus Interesse, Beschützerinstinkt und Begehren? Warum tat er das? Weil er nicht anders konnte, darum. Weil er, Luis Fernando Maria Gomez-Moreno, ungeachtet sämtlicher gesellschaftlicher und religiöser Leitlinien seiner strengen Erziehung einfach nicht anders konnte, und das machte ihn *wahnsinnig.*

Und nun hatte sie auch noch Ana eingspannt! War einfach in Anas Wohnung gegangen und hatte ungeniert um Hilfe gebeten, und sie war ihr tatsächlich zugesagt worden! Und als er, Luis, hatte wissen wollen, wie sie etwas Derartiges hatte wagen können, ohne ihn zuvor um seine Meinung zu fragen, hatte sie geantwortet, er könne seinen Kuchen nicht gleichzeitig behalten und aufessen, wieder so eine typische, ausweichende englische Redensart, die etwa zu bedeuten schien, daß man nicht alles haben konnte, was eine Unverschämtheit war, denn so, wie er es sah, hatte er gegenwärtig überhaupt nichts. Nichts! Er hatte nichts, und war doch immer noch mit von der Partie. Er hatte, wie er zuvor in Granada einmal beteuert hatte, daß er ein zivilisierter Mensch sei und kein wildes Tier, nun beteuert, daß er *selbstverständlich* um ihr Wohlergehen besorgt sei!

»Um meines vielleicht«, hatte Frances erwidert, »nicht aber um das des Kindes.«

»Was weiß ich denn!« hatte er geschrien. »Ich denke über dieses Kind nicht nach, ich kann es nicht, weil ich weiß, es ist das Ende, und ich ertrage es einfach nicht, daß dir das nicht das Herz bricht, wie es mir das tut!«

»Dir bricht das Herz nur, weil du selbst dafür sorgst. Du bist eben entschlossen, daß dieses Kind das Ende sein soll und nicht etwa der Anfang!«

»Ich bin nicht entschlossen«, sagte er ruhiger, »ich *weiß* es einfach. Ich hasse dieses Wissen, doch es ist da.«

Als er sie in diesem Augenblick ansah, hatte er bemerkt, wie müde sie war, wie ungeheuer erschöpft. »Geh duschen«, hatte er gesagt, »du mußt dich ausruhen, Frances, wirklich, du solltest dich nicht so aufregen, das ist ganz dumm von dir.«

»Aber ich *muß* mich ja aufregen, weil du mir nicht helfen willst.«

»Ich helfe dir ja, ich tue es doch, ich kümmere mich schließlich um dich.«

»Das meine ich nicht. Es ist dieser gnadenlose Fatalismus, mit dem ich mich die ganze Zeit herumschlagen muß.«

Er hatte sie über den Tisch hinweg angesehen und gesagt: »Ich bin nicht so, weil ich es will, ich bin so, weil ich nun mal so bin.«

Sie hatte geseufzt; es war ein abgrundtiefer Seufzer gewesen.

»Und auch ich bin, wie ich nun mal bin.«

»Wir sind hier in Spanien nicht besonders tauglich für Kompromisse.«

»Wir in England machen zwar den Eindruck, aber im Grunde genommen sind wir genauso schlimm wie alle anderen. Wir hätscheln auch nur unsere Abneigungen.«

»Komm«, sagte er und streckte ihr die Hand hin. »Zeit fürs Bett.«

Sie hatte seine Hand genommen und sich von ihm zum Bad führen lassen. Der Mann auf der anderen Seite der Gasse hatte mit seinem wehmütigen Gitarrenspiel begonnen, den langgezogenen, klagenden Klängen, die sich mit dem gedämpften Schwatzen der Leute vermischten, die unter dem Fenster vorbeibummelten. Luis öffnete die Badezimmertür.

»Nun dusch mal, und ich bereite inzwischen das Bett vor.«

Sie hatte sich ihm zugewandt und ihn mit einem müden, kleinen Lächeln angesehen. »Danke«, sagte sie, und dann hatte sie ihm die Badezimmertür vor der Nase zugemacht.

Sie war, so stellte sie später in jener fürchtlich heißen Nacht fest, zu müde, um zu schlafen. Dabei war sie halb ohnmächtig vor Erleichterung ins Bett gestiegen und hatte erwartet, so schwer und mühelos in Schlaf zu fallen wie ein Stein, der über eine Klippe rollte. Luis hatte gewartet, bis sie es sich bequem gemacht hatte, und dann hatte er gesagt, er wolle nur auf eine Stunde noch mal ins Restaurant und die Bar des Hotels hinuntergehen und José einen tüchtigen Schrecken einjagen. Ob ihr das recht sei? Ja, hatte sie mit einem kleinen Nicken gesagt, die Augen bereits geschlossen, ja, geh nur, ich schlafe sowieso schon fast, danke, daß du dich so lieb um mich kümmerst. Doch dann hatte sie vergebens auf den Schlaf gewartet und auf die Geräusche Sevillas von der Gasse unten gelauscht, an Ana in dem halbdunklen Zimmer am Nachmittag gedacht und sich schaudernd an die heißen Straßen auf dem Nachhauseweg erinnert und den eigenartigen Anflug von Gekränktsein in Luis' Gesicht, als sie wieder aus dem Bad gekommen war, wo sie sich endlich unter der dämpfenden Kaskade des Duschwassers die Seele aus dem Leib geheult hatte.

Sie hatte ihn absichtlich ausgesperrt, nicht weil sie ihn nicht wollte, sondern weil sie das Gefühl hatte, sich langsam daran gewöhnen zu müssen, auf sich gestellt zu sein. Irgend etwas hatte sie auf dem Rückweg von Anas Wohnung zur Posada geängstigt, irgend etwas hatte ihr klargemacht, wie verletzlich sie jetzt war, da sie schwanger war, und wie verletzlich sie erst sein würde, wenn ein Kind da wäre, dem vor allem anderen ihre Fürsorge zu gelten hätte. Sie war an den Mauern des Klosters der Mutter Gottes vorbeigegangen, als sie ungeschickt mit dem Fuß in einem Loch im Pflaster hängengeblieben und mit einem Aufschrei gestürzt war. Es war kein Aufschrei der Überraschung, sondern plötzlicher Panik gewesen. Sie war auf die Seite gefallen, nicht besonders hart, und war dann in einem lähmenden, verwirrenden Angstzustand auf den staubigen Steinen liegengeblieben, bis ein Mann und eine Frau aus dem Haus gegenüber geeilt gekommen waren und ihr unter wortreicher Anteilnahme auf die Beine geholfen hatten. Ihr war schwindlig gewesen. Die Straße und der Himmel schienen sich in übelkeiterregender Weise zu drehen, und sie hatte sich auf den Mann gestützt, einen kleinen, vierschrötigen Mann von etwa fünfzig Jahren, als wäre er der einzige, der sie daran hindern könnte, ins Nichts geschleudert zu werden.

»Ich bin schwanger«, hatte sie sich mit einer fernen, deutlichen Stimme zu der Frau sagen hören. »Ich darf doch nicht fallen, wenn ich schwanger bin.«

Sie hatten ihr über die Straße geholfen und sie zu einem Stuhl im schmalen schwarzen Schatten einer Hausmauer geführt. Sie hatten ihr Wasser gebracht und sie gefragt, ob sie einen Arzt rufen sollten. Nein, sagte sie, ich habe mich nur so erschrocken, als ich gefallen bin. Die Frau hatte dann mit schriller Stimme nach ihrer Tochter gerufen, und sie hatten sie in die Mitte genommen und die wenigen Straßen nach Hause begleitet und ihr unterwegs wenig ermutigende, dramatische Geschichten über ihre eigenen Schwangerschaften und Niederkünfte erzählt. Sie waren wirklich nett, wirklich mitfühlend gewesen. Sie hatten Frances, unter vielen Mahnungen, daß sie nur ja auf sich acht geben solle, im schattigen grünen Hof des Hotels verlassen, und erst, als sie weg waren, ging ihr mit wachsender Beunruhigung auf, daß das von nun an immer so weitergehen würde, daß sie in gewisser Hinsicht jetzt immer so hilflos und auf andere Menschen angewiesen sein würde. Um ihr Kind zu schützen, würde sie nicht länger in der Lage sein, sich ständig selbst zu schützen.

Es war diese Ahnung eines neuen, beunruhigenden Stadiums gewesen, die sie, aus der kindischen Regung heraus, sich ab *sofort* entsprechend zu verhalten, wenn es denn sein mußte, bewogen hatte, Luis die Tür vor der Nase zuzumachen. Sie mußte sich daran gewöhnen, wieder allein zu sein, auch wenn es eine ganz andere Art von Alleinsein sein würde. Er wollte es schließlich so haben, er war es doch, der es darauf anlegte, daß ihre Liebe Frances neue Mutterrolle nicht überlebte.

Er sagte immer noch, wenn auch nicht mehr mit dieser Wut, daß sie ihn hineingelegt habe. Sie sei diejenige gewesen, die die Verantwortung für die Schwangerschaftsverhütung übernommen habe, es sogar angeboten habe, da Luis nicht zu einer Generation von Männern gehörte, die so ohne weiteres bereit waren, selbst die Verantwortung dafür zu übernehmen, und dann sei wiederum sie es gewesen, die jene Verantwortung in den Abfalleimer ihres Badezimmers geworfen und ihm verschwiegen habe, was sie getan hatte. Auf die simpelste Art und Weise habe sie versucht, ihn dazu zu benutzen, das zu bekommen, was sie wollte, nämlich ein Kind, ein Kind von ihm, das für sie der Inbegriff und das Ziel all dessen geworden sei, was sie einander bedeuteten.

Hatte sie alles das deshalb getan, fragte sie sich jetzt und streckte die Füße auf der Suche nach Kühlung unter dem viel zu warmen Bettuch hervor, weil sie besser als er selbst zu wissen glaubte, was gut für ihn war? Hatte sie es getan, weil ihr Gefühl ihr sagte, daß sie im Recht und er im Unrecht war und folglich ihre Wünsche Vorrang vor seinen Einwänden hatten? Hatte sie also eigenmächtig und unaufrichtig gehandelt? Was ist denn schließlich und endlich die Wahrheit, fragte sich Frances in der stickigen Dunkelheit. Ich bin ehrlich mit mir selbst, das glaube ich wirklich, und wie schwierig das auch ist, ich versuche doch nicht, so zu tun, als sehnte ich mich nicht nach diesem Kind *und* nach Luis. Ob das einen weniger wertvollen Menschen aus mir macht, weiß ich nicht, ich kann es nicht sagen. Wenn man aber ehrlich sich selbst gegenüber ist, dann muß man auch mit gräßlichen Wahrheiten über sich selbst leben können, was immer auch geschieht. Ich bin mir selbst treu geblieben, der Wahrheit, der erahnten Wahrheit über mich selbst, und wohin hat mich das gebracht ...

Die Tür öffnete sich leise.

»Luïs?«

»Ich wollte dich nicht wecken.«

»Ich habe nicht geschlafen. Es war so heiß.«

»Möchtest du einen Schluck Wasser?«

»Gerne.«

Er durchquerte das Schlafzimmer, machte das Licht im Badezimmer an, und dann hörte sie ihn summen und Wasser in ein Glas laufen lassen. Diese winzige Szene häuslicher Vertrautheit war plötzlich fast zu viel für sie.

## 19. Kapitel

William wartete am Gartentor. Es war ein windstiller, schwüler Tag, und ein seltsames graugoldenes Licht lag auf den Feldern und auf den in der Ferne verstreuten Dächern des Dorfes. Während er wartete, band er abspenstige Ruten der Kletterrose hoch, die an der Einfahrt über die Mauer wuchs. An ihren Namen konnte er sich nicht erinnern. Es war eine fade kleine Rose, ihr Rosa neigte dazu, zur Farblosigkeit zu verblassen, sowie sie ihre flachen Blütenblätter öffnete, die schon beim ersten Windhauch abfielen. Vielleicht hatte sie auch gar keinen Namen, hatte keinen verdient.

Er war hinausgegangen, um auf Frances zu warten, weil Barbara ihm klipp und klar gesagt hatte, wenn er ihr noch einen Augenblick länger vor den Füßen herumliefe, würde sie ihn umbringen. Er wußte, daß er schwer zu ertragen war, ruhelos und ziellos, wie er war – die ganze Zeit nahm er irgend etwas in die Hand und legte es wieder weg, fing Sätze an, die er nicht beendete, wanderte umher, alles typische Anzeichen seiner inneren Unruhe.

Er wäre nie auf die Idee gekommen, daß Frances eines Tages ein Kind bekommen könnte, die Möglichkeit hatte für ihn einfach nicht existiert. Er hatte es einfach nur schön gefunden, wie befreit und erfüllt Frances gewirkt hatte, daß sie die lebenslangen Fesseln der Gewohnheit gesprengt hatte. Es war ihm zwar hin und wieder durch den Sinn gegangen, daß diese Liebesgeschichte womöglich nicht ewig währen und Frances dann zweifellos untröstlich sein würde, und daß Barbara dann x-mal würde sagen können: Hab ich's dir nicht gleich gesagt?, doch der Gedanke, daß diese ungeheure Komplikation auftreten und Frances' ganzes Leben auf alle Zeiten verändern könnte, war ihm einfach nicht gekommen. Und darüber hinaus – seine Hände begannen zu beben, als führten sie ein verrücktes Eigenleben – auch das Leben aller anderen.

»Natürlich bist du auf so etwas nicht gekommen«, sagte

Barbara. »Du kommst ja nie auf etwas. Du nimmst Probleme doch nie in Angriff, hast du noch nie getan, du spazierst einfach an ihnen vorbei, als gingen sie dich nichts an.«

Frances muß mich aber etwas angehen, dachte William jetzt und zuckte vor Schmerz zusammen, als er sich an einem Dorn stach. Sie geht mich etwas an, weil sie jetzt schnurstracks wieder dahin zurückkehren wird, wo sie herkommt, die ganze Entwicklung der letzten achtzehn Monate wird umsonst gewesen sein, und das Schreckliche ist, daß ich mir *wünsche*, daß sie zurückkommt. Ich wünsche sie mir dort, wo alles gesichert und konventionell ist und wir ... ich mich um sie kümmern kann. Er musterte seinen Finger. Ein makellos geformter, leuchtendroter Blutstropfen hatte sich gebildet. William steckte den Finger in den Mund und erinnerte sich auf einmal mit fast schmerzhafter Deutlichkeit, wie er all die Jahre in seiner mustergültig aufgeräumten Küche gestanden und sich auf die Zwillinge gefreut hatte, die auf dem Weg zu ihm waren. Auch jetzt war Frances wieder auf dem Weg zu ihm, aber ach, wie sehr hatten die Umstände sich verändert!

Es hupte. William ließ seine Rolle Bindedraht fallen und eilte winkend und gestikuliered auf die Straße hinaus. Frances fuhr langsamer und hielt an, als ihr Fenster auf seiner Höhe war. Er spähte zu ihr hinein.

»Liebling ...«

Sie trug ein dunkelblaues, weites Hemd, weiße Hosen und eine Sonnenbrille.

»Dad. Hast du nach mir Ausschau gehalten?«

»Selbstverständlich.«

Sie versuchte zu lächeln. Mit geringem Erfolg, und William merkte, daß er sie zutiefst besorgt ansah. Sofort setzte er eine andere Miene auf. Armes Mädchen. Half ihr das vielleicht etwas, wenn man sie ansah, als ob der Weltuntergang bevorstand? Er streckte die Hand in den Wagen und tätschelte ihre Rechte.

»Fahr nur rein«, sagte er. »Ich mache das Tor hinter dir zu.«

Barbara erklärte, sie würden im Garten sitzen, unter dem Tulpenbaum – drinnen sei es einfach zum Ersticken, meinte sie –, führte Frances entschlossen hinaus und sorgte dafür, daß sie sich in den bequemsten Sessel setzte, ein riesiges, altes Holzungetüm, das früher Williams Vater gehört hatte. Es hatte eine Fußstütze, eine Buchstütze und ein Regalbrett mit Löchern für Glas und Flasche.

»Ich bin doch nicht krank«, protestierte Frances.

»Nein. Aber wahrscheinlich müde. Zugunsten der Schwangerschaft selbst läßt sich nun mal gar nichts sagen – es ist ein schrecklicher Zustand. Wird dir immer noch schlecht?«

»Es hört langsam auf.«

»Ach Frances«, sagte William plötzlich mit bebender Stimme, »ach Frances!«

Die beiden schauten ihn an.

»Ich wäre nie auf die Idee gekommen ...«

»Dad«, Frances' Ton war flehend, »bitte, bitte mach nicht alles noch schlimmer.«

»Es ist nur dein Anblick«, sagte William und durchwühlte hektisch seine Taschen nach einem Taschentuch. »Daß du da bist und man diese Gewißheit hat.«

»Welche Gewißheit?«

»Daß du da nun nicht mehr rauskannst«, sagte William und schneuzte sich, »daß du da angebunden bist!«

Barbara sagte erstaunlicherweise trocken: »Sie will ja gar nicht raus.«

Frances starrte sie an. Barbara starrte zurück.

»Stimmt's?«

»Nein, ich ...«

»Du willst dieses Kind doch haben, nicht? Du hast mir doch gesagt, du willst es, und ich nehme an, ich darf dir das glauben?«

»Aber sicher.«

»Dann red nicht solchen Quatsch«, sagte Barbara zu William. »Red keinen sentimentalen Quatsch.«

»Aber ...«

»Aber was?« sagte Barbara und stand auf. »Aber sie wird eine ledige Mutter sein? Ist es das? Bringt dir das deine behaglichen Vorstellungen vom geordneten Leben durcheinander – Ehebruch ist absolut in Ordnung, doch Babys sollen immer Mummy und Daddy haben, die miteinander ein Eheleben führen, wie es sich gehört, selbst wenn das eher ein Fegefeuer ist als ein paradiesischer Zustand?«

»Hör auf!« Frances' Stimme war schrill. »Hör auf damit!«

»Er macht mich so wütend«, sagte Barbara in gemäßigterem Ton. »Er ist so was von selbstgerecht. Er ist so was von ...«

»Deshalb bin ich aber nicht hier! Ich bin nicht hier, um bei eueren Streitereien den Schiedsrichter zu spielen!«

»Entschuldige«, flüsterte William.

Barbara sagte: »Ich geh Tee machen.«

Frances legte den Kopf an die Rückenlehne und beobachtete ihre Mutter, die brüsk und steif den Rasen überquerte.

Kaum war sie außer Hörweite, sagte William: »Ich möchte, daß du nach Hause kommst, das Baby bei uns bekommst und dir von uns helfen läßt.«

Frances ließ den Kopf zur Seite rollen, so daß sie ihn ansehen konnte.

»Lizzie auch.«

»Ach so. Ja.«

»Was möchte Mum denn? Sie wollte es am Telefon nicht sagen. Sag's mir ruhig, schließlich erzählen mir sowieso alle, was sie von mir wollen.«

»Sie will, daß du ... daß du machst, was du möchtest.«

»Pah!« rief Frances und setzte sich kerzengerade hin. »Pah! In meinem ganzen Leben hat sie das noch nicht gewollt.«

»Na, jetzt will sie es eben.«

Frances schaute ihn eindringlich an. Er sah weniger zusammengesunken als zusammengebrochen aus, und sein Gesicht wirkte sehr müde.

»Dad?«

»Sie findet«, sagte William langsam, »wenn du meinst, daß du das Kind lieber in Spanien bekommen willst, dann sollst du es tun. Ich bin da ganz anderer Meinung. Ich finde, du solltest dort sein, wo dir jemand beistehen kann. Früher habe ich nicht so empfunden, ich fand immer, du solltest dich von uns allen fernhalten, sämtliche Schleppleinen kappen, doch jetzt finde ich, daß du da sein sollst, wo du eine gewisse Geborgenheit findest, weil ...«

»Weil was?«

»Weil es letzten Endes so wenig Geborgenheit gibt, in jeder Hinsicht, daß wir jede Gelegenheit nutzen müssen, wie bei der Liebe ...«

»Dad«, sagte Frances, »sprichst du jetzt von mir oder von dir?«

Er schaute sie an und ihr fiel auf, daß seine Augen zum erstenmal den milchigen Schimmer des Alters hatten.

»Von dir«, sagte er, und dann, nach einem Weilchen: »Von mir.«

»Was ...«

»Wir haben unser Leben lang gestritten, Mum und ich, das weißt du ja. Doch über das Kind, das du erwartest, haben wir heftiger gestritten als je zuvor, aus den tiefsten Tiefen unserer Existenz heraus und im Grunde über das Primitivste überhaupt, nämlich unseren Überlebenstrieb. Und in diesem Punkt sind wir so verschieden, so ungeheuer verschieden. Ich möchte die Dinge hegen und pflegen, mich daran festklammern, sie will Selbstgenügsamkeit. Sie behauptet, du hättest sie. Sie sagte, Lizzie und ich, wir blieben am Ende passiv, weil wir Angst vor unseren eigenen Gedanken hätten, und du und sie, ihr würdet zwar genauso von beunruhigenden Vorstellungen heimgesucht, doch würdet ihr nicht davor zurückschrecken, euch ihnen zu stellen. Sie bewundert dich. Das hat sie x-mal gesagt.«

Frances erhob sich aus dem riesigen Sessel, kniete neben William nieder und legte ihre Hände auf seine, die sein Taschentuch umklammerten, als wäre es der letzte Halm über dem Abgrund.

»Dad ...«

»Sie wird dir das alles noch selbst sagen, nur überzeugender. Doch vielleicht sagt sie ja nicht ...«, er unterbrach sich, schluckte und fuhr dann hastig fort, »... vielleicht sagt sie ja nicht, daß du diejenige bist, die das alles ins Rollen gebracht hat, dadurch, daß du dieses Verhältnis hast und jetzt dieses Kind bekommst. Aber du solltest es wissen, nicht weil ich dir Vorwürfe machen will, das will ich nicht, ich könnte dir nie irgendwelche Vorwürfe machen, sondern weil du dir dann alles besser erklären kannst, verstehst du? Weil du dann begreifst, was passiert ist.«

»Was denn?« fragte Frances. »Was ist denn passiert? Wovon *sprichst* du bloß?«

William entzog Frances seine Hände, putzte sich die Nase und nahm eine straffere Haltung an.

»Deine Mutter ...«

»Ja!«

»Deine Mutter will, daß wir das Haus verkaufen und uns den Erlös teilen, damit sie sich in Bath eine kleine Wohnung nehmen kann, für sich allein.«

Frances starrte ihn an.

»Sie will dich verlassen ...«

»Ja. Das will sie.»

»O Dad ...«

»Ich nehme an, sie hat seit dreißig Jahren allen Grund dazu.«

»Aber sie liebt dich doch, auf ihre Weise, sie braucht dich. Sie ... sie ...«

»Nein«, sagte William. Er schien sich ein bißchen beruhigt zu haben und brachte sogar ein schwaches Lächeln zustande. »Nein. Da haben wir uns alle gründlich geirrt. Wir haben immer gemeint – ich ebenso wie sie –, daß ich sie niemals wirklich geliebt habe, weshalb ich mich auch mit Juliet, du weißt schon, und daß sie mich, auf ihre seltsame Weise, geliebt hat, weshalb sie mich auch trotz Juliet nie verlassen hat. Aber es scheint, daß es sich in Wirklichkeit die ganze Zeit andersherum verhalten hat. Ich bin derjenige, der liebt, sie ist diejenige, die geliebt wird. Aber vielleicht hat es ja mit Liebe auch gar nichts zu tun, sondern ist bloß Gewohnheit, und wir haben uns dermaßen daran gewöhnt, daß wir den Unterschied gar nicht mehr kennen. Sie hat gesagt ... sie hat gesagt, sie habe mir Unrecht getan, weil sie durch ihr Klammern an mich zugelassen hat, daß ich die ganzen Jahre so weitergemacht habe. Sie hat gesagt, sie habe immer von mir geliebt werden wollen, auch wenn sie mich dafür nicht wiedergeliebt habe. Sie ist bemerkenswert aufrichtig, wirklich.«

Frances hob sich benommen von den Knien.

»Ich verstehe bloß nicht, was das Kind damit zu tun hat.«

William lehnte sich in seinen Sessel zurück und wedelte mit der Hand.

»Frag sie nur. Frag sie doch selbst.«

»Dad?«

»Ja?«

»Dad, willst du deshalb, daß ich zurückkomme, weil du glaubst, daß Mum dann bleibt?«

»Nein.«

Frances schaute ihn an, doch er wich ihrem Blick aus.

»Na gut«, sagte sie schließlich.

»Ich bin mit meinem Gefühlsleben nie zurande gekommen«, sagte Barbara, während sie Gurkenscheiben schnitt. »Ich habe meine gesamte Energie verplempert, ich habe mich nie wirklich ausgelebt. Ich hatte Anwandlungen statt Gefühle. Das weißt du ja.«

Frances sagte nichts dazu. Sie saß am Küchentisch und strich Butter auf Brotscheiben.

»Ich glaube, daß ich eher ein unsympathischer Mensch bin«, sagte Barbara. »Ich sage gräßliche Sachen, und manchmal verschafft mir das eine kleine Befriedigung. Außerdem gehöre ich der falschen Generation an – ich bin zu jung, um nur eine pflichtbewußte, abhängige Ehefrau zu sein, und zu alt, um mich von der Ehe freizumachen. Aber das soll jetzt anders werden.«

»Ist es dafür nicht vielleicht ... ein bißchen spät?« fragte Frances. Sie legte die gebutterten Schnitten in Reih und Glied auf der Tischplatte aus. »Ich meine, was hat das denn für einen Sinn, nach all den Jahren einen solchen Aufruhr auszulösen ...«

»So was hat immer Sinn! Dafür ist es nie zu spät! Wie kommst du auf den Gedanken, daß das Leben für dich mit neununddreißig wertvoller sein könnte als für mich mit neunundsechzig? Wenn schon, dann ist es für mich wertvoller, weil mir weniger Zeit bleibt.« Sie blickte Frances zornig an. »Ich habe mir mein ganzes Leben deinetwegen Sorgen gemacht.«

Frances seufzte.

»Du hast mich immer für lebensuntüchtig und schwach gehalten ...«

»Nein«, sagte Barbara, »nein, das war es eigentlich nicht. Ich habe nur immer gefunden, daß du dich so gar nicht für die Rolle eines Zwillings eignest. Genauso wie ich mich nicht für die Rolle der Ehefrau eigne.«

»Ach, Mum ...«

Barbara begann, die Gurkenscheiben einzeln auf die Brote zu legen.

»Du willst diesen Mann wirklich, hm?«

»Ja.«

»Dann freue dich. Ich habe niemals wirklich jemanden haben wollen, es sei denn, um zu verhindern, daß ihn jemand anderes bekam. Wirst du in Spanien leben?«

Frances blickte auf.

»Kann sein ...«

»Ich kann dir keine Ratschläge erteilen, ich verstehe mich nicht darauf. Aber ich werde dir helfen.«

»Wirklich? Oh, wirklich?«

»Ich war so wütend, als du dich auf diese Geschichte eingelassen hast. Ich habe mich gefragt, wie du nur so dumm sein konntest, wo sie doch offentsichtlich einfach keine Zukunft hatte, wie du dir mit solcher Gründlichkeit etwas einbrocken konntest, das dir in Zukunft nur Leid bescheren würde. Dann aber dachte ich: Was heißt denn hier Leid, verflixt noch mal, und was ist denn das Leben, wenn man die ganze Zeit nur künftiges Leid zu vermeiden sucht? Ich habe mich viel mit eurer Liebesgeschichte beschäftigt. Ich habe mich gefragt, was du denn ohne das alles zu erwarten gehabt hättest? Ob du einen dieser schwächlichen jungen Männer geheiratet hättest, die immer schon auf dich geflogen sind, oder einfach immer weiter Touristen in die Toskana geschickt hättest, um dann im Wesentlichen so zu enden wie ich: frustriert und unausgefüllt. Aber dann kam das mit dem Kind, und ich dachte: Sie hat es gepackt! Frances hat es doch tatsächlich gepackt, verdammt noch mal! So selig war ich nicht mehr gewesen, seit ich beschlossen hatte, nach Marrakesch zu fahren, was, nebenbei gesagt, nicht gehalten hat, was es versprach: Das waren doch vor allem ganz und gar belanglose Aussteiger, die meist zu verhascht waren, um noch geradeaus denken zu können. Und ich dachte: Hurra, jetzt werden William und ich unseren Strauß endlich ausfechten können, und es stellte sich heraus, daß er sich nicht etwa freute, sondern vor lauter Besorgnis schlotterte, daß das mit dem Kind Anstoß erregen könnte. Ich habe ihm erklärt, daß ich die Nase voll davon hätte, daß nur ein William sich Extratouren leisten dürfe. Was hättest du denn getan, habe ich ihn gefragt, wenn Juliet ein Kind bekommen hätte?«

»Und?« sagte Frances erstaunt.

Barbara klappte die obere Scheibe auf die gurkenbelegten Brote.

»Er wußte nicht, was er darauf antworten sollte. Ich glaube, dieser Gedanke war ihm völlig neu. Ich weiß, daß er ein lieber Mensch ist, du brauchst dich gar nicht schützend vor ihn zu werfen, doch in mancher Hinsicht ist er einfach unerträglich. Ich habe ihn satt, und noch satter habe ich die Frau, die das Zusammenleben mit ihm aus mir gemacht hat.«

Frances schlug die Hände vors Gesicht.

»Willst du dich scheiden lassen?«

»Ich glaube nicht. Welchen Sinn hätte das?«

»Hast du es Lizzie schon gesagt?«

Barbara, die gerade die Brotkrusten abschnitt, hielt einen Augenblick inne.

»Noch nicht.«

»Dann mache ich das«, sagte Frances, »ich würde das gern übernehmen. Bitte laß mich das machen!«

»Na gut. Wenn du möchtest. Das ist wahrscheinlich sowieso das Beste.«

»Warum?«

»Weil«, sagte Barbara zögernd, »Lizzie und ich letzte Woche Streit hatten. Sie hatten die Windpocken im Haus und dann Ärger wegen des Mädchens, das bei ihnen arbeitet, und die hat alles liegen- und stehenlassen und ist weg, und dann kam die Neuigkeit mit dem Kind, und Lizzie fing an, verrückt zu spielen, also bin ich rüber zu ihnen und hab gesagt: Jetzt paß mal auf, Lizzie, du bist eifersüchtig und es ist höchste Zeit, daß du was dagegen tust, weil es dich vergiftet, und du solltest die Dinge langsam mal beim Namen nennen, statt alles mögliche vorzuschieben. Damit muß endlich Schluß sein. Ich hätte das wohl besser nicht vor den Kindern gesagt.«

»Nein, wohl besser nicht.«

»Es mußte aber mal gesagt werden.«

»Findest du wirklich?«

»Ja, wenn sie Wert darauf legt, künftig noch einen Mann und eine Schwester zu haben, muß sie schleunigst etwas dafür tun.«

Frances kreuzte die Arme flach auf dem Tisch und legte das Gesicht darauf. Der Gedanke an Lizzie stimmte sie plötzlich traurig, genau wie an jenem längst vergangenen wunderschönen Morgen in Mojas, als die Vorhänge über die Fliesen fächelten und die Frau in der Gasse unten nach ihrem kleinen Jungen rief.

»Ich fahre Lizzie besuchen«, sagte Frances. »Morgen. Ich hätte das sowieso tun müssen, ich habe sie schon so lange nicht gesehen. Mum ...«

»Ja?« sagte Barbara.

»Was wird denn aus Dad, wenn du nach Bath ziehst?«

Barbara schwieg eine Weile. Sie stapelte die Gurkenbrote auf einen Teller.

»Er kann das tun«, sagte sie schließlich, »was er wahrscheinlich vor fünfundzwanzig Jahren hätte tun sollen. Er kann zu Juliet ziehen.«

Lizzie sagte, sie wolle sich nicht in der Wohnung unterhalten, da wimmele es von Kindern, weil die Ferien begonnen hätten. Sie sah nicht gut aus, fand Frances. Die Kinder hingegen schienen ungeachtet der letzten Spuren der Windpocken vor Gesundheit zu bersten. Harriet half Robert in der Galerie, denn seit Jenny weg war, hatte er alle Hände voll zu tun. Lizzie sagte, Harriet habe alle verblüfft, am meisten sich selbst, weil ihr die Arbeit in der Galerie Spaß mache. Lizzie sagte außerdem, Frances müsse noch unter vier Augen mit Harriet sprechen.

»Wieso?«

»Weil sie gekränkt ist.«

»Gekränkt?«

»Ja«, sagte Lizzie, »weil du ihr das mit dem Kind nicht persönlich mitgeteilt hast. Weil du es einfach mir überlassen hast. Bei den Jungen war es egal. Du weißt ja, wie die sind. Ich habe manchmal den Eindruck, daß denen jedes Organ fehlt, um irgendwelche menschlichen Informationen aufzunehmen, doch Harriet ist da anders. Harriet hat immer gemeint, daß an eurer Beziehung etwas Besonderes dran wäre, daß du ein ganz besonderes Verhältnis zu ihr hättest.«

»Das stimmt ja auch.«

»Dann hättest du ihr das mit diesem Kind sagen sollen.«

»Es ist nicht *dieses* Kind«, sagte Frances. »Es ist mein Kind.«

Sie stieg die Treppe zur Galerie hinab. Es waren ziemlich viele Kunden da, und Robert saß lächelnd auf einem Stuhl mit Binsengeflecht hinter dem Kassentisch, gab Wechselgeld heraus und steckte die Einkäufe in die neuen bräunlichen und dunkelblauen Ökotüten der Galerie. Dann ging sie in den zweiten Raum weiter und fand Harriet bei einer Kundin, die gerade ein Stückchen Baumwollstoff an einen indischen Flickenteppich hielt.

»Das Beige paßt nicht ganz ...«

»Wird das nicht vielleicht ein bißchen langweilig«, wandte Harriet ein, »wenn es genau derselbe Ton ist?« Sie blickte auf, sah Frances und errötete.

Die Kundin seufzte. »Ich fürchte, darüber muß ich erst noch mal nachdenken.«

Harriet legte die Läufer wieder hin.

»Das Blau gefällt mir aber«, sagte die Kundin, »und das Grün ist auch sehr hübsch. Nur hat das Rostrot irgendwie mehr Charakter ...«

»Ja«, sagte Harriet, die sichtlich an sich halten mußte.

»Ist Mrs. Hardacre da?« fragte die Kundin. »Sie hat ein besonders gutes Auge für Farben ...«

»Sie ist leider gerade im Urlaub.«

Die Kundin sah aus, als fände sie das äußerst unpassend, steckte das Stück Vorhangstoff in eine kleine Reißverschlußtasche im Innern ihrer Handtasche und warf Frances einen Blick zu.

»Die Dame hier hat es wahrscheinlich eilig ...«

»Vielen Dank«, sagte Frances, »das stimmt, ich hab's ziemlich eilig.«

»Wirklich?« fragte Harriet, als sie allein waren. Sie stand

hinter dem Stapel Läufer, als wollte sie zwischen sich und Frances eine Barriere aufrechterhalten. »Hast du es eilig?«

»Nein«, sagte Frances. »Ich wollte sie nur loswerden. Ich wollte mich bei dir entschuldigen.«

Harriet sagte mit steinerner Miene: »Mummy hat dich wohl geschickt?«

»Sie hat gemeint, ich sei gedankenlos gewesen und hätte dich gekränkt, und ich wollte dir sagen, daß es mir ehrlich leid tut.«

Harriet hob den Fuß, als wollte sie dem Läuferstapel einen Tritt versetzen, erinnerte sich dann jedoch ihrer Stellung als Verkäuferin und verzichtete darauf.

»Macht nichts. Ist ja dein Kind.«

»Ja, aber du bist meine Nichte, und wir sind immer besonders gute Freunde gewesen.«

»Bis ...«, sagte Harriet und verstummte.

»Genau«, sagte Frances. »Bis dann.«

»Ich finde«, sagte Harriet übertrieben laut, »ich finde das nicht fair von dir.«

»Dir gegenüber?«

»Nein. Diesem Baby gegenüber. Mum sagt, daß du nicht heiratest.«

Ein winziger Augenblick verstrich, dann sagte Frances so munter sie konnte: »Nein, es sieht nicht so aus.«

»Das ist nicht fair dem Kind gegenüber. Die Leute können ja reden, was sie wollen – daß das nichts macht, wenn Kinder keinen Vater und keine Mutter haben, aber es macht wohl was, und im Grunde machen die Erwachsenen einfach nur, was sie wollen, wie immer, und das ist dann wieder so ein armes Ding, das erklären muß, warum es anders heißt als seine Mutter und sein Vater, und du hast einfach nur irgendwas mit dir selbst abzumachen, und dein Kind muß das ausbaden, nicht du!« Sie warf den Kopf zurück, so daß sich ihr Haar auf dem Kopf bauschte, ehe es ihr wieder vors Gesicht fiel. »Darüber hättest du mal nachdenken können, ehe es zu spät war!«

»Harriet ...«

»Ich will nicht mit dir reden«, sagte Harriet. »Es ist mir egal, ob du es erst Mum erzählt hast oder mir, es ist mir total egal. Ich hab mit dir sowieso nichts mehr am Hut, seit sich rausgestellt hat, daß du genauso bist wie alle anderen, alle anderen Erwachsenen mit ihrer Heimlichtuerei und ihren Lügen. Und außerdem muß ich jetzt Dad helfen.«

»Ja«, sagte Frances. Sie mußte sich erst mal festhalten und stützte sich mit einer Hand auf einen Verkaufstisch, auf dem mit Hühnern bemaltes Keramikgeschirr gestapelt stand. »Ich hoffe nur ... ich hoffe nur, daß du deine Wut auf mich nicht auf das Baby überträgst, wenn es erst mal da ist.«

»Natürlich nicht«, sagte Harriet verächtlich. »Für wen hältst du mich?«

Lizzie und Frances lagen auf einer Decke unter einer riesigen Kastanie am Rand des Freizeitparks von Langworth. Ein Stück weg wurde eine Gruppe Jungen von einem Mann mit zimtfarbenem Haar und unnatürlich langen Affenarmen im Kricketabschlag trainiert, und Sam und Davy hatten sich schüchtern und neiderfüllt an sie herangepirscht. Sam war ganz versessen auf Kricket, wie auf alle Spiele. Davy versuchte zu lernen, keine Angst vor dem Ball zu haben.

Lizzie lag auf dem Bauch und zupfte an Grashalmen. Frances saß neben ihr, mit weggestreckten Beinen, auf die Arme gestützt. Sie hatte Lizzie von Harriets wütender Reaktion erzählt, und Lizzie hatte sie beruhigt. Man wisse doch, wie konventionell Teenager seien.

»Aber sie hat natürlich nicht nur unrecht.«

»Mag sein. Aber wir haben alle nicht nur unrecht. Das ist ja das Dumme – wir haben alle nicht nur unrecht und möchten Gehör finden.«

Frances sah ihre Schwester an, holte tief Luft und sagte: »Und nun möchte Mum Gehör finden.«

Sie erwartete, daß Lizzie sich ruckartig zu ihr umdrehen würde, doch ihre Schwester fuhr damit fort, drei steife Grashalme zu einem festen Zöpfchen zu flechten. Dann sagte sie: »Du meinst diesen Plan, nach Bath zu ziehen?«

»Dann weißt du ja schon Bescheid!«

»Mum hat derart dicke Anspielungen gemacht, daß dazu

nicht viel Scharfsinn gehörte. Vermutlich sollten wir versuchen, sie davon abzubringen, doch ehrlich gesagt kann ich jetzt nicht noch einen emotionalen Schlamassel verkraften, ich kann es einfach nicht. Sie sind zwar unsere Eltern, aber es ist schließlich ihre Ehe, wenn man das so nennen kann.«

»Ich glaube, sie halten es für eine Ehe. Jedenfalls scheine ich an der Trennung schuld zu sein.«

»Ach ja?«

»Dad hat behauptet, meine Schwangerschaft hätte den Stein ins Rollen gebracht und sie hätten sich so wahnsinnig gestritten, daß Mum weg will.«

Lizzie sagte verdrossen: »Es ist aber nicht deine Schuld.«

»Ach nein?«

»Na, oder jedenfalls nur teilweise, es ist eigentlich Luis' Schuld.«

»Luis'?« fragte Frances.

»Er hat bewirkt, daß du so anders geworden bist, er hat dich uns weggenommen, und nun will er dich verlassen.«

Frances sagte wütend: »Wenn du noch ein einziges Mal irgend etwas sagst, das auch nur entfernt danach klingt, als ob ...«

»Entschuldige!« rief Lizzie. »Ich wollte nicht, ich wollte nicht ...«

»Ich dachte, das hätten wir hinter uns, diesen ganzen Quatsch!«

»Ja, ja, das haben wir auch, entschuldige, entschuldige.«

»Lizzie ...«

»Hör mal«, sagte Lizzie. Sie sprach schnell, den Kopf über die flechtenden Finger gebeugt, »ich muß dir eine Menge sagen, und ich weiß nicht, in welcher Reihenfolge ich jetzt anfangen soll. Vielleicht fange ich mal mit Jenny an, ja? Arme Jenny. Ich habe Rob dabei erwischt, als er sie küßte, oder besser, als er sie geküßt hatte – angeblich, behauptet er, vor lauter Erleichterung und Dankbarkeit, weil sie so normal war, als wir nicht mehr wußten, wo oben und unten war. Ich weiß nicht, ob ich das glaube oder nicht, aber ich habe beschlossen, es zu versuchen. Ich bin zu Jenny gegangen, die sich benommen hat, als hätten Rob und sie eine Affäre, und es war ganz eindeutig, daß sie litt, weil sie Rob wirklich anziehend gefunden hatte und sich folglich Phantasie und Wirklichkeit in ihrem Kopf vermischt hatten. Sie hat gekündigt, das Schlimmste, was sie nach Meinung aller tun konnte, aber ich konnte sie nicht umstimmen. Und dann du. Diese gräßliche Lage, in die du dich gebracht hast. Ich meine, du bist meine Schwester, und ich werde dir natürlich helfen, so sehr ich kann, selbstverständlich, doch ich kann nun auch nicht so tun, als fände ich das alles herrlich, was du da gemacht hast, weil ich das nämlich nicht tue. Ich finde, die ganze Geschichte ist eine Katastrophe, von der ersten Spanienreise angefangen, eine einzige Katastrophe ...« Die Stimme drohte ihr zu versagen, doch dann reckte sie sich ohne jede Vorwarnung empor, starrte Frances an und sagte: »Ach, Frances, was soll ich bloß tun?«

Frances kniete sich hin und umarmte sie.

»Niemand«, sagte sie, »kann davon unberührt bleiben, wenn er mit einer Lage wie meiner konfrontiert wird. *Niemand.*«

Lizzie umklammerte sie.

»Aber wie willst du denn damit zurechtkommen?«

»Ich weiß nicht. Wie soll ich das wissen können?«

»Und Luis, ich meine, ist Luis denn nett zu dir?«

»Sehr nett.«

»Könnte er nicht – könnte er es sich nicht vielleicht anders überlegen, wenn das Kind da ist?«

»Ich weiß nicht«, sagte Frances wieder. »In dieser Situation scheint man nichts mit Gewißheit vorhersehen zu können.«

Lizzie löste sich ein wenig von ihr und sah sie an.

»Hast du Angst?«

»Ja.«

»Wegen des Babys, wegen deiner Arbeit, wegen der Ungewißheit, was aus dir werden soll?«

»Nicht ... nicht in erster Linie, aber auch ...«

»Wovor denn dann?«

Frances hockte sich auf die Fersen und hielt Lizzies Hand.

»Es ist eine ursprünglichere Angst. Ich nehme an, es ist diese irrationale Angst vor dem Alleinsein, die wir alle haben und die bis in die Kindheit zurückreicht, doch im Augenblick fürchte ich mich eher davor, den Zugang zu Bereichen in mir zu verlieren, die ich erst durch einen anderen Menschen entdeckt habe, durch ...«

»Luis.«

»Ja.«

»Welche Bereiche sind denn das?«

Frances schaute weg.

»Das kann ich dir nicht sagen. Es ist zu privat. Ich spüre nur einfach, daß deren Verlust mich schwer erschüttern würde.«

Lizzie flüsterte: »Und was kannst du dagegen tun?«

»Nichts.«

»Du hast gesagt, daß es dich schwer erschüttern würde, Luis zu verlieren ...«

»Ja.«

»Siehst du«, sagte Lizzie und legte Frances' Hand so vorsichtig nieder, als wäre sie etwas Zerbrechliches, »genauso geht es mir, weil ich dich verloren habe.« Sie blickte auf, in der halben Hoffnung, daß Frances protestieren würde, doch Frances sagte statt dessen nur ruhig: »Ich weiß.«

»Mehr nicht? Nur das?«

»Ja.«

»Frances ...«

»Nein«, sagte Frances und sprang plötzlich auf. »Schluß damit, ich hab das Gerede satt. Ich hab es satt, wieder und wieder die gottverdammten Gefühle von allen durchzukauen!«

»Aber was erwartest du dann?«

»Ich weiß nicht, was ich erwarte, doch ich weiß, wonach mir gegenwärtig ist. Mir ist nach Plänen zumute. Ich ziehe Mums Pläne Dads Gefühlen vor. Ich ziehe Anas Pläne ...«

»Wer ist denn Ana?«

»Luis' Schwester.«

»Du hast mir ja noch nie erzählt, daß ...«

»Schön, dann habe ich es dir eben jetzt erzählt.« Frances schrie fast. »Nun weißt du's. Ana ist Ärztin, und sie besorgt mir eine Kollegin, bei der ich mich in Sevilla anmelden kann, und ein Krankenhausbett, in dem ich das Kind bekommen werde. Nun gehe ich zu den Jungen.« Sie stand auf, blickte auf Lizzie hinab und sagte erbittert: »Wenn du nicht bald anfängst, dankbar zu sein für das, was du hast, Lizzie, dann wirst du bald nichts mehr haben, wofür du dankbar sein könntest, verdammt noch mal!«, und sie eilte im Laufschritt über den Rasen davon, ehe Lizzie sagen konnte, was ihr offensichtlich bereits auf der Zunge lag: Du redest schon genau wie Mum!

»Was wird denn aus Shore to Shore?« fragte Robert.

»Das wird wohl weiterlaufen. Schließlich ist ja Nicky da. Und es muß auch weiterlaufen. Wovon soll sie denn sonst leben?«

Robert drückte Zahnpasta auf seine Zahnbürste und hielt sie mit den Zähnen fest, während er die Tube zumachte.

»Vielleicht entschließt sie sich ja, in Spanien zu leben.«

»Ich weiß nicht. Vielleicht übernimmt Nicky auch London und Italien, und Frances kümmert sich um Spanien. Oder um Spanien und Italien. Ich weiß es nicht, und es scheint sie auch nicht sonderlich zu interessieren.«

»Aber es ist doch ihr Geschäft.«

»Rob«, sagte Lizzie und lehnte sich in der Wanne zurück. »Ich weiß auch nicht, was da los ist. Ich weiß nur, daß sie ihr Kind im Krankenhaus von Sevilla bekommen wird, weil sie sich das in den Kopf gesetzt hat. Und was Frances sich in den Kopf gesetzt hat, das macht sie.«

»Lizzie!«

»Stimmt doch. Und warum auch nicht?«

Robert starrte sie an, den Mund voll Schaum. Dann spuckte er aus.

»In der Tat – warum auch nicht?«

»Und ich denke auch sowieso nicht mehr darüber nach«, sagte Lizzie.

»Wirklich nicht?«

»Nein«, sagte Lizzie. »Es hat keinen Sinn. Es ist nicht mehr mein Leben, es ist ihres. Auch wenn mir das nicht paßt, so ist es nun mal, also ...« Sie schlug die Hand vor den Mund und vestummte.

Robert legte seine Zahnbürste weg und kniete neben der Wanne nieder.

»Gott sei's gedankt«, sagte er.

## 20. Kapitel

Als William endlich gegangen war, stürzte Juliet sich in hektische Aktivität. Ein Anfall von Putzwut trieb sie dazu, sämtliche kleineren Möbelstücke, die sie hochheben konnte, auf den großen Tisch in der Zimmermitte zu stellen, auf dem ihre Nähmaschine stand, und mit wahrem Ingrimm den Strohteppich abzubürsten, so daß ganze Staubwolken und mit ihnen Heerscharen bedrängter Holzwürmer aufgewirbelt wurden. Sie bürstete, bis ihr die Arme weh taten, dann stellte sie die Möbel wieder an ihren Platz, riß sämtliche Bezüge von den Kissen, um sie zu waschen, putzte die Fenster und räumte die Nähmaschine und die wartenden Stoffberge vom Tisch, ehe sie mit einem Stück alter Schlafanzughose eine nährende Schicht Bienenwachs auftrug.

Dann verließen sie schlagartig die Kräfte. Sie stand einen Augenblick am Tisch, den Lappen und das Glas in der Hand, und hatte das Gefühl, nicht einmal den Deckel wieder zuschrauben zu können. Sie legte den Lappen auf den Tisch, stellte das Glas ab und stand eine Weile angelehnt, ehe sie sich wie jemand, der kurz vor einer Ohnmacht ist, durchs Zimmer tastete, immer wieder Halt suchend, bis sie schließlich in den Schaukelstuhl sank, wo die armen, entblößten Kissen wie gerupfte Hühner lagen. Als sie auf ihnen zusammenbrach, flogen ein paar winzige, staubige Federn auf und ließen sich sacht auf ihren Kleidern nieder.

»Es gibt eben keine Veränderung ohne Opfer«, sagte Juliet laut in erschöpftem Ton in das chaotische Zimmer. »Und Dauerhaftigkeit offenbar auch nicht.« Dann schlug sie die Hände vors Gesicht. Sie waren rauh vom Putzen und rochen nach Staubtuch. War das Leben am Ende einfach nur eine Kette von Verlusten? Ich muß mir einen Hund anschaffen, dachte Juliet, oder eine Katze oder einen Kanarienvogel, ich muß jemanden haben, zu dem ich diese Dinge laut sagen kann, sonst werde ich hier oben auf meinem Hügel noch zu einer verrückten Alten, das passiert Menschen ständig, die allein leben, und dazu habe ich mich ja nun endlich für alle Zeiten entschlossen.

»Es tut mir so leid«, hatte sie zu William gesagt.

Er hatte gelächelt, ein steifes, kleines Lächeln.

»Ich bin vermutlich nur rührselig.«

»Aber es ist schließlich auch beängstigend, älter zu werden«, sagte Juliet, »es ist beängstigend, sich zu fragen, wie man damit zurechtkommen wird, doch ich bin mir keineswegs sicher, daß sich durch die Anwesenheit eines anderen Menschen daran viel ändert, von gewissen rein technischen und eher begrenzten Aspekten mal abgesehen. Außer natürlich, wenn man krank ist.«

William hielt ein Glas Apfelwein in der Hand, den starken, bernsteinfarbenen Apfelwein, der von einem Bauern in der Gegend stammte.

»Ich frage mich nur, ob ich nicht zu lange damit gewartet habe ...«

»Nein«, sagte Juliet und haßte sich für ihre Aufrichtigkeit, hatte jedoch gleichzeitig das Gefühl, ihm nach all den Jahren wenigstens die schuldig zu sein. »Ich wollte nie mit dir zusammenleben, ich wollte überhaupt mit niemandem zusammenleben. Außer vielleicht mit einem Kind, wenn ich eins bekommen hätte.«

William sah sie an.

»Barbara hat mich gefragt, was ich gemacht hätte, wenn du ein Kind bekommen hättest.«

»Ich hab's versucht«, sagte Juliet, »aber es hat nicht geklappt. Ich hab's versucht, genau wie Frances es versucht hat, nur daß es bei ihr funktioniert hat. Und jetzt bin ich froh darüber.«

William versuchte, das nicht als Kränkung zu empfinden.

»Wirklich?«

»Ja«, sagte Juliet. »Frances steht doch noch ganz am Anfang ...«

»Bitte, fang bloß nicht davon an«, sagte William rasch. »Bitte erzähl mir jetzt nicht, was ihr alles Schreckliches bevorsteht und wie froh du bist, daß du kein Kind von mir hast. Bitte sei nicht so abweisend und zugeknöpft und realistisch und weiblich und unerreichbar. Bitte ...«

Er verstummte und nahm mit unsicherer Hand einen Schluck Apfelwein.

»Bist du sicher«, sagte Juliet, die ihn beobachtete, »daß du nicht deshalb zu mir heraufgekommen bist, weil du beim besten Willen nicht weißt, wie es mit dir weitergehen soll?«

»Nein, nicht deshalb«, sagte William, der sich wieder etwas gefangen hatte, »ich bin gekommen, weil ...« Er sprach nicht weiter, denn er hatte das Gefühl, ihr nicht gut sagen zu können, daß er gekommen war, um mit dem Verlust Barbaras besser fertigzuwerden, daß Juliet immer schon seine Zuflucht gewesen war, der Mensch und der Ort, wohin er sich wandte, wenn er Sorgen hatte oder unglücklich war. Er blickte auf. So wie Juliet ihn ansah, hatte er das unbehagliche Gefühl, daß sie sowieso genau wußte, was er gerade dachte.

Sie sprach jetzt in sanfterem Ton. »Hast du wirklich gemeint, wir könnten plötzlich zusammenleben? Kannst du dir das ehrlich vorstellen?«

»Ich mache nicht viel Mühe, weißt du ...«

»Das habe ich nicht gemeint.«

»Ich will gar nicht wissen, was du gemeint hast.« Er leerte sein Glas. »Ich werde mir wohl in Langworth eine Wohnung suchen, in Lizzies Nähe, dann kann ich zur Bibliothek, zum Kegelclub und am Rentenzahltag zur Post tapern, so wie sich das für einen lieben alten Knaben gehört.«

»Du bist kein lieber alter Knabe«, erwiderte Juliet scharf. »Du ergehst dich in Selbstmitleid. Es bringt nichts ein, dem Leben die Schuld zu geben, William Shore, es bringt nichts ein, überhaupt irgend etwas die Schuld zu geben, du bist schließlich kein Blatt im Wind, du bist ein Mensch!«

Er seufzte.

»Genau das sagt Barbara auch.«

»Wie ein Pingpongball bist du.« Juliet war noch nicht fertig. »Du hast dich all die Jahre lang einfach nur zwischen Barbara und mir hin- und herschlagen lassen und ab und zu leise erstaunt ›o je‹ gesagt, doch du hast nie etwas *getan*. Ich habe dich geliebt, und ich liebe dich noch, du bist einer der liebenswertesten Menschen, die ich kenne, doch um nichts in der Welt könnte ich mit dir zusammenleben. Wohin sollte ich den Pingpongball denn schlagen, wenn ich Zeit und Platz für *mich* bräuchte?«

Er starrte sie an, und mit plötzlicher Besorgnis erwartete sie, daß er etwas schwer Erträgliches sagen würde wie: Bin ich wirklich so unmöglich?, doch er tat es nicht. Er starrte einfach nur vor sich hin, als betrachte und bedenke er viele Dinge im Leben zum erstenmal, und dann sagte er unerwartet: »Mein Problem ist, daß ich es im Leben einfach zu leicht gehabt habe und daß ich jedesmal, wenn Anzeichen für irgendwelche Schwierigkeiten auftauchen, vom Leben verlange, daß der Unfug sofort aufhören soll.« Er lächelte ihr zu. »Würdest du mir einen Abschiedskuß geben?«

Sie erschrak.

»Abschiedskuß? Sehen wir uns denn nicht wieder?«

»Aber gewiß doch«, sagte William. »Aber das hier ist immerhin das Ende eines Kapitels, habe ich nicht recht?«

Sie nickte langsam. Einigermaßen erstaunt dachte sie, doch, er hat recht, dies ist das Ende des Kapitels, ich frage mich nur, was noch alles enden soll? Sie standen beide auf. Sie blieb, wo sie war, und William trat zu ihr, umarmte sie und küßte sie erst auf die Stirn und dann, fester, auf den geschlossenen Mund. Sie fühlte sich, fand er, etwas kräftiger an als gewöhnlich, er hingegen wirkte zerbrechlicher auf sie. Dann trat er zurück und sagte: »Wahrscheinlich trete ich in den Kegelclub ein, weißt du. Damit ich jede Menge netter Damen in weißen Strickjacken kennenlerne.«

Damit ging er. Juliet stand in der offenen Tür und sah, wie sie es ungezählte Male getan hatte, seinem Wagen nach, der den Feldweg hinunterholperte – er hatte kein Gespür für Autos und war auch nie auf die Idee gekommen, daß man den Furchen eventuell ausweichen könnte.

Und nun saß sie hier, die Nähmaschine stand am Boden, in der Küchentür lag ein Haufen Kissenbezüge, und die Luft hing voller Staub und Flusen. Ein Kapitel war abgeschlossen. Es war abgeschlossen worden, damit sie ihr Leben weiterleben konnte wie zuvor, nur daß sie es eigentlich doch nicht konnte, weil perverserweise so ein Kapitelschluß bedeutete, daß das Leben niemals wieder ganz dasselbe sein würde. Sie hatte es vorgezogen, an einem Fleck zu verharren, während die menschliche Landschaft um sie herum in Bewegung geraten war. Durch diese Wahl hatte sie zugleich etwas bewahrt und etwas verloren, aber wie sollte sie jemals erfahren, ob sie das Richtige bewahrt und verloren hatte? In diesen Dingen konnte man nichts anderes tun, als seinen Instinkten vertrauen, seiner inneren Stimme folgen. Sie hatte das viele Jahre lang getan, William ebenfalls, und wie es sich anhörte, tat es letztlich auch die unbeständige, sarkastische Barbara. Und natürlich Frances, die war das Musterbeispiel dafür, und während sie das dachte, durchzuckte sie die nackte Sorge um Frances, die fast sofort von einer Anwandlung noch nackteren Neids abgelöst wurde.

Harriet hatte dreiunddreißig Pfund und vierzig Pence verdient, und Robert hatte sie ihr bar ausgezahlt. Harriet konnte es kaum glauben. Sie kniete auf dem Boden ihres Zimmers und breitete die Geldscheine und Münzen auf Davys Läufer mit dem Rupert-Bär-Motiv aus.

Sie hatte noch nie so viel Geld besessen, hatte sich bislang noch nie im Leben groß mit der Notwendigkeit, ja auch nur der Möglichkeit beschäftigt, viel Geld zu haben. Nun legte sie die Hände auf das Geld und drückte es gegen den Läufer, als wäre es ein Teig, als wollte sie es irgendwie als ihren Besitz kennzeichnen. Sie fühlte sich leicht sonderbar, ein bißchen bewegt, so als zeichnete sich hinter all den vielen Dingen, die sie im Leben als selbstverständlich hingenommen hatte, weil sie den unerläßlichen, aber nicht weiter erklärbaren Hintergrund der Kindheit bildeten, plötzlich ein Muster und eine Begründung ab, die sie nur bislang nicht erkannt hatte. Sie sammelte das Geld wieder ein, steckte es säuberlich in den Umschlag zurück, den Robert ihr gegeben hatte, und schob es zwischen Matratze und Bettkasten bis ganz nach hinten an die Wand.

Im Wohnzimmer saß Alistair über einem Verzeichnis der Flüche. Oben hatte er alle Namen hingeschrieben und die Seite herunter eine Liste aller Flüche, bei denen auf Lizzies Wunsch die Vokale durch Sternchen ersetzt waren. Alistair hatte sich ein Bußgeldsystem ausgeknobelt und verkündet, die Einkünfte würden zu wohltätigen Zwecken verwendet werden. Er hatte eine Sammelbüchse gemacht, die er in seinem Schrank versteckt und die Harriet gesucht und gefunden hatte, als er nicht da war. Die Büchse war mit einem Rest Weihnachtspapier beklebt, und in säuberlichen Klebebuchstaben stand »Zugunsten des Alistair Fonds« darauf. Harriet las in seinen Gedanken. Er hatte das getan, weil er eifersüchtig auf ihre Arbeit in der Galerie war und Robert erklärt hatte, er würde warten müssen, bis er ebenfalls vierzehn, ja fast fünfzehn wäre, um dort arbeiten zu können. Nun wartete Harriet auf den geeigneten Augenblick, um ihm unter die Nase zu reiben, daß sie den Schwindel mit der Sammelbüchse durchschaut hatte.

Alistair blickte auf, als sie hereinkam.

»Na, wieviel hat er dir gegeben?«

Sie ging zum Sofa und drapierte sich lässig über einen ausgestreckten Arm.

»Geht dich nichts an.«

»Ich kann es auch so raten«, sagte Alistair. »Das läßt sich ja leicht ausrechnen. Er bezahlt dir den Grundlohn für Jugendliche, also hat er dir dreiunddreißig Pfund und vierzig Pence gegeben.«

»Nein, hat er nicht.«

»Doch«, sagte Alistair, während er Schw**n und Sch**ß* säuberlich unterstrich, »das hat er. Er ist wirklich blöd. Du bist nicht halb soviel wert.«

Harriet zupfte an ihren Nägeln.

»Du bist nur neidisch.«

Alistair antwortete nicht.

»Neidisch und eifersüchtig, weiter nichts.« Harriet ließ sich nicht beirren. »Du bist eifersüchtig, weil du so verdammt nutzlos bist.« Sie biß sich ein Stück Nagelhaut ab. »Eine Drohne bist du, ein Klotz am Bein der Familie, genau wie die Kleinen, du nimmst und nimmst immer nur, und gibst nie irgend etwas zurück. Du bist nutzlos.«

Alistair senkte den Kopf immer tiefer über sein Verzeichnis. Harriet starrte neugierig zu ihm hinüber.

»Ally?«

Er schnüffelte. Harriet stand vom Sofa auf.

»Du weinst ja!«

»Nein!« schrie Alistair. Er riß sich die Brille von der Nase und schleuderte sie durchs Zimmer. Mit leisem Geklapper fiel sie hinter den Fernseher. Sein Gesicht war krebsrot.

»Ich will hier nicht mehr leben!« brüllte er. »Ich will nicht mit diesen gräßlichen Menschen zusammenleben. Ich will dieses ganze Durcheinander nicht!«

Harriet wartete einen Augenblick und fragte dann: »Wo willst du denn hin?«

Alistair schlug mit der Faust auf das Verzeichnis der Flüche.

»Ich bin nicht nutzlos, ich bin nicht nutzlos! Ich kann besser mit Dads Computer umgehen als er!«

»Ally ...«

»Ich könnte sie alle umbringen!« schrie Alistair, »Mum und Dad und Granny und Grandpa mit ihrem ewigen Gestreite!« Er fuhr zu Harriet herum. »Und was ist mit *uns*?«

Sie betrachtete ihn nüchtern.

»Die fragen uns doch nicht, sie haben ja auch nicht wegen The Grange gefragt ...«, sagte sie.

»Willst du wieder dahin zurück?«

Harriet überlegte.

»Nein.«

»Ich weiß nicht, was ich will«, sagte Alistair erschöpft, »Ich will einfach nur nicht, daß es so weitergeht.«

Harriet holte gewaltig Luft. »Ich leih dir zehn Pfund.«

Alistair sah sie an. Sein Gesicht war jetzt blasser und hatte Flecken, und sein Haar stand ihm auf der einen Seite in wirren Büscheln vom Kopf ab.

»Warum?«

Sie zuckte die Achseln.

»Mir ist halt danach.«

Er seufzte und begann, hinter dem Fernseher nach seiner Brille zu kramen.

»Bloß, daß ...«

»Ja?«

»Bloß, daß es besser ist, eigenes Geld zu haben«, sagte Alistair und tauchte mit der Brille wieder empor.

»Was?«

»Es ist besser, wenn es mein Geld ist. Ich meine, es ist nett von dir, doch ich möchte lieber ...«

»*Schenken* kann ich es dir nicht ...«

»Nein«, sagte Alistair. Er setzte die Brille wieder auf und rieb sich die Gläser ungeschickt mit dem Ärmel sauber.

»Warum fragst du nicht Dad?«

»Was denn fragen?«

»Warum fragst du ihn nicht, ob du ihm nicht mit dem Computer helfen kannst?«

»Er sagt ja doch nur nein.«

»Bestimmt nicht«, sagte Harriet. »Bestimmt nicht.«

Alistair kehrte langsam zum Tisch zurück, nahm seine Liste der Flüche und zerknüllte sie.

»Und wieso nicht?«

»Weil alles anders geworden ist«, sagte Harriet.

»Ja«, sagte Alistair. Er nickte. »Wem sagst du das.«

Die Galerie war leer. Es war Freitag abend nach Geschäftsschluß, und im Laden herrschte Dämmerlicht, abgesehen von den geschickt angebrachten Spots im Schaufenster, die sich um elf Uhr von selbst abschalteten. Hinten im Laden saß Lizzie in einem italienischen Gartenstuhl aus grobem Natursegeltuch und poliertem Teakholz. Es war ein ungeheuer hübscher Stuhl, aber Robert und Jenny hatten ihn gekauft.

Sie hatte die Schuhe ausgezogen und saß ganz still in ihrem italienischen Stuhl, die Hände im Schoß und die bloßen Füße auf dem harten Kokosbelag des Bodens. Zwischen den Gegenständen der Galerie hindurch schaute sie über die hellerleuchtete Bühne des Schaufensters hinaus auf die High Street. Es waren nicht viele Leute unterwegs, aber es war ja auch nach sieben, und nach sieben hatten die Leute in Langworth es sich bereits zu Hause, im Pub oder beim Bingo im einstigen Kino bequem gemacht. In diesem Kino waren Lizzie und Frances – illegal, weil sie noch nicht alt genug waren – einmal gewesen, um Anthony Perkins in *Gier unter Ulmen* zu sehen. Das Wort Gier in Verbindung mit Anthony Perkins hatte sie gereizt. Als sie herauskamen, hatte Lizzie sofort lossprudeln wollen, doch Frances hatte gesagt: »Psst, ich denke gerade nach.«

Und nun denke ich nach, dachte Lizzie. Ich reiße mich nicht darum, ich *täte* lieber etwas, doch wenn sich herausstellt, daß fast alles, was man tut, bestenfalls unbeholfen und schlimmstenfalls falsch ist, dann muß man aufhören und erst mal nachdenken. Sie löste die gefalteten Hände und legte sie auf die Lehnen ihres Stuhls. Es war ein wirklich gutes Design und ein guter Kauf obendrein, denn Robert hatte sechs davon bestellt, und dies war der letzte, der noch übrig war. Lizzie konnte es gar nicht abwarten, daß auch er den Laden verließ. Er war ein Beweis dafür, daß ihr in letzter Zeit bestimmte Bereiche ihres Lebens aus der Hand geglitten waren, Bereiche, die ohne sie ganz offenkundig besser gefahren waren als mit ihr.

Es hatte jedoch keinen Sinn, sich einzubilden, daß sie nun, da sie dazu bereit war, die Kontrolle über jene Bereiche wieder übernehmen konnte. Die meisten der Menschen, die Lizzie als Speichen jenes Rades empfunden hatte, dessen Nabe sie gewesen war – Robert, die Kinder, ihre Eltern, Frances –, hatten sich mittlerweile irgendwie selbständig gemacht und gingen eigene Wege. Es war zwecklos, sagte sich Lizzie, sie nun mit einem Fingerschnippen wieder auf die Reihe bringen zu wollen, denn das konnte sie nicht. Allein schon deshalb nicht, weil sie ihr nicht folgen würden. Wenn die Leute davon sprachen, daß jemand nach einer Störung sein Leben wieder aufnahm, dann meinten sie das eigentlich gar nicht; sie meinten damit nicht, daß man dort weitermachte, wo man aufgehört hatte, als sei nichts geschehen, sie meinten, daß man sich um die Dinge kümmerte, wie sie mittlerweile waren – und sie waren nie mehr dieselben wie zuvor –, und an diesem Punkt weitermachte. Rein äußerlich betrachtet, hatte Lizzie zwar immer noch einen Mann und vier Kinder, Eltern und eine Zwillingsschwester, ein Zuhause und ein Geschäft und eine Stelle, aber eben nur rein äußerlich betrachtet. Das Wesentliche an ihrem alten Leben, jenem geschäftigen Leben in The Grange, als sie alle Fäden in der Hand gehabt hatte, war für immer dahin. Das Wesentliche an ihrem neuen Leben war etwas, das sie jetzt sehr ernsthaft ins Auge zu fassen hatte, weil alle anderen, Robert eingeschlossen, ihr mehr als deutlich zu verstehen gegeben hatten, daß sie ihr das nicht ersparen würden.

»Meine Ehe«, hatte Barbara ihr nicht gerade freundlich erklärt, »geht dich gar nichts an. Gewiß bin ich deine Mutter, gewiß nehmen wir Anteil am Leben des anderen, wie es für Mütter und Töchter normal ist, doch meine Ehe gehört mir, sei sie nun gut oder schlecht. Es gab sie schon lange, ehe du überhaupt eintrafst, und du weißt davon auch nur so viel, wie du mitbekommst. Du kannst sie nicht beeinflussen und deinem Vater und mir nicht sagen, was damit zu geschehen hat, nur weil du jünger bist und weil du es besser zu wissen glaubst.«

Das Dumme ist nur, dachte Lizzie, während sie die Füße in den Sessel hochzog und die Knie mit den Armen umschlang, daß ich es wirklich besser zu wissen glaubte. Und irgendwo glaube ich das wohl immer noch, nur habe ich gelernt, nicht immerzu kundzutun, was ich zu wissen glaube. Rob hat das zwar nicht verlangt, aber ich weiß, daß er darüber froh ist, so wie er insgeheim sterbenserleichtert ist, daß Frances nach Spanien geht, obwohl er sie gern hat, weil er sie und mich zusammen einfach nicht mehr ertragen kann. Beziehungsweise – wollen wir doch bitte ganz ehrlich sein, Lizzie –, er kann mein Verhalten Frances gegenüber nicht mehr ertragen. Na schön, ich kann mich ihr gegenüber sowieso auf keine Art und Weise mehr verhalten, weil sie es nicht zuläßt. Mum hat gemeint, Frances hätte auf keinen Fall ein Zwilling sein dürfen, doch was ist mit mir? Ich glaube, ich bin zum Zwilling wie geschaffen, ich fühle mich wie einer, doch ich muß offenbar aufhören, so zu denken, sonst haben die anderen am Ende noch recht mit ihrer Prophezeiung, und ich bin bald keine Ehefrau und auch keine Mutter mehr, und dann sitze ich da mit dieser Art sinnlosem, neurotischem Schlamassel, den ich immer verachtet habe.

Sie stand auf und begann, barfuß im Laden umherzutapsen.

Robert hat behauptet, Harriet sei wirklich nützlich und täte nicht nur so, um sich dieses viel beneidete Geld zu verdienen. Außerdem hat er gesagt, er wolle Alistair das EDV-System für den Warenein- und -ausgang erklären. Alistair hatte ihn offensichtlich darum gebeten. Lizzie hatte schon den Mund aufgemacht, um zu sagen, daß Alistair zu jung sei, um sich wirklich nützlich machen zu können, sich dann jedoch jede Äußerung verkniffen. Robs Miene hatte ihr bedeutet, daß sie ihm nicht schon wieder mit Einwänden kommen sollte, ein Ausdruck, den sie in letzter Zeit häufig zu sehen bekommen hatte, so etwas wie überstrapazierte Geduld, die auf der Kippe zum Überdruß stand. Sie war, etwas für sie gänzlich Untypisches, drauf und dran gewesen zu fragen, ob er sie satt hätte, und hatte sich bloß deshalb zurückgehalten, weil sie entdeckt hatte, daß die Aussicht auf ein »Ja« sie entsetzte. Er machte ihr mit stummer Beredtheit immer wieder klar, daß er nicht mehr reden wollte, daß er es satt hatte, daß Reden seiner Ansicht nach nur allzu leicht zum Ersatz für Leben werden konnte. Und für Lieben.

»Ich brauche doch nicht zu *sagen*, daß ich dich liebe!« hatte er erst kürzlich gebrüllt. »Darüber brauche ich doch kein Wort zu verlieren! Warum siehst du nicht das, was ich *tue*? Was ich für dich, für uns, für die Kinder tue?«

Und nun tat sie es, schaute auf diesen sorgfältig bestückten Laden, besah den Halt, den er für Rob während der ungezählten einsamen Stunden der letzten zwei Jahre bedeutet hatte, als er sich mit zäher Ausdauer um ihn gekümmert hatte, als zu wenig Leute kamen und noch weniger kauften. Doch nun kamen sie wieder. Harriet hatte es ihr erzählt und hatte gemeint, diese Woche sei besser gewesen als die davor. Alistair hatte errechnet, daß es etwa um siebzehn Prozent besser gewesen war. Lizzie blieb an einem Ausstellungstisch stehen. Darauf stand ein Stapel gedrechselter Holzkästchen mit durchbrochenem Deckel, in die man Duftmischungen geben konnte. Lizzie erinnerte sich, sie bei einem seltsamen jungen Mann bestellt zu haben, der erklärt hatte, er sei Buddhist, und bei Bedarf könne er ihr auch Spinnräder machen. Die Kästchen kamen so, wie sie da gestapelt waren, nicht zur Geltung. Kein Mensch konnte erkennen, wozu sie gut waren und wie sie einzeln wirken würden. Sie hätten gleich neben einer Lampe stehen sollen, einzeln, neben einem Stapel Bücher und einer Vase, sie hätten so stehen müssen, daß man ihren Verwendungszweck erahnen konnte. Lizzie streckte die Hand aus, nahm die nächststehenden zwei Kästchen und versuchte sich an einem sinnvollen kleinen Arrangement.

Später, beim Abendessen, sprachen sie über die Kinder. Es war die Art Gespräch, wie sie sie vor langer Zeit ständig und nun schon eine Ewigkeit gar nicht mehr geführt hatten, weil da, ja, andere Dinge gewesen waren, wie Lizzie es nannte. Sie sprachen mit leiser Besorgnis über Alistairs Einsamkeit und Davys Babyhaftigkeit und beglückwünschten einander dezent, was den Ansatz von Verantwortungsgefühl sowohl bei Harriet als auch bei Sam betraf. Sie sagten in Abständen immer wieder: »Er/Sie ist natürlich noch schrecklich jung«, und dann kam Sam auf der Suche nach etwas Eßbarem wie zufällig herein und fragte, worüber sie denn redeten – ach, sie sollten es ihm mal lieber nicht sagen, das könne ja nur was Langweiliges sein. Und sie erwiderten: »Über dich«, und er war entzückt. Er legte sich zwischen Tisch und Küchenschränken auf den Boden, um sein Nutellabrot zu essen und zu lauschen, für den Fall, daß sie noch mehr über ihn sagten. Als das nicht der Fall war, begann er einen durchs Kauen gedämpften Sprechgesang: »Lang-wei-lig, lang-wei-lig, lang-wei-lig«, bis Robert ihn rauswarf. Sie hörten ihn fröhlich den Flur hinunterpoltern und die Erkennungsmelodie der Fußballweltmeisterschaft singen, und das brachte sie beide zum Lächeln, und dieses Lächeln bewirkte, daß sich Lizzie plötzlich sehr verletzlich fühlte.

»Lizzie ...«

»Ja?«

»Ich muß dich etwas fragen«, sagte Robert.

»Wenn es wegen Westondale ist ...«

»Nein, obwohl ich darauf vielleicht auch noch komme, später. Es ist wegen William.«

Sie schob die letzten paar Muschelnudeln, die sie nicht mehr mochte, mit der Gabel auf dem Teller herum.

»Juliet hat William gesagt, daß sie ihn nicht bei sich will.«

»Das weiß ich.«

»Vermutlich hätten wir das alle voraussagen können, ich meine, wenn sie ihn jemals wirklich gewollt hätte oder er sie, dann hätten sie sich wohl schon früher dahintergekniet ...«

»Genau«, sagte Robert. »Typisch William mit seinen halben Sachen. William wollte nie verlieren, was er hatte, Juliet wollte das ganze Getöse und Gestreite des Familienlebens nicht. Genau, was ich schon immer gesagt habe.«

Lizzie nickte.

»Ja, das stimmt. Wahrscheinlich haben wir uns einfach nur daran gewöhnt, wie wir uns daran gewöhnt haben, daß Mum sich ständig darüber beklagte und nie etwas unternahm. Frances und ich gingen mit einem Mädchen zur Schule, das Beverley Lane-Smith hieß. Ihre Eltern lebten zwar zusammen, waren jedoch nicht verheiratet, und ihr Vater hieß Soundso Lane und ihre Mutter hieß Soundso Smith, und wir haben uns nichts dabei gedacht und sie auch nicht, bis sie sich plötzlich mit ungefähr zweiundzwanzig wahnsinnig darüber aufgeregt hat, daß ihre Eltern in dieser Sache nie an sie und ihren Bruder gedacht hätten, und dann änderte sie ihren Namen in Burton, um es ihnen zu zeigen, weil sie für den Schauspieler geschwärmt hat.«

»Ja«, sagte Robert geduldig, »doch was hat das mit William zu tun?«

»Nur als Illustration, ein anderer Fall, wo einer plötzlich an etwas Anstoß nimmt, mit dem er die ganze Zeit gelebt hat, ohne darüber nachzudenken ...«

»Lizzie«, sagte Robert, »wo wird William wohnen, wenn das Haus verkauft ist?«

Lizzie legte die Gabel hin.

»Er will sich eine Wohnung kaufen, sagt er. Er hat vor, sich hier in Langworth eine zu kaufen. Es sind neue gebaut worden, hinter der Polizei ...«

»Die sind doch für Gehbehinderte!«

»Na ja, eines Tages wird er ja gehbehindert sein.«

»Aber das kann doch noch Jahre dauern.«

»Ja, aber ich nehme an ...«

»Lizzie«, sagte Robert, »ich finde, er sollte zu uns ziehen.«

Sie öffnete überrascht den Mund.

»Zu uns!«

»Ja.«

»Aber ... aber du würdest doch wahnsinnig werden, er macht dich doch wahnsinnig, wenn er überall herumtrödelt und alles vergißt! Und außerdem haben wir doch keinen Platz, keinen Fingerbreit, dann hätten wir ja überhaupt kein Fleckchen mehr für uns! Es ist schon schlimm genug mit den Kindern, aber wie soll das denn erst werden, wenn Dad auch noch da ist!«

»Doch nicht hier«, sagte Robert und beugte sich vor. »Wir würden eben wieder ein Haus kaufen. William könnte seine Hälfte aus dem Verkauf seines Hauses doch in ein Haus für uns alle stecken, und wir würden zusätzlich eine Hypothek aufnehmen und diese Wohnung vermieten, und mit der Miete die Hypothek abzahlen.«

»Aber du wolltest doch keine Hilfe von ihm annehmen! Du hast sie doch abgelehnt!«

»Das war damals«, sagte Robert. »Und jetzt ist jetzt. Ich konnte keine Hilfe ertragen, als es mit uns bergab ging. Jetzt ist das etwas anderes, da ich glaube, daß es langsam wieder bergauf geht.«

»Tut es das?«

Er sah sie an.

»Was meinst du?«

»Warum fragst du mich?«

»Weil die Antwort im Grunde bei dir liegt.«

Lizzie blickte auf den Holztisch nieder, die Brandflecken, Narben und Ringe unter seine glänzenden Oberfläche lauerten wie Fische in einem Teich.

»Womöglich ist er zwanzig Jahre bei uns ...«

»Ja.«

»Rob«, sagte sie, »macht dir das denn nichts aus?«

»Es macht mir weniger aus als viele andere Dinge. Er könnte uns im Laden helfen.«

Lizzie überlegte.

»Meinst du wirklich?«

»Ja, als Aushilfe. Wenn keiner von uns beiden da sein kann.«
»Keiner von uns beiden?«
»Ja. Hast du wirklich die Absicht, in Westondale weiterzumachen?«
»Ich muß doch.«
»Mußt du nicht.«
»Doch!« rief Lizzie. »Die Zinsen von dem verdammten Darlehen!«
»Ich könnte mir eine Stelle suchen«, sagte Robert. »Jetzt bin ich mal dran.«
Sie bekam es mit der Angst zu tun.
»Aber wieso denn, wo ich doch schon eine habe.«
»Ich brauche Abwechslung. Wir alle. Wir brauchen ein Leben, bei dem wir das Gefühl haben, daß wir etwas aufbauen und nicht einfach nur von Panik gelähmt herumstehen und das Schlimmste zu verhüten versuchen. Man kann vor Panik so gelähmt sein wie vor Langeweile. Ich möchte, daß etwas geschieht, ich möchte etwas bewegen.«
»Aber was könntest du denn tun?«
»Unterrichten.«
»Unterrichten!«
»Ja. Bilder rahmen, Möbelrestaurierung, so etwas. In Bath gibt es eine freie Stelle, bei einem Umschulungsprojekt für Leute, die vom Stellenabbau betroffen sind.«
»Also keine Studenten ...«
»Nein«, sagte Robert und grinste ein wenig über ihren Tonfall. »Warum – hast du etwa Angst vor denen?«
Lizzie hätte gern gesagt, daß sie augenblicklich wohl vor fast allem Angst habe, sagte statt dessen jedoch: »Nein, nein. Aber Unterrichten bringt doch bestimmt nicht viel ein?«
»Ein wenig mehr als Westondale, bei weniger Stunden.«
»Weil du ein Mann bist!«
»Nur bin ich kein *Bildhauer*«, sagte Robert nicht ohne Hintergedanken. »Warum fängst du eigentlich nicht wieder damit an?«
»Das ist doch überhaupt nicht gefragt ...«
»Das ist immer gefragt. Du könntest mit Kindern anfangen, selbst mit unseren eigenen, um wieder reinzukommen!«

»Und wo soll ich das machen?«

»Lizzie! Was ist denn mit dir los? Das machst du in einem richtigen Atelier in dem neuen Haus, das wir mit deinem Vater zusammen kaufen, wenn er das alte verkauft hat! Du machst das in den Ferien, wenn ich nicht unterrichte, und am Wochenende, wenn die Kinder oder irgendwelche Teilzeitkräfte im Laden helfen können! Du machst das, damit du eine kreative Aufgabe hast, die den Druck von uns allen nimmt!«

Lizzie schluckte. Sie schien plötzlich so sehr auf ihn angewiesen, daß sie ihn kaum ansehen konnte.

»Lust hätte ich schon.«

»Gut«, sagte Robert. »Wird auch Zeit, verdammt noch mal.« Er stand auf. »So ist es richtig. Willst du deinen Vater anrufen, oder soll ich es machen?«

»Ich mache es.«

»Gut.«

»Es ist ... wirklich nett von dir.«

»Und egoistisch zugleich. Egoistisch für uns.«

»Ich weiß.«

*»Uns«*, sagte Robert betont.

Lizzie stand auf und ging um den Tisch herum, um sich an ihn zu lehnen.

»Frances' Baby wird es ergehen wie Beverley Lane-Smith, nicht wahr?«

Robert küßte sie aufs Haar.

»Shore-Gomez-Moreno.«

»Ach, Rob, diese Einsamkeit ist so traurig, armes Baby ...«

Robert legte ihr die Hände auf die Schultern und schob sie sanft von sich weg. Er schüttelte sie ein bißchen.

»Wirst du denn nie etwas dazulernen?«

Sie wandte das Gesicht ab und lächelte schwach.

»Ich hab das Dazulernen so satt ...«

»Hör zu«, sagte Robert grimmig, »hör mir zu. Es sind die Versäumnisse unserer Eltern, die uns formen, und unsere Versäumnisse werden unsere Kinder formen, da kannst du sagen, was du willst. Wie soll man sich denn sonst auch freischwimmen? Wie willst du denn eine weniger enge Welt kennenlernen, wenn du alles, was du brauchst, immer schon zu Hause hast? Ewiges Glück stärkt nicht, das macht nur verletzlich, oder man macht es sich allzu gemütlich im Leben. Und noch etwas. Daß eine Frau einen Ehering trägt, bedeutet noch nicht, daß sie automatisch eine bessere Mutter ist! Und *ein* guter Elternteil ist mehr, als die meisten Menschen haben!« Er verstummte und holte tief Luft. »Okay?«

»Okay«, sagte Lizzie. Jetzt lächelte sie wirklich.

»Dann geh deinen Vater anrufen«, sagte Robert. »Und ich gehe und brülle aus rein erzieherischen Gründen ein bißchen mit den Kindern herum.«

»Rob ...«

»Ja?«

»Ich war ja nicht absichtlich so eifersüchtig«, sagte Lizzie. »Ich wollte das nicht. Es ist etwas Schreckliches, eifersüchtig zu sein; als wäre man an einen anderen Menschen gekettet, der völlig wahnsinnig ist. Und es ist so destruktiv ...«

»Ich weiß darüber Bescheid«, sagte er höflich. »Wirklich. Vergiß nicht, ich hatte den Logenplatz.«

Lizzie schob sich den Pony aus der Stirn.

»Ich versuche, mich zu entschuldigen.«

»Das brauchst du nicht.«

»Ich habe irgendwie das Bedürfnis, ich ...« Sie schwieg und sagte dann: »Ich weiß, daß ich wegen Frances völlig übergeschnappt war, und ich werfe ihr auch nicht vor, daß sie ihr Kind endlos weit von mir weg bekommen will, nur quält es mich, daß ich vielleicht etwas kaputtgemacht haben könnte, das sich nicht wieder flicken läßt.«

Robert ließ ein kleines bellendes Lachen hören.

»Ach nein.«

»Nein?«

»Doch nicht bei euch beiden«, sagte er, beugte sich vor und gab ihr einen raschen, derben Kuß. »Was euch beide betrifft, braucht man sich wohl keine Sorgen zu machen, daß der Faden jemals wirklich reißen könnte.«

V. TEIL

# DEZEMBER

## 21. Kapitel

Es ist der Jahrestag einer Heiligen«, sagte der Taxifahrer. Mittlerweile kam der Wagen nur noch im Schrittempo voran.

Vor ihnen wogte die Prozession einer lokalen Cofradia; in ihrer Mitte führte sie in einer primitiven Sänfte, die mit blauem, sternenbesäten Stoff ausgekleidet war, eine Statue mit. Die Statue war ebenfalls sternenbesät, sie trug ein weißes Brokatgewand, das wie Rauhreif glitzerte. Und obwohl sie die Statue nur von hinten sahen, wußte Frances, daß sie das Gesicht ärgern und abstoßen würde – wieder so ein knallbunt angemaltes, kitschiges, puppenhaftes Gesicht irgendeiner obskuren katholischen Heiligen oder sogar einer der ungezählten Versionen der Jungfrau Maria – die Tränenreiche Jungfrau oder die vom Rosenkranz oder vom Heiligen Blut.

»Können wir sie nicht überholen?« fragte Frances.

Der Taxifahrer zuckte die Achseln. »Erst, wenn die Straße sich verbreitert.« Er musterte Frances flüchtig im Rückspiegel. »Kommt es denn auf zwei Minuten an?«

»Ich weiß es nicht«, sagte Frances. Sie hielt sich den Bauch. »Ich erlebe das zum erstenmal.«

»Ich habe fünf.«

»Nein«, sagte Frances. »Ihre Frau hat fünf. Sie wissen doch gar nicht, was für ein Gefühl das ist.«

»Das stimmt«, sagte er lächelnd. Es war ein kleiner Mann, wie so viele Andalusier, und er hatte ihr sehr fürsorglich ins Taxi geholfen, mit großer Umsicht und ohne jede Verlegenheit. Luis war nicht dagewesen, er hatte es nicht angeboten, und Frances hatte ihn auch nicht darum gebeten.

Die Mitglieder der Bruderschaft innerhalb der Prozession trugen dunkle Anzüge und Krawatten. Die Männer gingen mit der glitzernden Heiligen voran, und hinter ihnen drängten sich die Frauen, die alten in Schwarz, mit schwarzer Mantilla wie in der Karwoche, die jüngeren im dezenten Sonntagsstaat und mit hohen Absätzen. Die kleinen Jungen trugen wie ihre Väter Krawatten, und die kleinen Mädchen hatten Schleifen im Haar. Allen haftete, selbst von hinten betrachtet, eine förmliche Frömmigkeit an.

»Jetzt«, sagte der Taxifahrer.

Die Straße hatte sich zwischen den Läden, die zu Ehren des Tages geschlossen waren, ein paar Schritte verbreitert. Der Fahrer ließ einen kurzen Hupton hören und begann sich an der Prozession vorbeizuschlängeln. Diejenigen, die ihnen innerhalb der langen Schlange am nächsten waren, wandten die Köpfe ohne sonderliche Neugier und musterten Frances, die unübersehbar schwanger und keine Spanierin war, und wandten sich dann wieder dem schwankenden weißen Rücken ihrer Heiligen zu.

»Man fühlt sich in Sevilla leicht ausgeschlossen«, hatte Ana einmal gesagt. »Das Leben ist hier so ganz auf die Bewohner der Stadt zugeschnitten. Die Fremden kommen zur Feria und erwarten, von einem einzigen großen Flamenco-Festival mitgerissen zu werden, und müssen dann feststellen, daß sie gar nicht erwünscht sind. Ganz Sevilla feiert ein Fest, doch Außenstehende sind dabei nicht vorgesehen.«

»Es ist eine sehr lokalpatriotische Stadt«, hatte Frances' spanische Ärztin einmal gesagt. Sie kam aus Galizien und betrachtete ihre südspanischen Landsleute mit leiser Verachtung. »Es ist nicht einmal wie im übrigen Andalusien, es ist wie nirgendwo sonst!«

Frances mochte ihre Ärztin. Sie hieß Maria Luisa Ramirez und war nach dem Tod ihres Vaters mit ihrer Mutter nach Sevilla gekommen, weil diese von dort stammte und Heimweh gehabt hatte. Frau Dr. Ramirez war in der regnerischen, grünen Atlantikregion des Nordens geboren worden und sagte, ihre Eltern seien in religiöser wie in politischer Hinsicht sehr konservativ gewesen. Sie erzählte Frances, daß sie eine sehr glückliche Kindheit gehabt habe, die behütet gewesen sei und einer im Grunde vergangenen Ära angehört habe, einer Zeit, als das Jahr durch Familienfeiern, Schule und die häufigen Feste der katholischen Kirche seinen festen Rhythmus hatte. Beim Fronleichnamsfest, sagte sie, habe die ganze Stadt sich zusammengetan, um die Straßen mit ungezählten Blüten zu bedecken, die in komplizierten Mustern angeordnet wurden und über die die Heilige Prozession hinwegziehen sollte. Sie hätten die ganze Nacht an diesen Blütenteppichen gearbeitet, und auch wenn sie mittlerweile Atheistin und Sozialistin sei, so gehörten diese Nächte vor Fronleichnam doch zu den glücklichsten Augenblicken ihres Lebens.

Sie stellte Frances nie irgendwelche persönlichen Fragen, die über ihren Gesundheitszustand oder den des Babys hinausgingen. Beide sprachen von Luis einfach als »dem Vater«. Frau Dr. Ramirez kannte Ana de Mena bereits seit drei Jahren, so daß sie, vermutete Frances, wohl zwei und zwei zusammengezählt haben dürfte, doch sie sprach nie darüber. Sie behandelte Frances in physischer wie in psychologischer Hinsicht mit großer Einfühlung. Ihren eigenen Worten zufolge, arbeitete sie gern als Geburtshelferin und schöpfte daraus Befriedigung und Hoffnung zugleich. Während ihrer ersten Jahre in Sevilla, ehe sie sich auf Gynäkologie und Geburtshilfe spezialisiert hatte, hatte sie eine Stelle in dem riesigen Krankenhaus gehabt, wohin die Leute von Triana gingen, dem ärmeren Teil von Sevilla auf der anderen Seite des Flusses. Sie hatte dort hauptsächlich in der Unfallaufnahme gearbeitet, sich schließlich jedoch vor den Auswirkungen zu fürchten begonnen, die eine solche Arbeit auf sie haben mußte.

»Wenn der Tod etwas Alltägliches wird«, erklärte sie Frances, »schwächt das das moralische Empfinden.«

Frances nahm an, daß sie etwa gleichaltrig waren. Sie versuchte, sich Frau Dr. Ramirez' häusliches Leben mit ihrer Mutter vorzustellen, in der gemeinsamen Wohnung hinter dem Kunstmuseum. Soweit Frances wußte, lebte Frau Dr. Ramirez einfach bei ihrer Mutter und arbeitete im Krankenhaus, ein gleichförmiges, ereignisloses, nützliches Leben, das von Liebesstürmen und Kinderwünschen unberührt blieb. Die Vorstellung des englischen Gegenstücks – daß sie in einem Krankenhaus in Bath arbeiten und in Barbaras neuerworbener Wohnung leben sollte – war zugleich lächerlich und völlig realitätsfern, doch die Alternative, die Frances gewählt hatte, war es auf ihre Weise kaum weniger.

Sie hatte Nicky im Spätsommer vorgeschlagen, ihre Partnerin zu werden, die englische Seite von Shore to Shore zu betreuen und die Geschäftsräume ebenso zu übernehmen wie ihre Wohnung in Fulham – eine Vereinbarung, die ab dem ersten Dezember, eine Woche vor Geburtstermin, gültig sein sollte. Nicky hatte sich auf ihre gelassene Art darüber gefreut, wie sie ihr auch gänzlich unaufgeregt zu ihrer Schwangerschaft gratuliert hatte, im Hinblick auf Luis hatte sie sich zurückgehalten. Als nächstes hatte Frances Luis wissen lassen, daß sie sich freuen würde, wenn er ihr bei der Einrichtung eines Reisebüros in Sevilla behilflich wäre.

»Aussichtslos«, hatte er sofort gemeint. »Falsche Nationalität, falsche spanische Stadt, falscher Zeitpunkt.«

»Das kann ich nicht ändern«, sagte Frances. »Ich muß hier sein. Engländer gründen doch ständig Geschäftsunternehmen in Spanien. Schau dir doch all die Bars und Wohnhäuser und Golfplätze an der Costa del Sol an.«

»Dazu braucht man Beziehungen«, sagte Luis.

»*Du* bist meine Beziehung!«

»Frances«, sagte Luis, »was hast du eigentlich vor?«

Sie hatte sich bemüht, nicht ungeduldig zu klingen.

»Ich versuche, an dem Ort zu leben, wo unser Kind die größte Chance hat, beide Eltern zu sehen. Ich versuche, in Spanien zu bleiben.«

Er hatte zwar mit den Achseln gezuckt, jedoch nicht länger in dieser Schärfe widersprochen, hatte lediglich mit seiner normalen, freundlichen Stimme, mit der er jetzt fast immer zu ihr sprach, erwidert, sie könne in Sevilla nicht einfach auf eigene Faust ein Geschäft aufmachen, es würde nicht funktionieren, sie würde sich in ein bestehendes einkaufen müssen. Er erklärte ihr, der bürokratische Aufwand würde sonst alles in den Schatten stellen, was sie bereits im Zusammenhang mit ihrem Krankenhausbett erlebt hätte.

»In Spanien ist es sehr schwierig, eine Aufenthaltsgenehmigung zu bekommen. Du mußt wahrscheinlich ein Dutzend Ämter aufsuchen. Bist du dazu bereit? Und noch einmal so viele, um Konten zu eröffnen, um die nötigen Schritte einzuleiten, die mit einer Wohnung oder Geschäftsräumen verbunden sind. Und du brauchst eine Steuernummer. Die hat jeder Spanier. Noch mehr Behördengänge, noch mehr Bürokratie, noch mehr Papierkrieg. Das kann dich Monate kosten – x-mal dasselbe, mit unendlicher Langsamkeit. Willst du das wirklich alles auf dich nehmen?«

»Ja«, sagte Frances.

Er hatte sie, auf dem Weg über eine labyrinthisch verschlungene Kette von Geschäftsfreunden, mit einem Mann bekannt gemacht, der unter anderem ein Reisebüro an einer ausgezeichneten Adresse in Sevilla besaß, ganz nah bei der Calle Sierpes. Es hatten mehrere Treffen stattgefunden, die von der spanischen Seite zugleich mit vollendeter Höflichkeit und einem spürbaren Erstaunen über Frances' Vorschläge, ihre Nationalität und ihren Zustand geführt wurden.

»Das ist aber höchst ungewöhnlich«, hatte der Besitzer des Reisebüros wieder und wieder gesagt. »Das ist in Spanien überhaupt nicht üblich. Wie soll das denn finanziert werden? Wie soll es funktionieren? Ist das praktikabel? Ist das durchführbar?«

Frances hatte ihre Kontobücher mit nach Sevilla gebracht und sie, stolz auf ihre Umsätze, vorgelegt. Sie wurden zwar höflich, aber doch sehr zögernd entgegengenommen, als versähe ihre Schwangerschaft die zufriedenstellenden Ziffern mit einem Fragezeichen, als wäre ihre Anwesenheit in dem Reisebüro eine Art Zeitbombe, die stetig in einem Bordcase tickte und jederzeit ohne Vorwarnung explodieren konnte und aus dem nüchternen geschäftlichen Treffen eine Farce machen würde. Viele Blicke galten ihrer linken Hand. Sie trug dort, wie nun schon über ein Jahr lang, einen silbernen Ring, den Luis ihr geschenkt hatte und in den eine jadegrüne Gemme aus Chrysopras eingelegt war. Das war doch wohl eindeutig kein Ehering, besagten die Blicke, doch andererseits steckte er am Ringfinger. Und dann war diese zielstrebige Señorita Shore von Luis Gomez-Moreno geschickt worden, mit dem der Besitzer des Reisebüros vor langen Jahren zur Erstkommunion gegangen war. Und die Umsätze waren ausgezeichnet, ihre Firma war stetig gewachsen, ihr Vorschlag, Spaniern englische Ferien in kleinen, ausgewählten Hotels anzubieten, zweifellos eine Überlegung wert... Er lächelte Frances zu.

»Dieses Urlaubsangebot müßte ungeheuer sorgfältig geplant werden. Die Spanier, als Nation, sind gern in Bewegung...«

»Das habe ich schon bemerkt«, sagte Frances.

Außer jetzt, dachte sie in ihrem Taxi und beugte sich vor. Der Fahrer, der die Prozession schon ein gutes Stück hinter sich gelassen hatte, fuhr immer noch mit ehrfürchtiger Langsamkeit und starrte im Rückspiegel auf die Szene, die hinter ihnen lag.

»Bitte«, sagte sie drängend. »Bitte, ich möchte wirklich keine Zeit verlieren.«

Ihre Blicke begegneten einander im Rückspiegel. Er lächelte wieder und wies mit dem Daumen auf die bemalte Heiligenfigur unter ihrer Flitterkrone, die unbeirrt ihr leeres, rotlippiges Lächeln zeigte.

»Sie sollten zu ihr beten«, sagte der Taxifahrer. »Sie sollten zur Jungfrau Maria beten, damit Sie Ihnen einen prächtigen Sohn schenkt.«

Frances ließ sich wieder auf ihren Sitz zurückfallen. Ob er das wirklich meinte, was er eben gesagt hatte, ob er das wörtlich meinte? Wenn ja, dann sprach er nicht nur eine andere Sprache, er lebte auch in einer anderen Vorstellungswelt, einer Welt, der sie anzugehören beschlossen hatte. Eine Wehe packte sie. Sie schnappte nach Luft.

»Dafür«, sagte sie, »ist es nun genau neun Monate zu spät.«

Das Krankenhaus war neu. Die eine Hälfte war fertig mit allem Drum und Dran, mit Rasenflächen und Parkplätzen und gebieterischen Hinweistafeln in Begonienbeeten; die andere Hälfte war noch ein Bauplatz. Frances war schon einmal hiergewesen, um sich als künftige Patientin registrieren zu lassen und tausend Formulare auszufüllen – einige für das regionale Gesundheitsamt, einige für das staatliche Gesundheitswesen und einige für die zuständige Abteilung der Europäischen Gemeinschaft, die

Miss Frances Shore die Segnungen des englischen Gesundheitswesens auch in anderen Mitgliedsstaaten zuteil werden ließ. Das Personal, mit dem sie zu tun gehabt hatte, hatte keinerlei Überraschung gezeigt. Wahrscheinlich war der Wunsch, ein Kind zu bekommen, in Sevilla so natürlich wie das Atmen.

Ana und Dr. Ramirez hatten Frances königlich untergebracht. Sie kam in ein kleines Einzelzimmer abseits der großen Entbindungsstation, und das Fenster ging nicht auf Zementmischmaschinen und Kräne hinaus, sondern auf einen Hain neugepflanzter junger Palmen, die in einem ebenso neuen Rasen aus zähem spanischem Gras wuchsen und zwischen denen überall Eisenstühle standen, die in den in Sevilla so beliebten Farben Ocker, Weiß und Altrosa gestrichen waren. Dann gab es noch ein paar runde Blumenbeete, in denen noch keine Blumen wuchsen und deren rötliche Erde gerade liebevoll von einem alten Mann im ausgebleichten Overall gewässert wurde. Jenseits von Palmenhain und Rasenfläche fingen die Wohnhäuser des nördlichen Teils von Sevilla an, und noch weiter weg erhoben sich ein Kirchturm und ein Glockenturm und irgendeine Kuppel – vielleicht von einem Kloster –, auf der ein goldenes Kruzifix in der Sonne funkelte.

Das Zimmer selbst war kahl und sauber: weiße Wände, weißer Fußboden, weißes Bett, weißer Nachttisch, weißes Waschbecken, blaßgrüne Jalousien. Auf dem Nachttisch stand eine Vase mit gelben Rosen, und daran lehnte eine winzige Karte. »Von Ana mit den besten Wünschen«, stand darauf. Sonst gab es keine Blumen, keine weitere Karte. Das kleine Zimmer war unpersönlicher als irgendein Zimmer, das Frances je in ihrem Leben betreten hatte, und doch schien es ihr aufregende Dinge zu verheißen, wirkte es auf sie wie ein leeres Blatt, das beschrieben werden wollte.

Frances setzte sich auf den weißen Plastikstuhl am Fenster. Sie würde sich erst ausziehen und ins Bett gehen, wenn man es ihr sagte, nicht eher. Eine Schwester hatte ihr erklärt, sie wäre in fünf Minuten bei ihr, und Frances glaubte ihr. Fünf Minuten würde sie brav auf ihrem Stuhl sitzen, den Abstand zwischen den Wehen kontrollieren und durch die Lamellen der Jalousie den alten Mann im Garten beobachten. Vielleicht würde er ja etwas pflanzen. Ob man denn im Dezember überhaupt etwas pflanzen konnte? Selbst an einem so milden Tag wie heute konnte es in Sevilla plötzlich beißend kalt werden. So einen kalten Tag hatte Frances in Sevilla vor fast zwei Jahren erlebt, als Luis ihrem Taxi zum Flughafen gefolgt war und dann stundenlang dort gesessen und versucht hatte, sie zum Bleiben zu überreden.

Sie war nicht geblieben, sie hatte sich nicht erweichen lassen, und nun saß sie hier, schwanger von ihm, in einem spanischen Krankenhaus. Die letzten paar Monate waren so eigenartig, so verwirrend gewesen, daß sie sich kaum erinnern konnte, wie die andere Frances gewesen war, jene Frances, die sie bis dahin immer gewesen war. Und bald schon würde sie wieder eine andere Frances sein – Frances, die Mutter –, und eine lebenslängliche Reise würde begonnen haben.

Die letzten paar Wochen seit ihrer Ankunft in Sevilla hatte sie in Anas Wohnung verbracht. Luis hätte nichts dagegen gehabt, wenn Frances in seiner Wohnung im Hotel geblieben wäre – er selbst, hatte er unmißverständlich erklärt, würde sich nach Madrid zurückziehen –, doch die Sache hatte einen Haken, und zwar in Gestalt von José. José war über Frances' Schwangerschaft empört. Er hatte Frances gern gehabt, ihr vertraut, sie bewundert, doch nun war er einfach entsetzt über sie. Daß sein Vater eine Freundin hatte, fand José in Ordnung, daß sein Vater eine englische Freundin hatte, hatte José anfangs nicht ganz so in Ordnung gefunden, doch er hatte gelernt, es zu akzeptieren, aber daß diese Freundin von seinem Vater schwanger war und erklärte, sie wolle das Kind in Sevilla bekommen, in der Stadt, in der José, seine Mutter und seine Großmütter lebten, wo die Gomez-Morenos bekannt und angesehen waren, das war überhaupt nicht in Ordnung, das war unerträglich. Ebenso unerträglich, wenn nicht noch schlimmer war für José der Gedanke, daß sein Vater bald noch ein Kind haben würde. Auch wenn das Kind zunächst nur ein Baby sein würde, es würde doch Josés lebenslange Position als Luis' einziges Kind und Erbe bedrohen. José vermochte nicht einzusehen, daß sein Vater irgendwie mit schuld daran sein könnte. Es war alles nur Frances' Schuld, sie allein war dafür verantwortlich zu machen. José wollte sie nicht sehen und nicht mit ihr sprechen. Als Frances sich deshalb an Luis wandte, erklärte er, dagegen könne er nichts machen.

»Du wußtest das doch alles«, sagte er sehr ernst zu Frances. Er war jetzt niemals mehr wütend, nur nett und ruhig und rief sie getreulich jeden Tag an, um sich nach ihrem Wohlbefinden zu erkundigen, wobei er es vermied, auf ihre Gefühlslage zu sprechen zu kommen. »Du weißt, wie meine Familie ist, wie Spanien ist. Wenn du Entscheidungen triffst, mußt du auch die Konsequenzen tragen, und du hast Entscheidungen getroffen, für dich und für mich.«

»Ich dachte, José wäre mein Freund.«

»Er fühlt sich von dir hereingelegt«, sagte Luis.

»Aber Ana ...«

»Ana ist anders. Ana ist moderner eingestellt als José, obwohl sie seine Tante ist. Doch warum sage ich das? Warum gehe ich überhaupt darauf ein? Du *wußtest* es, Frances, du wußtest es, ich habe dir nichts vorenthalten, ich habe dir immer gesagt, wie es ist. Wie kommst du nur darauf, daß sich, nur weil du dich geändert hast, auch alle anderen ändern müssen?«

»Weil«, sagte Frances, »mir das, was jetzt geschieht, so ungeheuer natürlich vorkommt, daß ich nicht ...«

»Bitte hör auf«, sagte er. »Bitte hör auf.«

Frances bückte sich und holte zwei Briefe aus ihrer Tasche, einen von Barbara, einen von Sam. Beide handelten von Wohnungen, den neuen Wohnungen, in denen sie lebten oder bald leben würden. Frances hatte sie mehrere Male gelesen und war erstaunt gewesen, wie sehr sie sich dadurch getröstet und gestärkt gefühlt hatte. Barbara berichtete, ihre Wohnung sei hoch oben, in einem Haus nicht weit von Lansdown, und sie habe einen Balkon, eine schöne Aussicht und viel Sonne. Sie meinte, die Treppen seien zwar eine Plage, doch der Hauswirt habe vor, einen Lift einzubauen, was doch eine Erleichterung wäre, wenn Frances sie mit dem Kind länger besuchen käme. Sie schrieb, William käme häufig und brächte ihr Bücher, Blumen und interessante Käsesorten mit.

»Ich glaube, er fährt auch weiterhin zu Juliet hinauf, so daß sich für ihn im Wesentlichen wenig verändert hat, doch er würde wohl auch als erster zugeben, daß er sich stets mit Klauen und Zähnen gegen jegliche Veränderung gewehrt hat. Du wiederum wirst mit sehr vielen Veränderungen fertigwerden müssen, und ich hoffe, daß du darüber nicht allzu entsetzt bist. Es kann ja im Leben durchaus passieren, daß man etwas wählt, das genau das Richtige für einen ist, ohne daß die Folgen dieser Wahl immer leicht zu ertragen oder angenehm sein müssen. Doch wir können nun mal nicht aus unserer Haut, besonders wenn wir unsere wahre Natur erst ziemlich spät entdecken. Ich denke an Dich.«

Der Brief endete mit: »Alles Liebe von Mum.« Barbara hatte es vor langer Zeit gehaßt, Mum genannt zu werden, sie wollte Mutter genannt werden, aber Lizzie und Frances hatten sie trotzdem Mum genannt, weil das auf der Schule alle sagten. Es war allerdings eine eigenartige Bezeichnung für Barbara, denn es wäre bestimmt niemand auf die Idee gekommen, in ihr einen Ausbund der Mütterlichkeit zu sehen. Doch das war ein guter Brief, ein ermutigender Brief, in jeder Hinsicht ein besserer als die von William. Sie machten zwar weniger Hehl aus seinen liebevollen Empfindungen, doch schlugen ihr aus jeder Zeile seine Ängste entgegen und die Sorgen, die er sich ihretwegen machte. Williams Briefe ließen Frances nicht die Würde ihrer Entscheidungsfreiheit, der Freiheit, die Konsequenzen ihrer Entscheidungen zu tragen; sie waren, was das betraf, allzu ängstlich um sie besorgt.

Sams Brief hingegen war einfach hinreißend. Er müsse als Hausaufgabe sowieso einen Brief schreiben, erklärte er, also könne er genausogut an sie schreiben. Das neue Haus, schrieb er, sei ganz toll, weil es auf den Park hinausgehe und er oben in so einer Art Bodenkammer mit einem ulkigen Dach schlafen würde. Grandpa würde in den Zimmern wohnen, die an der einen Seite angebaut waren, und Mum sollte in der Garage ein Atelier kriegen. Er habe neue Fußballstiefel mit roten Schnürsenkeln (auch ganz toll), und Davy habe Geigenunterricht und übe Tag und Nacht, und es höre sich an, wie wenn man einer

Katze auf den Schwanz trete. Harriet habe sich die Haare ganz kurz schneiden lassen, Dad sei erkältet, und Alistair sei in die neue Leiterin der Schulmensa verliebt. Er hoffe doch, daß Frances wisse, daß die Orangen zwar aus Sevilla kämen, daß sie aber eine mickrige Fußballmannschaft hätten, längst nicht so toll wie Madrid oder Bilbao. Dann schrieb er: »Puhhh, 150 Wörter sind fertig, Ende der Hausarbeit, kann aufhören. Krieg ein hübsches Baby.

Herzliche Grüße von Sam.«

Von Lizzie war nichts dabei, obwohl sie den Umschlag adressiert hatte, nicht einmal ein hingekritzelter Gruß am Ende von Sams verschmiertem Blatt. Es hatte jedoch keinen Sinn, sich darüber zu grämen, weil sie ihre Schwester ja selbst gebeten hatte, sie in Ruhe zu lassen. Oder besser gesagt, sie hatte es gefordert. Sei dankbar für das, was du hast, hatte sie zu Lizzie gesagt, mach Pläne, hör auf, immer nur zu *reden*. Na schön, nun hatte Lizzie einen Plan, und der betraf unter anderem eines jener stabilen edwardianischen Doppelhäuser, die sich Frances' Erinnerung nach an der einen Seite von Langworths Freizeitpark entlangzogen und mit Fachwerk und Stuck verziert waren. Zwischen ihren Gärten und den Fußballplätzen standen Linden, und vorn hatten sie niedrige Gartentore mit Schnappschloß, die auf die Straße führten. Von dort konnten sämtliche Kinder zu Fuß zur Schule gehen, die Galerie war ebenso ein paar Schritte entfernt wie der Kegelclub, dem William aus Spaß beigetreten war, um Juliet zu ärgern, und wo es ihm zu seiner Überraschung gut gefiel. »Außerdem stelle ich fest«, so schrieb er, »daß ich gar nicht mal unbegabt dafür bin. Es ist nicht gerade ein heldenhafter Sport, doch er ist raffinierter, als man glaubt.«

Eine Vision stieg vor Frances' Augen auf: die Vision einer englischen Kleinstadt, eines Vorgartens, in dem Fahrräder herumlagen, die Vision türschlagender, rein- und rauslaufender Kinder, von Buslinien, mißbilligenden Blicken der Nachbarn, wenn man sonntags Wäsche aufhängte, von Musiküben und Kegeln und Mahlzeiten, die um den Küchentisch eingenommen wurden, ohne daß über das, was man aß, je ernsthaft jemand ein Wort verlor, die Vision von Regen, Buschrosen und von Cornflakes, der am Fenster miaute, weil er ins Haus wollte. Das alles erschien ihr plötzlich so vertraut wie ihr Handrücken und so fern wie der Mond.

Die Tür ihres Zimmers öffnete sich. Eine Schwester kam herein, eine adrette, kleine, dunkelhaarige Schwester.

»Señora Shore?«

»Ja«, sagte Frances.

»Wie groß ist der Abstand zwischen den Wehen?«

»Etwa fünf Minuten«, sagte Frances. Sie beugte sich nieder und ließ die Briefe wieder in ihre Tasche gleiten. Das war England und damals. Sie war in Spanien.

»Frances?«

Sie öffnete die Augen. Luis stand über sie gebeugt, als Geschäftsmann gekleidet und eine lange Spitztüte mit Blumen in der Hand.

»Hallo.«

»Geht's dir gut? Ging es gut?«

»Ja«, sagte sie und stemmte sich hoch. »Es ging gut. Es ging ganz leicht. Womöglich stellt sich das noch als eine meiner wenigen Begabungen heraus.«

Er legte die Blumen ans Fußende des Bettes. Er schien ein wenig unsicher.

»Ich bin so schnell gekommen, wie ich konnte.«

»Danke«, sagte sie höflich.

Er blickte einen Augenblick auf sie hinab, dann beugte er sich vor und küßte sie.

»Es hat also nicht so weh getan?«

»Ach doch, es hat schon weh getan, muß es ja, doch Frau Dr. Ramirez war großartig, und außerdem ist der Schmerz anders als Schmerzen sonst, weil er konstruktiv ist. Willst du ihn denn nicht ansehen?«

Luis griff mit beiden Händen nach ihrer Hand.

»Doch, doch, selbstverständlich ...«

Frances Blick ging zum Fußende des Bettes, wo ein blitzsauberes Kunststoffbettchen akkurat auf seinen Gummirädern geparkt stand.

»Normalerweise steht er neben mir, so daß ich mich an ihm sattsehen kann, aber wenn ich einschlafe, stellen sie ihn aus irgendeinem Grund immer da unten hin. Sieh ihn dir mal an.«

»Ja«, sagte Luis und rührte sich nicht, »ein Junge.«

»Ja. Ein kleiner Junge. Ein kleiner, blonder, dunkeläugiger Junge. Wie konnte es auch anders sein?«

»Du klingst so glücklich.«

»Ja, natürlich!« Sie schrie fast. »Ich bin selig, ich habe ja noch nie im Leben so etwas zustande gebracht! Morgen muß ich dann weinen, das geht offenbar allen so, aber heute könnte ich die Welt aus den Angeln heben.«

Er drücke ihre Hand ein wenig und ließ sie wieder los. Dann trat er ans Fußende und blickte in das Bettchen nieder, verharrte fast in Habachtstellung, als fürchtete er sich vor dem, was er gleich sehen würde.

»Nimm ihn hoch«, sagte Frances.

Er machte mit einem halben Lachen eine hilflose Geste.

»Soll ich? Wie denn?«

»Streng dich an, Luis!« rief Frances. »Mach einfach das, was am einleuchtendsten ist – leg die Hände unter ihn und heb ihn hoch!«

Er streckte die Hände in das Bettchen. Sein Gesicht war plötzlich dunkelrot wie manchmal, wenn er wütend war. Himmel, dachte Frances, die ihn beobachtete, er wird doch nicht zu weinen anfangen? Luis hob das schlafende Baby langsam hoch und legte es gegen seine Schulter, und es schmiegte sich sofort an ihn, entspannt und zufrieden. Luis warf Frances einen nahezu gequälten Blick zu und schüttelte den Kopf, als versuchte er, etwas zu begreifen, das einfach unfaßbar war. Dann ging er langsam zum Fenster hinüber und stand dort mit dem Baby, den Rücken dem Zimmer zugewandt.

Frances saß aufrecht im Bett und wartete. Sie überlegte, ob sie sagen sollte, daß sie schon einen Namen für das Kind ausgewählt habe und daß Ana dagewesen sei und daß man ihr von einer Wohnung erzählt habe, die sich gut anhörte, nicht weit vom Fluß, ein paar hundert Meter von der Maestranza Arena. Da alles waren nüchterne Tatsachen, die sie fürs erste erwähnen konnte, statt nach den weniger nüchternen Dingen zu fragen. So sähe er sich genötigt zu antworten, statt einfach nur dazustehen, mit dem Rücken zu ihr und den Kopf des Babys an seinem Hals. Sie hätte in diesem Moment alles darum gegeben zu wissen, was er dachte.

»Luis?«

Er antwortete nicht. Er rührte sich nicht. Er stand einfach nur da, und sie konnte keines der beiden Gesichter sehen. So drehte sie sich auf die Seite, ihnen zugewandt, und hielt sich dabei an der Kante der dünnen Matratze fest.

»Luis? Luis, was denkst du denn?«

Er wandte sich um. Seine Wangen waren tränennaß, sie glänzten wie lackiert.

»Luis?«

»Ich … ich weiß nicht, was ich sagen soll.«

»Freust du dich?« fragte sie froh. »Freust du dich jetzt?«

»Freuen«, sagte er verächtlich, »was für ein albernes Wörtchen …« Er wandte den Kopf und küßte das Baby. Dann verschob er die eine Hand, um es besser festhalten zu können, zog ein Taschentuch heraus und putzte sich geräuschvoll die Nase. Das Baby rührte sich nicht. Frances, die die beiden beobachtete, fühlte sich einer Ohnmacht nahe und blickte an ihren Handgelenken vorbei zu Boden. War das nicht das, was sie sich erhofft hatte, dieser Augenblick, wenn alles sich auf natürliche Weise zusammenfügen würde und sie einen Luis vor sich hatte, der einfach nicht anders konnte und verzückt ihr gemeinsames Kind küßte? Ob das hieß …? Ob er nun doch …?

»Er ist vollkommen«, sagte Luis. »Er ist schön.«

»Ich weiß.«

»Er sieht so intelligent aus.«

»Ja, natürlich.«

»Er sieht aus wie du.«

»Und wie du.«

»Ja«, sagte er beglückt, »das stimmt, nicht wahr? Er sieht aus wie ich!«

Frances ließ die Kante der Matratze los und schob sich vorsichtig wieder in ihre Kissen zurück.

»Er heißt Antonio«, sagte sie.

»Wirklich? Und warum? In meiner Familie gibt es keinen Antonio.«

»In meiner auch nicht.«

»Warum heißt er dann so?«

»Weil ich es schön finde, weil man es auch auf Englisch leicht sagen kann. Weil ...« Sie verstummte.

»Weil, was? Weil er dann Anthony Shore heißen kann, wenn er will?«

»Ja.«

»Aber ...«

»Luis«, sagte sie mit gespielter Strenge.

Er küßte das Baby wieder.

»Er liebt mich bereits, sieh ihn dir an – man sieht es!«

»Ja.«

»Du bist wundervoll«, sagte Luis mit plötzlicher Inbrunst, »du bist wundervoll, weil du so ein Kind bekommen kannst!«

Sie hielt den Atem an. Er stand über ihr, das Baby fest an sich gedrückt. Sein Ausdruck war fieberhaft, ja er glühte geradezu, doch als sie aufblickte und seinen Blick suchte, erkannte sie – unmißverständlich –, daß die Glut nicht mehr ihr galt.

## 22. Kapitel

Meine Wohnung ist ganz oben«, schrieb Frances Barbara, »und hat Morgensonne, und der Balkon ist gerade groß genug für Antonios Kinderwagen. Es war furchtbar schwierig, einen Kinderwagen für einen Jungen zu finden. Die spanischen Kinderwagen sind einfach schrecklich, rüschenbedeckt, alles fertig zum Flamenco. Lizzie würde einen Anfall kriegen, wenn sie meine Möbel sehen könnte – wie ausgemusterte Requisiten aus einer Amateuraufführung von ›Carmen‹, doch es ist mir im Grunde egal. Es ist hell und bequem, und wenn ich nächsten Monat ernsthaft zu arbeiten anfange, ist hier zwei Straßen weiter eine sehr schöne Kinderkrippe, die von Nonnen geleitet wird.«

Die Nonnen trugen blaßgraue Ordenskleidung über weißen Strümpfen und solide schwarze Halbschuhe. Es war ein winziger Orden, der im 15. Jahrhundert von zwei reichen, frommen Schwestern gegründet worden war und das Ziel hatte, sich um die Waisenkinder von Sevilla zu kümmern, und, wichtiger noch, fromme Katholiken aus ihnen zu machen. In der weißgetünchten Wand neben dem Haupteingang gab es sogar heute noch einen Einwurfschlitz aus Eisen, wie bei einem riesigen Briefkasten, und dahinter befand sich ein Eisenkäfig, wohinein vor langen Zeiten die unerwünschten Babys gelegt worden waren. Der Einwurfschlitz war zwar jetzt von hinten mit einem Brett verschlossen, doch Schwester Rufina – die, wie sie stolz erklärte, nach einer der beiden Schutzheiligen von Sevilla genannt worden war –, die die Krippe für Säuglinge und Kleinkinder berufstätiger Mütter leitete, erzählte Frances, daß die Schwestern auch heute noch gelegentlich morgens, wenn sie die Tür aufmachten, ein Kind davor fänden, normalerweise in einem Plastikwäschekorb. Schwester Rufina meinte, die Mädchen aus Triana kämen nachts über den Fluß: Dort grassiere die Drogensucht, und in den letzten Jahren habe man bei etlichen Babys bereits Drogenabhängigkeit festgestellt. Diese Babys wurden sofort ans Krankenhaus weitergeleitet, weil die Schwestern heute kein Waisenhaus mehr unterhielten. Schwester Rufina hatte Antonio sehr bewundert.

»Was für ein schönes Kind!«

»Und ein zufriedenes«, sagte Frances. »Ein wirklich fröhliches Baby.«

»Schläft er denn ordentlich?«

»Nein«, sagte Frances. »Er ist ein echter Spanier. Die ganze Nacht Tanz und Gesang.«

Schwester Rufina sollte sich während des kommenden Sommers an fünf Wochentagen von acht Uhr morgens bis drei Uhr nachmittags um Antonio kümmern. Währenddessen würde Frances im Reisebüro arbeiten, woran sie nun nach endlosen, beharrlichen Bemühungen beteiligt war und dessen neuer Name immer noch nicht endgültig feststand. Frances war für »Das besondere Reisebüro«, ihr neuer Seniorpartner Juan Carlos Maria de Rivas zog »Spanisch-Englisches Reisebüro« vor. Frances hatte bereits eine Handvoll vielversprechender kleiner Hotels entdeckt, die von ausgewanderten Engländern im Stil von englischen Landgasthäusern geführt wurden, und sie versuchte gleichzeitig, das Interesse der Spanier für ähnliche Hotels in England zu wecken, die von Nicky vorgeschlagen wurden. Außerdem unterhielt sie weiter geschäftliche Beziehungen zu den Posadas de Andalucia. Sie erhielt höfliche, formelle Briefe von José und gelegentlich den einen oder andern von Luis, den eine Sekretärin an seiner Stelle unterschrieben hatte.

»Mit dem Geld muß ich ganz schön jonglieren«, fuhr sie in einem der Briefe an Barbara fort, die sie ihr alle vierzehn Tage schrieb. »Doch ich glaube, wir werden es schon schaffen. Es ist seltsam, wie im Ausland immer etwas ganz anderes billig, beziehungsweise teuer ist und wie man dort auch ganz anders mit Geld umzugehen scheint. Die Ärztin, die Antonio auf die Welt geholt hat, ist eine ziemlich gute Freundin geworden – sie möchte, daß wir gemeinsam reiten lernen –, und manchmal sehe ich auch Luis' Schwester Ana. Ich weiß eigentlich nicht recht, ob ich sie mag oder nicht, doch sie scheint mich zu mögen, und dafür bin ich natürlich dankbar. Luis sehe ich, wenn er Antonio abholen kommt ...«

Das war meistens am Wochenende. Er hatte kaum eines ausgelassen. Am Samstag trug er das Baby davon wie eine Trophäe und brachte es am Sonntagabend wieder. Es war genau die Art von Anteilnahme, auf die Frances hingearbeitet hatte, doch sie hatte nicht vorausgesehen, wie schwierig es werden würde, dieses endlose sich Sehen und doch nicht sich Sehen, dieses peinliche, mühevolle Gezerre, wenn es um die finanzielle Seite ging. Sie ließ Luis nichts bezahlen, außer wenn Antonio bei ihm war, und Luis wiederum hätte alles bezahlen wollen: eine größere Wohnung, die besten Kinderzimmermöbel, eine Hausangestellte. Es hatte viel Kraft gekostet, ihn davon abzuhalten, wie denn auch nicht, wo es doch das Letzte war, wozu sie Lust hatte?

Sie legte den Stift nieder. Schwache Geräusche vom Balkon und das gelegentliche Emporzucken eines braunen Füßchens sagten ihr, daß Antonio jetzt wach war und bald nach Gesellschaft verlangen würde. Er würde vor Freude aus dem Häuschen geraten, wenn er sie sah; das tat er immer, ein entzücktes Lächeln ließ sein Gesicht erstrahlen, wenn er sie erblickte, oder auch irgendeinen Ladeninhaber, seine Tante Ana, seinen Vater. Da gab es so viel, das sich nicht schreiben ließ, so viel, das Frances' Leben insgeheim Farbe verlieh, so vieles, das so anders war, als sie es sich noch in ihren wildesten Phantasien ausgemalt hatte – von ihrer geradezu überwältigenden Leidenschaft für dieses Kind bis hin zu der verblüffenden Erkenntnis, daß der Status der unverheirateten Mutter zwar nichts Ungewöhnliches mehr war, jedoch den Status einer geschiedenen Mutter noch nicht erreicht hatte.

»Señora Shore«, hatte Schwester Rufina in bestimmtem Ton gesagt.

»Señorita.«

»Señora Shore ...«

»Ich bin nicht geschieden, ich war nie verheiratet ...«

Schwester Rufina lächelte und machte eine kleine Handbewegung in Richtung der anderen Babys in der Krippe, als gelte es Rücksicht auf deren Schicklichkeitsempfinden zu nehmen.

»Señora Shore.«

Und dann war da Luis. Niemandem mochte sie anvertrauen, wie ihr zumute gewesen war, als sie im Krankenhaus mit angesehen hatte, wie er sich in seinen Sohn verliebte und ihr seine Liebe entzog und wie sie gleichzeitig mit einer Art ehrfürchtiger Scheu erkannte, wie sehr er sie geliebt hatte. Er hatte nichts gesagt, aber es war auch nicht nötig gewesen. Frances hatte es ebenso deutlich verstanden, als wenn er es ihr behutsam erklärt hätte, wie sie auch verstand, daß das Verbindende zwischen ihnen in seinen Augen nun ihr Sohn war. Wie sie damit am Ende fertigwerden sollte, wußte sie nicht, ja, sie beschäftigte sich nicht einmal mit dieser Frage, wenn es sich irgend umgehen ließ. William hatte ihr geschrieben und seine lebenslange Überzeugung wiederholt, daß nichts Schönes im Leben am Ende vergeudet sei. Gegenwärtig interessierte Frances sich allerdings nicht sonderlich für Vergeudung. Vergeudung schien neben dem Schmerz geradezu trivial. Darum war sie auch – und auch dies würde sie niemandem anvertrauen – in Sevilla. Sie konnte nicht wie Lizzie ihr altes Leben bis fast ins letzte Detail wieder aufnehmen, nur in Spanien lag für sie gegenwärtig eine ungebrochene Vision.

Und darauf, sagte sich Frances, während sie den Brief zusammenfaltete, läuft es letztlich hinaus. Wie? Wir folgen dem Licht. Vom Balkon kam ein Quäken. Frances blickte auf und wartete sehnsüchtig auf ein flüchtig in ihrem Blickfeld auftauchendes, strampelndes Füßchen. Sie würde einen Schritt nach dem anderen tun, zweifellos bedrängt von vielen bedrohlichen Dingen, niemals jedoch von Reue. Reue kam nicht in Frage. Reue hatte einfach keinen Sinn. Sie mochte ja den ersten Tod gestorben sein, den des Verlustes, doch niemals, nie und nimmer – das gelobte sie sich – würde sie den zweiten sterben, den des Vergessens.